« i grandi » tea

Dello stesso autore in edizione TEA:

Le indagini dell'ispettore Joona Linna:
L'ipnotista
L'esecutore
La testimone del fuoco
L'uomo della sabbia
Nella mente dell'ipnotista

Altri romanzi
Il porto delle anime

Lars Kepler

Il porto delle anime

Romanzo

Traduzione di
Alessandro Storti

TEA

Per informazioni sulle novità
del Gruppo editoriale Mauri Spagnol visita:
www.illibraio.it

TEA - Tascabili degli Editori Associati S.r.l., Milano
Gruppo editoriale Mauri Spagnol

www.tealibri.it

Titolo originale
Playground

Prima edizione «I Grandi» TEA settembre 2016

IL PORTO DELLE ANIME

Nessuno sa dove andiamo quando moriamo, né se i luoghi dell'oltretomba esistano solo dentro di noi, fra i lampi delle sinapsi. Le immagini ricorrenti nelle testimonianze di chi ha avuto un'esperienza ai confini della morte, secondo i ricercatori, sono prodotte dal cervello in crisi per la carenza di ossigeno dovuta all'arresto cardiaco.

Certo, le nostre spiegazioni neurobiologiche risalgono appena a qualche decennio fa, mentre le testimonianze sono sempre le stesse da millenni. Dalle prime culture scritte fino a oggi, ciò che ci attende dopo la morte viene descritto in modo sorprendentemente omogeneo.

Secondo la più antica religione egizia, nel tribunale di Osiride l'anima umana viene pesata mettendo sull'altro piatto della bilancia la piuma della verità. Nella mitologia classica cinese, il regno dei morti si chiama Terra delle Fonti Gialle. È lì che i morti permangono sotto forma di «spiriti famelici», fino a quando il dominatore degli inferi non deciderà del loro destino. In molti miti greci, romani e africani, il regno dei morti comincia sulla riva di un fiume da attraversare in barca. Nell'Islam tutti i morti attendono il loro giudizio, e il Cristianesimo contempla uno stadio intermedio prima dell'eternità, quello nel quale transita Gesù e dal quale ritorna Lazzaro. Nell'ebraismo i morti vanno nello Sheol sotto forma di ombre senza comunione con Dio. Nella fede induista e nella mitologia scandinava si può morire perfino nel regno dei morti.

Le persone che nel nostro tempo raccontano ciò che hanno visto mentre il loro cuore aveva smesso di battere parlano frequentemente di un tunnel, di una luce che li avvolgeva, dell'incontro con i parenti morti, di acque scure e di luoghi che non avevano mai visto.

A questi miti e a queste testimonianze si può trovare senz'altro una spiegazione psicologica e neurologica. Per tutta la vita, ogni individuo avverte circa dieci nuove percezioni sensoriali al secondo, ma nello stesso lasso di tempo, a livello inconscio, ne registra più di dieci milioni. Questa capacità di selezionare e organizzare le informazioni in una serie di schemi complessi è ciò che comunemente chiamiamo memoria. Noi però abbiamo accesso solo a una minima parte di tutto ciò che viene immagazzinato nella memoria a lungo termine: quasi tutto resta quiescente in questo immenso magazzino fino all'istante della morte.

1

Prima di una missione pericolosa, il tenente Jasmin Pascal-Anderson aveva l'abitudine di guardare per qualche istante la fotografia che teneva nel portafoglio. La carta lucida si era piegata formando una screpolatura che divideva in due l'immagine. Raffigurava il commando del suo plotone: cinque coppie di fuoco e movimento, con lei nel mezzo, unica donna. Gli uomini, in giubbotto antiproiettile ed elmetto, avevano assunto una posa scherzosamente adorante. Mark aveva i suoi occhiali da sole rosa e una sigaretta all'angolo della bocca, Lars si era dipinto una striscia nera sotto gli occhi, da una parte all'altra del naso, e Nico aveva abbassato le palpebre nell'istante dello scatto.

Nella foto, Jasmin portava i capelli rossi legati in una treccia stretta, rideva come una bambina alla festa di compleanno e reggeva il suo M240B con l'affusto aperto. La mitragliatrice era lunga quasi quanto lei, motivo per cui i muscoli delle braccia lentigginose erano tesi. La pesante cartucciera piena di pallottole incamiciate si snodava per terra accanto agli stivaletti militari.

Jasmin non aveva mai paura, ma sapeva riconoscere una missione particolarmente rischiosa. Guardò per un po' la fotografia, per ricordare a se stessa che i suoi uomini si fidavano di lei, che era responsabile della loro incolumità.

Era un bravo ufficiale.

Mark, per ridere, diceva che l'avevano promossa a tenente solo perché voleva sempre avere l'ultima parola.

« Non è assolutamente vero », rispondeva lei, tutte le volte.

Ripose la fotografia nel portafogli e rimase immobile per un istante.

Le capitava di rado, di avere brutti presentimenti. Ora le

sembrava che sulla sua anima si fosse stesa un'ombra, anche se tutto sembrava uguale a sempre.

Esitò, poi si mise gli orecchini di perla che le aveva regalato sua madre.

E questo la tranquillizzò, chissà perché.

La sua squadra rientrava nell'operazione Joint Forge della NATO, ma ora le era stata assegnata una missione speciale a Leposavić.

Le forze serbe si erano ritirate dal Kosovo da un bel pezzo. I soldati, in file come lunghi serpenti, abbandonavano i paesi e le città. Doveva essere finita, e invece nel Kosovo settentrionale c'erano ancora enclave che agivano autonomamente.

Quello di Jasmin era uno dei cinque gruppi incaricati di verificare le denunce di violenze ai civili di Sočanica.

Non avevano veicoli per il trasporto di truppe e con l'intensificarsi della pioggia era sempre più difficile avanzare con la jeep. Le strade erano dissestate, con i margini corrosi dalle intemperie e il fiume Ibar intorbidato dal fango.

Seduta al volante, Jasmin vide che Lars era terreo in volto. Si era tolto l'elmetto e lo teneva sulle ginocchia.

« Non sarebbe meglio usare un sacchetto, per vomitarci dentro? » lo canzonò.

« Sto come un pascià », rispose Lars, levando il pollice.

« Ti abbiamo tenuto da parte un po' di Misty Green », sogghignò Nico.

« E degli spaghetti alla merda di topo », rise Mark.

La sera prima, gli uomini avevano avuto il permesso di far festa, con la scusa del Capodanno cinese. Avevano ricavato lanterne rosse da sacchetti di popcorn e sparato i bengala in cielo per vederli scendere piano piano con i loro piccoli paracadute, come lente meteore. Avevano pasteggiato a involtini primavera e spaghetti di riso, accompagnandoli con un drink di loro invenzione, che avevano battezzato Misty Green: vodka svedese e foglie di tè verde della provincia di Hángzhōu.

Lars, come al solito, aveva bevuto troppo. Quando poi aveva vomitato, Mark gli si era piazzato accanto dicendogli che aveva festeggiato l'anno del Topo aggiungendo agli spaghetti un po' di escrementi di quell'animale. Lars, ancora abbracciato al secchio, si era messo a gridare che stava per morire, ma il resto del gruppo gli aveva risposto che era un onore morire sotto il comando di Jasmin.

Mentre la festa andava avanti, Jasmin era tornata alla sua tenda e si era seduta a studiare le ultime immagini via satellite, tentando di memorizzare la conformazione del luogo. Amava sentirli ridere, ballare e cantare.

Nel corso degli anni, Jasmin aveva fatto sesso con tre degli uomini che facevano parte dell'attuale squadra, ma questo era accaduto prima che diventasse la loro superiore. A essere sinceri, non le sarebbe dispiaciuto andarci a letto un'altra volta. Naturalmente era fuori discussione, anche se la vicinanza della morte rendeva assai palpabile la solitudine.

All'inizio della serata, aveva incrociato lo sguardo lucido di Mark. Era un bell'uomo, con quegli occhi maliziosi e i bicipiti gonfi, e Jasmin si era domandata se non fosse il caso di fare un'eccezione, per quella notte, anziché limitarsi a fare da sola.

Il mattino era arrivato con un cielo plumbeo e carico di pioggia. La jeep sbandava e un'acqua brunastra saliva sulle ruote. Jasmin scalò la marcia, sterzò a sinistra e risalì lentamente il pendio scosceso.

Mezzo chilometro a sud di Sočanica la strada era del tutto impraticabile, così Jasmin decise di proseguire a piedi.

Mentre guidava il gruppo verso valle, sentiva più forte che mai l'odore di grasso lubrificante. Il peso dell'arma era improvvisamente un tormento. A ogni passo, la mitragliatrice tirava la cinghia, quasi che stesse tentando di sfuggire al proprio destino.

Il brutto presentimento si faceva sempre più forte.

Mark fumava sotto la pioggia, cantando *China Girl* a due voci con Simon. Su tutto pesava un velo lugubre. Sul cielo umido, sui pendii desolati e sull'acqua grigiastra del fiume.

La radio crepitava, la ricezione era pessima, ma Jasmin udì quel che bastava per capire che i gruppi britannici erano bloccati appena dopo Mitrovica, così decise di fare una ricognizione in attesa degli inglesi e condusse a valle le cinque coppie di fuoco e movimento verso il villaggio incolore.

Gli orecchini tintinnavano contro le fibbie dell'elmetto a ritmo con i suoi passi.

Già quando raggiunsero la prima abitazione videro una bambina stesa bocconi nell'erba umida, accanto a un triciclo. Di fronte all'ingresso c'era una donna incinta, seduta per terra con la schiena appoggiata al muro. Le avevano sparato al petto ed era morta dissanguata. Davanti a lei, alcune galline bianche beccavano la ghiaia. La pioggia faceva ribollire le pozzanghere.

Jasmin tranquillizzò Nico, gli diede il tempo di recitare una preghiera e baciare il crocifisso, poi condusse tutti verso l'abitato.

Uno scoppio in lontananza, breve come una frustata, riverberò fra le case della vallata.

Jasmin fermò il gruppo davanti a una lunga scala fra due edifici, si spostò di lato con circospezione e lanciò un'occhiata verso la piazza del mercato, dove c'era una bancarella di verdure e una vecchia roulotte. Circa trenta uomini dell'enclave serba tenevano in fila un gruppo di ragazzini.

Un soldato reggeva un ombrello sopra la testa di un ufficiale dalla lunga barba nera, seduto su una poltrona a fiori. La pioggia non riusciva a lavare il sangue dal terreno davanti ai suoi piedi. Un bambino venne messo a forza in ginocchio, l'ufficiale disse qualcosa e poi gli sparò in faccia.

Volevano giustiziare tutti i maschi del paese.

Mentre il cadavere veniva trascinato via, Jasmin riuscì a ristabilire il contatto radio con i due gruppi britannici. Stavano venendo a darle man forte. L'avrebbero raggiunta in meno di quindici minuti.

Ora toccava a un ragazzino dalle guance paonazze, che venne messo in ginocchio davanti all'ufficiale.

Qualcuno avrebbe potuto pensare che lei a quel punto fosse in balia delle proprie emozioni, ma nessuno dei suoi uomini avrebbe esitato a obbedirle. Sapeva che le sarebbero bastati tre minuti per posizionare le cinque coppie di fuoco e movimento in modo tale da poter abbattere l'80 per cento dei nemici senza subire perdite.

Non appena i suoi uomini si furono appostati, guardò nel binocolo e vide una colonna di dieci automobili inzaccherate di fango, piene di soldati serbi, che imboccavano la strada principale dirigendosi verso la piazza del mercato.

Prima, dalle immagini via satellite, le aveva viste allontanarsi dall'abitato, già oltre Lešak. Ora, chissà perché, erano tornate indietro. Per impedire quelle esecuzioni, il suo gruppo avrebbe rischiato il doppio.

Jasmin diede ugualmente a Mark l'ordine di eliminare il boia. Si udì uno sparo, il proiettile trafisse il cranio da parte a parte e il sangue schizzò sullo schienale della poltrona.

Fra i serbi esplose il caos, ma nel giro di trenta secondi gli uomini di Jasmin ne resero inoffensivi più della metà.

Il suo cuore martellava, l'adrenalina entrò in circolo dandole una lucidità glaciale.

Tre soldati armati di fucile automatico si ripararono dietro un muro.

L'M240B di Jasmin rinculò, i proiettili scavarono una linea di fori nei mattoni e una nuvola rosa di sangue turbinò sopra la cresta del muro.

Circa dieci soldati si erano rifugiati dentro una casa. La porta era socchiusa e dondolava. I ragazzini, che si erano gettati a terra all'inizio della sparatoria, nell'improvviso silenzio si alzarono in piedi, atterriti e confusi, e cercarono scampo in un vicolo accanto alla piazza. Uno di loro, esile, teneva per mano il fratellino in lacrime.

La porta della casa si spalancò: ne uscì un uomo della milizia serba, che partì all'inseguimento dei ragazzini mentre toglieva la sicura a una bomba a mano. Nico, accanto a Jasmin, fece scattare il fucile da cecchino e lo colpì dritto alla testa. Il soldato cadde in avanti e rimase immobile finché la bomba non esplose, facendo sparire il corpo in una nuvola di polvere.

I ragazzini corsero lungo il vicolo, diretti a valle, e Jasmin crivellò di colpi la porta e le finestre della casa, per dare loro il tempo di allontanarsi.

Non appena se ne furono andati, Jasmin lanciò una rapida occhiata a destra. Le auto dei rinforzi serbi si erano fermate e avevano cambiato percorso: stavano risalendo a gran velocità una strada in pendenza che portava alle spalle del suo gruppo. Evidentemente erano in contatto radio con qualcuno che li vedeva e sapeva dove si nascondevano.

Mark e Vincent erano stati feriti in modo lieve. Ben presto la situazione le sarebbe sfuggita di mano. Jasmin ordinò a Lars e a Nico di restare dov'erano e coprire le spalle agli altri, che si sarebbero riparati sul retro della vecchia chiesa. Capiva bene che i due rimasti sul posto sarebbero stati tagliati fuori dal gruppo, ma non c'era altro da fare. Lei, invece, corse verso monte, aprì l'affusto e si stese bocconi. Finché avesse avuto munizioni, sarebbe stata in grado di tenere a bada i soldati arrivati con le macchine.

L'adrenalina le faceva tremare le dita. Prese la mira.

Jasmin teneva sotto tiro la fila di edifici di un intero quartiere, ma non aveva alcuna possibilità di difendersi da un eventuale attacco alle spalle. In quel momento, il suo obiettivo principale era proteggere i suoi uomini fino all'arrivo dei rinforzi britannici.

Grazie al suo fuoco di copertura, Mark e gli altri riuscirono a raggiungere la chiesa. Un soldato serbo corse verso di loro reggendo un fucile automatico color sabbia, ma Jasmin lo colpì al torace, con una raffica che distrusse anche un motorino arrugginito appoggiato al muro.

Udì alcune grida dietro di sé, ma non aveva il tempo di voltarsi: per proteggere i suoi uomini, continuò a fare fuoco lungo le facciate. Volarono schegge di persiane e di pietre. Sparò a ripetizione per tenere il nemico al coperto, fra le case. Sentì il rinculo riverberare nel corpo, il calore del metallo e l'odore dei gas sprigionati dalla polvere da sparo. Il sudore le colava negli occhi, le detonazioni le rombavano nelle orecchie. Le dita persero sensibilità, poi avvertì uno strano dolore bruciante alla schiena.

2

Jasmin Pascal-Anderson si risvegliò dall'anestesia all'Ospedale nazionale di Budapest. Intravide una figura accanto alla finestra e capì che si trattava di Mark. Tentò di parlare, ma era ancora senza voce. Non era facile distinguerlo nell'anello di luce frastagliata che aveva davanti agli occhi. Mark le aveva portato uno dei suoi orecchini; si sedette sul bordo del letto e disse qualcosa che lei non capì, poi le accarezzò una guancia e fissò la piccola perla al lobo dell'orecchio sinistro. Con una mano priva di forze, Jasmin si tolse la maschera dell'ossigeno appannata e respirò rapidamente.

«La morte è fuori servizio», tossicchiò.

«Jasmin, sei viva. Non sei morta», mormorò Mark, tentando di sorridere.

«Al porto c'è gente che fa la fila per andarsene», ansimò lei. «Ci sono lampade rosse appese dappertutto, tutti i cartelli sono in cinese, non capisco... è tutto sbagliato, non capisco...»

«Andrà tutto a posto», la tranquillizzò lui.

Entrò un'infermiera, che le chiese in inglese come si sentiva, poi controllò l'erogazione dell'ossigeno e il monitor cardiaco. Jasmin guardò Mark negli occhi, ma ebbe l'impressione che il proprio sguardo fosse rivolto all'interno, verso l'accozzaglia d'immagini che aveva nella testa.

«Fra poco potrà parlare con un medico», spiegò l'infermiera, poi se ne andò.

«Gli uomini della Triade erano dappertutto», riprese Jasmin, sforzandosi di non piangere. «Li ho visti strappare un bambino ai genitori.»

«Jasmin...»

«Non c'è giustizia, là», disse Jasmin, sventolandosi una mano sopra la gola. «Ho visto tutto, ero sul molo e ho visto Nico salire a bordo, oh, Dio...»

«Jasmin, Nico è morto.» Mark le accarezzò una mano.

« Ma se ti ho detto che l'ho visto al porto. »

« È morto anche Lars. »

« Oh, Dio. » Jasmin scoppiò a piangere e girò la testa.

« Hai sognato un sacco di cose orrende... »

« Non ce la faccio, non ce la faccio », urlò lei, con le lacrime agli occhi. « Abbiamo rovinato il regno dei morti, non funziona più, non è giusto, roviniamo tutto... » Tacque, ma aveva ancora il respiro affannoso quando il medico aprì la porta ed entrò. La frequenza cardiaca aumentò, l'apporto di ossigeno calò e il tubo di drenaggio si riempì di sangue.

Il medico si fermò davanti a lei e disse che tutto si sarebbe sistemato, che Jasmin aveva avuto fortuna, poi le parlò della ferita d'arma da fuoco e dell'intervento d'urgenza.

Il proiettile era entrato nel grande dorsale, aveva attraversato l'undicesima costola, lesionato l'intestino crasso ed era uscito dall'altra parte, all'altezza dello stomaco. Jasmin aveva perso molto sangue, ma l'operazione era riuscita. Non avrebbe riportato danni permanenti.

« Se fosse arrivata qui cinque minuti più tardi, non ci sarebbe stato più niente da fare », proseguì il dottore, con uno sguardo greve e serissimo. « Era in shock ipovolemico, quando l'abbiamo anestetizzata. Il suo cuore è rimasto fermo per un minuto e quaranta secondi. »

Rimpatriata, Jasmin venne presa in cura dal Centro traumi psichiatrici di Stoccolma. Seduta su un divano verde chiaro dello squallido ambulatorio, compilò il modulo nel quale doveva parlare di sé e del suo problema. Quando raggiunse le righe in cui doveva spiegare che cosa le fosse accaduto, la penna si fermò.

Le immagini dell'aldilà l'attraversarono come un'ondata. Sentì un formicolio alle labbra e difficoltà a respirare, ricordando gli episodi di violenza in quel porto scuro, con la gente in fila e l'odore dei motori diesel.

Si portò una mano tremante alla bocca e pensò a quando aveva visto Nico che, a occhi bassi, saliva a bordo di una chiatta arrugginita.

Sulla poltrona di fronte a lei c'era una giovane donna con un modulo identico. Scriveva lentamente, con le lacrime che le rigavano le guance butterate e formavano chiazze umide e scure sul hijab.

Jasmin deglutì a forza, riabbassò lo sguardo sulla domanda relativa a ciò che le era accaduto e pensò di lasciare uno spazio vuoto, ma poi cambiò idea e scrisse: *Sono morta.*

Per tre mesi le vennero somministrati neurolettici per combattere la convinzione semipsicotica di aver davvero visto il regno dei morti. Mark era sempre presente e le dava sostegno. Le dosi del farmaco vennero gradualmente ridotte, ma Jasmin dovette continuare a seguire la psicoterapia cognitivo-comportamentale fino a novembre.

Fece un sorriso spazientito quando l'anziano psicologo ripeté che l'allucinazione era stata causata dagli eventi traumatici dello scontro a fuoco a Sočanica. Era un meccanismo di difesa del tutto naturale. Le immagini del porto in Cina provenivano dalla sera in cui il commando aveva festeggiato il Capodanno cinese, mentre la gente in fila sul molo era un riflesso mentale dei ragazzini che attendevano l'esecuzione.

« O magari le ho raccontato qualcosa che potrebbe esserle molto utile quando morirà », rispose lei.

Sullo scontro nel Kosovo settentrionale venne aperta un'indagine interna, dal cui verbale conclusivo emerse che Jasmin aveva dimostrato capacità di comando fuori del comune: aveva impedito un massacro e salvato la maggior parte del suo commando, grazie alla difficile decisione di restare in una postazione strategica insieme a una delle coppie di fuoco e movimento. Insignita della medaglia NATO per servizio meritorio, la rifiutò e non prese parte alla cerimonia.

Al momento della premiazione, Jasmin si trovava nel letto di una camera d'albergo, a cavalcioni di un uomo conosciuto in palestra. Somigliava a Nico, con quei capelli biondi, ed era stranamente eccitante sentirlo dentro di sé.

I riccioli rossi di Jasmin erano scompigliati, gli occhi irritati per la mancanza di sonno. Le lentiggini erano pallide come bricioline di pane sul volto paonazzo. La guancia sinistra era arrossata dallo strofinio contro l'accenno di barba su quella di lui.

Il letto matrimoniale si era scostato dalla parete, lasciando scoperta la presa a muro impolverata e i cavi degli abat-jour.

Non le capitava spesso, di finire in un albergo insieme a un uomo, ma certe volte le sembrava necessario. Quella fugace intimità seguita da un senso di vuoto la faceva sentire una persona reale.

Sapeva che non avrebbe più incontrato quell'uomo: non sopportava l'idea di frequentare persone incapaci di comprendere cos'avessero passato lei e i suoi uomini in quella mite giornata d'autunno nel Kosovo settentrionale.

Aveva avuto fortuna, la ferita era guarita in fretta, la cicatrice aveva assunto una tonalità più chiara e ora somigliava a un petalo di rosa.

Ben presto capì che finché avesse continuato a parlare di quella città portuale l'avrebbero presa per pazza. Certe verità bisogna tenerle per sé.

Si trasferì da Mark e tentò di aiutarlo nelle faccende quotidiane, ma passava la maggior parte del tempo ad aggirarsi per casa con un maglione troppo ampio che le penzolava sotto i fianchi e un paio di jeans stinti con i bordi sfrangiati a forza di camminarci sopra con il tallone.

Finirono a letto e del periodo che seguì le restò solo una serie di flash: un bicchiere di tequila battuto con forza sul tavolo, birra ceca, Eminem a tutto volume, ospiti con fiori prelevati dalle aiuole dei vicini, angoscia, analgesici, grigliate come palle infuocate di grasso bollente, sesso alcolico con Mark sul letto disfatto, stesa bocconi sul divano in pelle o sul pavimento della cucina, oppure nel prato umido di rugiada in riva al lago.

A un certo punto ebbe un ritardo del ciclo. Jasmin non ci fece caso, ma dopo due settimane andò a comprare un test di gravidanza.

Quando vide apparire le due tacche blu, le mancò il fiato. Si sciacquò il viso con acqua gelida, si sedette sul coperchio del gabinetto e si mise a ridere da sola.

3

La vita è incomprensibile. La vita è l'eccezione, una fiammella di luce circondata da un buio senza fine. A Jasmin, la gravidanza dava un senso di assoluzione. Credeva di aver superato il grande terremoto della sua vita, ma le scosse avvertite finora erano soltanto vibrazioni che preludevano al sisma vero e proprio.

Spesso, la notte, si svegliava dopo un incubo sul porto del regno dei morti, ma non ne parlava mai con nessuno.

Si iscrisse a un corso di gestione dei conflitti internazionali tenuto all'università. Mark, invece, non cambiò di una virgola. Quando era a casa, fra una missione e l'altra, continuava a dare feste. Al mattino seguente lei ripuliva tutto e poi si chiudeva in camera con i suoi libri, mentre gli ospiti si svegliavano e facevano colazione.

Una sera, si piazzò davanti allo specchio a guardarsi la pancia, come faceva spesso. All'inizio sporgeva il ventre in avanti per vedere meglio la rotondità, ma ora non era più necessario. Era già alla ventiseiesima settimana e si sentiva bella. La pelle aveva una lucidità oleosa e i capelli sembravano più rossi che mai. Le lentiggini si vedevano chiaramente su tutto il corpo e s'infittivano in una nuvola che dalle clavicole le ricopriva il petto, fino alle spalle e alle braccia toniche.

Controllò che la porta della camera fosse chiusa a chiave, poi si coricò, si voltò su un fianco e chiuse gli occhi, ma non riuscì a prendere sonno. Mark e i suoi amici ascoltavano musica a tutto volume, c'era una donna che rideva e strillava, rombo di automobili, vetri che s'infrangevano.

Erano le quattro passate, quando Jasmin si addormentò coprendosi le orecchie con le mani.

Si svegliò con le palpitazioni, ricordando di aver sognato le lampade di carta rossa con gli ideogrammi in oro chiaro. Si girò sulla schiena e vide alcune volute di fumo contro la luce del soffitto.

Afferrò il bicchiere d'acqua sul comodino e lo versò su una camicetta che legò davanti alla bocca e al naso, poi scese al pianterreno. La festa era finita, tutto taceva. Nella foschia intravide molte persone che dormivano in mezzo a una distesa di bottiglie, sacchetti di patatine, frammenti di carta stagnola con pezzetti di hashish e posaceneri traboccanti.

Proseguì fino all'ingresso, chiudendosi la porta alle spalle per evitare che l'incendio si estendesse e seguì il fumo nero che filtrava da sotto la porta della cucina.

Gli occhi le bruciavano e avevano cominciato a lacrimare, ma dopo tutte le esercitazioni con i lacrimogeni sapeva che l'unica regola era stringere i denti: si può tossire, piangere e vomitare, ma finché non ci si strofina gli occhi si è in grado di portare a termine la missione.

Entrò carponi nella cucina piena di fumo e richiuse la porta. Il fuoco sembrava una bandiera giallo intenso in mezzo a una fitta nebbia.

Trattenne il respiro e sentì una vampa di calore al viso mentre si avvicinava al fornello. Le fiamme si erano sprigionate da una pentola e avevano raggiunto la cappa, incendiando il pensile delle spezie.

Tese una mano e spense il fornello, poi procedette a tentoni fino al ripostiglio e frugò dietro l'aspirapolvere fino a trovare l'estintore.

Le lacrime colavano a fiotti. Tornò al fornello, tolse la sicura e spruzzò schiuma fino a soffocare il fuoco.

Mollò l'estintore, che cadde a terra con un gran rumore. Con i crampi ai polmoni, tornò alla porta della cucina e l'aprì con un calcio, uscì all'aria fresca dell'alba e si strappò la camicetta dalla faccia. Aveva ancora il respiro affannoso quando tornò in casa e spalancò tutte le finestre per fare uscire il fumo.

Trovò Mark sulla panchina del pergolato di lillà. Era lì a fumare insieme a una bionda. Per terra, fra i suoi piedi nudi, c'era una bottiglia di whisky.

« Amore », sorrise lui, ubriaco, vedendosela comparire davanti.

« Mi presti il telefono? »

« Certo. » Con gesti goffi, Mark estrasse il cellulare dal taschino.

Jasmin lo prese, chiamò il numero di emergenza e disse che c'era stato un incendio, che l'aveva estinto ma poteva ancora esserci della brace nelle travature. L'operatore disse che avrebbe inviato un'autopompa. Jasmin lo ringraziò e concluse la chiamata.

« C'è un incendio in cucina? » chiese Mark.

Jasmin scosse la testa, telefonò a sua madre e le chiese se poteva trasferirsi da lei.

« Sono un cretino », mormorò Mark.

Lei gli restituì il telefono, lo fissò, osservò il volto butterato, gli occhi tristi e il tatuaggio con il drago che si snodava lungo il bicipite rilassato. Non riuscì a non provare pena per lui, mentre s'incamminava verso il cancello per andare ad aspettare sua madre.

Mark si trovava in Afghanistan quando lei diede alla luce il loro bambino. In compenso, la madre di Jasmin rimase con lei in ospedale e sua sorella Diana prese alcuni giorni di ferie e venne in aereo a Stoccolma, per vedere il neonato e per fargli da madrina al battesimo.

Jasmin decise di chiamarlo Dante.

Rimase a casa di sua madre per più di un anno. Insieme cambiarono i pannolini al bambino e lo guardarono crescere, gattonare, sollevarsi appoggiato ai mobili.

Jasmin trovò lavoro come vicesegretaria al ministero della Difesa e lavorò part-time mentre proseguiva gli studi di gestione dei conflitti internazionali.

Mark era a casa per periodi molto brevi, ma Jasmin faceva di tutto affinché potesse vedere suo figlio. Le prime volte, quando Dante dormiva da Mark, Jasmin aspettava in auto davanti all'ingresso fino al mattino. Mark era sempre tenero con Dante, ma conduceva ancora una vita sregolata. Quando era in Svezia, fra una missione e l'altra, continuava a scolare tequila con gli amici, a fare grigliate nel giardino sul retro e a tuffarsi nudo nel lago.

L'impiego temporaneo al ministero della Difesa portò a un contratto fisso, e Jasmin, con l'aiuto della madre, comprò un appartamento a due passi dal lavoro e dall'asilo.

A volte provava un desiderio assoluto di fisicità, una brama di percepire gli stimoli elementari che si celano nelle profondità del corpo, nei nervi e nella pelle. In quei momenti, rimorchiava qualcuno alla caffetteria dell'università e lo portava nei gabinetti.

Non raggiungeva l'orgasmo. Magari l'avrebbe avuto se si fosse trovata in una camera d'albergo, ma non era questo ciò che cercava.

Forse quello che le serviva era la solitudine del dopo, il momento in cui spintonava l'uomo fuori dal bagno per richiudere la porta e sedersi sulla tazza con le gambe tremanti.

4

Erano passati cinque anni dall'inizio della sua nuova vita. Jasmin Pascal-Anderson posò le pesanti borse della spesa sul pavimento dell'ingresso, mentre Dante si toglieva il cappellino e lo gettava sulla mensola. Aveva le guance arrossate e i riccioli castani erano incollati alla fronte madida.

Jasmin s'inginocchiò, lo aiutò a levarsi gli stivali e gli aprì la tuta imbottita. «Dai, collabora», gli disse, sfilandogli le maniche.

Dante si aggrappò alla sua testa per non perdere l'equilibrio e ne approfittò per giocherellare con l'orecchino. «Una perla vera.»

«Sì.» Jasmin gli sollevò una gamba e tirò il calzino a righe facendolo saltare via.

«Ma l'altra l'hai persa», disse il bimbo.

«Sì», rispose lei, pensando che era comunque sopravvissuta. «Ti comprerò un orecchino bellissimo.»

Dante aveva ereditato da Mark le lunghe ciglia e il leggero incavo sul mento. Era piccolino per la sua età, ma lo era stata anche lei, prima della pubertà.

Gli preparò un bagno caldo e mentre cucinava lo sentì cantare la canzoncina dell'alfabeto con serietà e trasporto. La sorella maggiore di Jasmin, Diana, era a Stoccolma per un convegno di medicina, ma avrebbe saltato il ricevimento al Municipio per andarla a trovare e consegnare a Dante un regalo di compleanno in anticipo.

La vita procedeva senza scossoni e nulla lasciava presagire il pericolo che si avvicinava a gran velocità.

Jasmin preparò polpettine di carne con pancetta tritata, cipolle e champignon saltati al burro, sfumati con vino rosso e brodo di vitello.

Lavò a mano il coltello, lo asciugò con un panno e lo soppesò per qualche secondo, poi si voltò e, con uno scatto del braccio, lo scagliò all'estremità opposta della cucina. La lama lampeggiò alla luce della plafoniera. Il coltello compì due giri completi e andò a conficcarsi nel robusto tagliere screpolato appeso al muro.

Jasmin abbassò la fiamma e tornò in bagno, da Dante, che si stava mettendo la schiuma sul mento e sulla testa, scimmiottando la barba e un berretto.

Gli lavò i capelli, lo asciugò ed ebbe appena il tempo di mettergli il pigiama con le barchette rosse e blu, prima che il campanello squillasse.

« La prossima settimana compio cinque anni », disse Dante non appena si aprì la porta.

« Ah, sì? » chiese Diana, fingendosi stupefatta.

« Ciao, sorellona. » Jasmin l'abbracciò e cominciò a sbottonarle il cappotto. « Com'era il convegno? »

« Piuttosto interessante. »

Anche Diana aveva riccioli biondo-rossicci. I capelli grigi passavano ancora inosservati in mezzo alla folta chioma, ma il viso lentigginoso era attraversato da rughe sottili.

« Cos'hai nel sacchetto? » chiese Dante.

« Dalle almeno il tempo di entrare », gli disse Jasmin, appendendo il cappotto della sorella.

Diana tirò fuori un pacchetto con un nastro blu lucente.

« Posso aprirlo subito? » chiese Dante, guardando sua madre.

« Se vuoi. »

Dante strappò la carta e vide che era un libro. Ringraziò ma non lo degnò nemmeno di uno sguardo, perché Diana aveva estratto dal sacchetto un altro dono. Dante aprì il pacchetto e strillò di felicità nel vedere che era una spada di plastica color argento.

Diana sorrise. « Non sarà diseducativa? »

« Dante, che cosa pensi dei bambini che usano armi giocattolo? » lo interrogò Jasmin.

« Che fanno bene », rispose lui, mentre tutti e tre entravano in cucina.

Diana e Jasmin si dissero che ultimamente la loro madre sembrava aver ritrovato il sorriso, anche se quand'era da sola continuava ad apparecchiare la tavola per papà.

Jasmin prese in braccio Dante, che brancicava verso la tendina. « Porta la spada in cameretta e... No, aspetta. Prima devi raccogliere la carta dal pavimento dell'ingresso. » Versò due bicchieri di vino, in attesa che l'intingolo cominciasse a bollire.

« Gli hai detto che lavoro facevi prima che lui nascesse? » le chiese Diana non appena Dante si fu allontanato.

« È ancora presto. » Jasmin sfilò il coltello da cucina dal ceppo, tagliò una grossa scheggia di burro, la lasciò affondare nell'intingolo scuro e mescolò piano, osservando la scia gialla trascinata nel lento mulinello.

« Hai qualcuno con cui parlare? » chiese Diana.

« Non ho ancora tempo per le chiacchiere », sorrise Jasmin.

« Dimenticavo che devi avere sempre l'ultima parola. »

« Non è che *debba*. » Jasmin bevve un sorso di vino.

« Quand'eri piccola, contraddicevi i personaggi della televisione. »

« Se dicevano scemenze, non è che si potesse lasciarli... »

« Lo fai ancora? »

« No », rispose Jasmin.

Diana rise e la osservò mentre spegneva il fornello e sollevava la pentola. « La mamma mi ha raccontato che stai pensando a un altro impiego presso il ministero della Difesa », mormorò.

« Non ho intenzione di candidarmi. » Jasmin filtrò l'intingolo con un colino a maglie strette.

« Poteva essere una botta di vita », riprese Diana, in tono leggero.

« Mica tutti possiamo essere neurochirurghi. » Jasmin dispose le polpette in una grossa pirofila. « Succedono delle cose, si cambia... L'entusiasmo non mi serve più. A te sembrerà noioso, ma il lavoro di segretaria mi piace. Ci sono tagliata. »

« Sto solo dicendo che devi fare quello che ti senti », disse Diana, serissima. « Non c'è niente che tu non possa fare. Hai superato un trauma bellico, hai avuto un figlio, hai piantato Mark, ti sei trovata una casa e un lavoro. »

« Ma non ho salvato Lars e Nico. Magari sarebbero ancora vivi, se io mi fossi comportata in modo diverso, se avessi... »

« Hai fatto quello che dovevi », la interruppe Diana. « L'inchiesta lo ha dimostrato, hai anche ricevuto una medaglia. Hai fatto tutto ciò che era in tuo potere, per salvarli... »

« Non nel porto. »

Lei per prima si stupì di aver dato quella risposta. Era da tanto tempo che non parlava del porto, anche se la sua mente vi tornava di continuo.

« La mamma dice che stai bene », disse Diana a bassa voce.

« Infatti. » Jasmin guardò fuori dalla finestra. Sopra i tetti era calato il buio e una falce di luna veleggiava fra sottili nuvole notturne.

« Credi ancora che il porto esista davvero? »

« Che risposta vuoi? » chiese Jasmin, e le sfuggì un sorriso.

5

L'estate si avvicinava, i ciliegi del Kungsträdgården erano in fiore e le giornate si stavano allungando. Ogni tanto Jasmin e Dante, tornando a casa dall'asilo, si sedevano sul muretto accanto all'Accademia di ballo a dividersi un pasticcino.

A volte Jasmin andava ancora alla Biblioteca reale a studiare storia delle religioni, cultura cinese e voluminosi saggi sulle sepolture antiche.

E continuava ad avere qualche incubo.

Fuochi d'artificio che esplodevano fra gli edifici di un angusto *hútòng*. Dietro alle volute di fumo e al bagliore pulsante, le bande della Triade trascinavano per i capelli una ragazza priva di sensi.

Cadaveri di bambini caricati su una vecchia chiatta e la lanterna rossa che dondolava.

Genitori urlanti allontanati a forza dal molo.

In quelle notti, Jasmin si svegliava in un bagno di sudore, si alzava barcollante dal letto e andava in bagno a vomitare. Esausta, si faceva una doccia e si lavava i denti, poi tornava in camera.

Quella mattina aveva i riccioli più ribelli del solito, perché si era addormentata nel letto di Dante con i capelli bagnati, mentre gli leggeva la fiaba della buonanotte.

Ancora tesa, aveva accompagnato Dante all'asilo e ora sentiva crescere l'inquietudine mentre andava a piedi verso Jakobsgatan, con la pioggia che martellava sull'ombrello.

Diana, che lavorava come neurochirurgo a Göteborg, prendeva ogni giorno decisioni che influivano sulla vita di altre persone. Jasmin non voleva più ritrovarsi nella stessa situazione. Preferiva archiviare rapporti sulla gestione del personale mentre il cielo nuvoloso si rischiarava fuori dalle finestre dell'ufficio.

Ma quella sensazione di calma era solo apparente.

In realtà, il suo orologio ticchettava sempre più rapidamente. La sua vita si avvicinava al punto di rottura.

Di lì a poco, ogni decisione, ogni passo avrebbe avuto un altro significato.

Alle undici Jasmin spinse il carrello portavivande fino alla sala riunioni e cominciò a distribuire il caffè e i tartufi al cioccolato, mentre un rappresentante dell'unità Materiali, ricerca e sviluppo parlava dell'imminente conferenza dell'ufficio per gli Affari del disarmo che avrebbe avuto luogo a Pechino, sul ruolo delle telecomunicazioni nella sicurezza internazionale.

Alle quattro, Jasmin s'incamminò lungo Regeringsgatan per andare a prendere Dante all'asilo di Lärkstaden.

Lo trovò insieme agli altri bambini nel rigoglioso giardino interno. Erano appena rientrati da una gita e avevano ancora addosso i giubbetti catarifrangenti gialli.

Non appena la vide, Dante corse verso di lei e le si gettò fra le braccia. Aveva le guance arrossate e con grande entusiasmo le raccontò che erano « eroi dell'ambiente », poi la portò a vedere i quattro sacchi che i bambini avevano riempito d'immondizia e insieme entrarono a prelevare il suo attestato.

Nella stanza che fungeva da guardaroba, un papà era entrato senza mettersi le soprascarpe di plastica e la figlia gli gridò che era vietato. Lui rispose brusco che non avrebbero fatto in tempo a prendere il suo attestato, se avesse continuato con tutti quei capricci. La bambina si mise a piangere. L'uomo infilò un dito nel nodo della cravatta per allentarlo e Jasmin notò che stava sudando ed era sbiancato in volto.

« Ebba, abbiamo fretta », disse rivolto alla bambina.

Dante stava dicendo quanto gli sarebbe piaciuto avere delle patate giocattolo di ceramica, quando si accorse di aver dimenticato un disegno sul suo banco, così si tolse nuovamente le scarpe e andò a prenderlo.

Le asciugatrici ronzavano sprigionando un calore umido.

Il papà afferrò la figlia per la giacca e la trascinò verso la porta, in mezzo ai bambini e ai genitori. D'un tratto si fermò e si portò una mano al petto. Brancolò verso il muro e si accasciò fra gli stivali e le cerate antipioggia, con la schiena contro una carrozzina, respirando affannosamente.

« Papà! » gridò la bambina.

L'uomo aveva lo sguardo perso nel vuoto e non rispose nemmeno quando una donna si chinò su di lui e gli chiese se si sentiva male.

Anzi si accasciò ancora di più. Il tappeto bagnato dell'ingresso si piegò sotto di lui, la scatola delle soprascarpe usa-e-getta si rovesciò e i sacchettini di plastica azzurra rotolarono fuori.

Il cuore di Jasmin martellava furiosamente. Chiuse gli occhi per qualche secondo e sentì il sudore colare dalle ascelle. Fece per portarsi una mano all'orecchio sinistro, ma sapeva di non avere addosso l'orecchino di perla.

Qualcuno chiamò il numero del pronto intervento, mentre altri distendevano l'uomo nella posizione di sicurezza, spostando una carrozzina in modo che potesse poggiare la nuca contro il pavimento.

Con un rombo che le riempiva la testa, Jasmin si avvicinò a lui mentre frammenti di ricordi della città portuale lampeggiavano nella sua mente. Non si accorse di avere urtato alcune giacche inzaccherate, staccandole dagli appendiabiti, e un bastone da floorball che cadde rumorosamente sul pavimento.

Si fece largo fra le persone fino a raggiungere l'uomo steso a terra e s'inginocchiò accanto a lui. « Fra poco si troverà in un porto », gli disse. « Segua il flusso di gente fino al molo... » Si chinò in avanti, sostenendosi contro il pavimento sporco con le braccia tremanti. « Non ricordo tutto, ma se avrà una piastrina al collo... »

Qualcuno gridò che l'ambulanza stava arrivando. Le labbra dell'uomo si fecero livide e Jasmin, con il cuore che batteva all'impazzata, si sentì prendere dal panico. La donna con il cellulare provò a chiedergli che cosa sentisse, ma lui non rispose.

« Se avrà una piastrina al collo, dovrà andare al Terminal », disse Jasmin, a voce più alta.

« Dicono che è meglio se tiene la testa alzata », disse la donna, che stava parlando al telefono con il pronto soccorso.

« Deve raggiungere il Terminal », proseguì Jasmin. « Mi sente? »

« Ma cosa sta dicendo? » gridò qualcuno.

Una bionda tentò di scostarla, ma Jasmin le allontanò la mano. Quando la donna le afferrò la giacca, Jasmin si voltò e le diede una gomitata allo sterno, mozzandole il respiro e facendola cadere all'indietro.

Nell'ingresso, diverse persone si misero a urlare, ma Jasmin si rimise in ginocchio chinandosi sul volto madido dell'uomo, che ormai non respirava più. Qualcuno tentò di trascinarla via, ma lei allontanò tutte le mani a suon di schiaffi.

« Stia attento alla banda della Triade », disse a voce ancora più alta. « Tenteranno di costringerla a... »

« Mamma? » gridò Dante.

« Portatela via! »

« Qualunque cosa succeda, non perda la piastrina! » strillò Jasmin, mentre la trascinavano a forza. « Resti davanti al Terminal, guardi i *dàzìbào* e aspetti... »

Le cadde la borsetta, e il contenuto si rovesciò a terra: cipria, rossetto, kajal, cellulare e chiavi.

6

Jasmin si dibatteva, mentre la polizia la portava al pronto soccorso psichiatrico dell'ospedale Sankt Göran. Urlava che doveva salvare quell'uomo, che il Comitato Centrale aveva perso il controllo del porto, che doveva metterlo in guardia dalla Triade.

Con un calcio mise a terra il primo infermiere e ruppe un braccio al secondo, ma alla fine la bloccarono contro il pavimento e le fecero un'iniezione di Stesolid nella coscia.

« Ha il diritto di sapere la verità », ansimò.

Sul modulo di ricovero il medico scrisse che l'episodio psicotico era stato scatenato dall'infarto di un estraneo. Data la reazione violenta e l'anamnesi di trauma bellico con elementi di psicosi, la specialista Evita Olsson decise che Jasmin, per la legge sul trattamento sanitario obbligatorio, doveva essere internata contro la propria volontà.

Per le prime ventiquattr'ore le praticarono iniezioni intramuscolari di Haldol, un neurolettico ad azione rapida. Dopo un tentativo di evasione e una finestra infranta, optarono per la camicia di forza e per il Cisordinol, un antipsicotico. Nel letto, immobilizzata dalle cinghie, gridava a tutti di prepararsi all'aldilà, e continuò a urlare fino a perdere la voce.

Dopo due giorni presentò effetti collaterali extrapiramidali e strisciò lungo il pavimento, tremando, in preda a fortissimi crampi alla gola, alla mandibola e alla lingua. Lasciarono passare diverse ore prima di somministrarle un antidoto, l'Akineton.

In un primo momento sentì un forte bisogno di spiegare agli infermieri che il suo accesso di rabbia era diretto alla criminalità organizzata, agli uomini della Triade. Tentò di far capire loro che non credeva di essere finita nel posto sbagliato, arrivando in quella città portuale cinese. Anzi, era convinta che tutti gli esseri umani ci capitassero prima o poi. Non era verosimile che tutte le religioni concordassero su quel punto specifico. Lei era stata nell'aldilà e sapeva che era proprio come lo descrivevano le antiche fonti cinesi.

Dopo poco più di una settimana di ricovero, finalmente capì che tutti la consideravano pazza. Serrava le mandibole per scacciare l'impulso di contraddirli e argomentare che lei, sulla morte, ne sapeva più di tutti loro. « Ho visto quello che ho visto », mormorava, dopo che se n'erano andati.

Le giornate si susseguivano e il terrore lasciava lentamente il posto alla vergogna per aver spaventato tutti, all'asilo, perdendo il controllo.

Sua madre si trasferì a casa sua per occuparsi di Dante e portarlo all'asilo ogni mattina.

Jasmin si costrinse a ritrovare il contegno, a muoversi con garbo, a parlare a voce bassa e in modo controllato, mostrandosi contrita e ammettendo così di essere malata.

Aveva chiesto una riduzione delle dosi di Cisordinol, ma il farmaco continuava a gonfiarle il volto. La pelle era ingrigita e in mezzo agli occhi le si era scavato un solco.

Per tre volte aveva chiesto di essere dimessa, spiegando che sarebbe stato meglio proseguire le cure da casa, dato che aveva un figlio da crescere.

Adesso era seduta sul bordo del letto, in attesa del medico. I capelli scarmigliati le penzolavano ai lati del viso, indossava un camicione e le scarpe da ginnastica bianche erano prive di lacci.

Qualcuno bussò alla porta ed entrò. Era la dottoressa Evita Olsson, una donna dai modi severi e precisi, dal collo robusto, con una crocchia grigia e occhi azzurri e tranquilli.

Jasmin si alzò, la salutò con una stretta di mano e fece un commento a proposito della mattinata piovosa, poi con un gesto la invitò ad accomodarsi sulla sedia e riprese posto sul bordo del letto. « Adesso sto bene », disse, scostandosi i capelli dalla faccia.

« Mi fa piacere. » Evita Olsson sorrise e si sedette.

Jasmin era in imbarazzo, capiva di avere lo stesso aspetto di tutti gli altri pazienti della clinica psichiatrica, sapeva benissimo che puzzava di sudore e teneva le palpebre abbassate per lunghi momenti per via degli occhi secchi, ma doveva fare uno sforzo per amore di Dante, doveva tentare di dare le risposte che esigevano da lei. « Volevo solo dirle che ora sto bene... e che non so proprio spiegarmi come mai abbia avuto quella reazione. »

« Mi pare di capire che un uomo ha avuto un infarto e che lei ha tentato di comunicargli qualcosa che riteneva importante. »

« Sì, lo so, mi dispiace. Da quando sono stata colpita in Kosovo continuo a fare quel sogno... »

« Sull'aldilà, dico bene? »

« Era un sogno molto realistico », ammise Jasmin, e si accorse di essere arrossita.

« Ma certo. » Evita Olsson annuì e controllò la cartella. « Lei ha avuto un'esperienza terribile, è stata curata presso il Centro traumi psichiatrici ed è rimasta sotto farmaci per dodici settimane per un disturbo delirante. »

« Già... per un po' ho creduto che non fosse solo un sogno », spiegò Jasmin.

« Interessante. Magari non lo era », disse la dottoressa, serissima. « Non si sa mai... Magari lei sa qualcosa che gli altri non sanno. »

« Si vedrà », sorrise Jasmin.

« Giusto. » La dottoressa Olsson rise e si alzò dalla sedia.

« Potrò andare a casa presto? »

« Ne parlerò con l'amministrazione. »

« Grazie. »

Evita Olsson fece per uscire, ma sulla porta si fermò e si voltò nuovamente verso Jasmin, rifletté per qualche secondo e disse: « Per curiosità... Facciamo finta che io non sia un medico e che non ci troviamo in un... Insomma, in tutta sincerità, lei come crede che siano andate le cose? »

« Io credo di aver visto davvero l'aldilà », rispose Jasmin, con un filo di voce.

« In tal caso, resterà con noi per un bel po' », disse Evita Olsson, con un gelo improvviso. Per qualche istante restò a osservare l'espressione sbigottita e umiliata di Jasmin, poi se ne andò.

Jasmin mantenne il controllo, rimase seduta immobile mentre la porta veniva chiusa a chiave e strinse i denti sapendo di essere osservata dallo spioncino. Aveva le lacrime agli occhi. Deglutì a forza, si alzò sulle gambe tremanti e andò al lavandino a sciacquarsi la faccia. D'un tratto vide tutto nero, perse la nozione dello spazio e non si accorse nemmeno di aver battuto la fronte contro il bordo del lavandino, mentre si accasciava a terra.

Si girò sulla schiena, aprì gli occhi e fissò il soffitto, una superficie bianca sospesa in aria.

Batté le palpebre, ma la sensazione di essere in un sogno non passava.

Le ricordava una cosa successa durante l'addestramento speciale: doveva immergersi senza attrezzatura, nuotare sotto la chiglia di una grossa nave e applicarvi alcune mine. Ricordava di averne fissate due, sapendo di dover trattenere il fiato per altri due minuti, anche se l'acido lattico le faceva già sentire le gambe pesanti. Si era immersa a otto metri di profondità per passare dall'altra parte della chiglia, quando si era sentita soverchiare dalla sensazione che stava per accadere qualcosa di orrendo. Jasmin aveva dimenticato dove si trovava, aveva cominciato ad affondare ed era rimasta a fissare quegli abissi grigi e scuri senza capire che cosa vedeva, quando improvvisamente aveva riacquistato lucidità.

Si alzò dal pavimento. L'avevano fregata una volta, e tanto bastava. Se voleva averla vinta lei, non doveva parlare mai più della città portuale. L'indomani le dosi dei farmaci aumentarono e Jasmin cominciò a star male e a vomitare. Le vennero somministrati medicinali contro gli effetti collaterali. I piedi si gonfiarono al punto che non riusciva a infilare le scarpe e il mal di testa divenne insopportabile.

Rimase coricata in posizione fetale nel letto bagnato di sudore, con i polpastrelli premuti contro le tempie e le mandibole serrate, bisbigliando: «Credete di distruggermi? Tutto qui, quello che sapete fare? Questo è niente, per me».

7

Dopo due mesi, i medici abbassarono gradualmente le dosi dei farmaci fino a passare al Cipramil e allo Zyprexa in compresse. I primi giorni Jasmin le prese, poi smise senza farsi scoprire.

Cominciò a fare flessioni e addominali di notte, al buio della sua stanza, tentò qualche mossa di pugilato e imparò a memoria i *Sonetti* di Shakespeare per riacquistare sicurezza nelle proprie capacità mnemoniche.

In meno di una settimana tornò a provare desiderio sessuale, ripensò ai primi tempi insieme a Mark e riprese a masturbarsi.

Capiva di dover badare al proprio aspetto, se voleva uscire di lì, così cominciò a nutrire la pelle, a lavarsi i denti, limare le unghie, lavare e intrecciare i capelli.

La monotona quotidianità del Reparto 4 era quasi insostenibile nella sua prevedibilità. Era come se il tempo avanzasse tanto lentamente da rischiare di fermarsi del tutto.

Si sedette sul divano verde slavato della sala televisione. In tv c'era una donna che parlava della propria dipendenza dagli zuccheri. Sul tavolo di fronte a Jasmin c'era una piccola carpa di latta dipinta, con la bocca aperta e grandi scaglie gialle. Jasmin si sporse in avanti, la prese, la osservò e la capovolse. Lesse la scritta MADE IN CHINA, rivolse uno sguardo noncurante all'infermiere che la teneva d'occhio e promise a se stessa che sarebbe uscita da quel posto. Aveva una tale nostalgia di Dante che non osava nemmeno immaginare di poter vivere di nuovo insieme a lui. La realtà la colpiva come un'ondata dolorosa.

Su consiglio di Evita Olsson, il tribunale amministrativo aveva prolungato il trattamento sanitario obbligatorio già due volte, ma in luglio Jasmin poté parlare con un avvocato e presentare ricorso, così ebbe accesso alla cartella clinica e al rapporto medico redatto da chi l'aveva ricoverata.

Fu così che per la prima volta lesse della donna violenta che la polizia aveva portato all'ospedale psichiatrico.

Faceva fatica a identificarsi con quella persona, ad accettare che era proprio lei.

Secondo i documenti di ricovero, la donna in questione era stata internata forzosamente per impedirle di nuocere a se stessa e ad altri.

Le lacrime caddero sul foglio e si espansero come cerchiolini grigi sulle osservazioni del medico. Jasmin non riusciva a capacitarsi del terrore provato nel vedere quell'uomo colpito da un infarto.

Aveva sviluppato una psicosi.

In quel momento, con il documento in mano, d'un tratto le apparve ovvio che quella città portuale era stata soltanto un sogno.

Si era sbagliata. Avevano ragione loro.

Non era stata internata e imbottita di farmaci per aver detto la verità, ma per aver perso il contatto con la realtà.

La loro diagnosi era corretta.

Per quale motivo si era aggrappata a quel sogno, sostenendo che fosse la verità? Per una sciocca ostinazione? Come mai ci aveva messo tanto tempo ad ammettere di essersi sbagliata? Era pur vero che certi testi antichi descrivevano il molo e le barche dell'aldilà, ma erano solo miti. Quel porto cinese le era apparso solo per una reazione del cervello all'ipossia. Se lei si era convinta del contrario, era perché stava delirando, soffriva di psicosi. Ciò che non doveva accadere era accaduto. Il suo autocontrollo era stato solo un'illusione. Nel profondo, continuava a mancarle del tutto l'equilibrio. L'aveva perso durante quei minuti nel Kosovo.

Il sogno di quella città portuale era come un fuoco dietro un paravento di carta. In qualunque momento, le fiamme potevano incendiare la carta e tornare a far parte della sua realtà.

Si asciugò le lacrime con il dorso della mano, andò a prendere l'orsacchiotto che aveva riempito di tutte le compresse che aveva sputato, ne sfilò una di Zyprexa, se la mise in bocca e l'inghiottì.

Da allora in poi assunse tutte le medicine che le venivano portate e prese parte a tutte le terapie possibili. In futuro, quell'estate le sarebbe sembrata la quiete prima della tempesta, il momento in cui la natura trattiene il fiato in vista di una grande prova.

Quasi tutti i giorni, nell'orario di visita, sua madre andava a trovarla insieme a Dante. Con lui, tutto diventava più facile. Mangiavano un tramezzino, bevevano un po' di succo di mela e parlavano delle ultime novità.

Un giorno, Dante si fece serissimo e disse: « Papà si è trovato una ragazza ».

« Come si chiama? »

« Mia. »

« È simpatica? »

Dante annuì e si mise a giocare con il pupazzetto dell'Uomo Ragno. Muoveva le labbra senza produrre alcun suono e aveva un'espressione grave. Aveva gli occhi verdi, come lei, ma solo una spruzzata di lentiggini sul naso e sulle guance.

« Mi racconti quali sono le regole di casa di papà? » chiese Jasmin.

« Non devo scendere al lago e non devo toccare le cose calde. »

« Ma puoi dormire davanti alla televisione, se papà ti dà il permesso. »

« Sì, però devo restare in cameretta se loro stanno litigando. »

« Ma non succede, vero? »

« No. »

« Già finite le regole? » chiese Jasmin.

« No: con papà devo divertirmi », rise lui.

Alla visita successiva, Dante le raccontò che Mia l'aveva afferrato per i capelli per impedirgli di correre in giardino da papà.

« Ti ha fatto male? » chiese Jasmin, con il cuore che le martellava in petto.

« Un po'. »

« Ti sei spaventato? »

« Smettila », mormorò lui.

Di ritorno nella sua stanza, Jasmin andò alla finestra, lo sguardo fisso sulla tettoia sopra l'ingresso della clinica psichiatrica e sui mattoni rossi nell'ombra. Fissò a lungo le porte a vetri, pensando che fra non molto le avrebbe attraversate e non avrebbe più rimesso piede in quel posto.

Il giovedì veniva tagliato il prato e Jasmin si sedeva sul davanzale interno a seguire con lo sguardo il giardiniere a bordo del piccolo tagliaerba.

Al pensiero di aver negato la malattia di cui aveva sofferto, le mancava la terra sotto i piedi.

Ebbe un brivido di tensione quando Evita Olsson le chiese se a suo avviso fosse ora di ridurre le dosi di farmaci e tornare a casa.

« A casa? »

« Non vuole? » chiese la dottoressa.

« Sì, ma non so se me la caverei. »

« Io credo di sì. »

Un lunedì, sua madre arrivò senza Dante. Jasmin capì all'istante che qualcosa non andava. La mamma sembrava invecchiata, il volto minuto era rugoso e la bocca tesa.

« Mamma? Cosa succede? »

Sua madre non riuscì più a trattenere le lacrime. « Mark vuole portarti via Dante », disse, piangendo e porgendole una busta.

Jasmin l'aprì. Era il documento con cui Mark, ritenendo Jasmin inadatta a svolgere le funzioni genitoriali a causa di un'infermità psichica, chiedeva al tribunale amministrativo la piena custodia del figlio.

« Non devi più parlare di cose strane », le disse sua madre in tono affettuoso, prendendole il viso fra le mani.

« Era colpa della psicosi, ma adesso sto bene », disse Jasmin, serissima.

« *Devi* star bene. »

« Non ho più bisogno degli psicofarmaci e... » Jasmin sentì sbocciare dentro di sé grossi fiori bianchi di angoscia, i cui petali si piegavano fino a farle il solletico. Non riuscì a non sorridere della cosa.

« Perderai Dante, se... »

« Mamma, ho già parlato con gli psichiatri », disse Jasmin, tentando di tornare seria. « Uscirò prestissimo, ma prima... »

« Non avresti dovuto... »

« Ascoltami, mamma », la interruppe lei. « Adesso va' a casa e trovami un avvocato esperto in diritto familiare e in cause per la custodia dei figli. Pago io. Mi troverò un secondo lavoro, farò qualunque cosa. »

8

Era già dicembre e il destino le correva incontro con una rapidità vertiginosa.

Una bufera proveniente dalla Russia attraversò il Baltico e raggiunse la Svezia. Le acque nere del mare riflettevano un bianco che turbinava come acciaio liquido. La neve si depositò su tutti i pini nani dell'arcipelago, ma solo sul lato rivolto a nord-ovest, abbattendosi sugli scogli e sulle barche coperte, invadendo le strade e trasformando Stoccolma in una città scintillante nell'arco di una notte.

Jasmin era stata dimessa in agosto e da tre mesi aveva ripreso a lavorare, anche se part-time, ma era ancora intimidita. Si vergognava del crollo che aveva avuto. Si presentava regolarmente alle visite psichiatriche e assumeva i medicinali prescritti.

Jasmin aveva scambiato un sogno per la realtà, portando avanti quel delirio per anni. Non poteva fidarsi di se stessa, non era più la donna che aveva creduto di essere.

Piena di ansie, aveva difficoltà a prendere decisioni, si consultava con la madre praticamente per qualunque cosa e aveva smesso di guidare.

Il tribunale amministrativo avrebbe emesso la sentenza di affido appena prima di Natale. Fino ad allora valeva la disposizione precedente, cioè che Dante stesse con la mamma. Il bambino era di buon umore e aveva ricominciato a dormire nel suo letto.

Jasmin era convinta che Mark sapesse che cosa le era capitato. Non gli sarebbe mai passato per la mente di portarle via il bambino solo per capriccio, non era da lui. Doveva averglielo imposto Mia, per gelosia, per punirla della sua relazione con Mark.

Jasmin era al lavoro. Alla fine del turno, lei e Dante sarebbero andati a Nynäshamn per un incontro con Mark e con gli avvocati. La situazione non era disperata, si poteva trovare un accordo. L'avvocato di Jasmin aveva scoperto che Mark aveva precedenti per possesso di droga e detenzione illegale di armi.

Una rete di fiocchi di neve copriva quasi del tutto le ampie finestre del ministero della Difesa e si accumulava sulle lunghe aste da bandiera che si protendevano dalla facciata rivolta su Jakobsgatan.

Jasmin rimase per tutto il giorno chiusa in ufficio, con il cuore che galoppava, a redigere documenti in base ai quali il tribunale avrebbe preso le sue decisioni.

Sul davanzale interno c'era una piccola luminaria d'Avvento. Fuori dalla finestra, la neve cadeva pesante nel buio del pomeriggio.

Dopo il lavoro andò subito al mercato coperto di Östermalm. I fiocchi di neve si intrecciavano come una catena e riempivano il cielo, una coltre bianca che si posava sulla piazza, nascondendo l'immondizia di McDonald's intorno al bidone strapieno.

Attraversò l'alto portale e sentì il profumo intenso di carne affumicata e spezie natalizie, mentre camminava fra le bancarelle per raggiungere il ristorante Husmans Deli.

Sua madre e Dante erano seduti in un angolo. Dante si era mangiato tutta la bistecca, lasciando sul piatto soltanto una patata e qualche traccia di sugo e salsa di mirtilli rossi. «Adesso posso prendere il dolce?»

«Non saprei», rispose Jasmin.

«La nonna dice che devo chiederlo a te.»

«Non so se abbiamo tempo.» Jasmin lanciò un'occhiata esitante a sua madre. «Tu che dici?»

«Ne abbiamo in abbondanza», rispose lei in tutta calma. «Ma queste decisioni spettano a te.»

«Io... non saprei... Non...»

«Va bene così, faccio senza», mormorò il bambino. Si ripulì la bocca con il tovagliolo di carta, si alzò da tavola e prese la sua spada di plastica.

Quando uscirono dal ristorante, Dante mise la manina in quella di lei, e Jasmin fremette di emozione. Per tutto il tragitto fino all'auto, Dante continuò a scacciare i fiocchi di neve a colpi di spada. Il cielo era nero sopra il turbinio di luci della città.

« Jasmin, non metterti a parlare di cose strambe », le ripeté sua madre.

« Ci mancherebbe », rispose Jasmin, con uno sfarfallio di angoscia nel cuore.

Sua madre aveva parcheggiato in Sturegatan. Il seggiolino di Dante era sempre fissato al sedile posteriore.

Jasmin ripose la spada di plastica nel bagagliaio, prese la paletta e tolse la neve farinosa dal parabrezza e dal lunotto, poi si sedette accanto a Dante e controllò che le cinghie fossero fissate a dovere.

Gli tolse il berretto e come sempre gli passò una mano fra i capelli umidi.

La madre di Jasmin canterellò qualcosa, accese il motore e partì. Gli pneumatici non producevano quasi rumore sulla neve soffice.

Guardando fuori dal finestrino, Jasmin rifletté sul fatto che, benché fossero passati sei anni dall'episodio in Kosovo, la ferita era ancora aperta.

Tutte le strade e i marciapiedi erano bianchi, scintillanti e silenziosi. I tergicristalli spazzavano via la neve leggera e i bocchettoni sprigionavano calore.

Jasmin vide i fiocchi bianchi trascinati dal vento seguire il corso turbinoso dell'acqua nera ai due lati del Parlamento. Tentò di catturarne uno con lo sguardo e seguirne il tragitto fino a terra, pur di smettere di pensare all'imminente incontro con Mark e gli avvocati.

Dante aveva le guance arrossate dal riscaldamento dell'auto e i folti capelli s'incollavano alla fronte madida. Il bambino mormorò qualcosa fra sé e sé e disegnò un teschio sul finestrino appannato.

I fiocchi vorticavano nella luce dei fanali. Sembrava di stare in una *boule à neige*.

« Mia ha già un figlio », raccontò Dante. « E quindi si... »

« Attenta! » strillò Jasmin.

Un uomo barbuto stava attraversando la strada. Quasi non lo si vedeva, nella fitta nevicata che cadeva su Slussplan. Era vestito con abiti pesanti e trascinava un sacco di plastica trasparente mezzo pieno di barattoli vuoti. La madre di Jasmin inchiodò, gli pneumatici persero aderenza, i freni emisero un rumore mitragliante e l'auto sussultò con violenza.

Nel silenzio si sentirono solamente gli ansiti di Jasmin.

Grossi fiocchi cadevano lenti nel cono di luce dei fanali.

L'uomo barbuto s'irrigidì. La mano sinistra rimase posata per un istante sul cofano. I lunghi capelli gli pendevano ai lati della testa; gli occhi erano bordati di rosso, le labbra screpolate. La neve si posava sul berretto e sulla pesante coperta che portava intorno alle spalle. Rimase immobile a fissare la madre di Jasmin, poi riprese ad attraversare la strada.

« Da quanto tempo un uomo non mi guardava così », disse lei in tono monocorde, rimettendosi in marcia.

Nessuno disse nulla, mentre procedevano nel lungo tunnel. Una volta fuori, sulla strada per Nynäs, il traffico procedeva veloce. La madre di Jasmin spense l'autoradio per concentrarsi sulla guida. Nel buio, vetture nere emergevano all'improvviso dal turbinio di fiocchi bianchi. Quando spegneva i fendinebbia, la strada scompariva fra le ombre e la neve, e in lontananza s'intravedevano le luci rosse di un'auto che frenava.

« Come si scrive Dante? » chiese il bambino.

« Dovresti saperlo », rispose Jasmin.

« Con che lettera comincia? » gli chiese la nonna.

« Con una D. » Dante tracciò sul finestrino una D capovolta.

« E dopo? » disse Jasmin.

« Nnn », tirò a indovinare il bambino.

« Prova a dire 'Dante' lentamente. »

« Non sono capace », mormorò Dante.

« Almeno prova », disse lei, impaziente.

Cadde il silenzio. Dante era visibilmente rattristato. La nonna spense i fendinebbia per non abbagliare il conducente di un'auto che avanzava nella direzione opposta. La neve frustava con violenza il parabrezza.

« Sono scemo », disse Dante a bassa voce.

« No, che non lo sei. Non dire così », bisbigliò Jasmin, stringendogli una mano.

« Lo dicono tutti. »

La nonna riaccese i fendinebbia. In quel momento, apparve un enorme tir che viaggiava a gran velocità verso di loro. La donna strinse il volante con ambedue le mani e tentò di buttarsi a destra, ma i cumuli di neve al margine della strada la sospinsero nuovamente verso il centro della carreggiata.

« Tutti chi? » chiese Jasmin.

« Tutti. »

« Cioè i compagni d'asilo? Oppure... »

Il tir passò a un soffio da loro, schizzando fanghiglia sui finestrini, e lo spostamento d'aria fece sbandare l'auto.

« Oddio », mormorò la nonna.

Jasmin sentì qualcosa cadere sfiorandole il collo e si rese conto di aver perso l'orecchino di perla. Si era infilato nella fessura tra il suo sedile e il seggiolino di Dante. Tentò di recuperarlo, ma l'orecchino penetrò ancora più in profondità, fino a sparire.

« L'hai perso di nuovo », disse Dante.

« Sì, me ne sono accorta. » Jasmin brancicò intorno al sedile.

« Eccolo, lo vedo. » Dante puntò un dito verso il basso.

Jasmin si chinò di lato, tese una mano sotto il sedile e cercò fra le briciole, le carte di caramelle e i vecchi biglietti del parcheggio, con la cintura di sicurezza che le premeva contro il collo. Nel momento in cui chiuse la mano intorno all'orecchino, un urto fece tremare l'automobile. Udì sua madre e Dante gridare e batté la guancia contro la portiera. Gli pneumatici sobbalzarono su una superficie irregolare.

« Quello era fuori di testa », sibilò sua madre, fermandosi al margine della strada.

« Cos'è successo? » chiese Jasmin.

« Addio specchietto », rispose lei, con aria incredula, slacciando la cintura di sicurezza.

« Dante? Com'è successo? »

« Posso slacciare la cintura? » chiese Dante.

« No, resta seduto », rispose Jasmin, brusca.

« Perché sei così arrabbiata? »

La madre di Jasmin stava aprendo la portiera quando tutti e tre vennero abbagliati dai fendinebbia di un grosso veicolo che proveniva da dietro. La collisione fu tremenda e vennero scagliati in avanti con una forza indescrivibile. Jasmin ebbe il tempo di vedere il sangue che sgorgava dalla bocca di Dante e le schegge di vetro di tutti i finestrini vorticare in aria. Mentre l'auto si ribaltava, Jasmin vide i fanali di un camion che veniva dalla direzione opposta, ma non sentì il secondo urto. Il tempo sembrava essersi fermato. Non provò nulla, ma vide le lamiere contorcersi, accartocciarsi e tranciare di netto le gambe di sua madre.

Caddero le tenebre e il silenzio.

Jasmin si svegliò a testa in giù come un feto appena prima del parto. Il sangue le entrava nelle narici e le schegge tintinnavano contro il metallo. La cintura di sicurezza scricchiolava e le tagliava il collo. Non riusciva a girare la testa, e così non poteva vedere Dante. Sentì alcune voci all'esterno, vide un lampeggiante blu e gente che correva nella neve alta.

L'auto si era capovolta nel fosso. I soccorritori stavano tentando di forzare la portiera, ma Jasmin pensò che era troppo tardi, le sembrava che la sua gabbia toracica si fosse sfondata, non riusciva a respirare e non aveva più forze.

9

Si svegliò nel silenzio, con un residuo di sonnolenza. Distesa immobile, con gli occhi chiusi, tentò di ricordare che cos'aveva fatto il giorno prima, ma l'unica immagine che le affiorava alla memoria era quella dell'orecchino: la perla bianca nella sua mano a coppa, come un boccio, un gelsomino chiuso.

Chissà perché, il suo cuore cominciò a battere più forte.

Immaginò di essere di nuovo bambina, che la mamma le stesse spiegando che i fiori del gelsomino si formavano come grappoli di perle sui rami della pianta, effondendo il loro profumo nelle notti d'estate.

Aprì gli occhi, batté le palpebre al buio e tese una mano verso il letto di Dante, senza riuscire a trovarlo.

Non era a casa.

Era completamente nuda, stesa su una panca di legno laccato, e non ricordava come ci fosse finita.

La sua mano era chiusa a pugno, talmente serrata che dovette sforzarsi per distendere le dita.

Stringeva l'orecchino di perla.

Lentamente posò i piedi a terra e sentì che il pavimento piastrellato era coperto d'acqua tiepida.

In quello stesso istante ebbe la sensazione di essere già stata lì. Era come se stesse ricordando qualcosa che aveva dimenticato da tanto tempo.

Si trovava in un cubicolo, una specie di spogliatoio senza uscio. Sostenendosi al muro, si alzò e uscì su un corridoio. Le pareti riverberavano lo sciaguattare dei suoi passi.

Dopo pochi metri vide una luce grigia che trapelava dai bordi di una porta.

Abbassò lo sguardo sul proprio corpo nudo e vide che il ventre e le cosce lentigginose erano lucidi come marmo bagnato. L'aria era piacevolmente calda e umida.

Sentendo un rumore d'acqua, si fermò e girò la testa. In un

altro cubicolo c'era un uomo nudo che si stava lavando la faccia. Jasmin si ritrasse con discrezione, proseguì e vide un'ampia stanza che consisteva soltanto in un bacino incavato dal fondo verde. Due donne avanzavano nell'acqua che arrivava ai loro fianchi, sospingendo una lettiga galleggiante nella quale giaceva una signora molto anziana.

Ora Jasmin capì dove si trovava: di nuovo nella città portuale. E il sogno era realistico tanto quanto quello che aveva fatto dopo essere stata ferita in Kosovo.

L'angoscia le dava le palpitazioni. Non ricordava che cos'avesse fatto il giorno prima, se come al solito avesse messo a letto Dante e fosse rimasta alzata fino a tardi a guardare un thriller, oppure se si fosse distesa a leggere in camera con un calice di rosso sul comodino.

Tornò al cubicolo nel quale si era svegliata e vide che sulla panca c'erano alcuni vestiti ripiegati, un paio di pantofole chiuse e una saponetta. Alla luce fioca osservò i vestiti: un paio di pantaloni neri della sua misura e una camicetta più chiara. Erano lisi ma profumavano di pulito.

Meditò di restare lì in attesa che il sogno finisse, ma l'inquietudine la spinse a vestirsi. I piedi bagnati inumidirono il tessuto dei pantaloni. Indossò la camicetta e, reggendo in mano le pantofole, camminò piano sul pavimento coperto d'acqua.

Al pallido bagliore che entrava da una fila di alte finestre in vetro lattiginoso vide che il corridoio inondato si estendeva lungo centinaia di cubicoli. Sulle pareti, l'acqua colava in semplici gronde di legno fino a enormi vasche, dalle quali traboccava sul pavimento.

Era un gigantesco stabilimento termale.

Agitata, oltrepassò la porta e si ritrovò su una terrazza che ancora mostrava tracce di una verniciatura giallo intenso. Udì un rintocco di campana in lontananza. Il cielo era scuro, come al crepuscolo.

Si appoggiò al parapetto, trattenne il fiato e si affacciò su una città enorme e piena di movimento, con edifici dall'architettura cinese.

Dalla terrazza, una scala scendeva fino a una via piena di negozi, con una fiumana di gente che si muoveva in una sola direzione. Molti reggevano dei sacchetti, oppure spingevano a mano una bicicletta. Un torrente di persone che non finiva più, dovevano essere più di diecimila, e tutti procedevano lungo l'ampia via. Uno spostamento in massa verso un centro abitato più scuro, non molto lontano.

Calzò le pantofole e scese la scala di legno scricchiolante, abbottonandosi la camicetta e tentando di raccogliere i capelli in una coda di cavallo.

Da ogni parte si aprivano vicoli con lanterne rosse, ristoranti, insegne al neon gialle con ideogrammi cinesi, tetti con gli spigoli curvati verso l'alto, *dàzìbào* laceri. C'era odore di olio di sesamo e di pesce essiccato, di gasolio e immondizia vecchia.

Quando si girò, vide che lo stabilimento termale era un enorme edificio con un'infinità di terrazze, porte, persiane colorate e scale ripide. La gente ne usciva con un'urgenza febbrile, si affrettava a scendere in città e seguiva la corrente lungo l'ampio viale, oltrepassando un enorme cartello con il ritratto di Mao Zedong.

Jasmin scese e si unì alla fiumana di persone. C'era un'atmosfera di catastrofe incombente, sembrava che tutti volessero soltanto allontanarsi dalla città.

Un uomo con il collo coperto di tatuaggi e un bastone da hockey in mano lanciava grida concitate e tentava di farsi largo a spintoni.

C'era un'aria soffocante. Rombi di tuono in lontananza.

Negli *hútòng* bui fra le case basse si scorgevano panni stesi ad asciugare su corde da bucato e al vago bagliore di alcune porte aperte s'intravedevano bidoni arrugginiti.

La brace di una sigaretta vibrava davanti a un volto segaligno.

Alle spalle di Jasmin arrivarono altre persone. D'un tratto la folla la trascinò con sé. Seguì la corrente e si ritrovò dietro qualcuno che spingeva un carrello pieno di libri. Cellulari sparsi per terra, dappertutto. Una donna anziana si fermò e si coprì la bocca con una mano. Aveva gli occhi arrossati e umidi. Più avanti si udivano suonare alcuni fischietti. Un uomo atterrito parlava in hindi e si apriva un varco a gomitate, costringendo Jasmin a calpestare le immondizie sul bordo del marciapiede per fargli spazio.

Urtò con la testa una ghirlanda di carta rossa, tornò in mezzo alla gente e riuscì a infilarsi davanti a un uomo che trascinava una pesante sacca da marinaio.

La calca s'ispessì ancora di più, ma Jasmin mantenne la posizione. Transenne a corda bloccavano l'accesso ad alcuni quartieri, ma al di fuori di quelle delimitazioni, i vicoli erano quasi deserti. In lontananza, accanto a un capannone industriale dalle finestre infrante, un uomo spingeva una carriola. Sopra il salone di un barbiere lampeggiava un'insegna al neon con un drago arancione.

Il flusso di persone la portò fino a una grande area portuale. Distanti, lungo la banchina, c'erano barche disposte in dieci file, con lanterne rosse che penzolavano da bastoni fissati alla prua. Alcune imbarcazioni parevano giunche riattate, altre erano motoscafi militari arrugginiti, strapieni di casse e pacchi.

Uomini in uniforme giravano dappertutto, assicurandosi che la gente restasse in fila.

Il cielo era scuro e l'acqua di un nero luccicante.

Era palese che si stava evacuando la città. Migliaia di persone venivano condotte fra delimitazioni di corda che conducevano alle barche.

Su alcune basse chiatte, i passeggeri attendevano in silenzio, con bambini dal volto impenetrabile pazientemente in coda. Dall'entroterra provenivano i rombi di un temporale imminente.

Valigie e taniche d'acqua venivano caricate con semplici argani. Le imbarcazioni si riempivano rapidamente, e i motori emanavano odore di gasolio. Le vele di tela lurida di alcune barche si agitavano al vento.

Una guardia spinse da parte una donna che teneva in una mano alcuni dollari americani e nell'altra un sacchetto di plastica sudicio, e vendeva sigarette alla gente in fila. Qualcuno tentò di parlare in spagnolo con la guardia, che si limitò a scuotere la testa e indicare un punto del molo dove spiccava un enorme orologio a doppio quadrante.

La gente spingeva e Jasmin fu costretta a seguire la propria fila dietro un lurido magazzino.

Al richiamo di diversi fischietti e alcune grida, le guardie imboccarono uno degli *hútòng* che portavano verso la città e corsero ad acciuffare un giovane, che cercò di divincolarsi. Lo picchiarono selvaggiamente sulla schiena con grossi bastoni neri; lui cadde e tentò di trascinarsi via, ma le guardie continuarono a percuoterlo fra le scapole. Il giovane si voltò su un fianco e rimase immobile, levando le mani per proteggere il collo e la testa.

10

Le persone in coda spingevano avanti Jasmin, e c'era una tale calca che le faceva male perfino respirare. Con uno sguardo al di sopra di tutte quelle teste, riuscì a vedere che una delle scarpe da ginnastica del giovane era rimasta nel vicolo, mentre le guardie lo trascinavano nuovamente verso il molo.

La fila procedeva in mezzo alle recinzioni di corda aggirando un capannone cadente, al di là del quale c'era il grande orologio, incassato in una costruzione di metallo alta tre metri. Sembrava un ibrido fra una vecchia pesa pubblica e l'orologio astronomico di Praga.

Tutti passavano di lì. Una dopo l'altra, le persone in attesa venivano fatte salire sulla rampa di legno lucido fino al piatto della bilancia.

I due quadranti avevano una trentina di lancette, dischi girevoli e una mezzaluna perforata. Intorno alla circonferenza c'erano tantissime linee e simboli in oro, trattini e complicate scale di misurazione.

Un vecchio curvo venne aiutato a salire sulla bilancia. Chiese più volte in francese che cosa stesse accadendo. Jasmin non ebbe il tempo di vedere dove lo portavano, perché la coda in cui era lei avanzò fino a una strettoia fatta di pareti di legno, talmente alte da ostruire la vista, ma capì che tutti erano diretti alla bilancia per essere pesati.

Si ritrovò dietro una donna che teneva fra le mani un barattolo di vetro con alcuni cavallucci marini essiccati.

Un guardiano con un'uniforme slavata faceva passare una persona per volta. Quasi tutti restavano in silenzio, ma in fondo alla coda c'era una donna anziana che piangeva impaurita.

Nell'aria c'era un senso di minaccia inesorabile.

Quando venne il suo turno, Jasmin chiese alla guardia se parlasse inglese, ma l'uomo si limitò a indicarle la rampa.

«*I want to know what this is about*», insistette lei, ma dietro c'era già qualcuno che la spintonava.

La guardia le fece cenno di salire sul piatto. Alle sue spalle, qualcuno protestava. Accanto alla bilancia c'erano due uomini dall'aria esausta che mangiavano semi di girasole da un sacchetto polveroso e sputavano le pellicine per terra. Quando la videro, l'uno disse qualcosa e indicò i capelli rossi di Jasmin, l'altro sorrise e si accarezzò una guancia con aria beffarda.

Jasmin salì; non notò alcun abbassamento del piatto, ma alcune lancette cominciarono a roteare vertiginosamente e una delle mezzelune perforate salì emettendo un ticchettio.

Massicci meccanismi si misero in movimento all'interno dell'enorme bilancia, ruote dentate che producevano colpi sordi. Dopo qualche secondo, si sentì un tintinnio provenire da una ciotola di metallo.

Il più anziano dei due uomini ne pescò una piastrina argentata e zigrinata. Somigliava alle placchette militari distribuite ai soldati.

D'un tratto, il sogno le parve un *déjà vu*.

Mentre gli eventi si dipanavano, Jasmin aveva la netta sensazione di averli già vissuti, di aver già sognato quella strana bilancia e la piastrina che tintinnava nella ciotola.

Con tutta la razionalità che il sogno le consentiva, all'improvviso seppe di dover tornare indietro più in fretta che poteva fino a un posto chiamato Terminal di Cabotaggio, e di aver bisogno di qualcuno che l'aiutasse a evitare i vicoli più pericolosi.

L'uomo osservò la piastrina e in tono assente lesse ad alta voce la scritta che recava. L'altro ripeté il tutto a una donna con profonde occhiaie, mentre indicava con una bacchetta diversi punti dei quadranti.

La donna controllò le liste che teneva in mano, bofonchiò spazientita, sfogliò, chiese qualcosa, poi seguì un elenco con il dito. Quando si fermò, alzò lo sguardo e fece una domanda con voce tesa. L'uomo più anziano le rispose a bruciapelo, guardò Jasmin, poi esaminò nuovamente la piastrina.

«Qual è il problema?» chiese Jasmin in inglese.

L'uomo con la bacchetta arretrò di un passo e la fissò.

L'altro fece un sorrisetto. Disse qualcosa in cinese, le toccò i capelli, infilò una catenella nel foro della piastrina e gliela mise al collo.

L'angoscia si allargò come un acquerello in un bicchiere d'acqua: forse Jasmin aveva deragliato un'altra volta, magari si trovava nuovamente al reparto psichiatrico dell'ospedale Sankt Göran, legata al letto e priva di sensi a causa dei farmaci.

Quando mi sveglio, non devo dire cose strane, pensò.

Una guardia dagli occhialini tondi le fece cenno di farsi da parte per lasciar salire la persona successiva. « Niente barca », le disse in un pessimo inglese.

« Lavoro al ministero della Difesa svedese, esigo un interprete e qualcuno che mi scorti al Terminal di Cabotaggio », disse Jasmin.

L'uomo annuì, disse qualche parola al più anziano dei due che stavano accanto alla bilancia e ottenne una risposta concisa. Dopodiché le porse uno sgabello di plastica sporco, la esortò a sedersi e si allontanò in tutta fretta.

Jasmin rimase in piedi accanto allo sgabello, con una mano chiusa intorno a una delle corde di recinzione, mentre altre persone le passavano accanto.

Al di là dei percorsi recintati che conducevano al molo, un grosso cartello in centinaia di lingue si era ribaltato e la gente avanzava calpestandolo. Da uno dei due pali di sostegno penzolava una fila di lampadine. Più oltre, un traghetto arrugginito emerse dalle tenebre: i passeggeri erano pigiati sul ponte e si aggrappavano al parapetto.

Un altro rombo di tuono, stavolta più vicino.

Il guardiano con gli occhiali ritornò in compagnia di un cinese sulla ventina, in jeans e maglietta, con chiazze di sudore sotto le ascelle. Il giovane si fermò davanti a Jasmin con un'espressione contrariata, appese alla transenna un giubbotto e si strofinò i capelli per ripulirli dalla segatura.

Le parlò in svedese. « Il direttore dice che le serve un interprete. »

« Devo solo raggiungere il Terminal di Cabotaggio e mi occorre un aiuto con... »

Jasmin s'interruppe. Aveva notato qualcosa con la coda dell'occhio. Si voltò verso il molo e lo perlustrò con lo sguardo.

Senza una parola si allontanò dal guardiano e dal giovane e si fece largo verso le barche per vedere meglio.

Qualcuno tentò di trattenerla per i vestiti, ma lei si divincolò.

Le era parso di vedere sua madre.

La guardia la chiamò a gran voce, ma Jasmin continuò ad avanzare lasciandosi trascinare dalla folla e aguzzando la vista, ma di sua madre non c'era nemmeno l'ombra. Vide solo una donna anziana dalla postura eretta, con i capelli bianchi raccolti in una semplice crocchia, come sua madre.

Jasmin non la vedeva in faccia e non riusciva ad avvicinarsi, così tentò di calmarsi ripetendo a se stessa che era solo un sogno. Certo, era solo un sogno, ma le faceva ugualmente paura, perché una parte di lei si rifiutava di credere che quanto stava accadendo non fosse reale.

Aveva visto male, senz'altro.

Si fece da parte, ma rimase bloccata contro una recinzione. Qualcuno la spinse da dietro, e perfino attraverso la camicetta sentì la frizione della corda tesissima che le premeva contro i fianchi.

La donna che somigliava a sua madre salì a bordo di un'imbarcazione militare piena di ruggine. Per terra, accanto a lei, c'erano due cadaveri avvolti in sudari insanguinati. La lanterna rossa dondolava e si rispecchiava come una fiamma brillante nel nero dell'acqua.

Del sogno precedente, Jasmin ricordava solo qualche frammento, ma sapeva che la criminalità organizzata era fuori controllo, che le bande della Triade aggredivano e derubavano la gente. Non riusciva a farsi tornare in mente come finisse il sogno, ma alzando lo sguardo sulla zona portuale, con le gru lungo la banchina e le barche sovraccariche, ebbe una sensazione di pericolo tangibile, pungente come una fiamma ossidrica.

11

Facendosi largo nella calca, Jasmin tornò dall'interprete. Incespicò nello sgabello, ma si aggrappò alla corda e lo guardò negli occhi. «Scusi.»

«Hanno convocato me perché parlo svedese», spiegò l'uomo, pacato. «Ma ho un lavoro e vorrei tornare a occuparmene.»

«Mi era sembrato di vedere mia madre.»

«Devo avvisare il direttore?» L'interprete si grattò il collo.

«No, non occorre, voglio solo qualcuno che mi accompagni al Terminal.»

L'interprete si voltò verso l'uomo in divisa e disse qualcosa in cinese. Jasmin notò che sotto la maglietta lurida portava una piastrina come la sua. L'ufficiale portuale sputò la pellicina di un seme di girasole e gli rispose senza troppa premura.

«Niente accompagnatori», spiegò l'interprete.

«Ma allora chi ha la responsabilità della mia sicurezza?»

Il giovane sospirò e si scostò la frangia dagli occhi, tradusse la domanda all'ufficiale portuale e ottenne una risposta che non gradì. Tentò di protestare, ma l'uomo emise un ringhio e troncò la conversazione. L'interprete si grattò un orecchio e guardò Jasmin negli occhi. «L'accompagno io», disse con voce stanca, prendendo il giubbotto.

La guardia li lasciò passare. Si allontanarono dal molo e dalla gente in coda. Jasmin camminava tanto vicina al giovane da riuscire a vedere minuscole particelle di segatura impigliate nelle sue lunghe ciglia. Proseguirono lungo un'alta recinzione a rete che delimitava il cantiere navale, oltrepassarono bacini di carenaggio, diverse officine con gli scafi in metallo retti da sostegni e tendoni di tela cerata agitati dal vento.

Forse dipendeva dal crepuscolo, ma ogni cosa le appariva stranamente incolore e squallida. I muri e gli ampi tetti simmetrici sembravano coperti di cenere e i volti delle persone erano grigi come piombo.

Come se si trovasse in un mondo fatto di ombre.

Il giovane si fermò e si appoggiò alla recinzione facendola sferragliare, emise un forte fischio e scrutò verso una falegnameria. Il vento faceva mulinare i trucioli in un vortice. Davanti all'officina c'era una carena dalla curva elegante, posata su semplici cavalletti di legno.

« Possiamo sbrigarci? » incalzò Jasmin.

« Calma. »

Da un capanno uscì una giovane donna che si avvicinò sorridendo. Indossava un lercio giubbotto rosa. Si piantò davanti a loro, socchiuse gli occhi, si sfilò un guanto stringendolo sotto l'ascella e scostò alcune ciocche dal viso.

L'interprete le disse qualcosa in cinese, a voce molto alta. La donna fissò Jasmin e scoppiò a ridere. Lui mollò la presa sulla recinzione, si grattò la nuca e s'incamminò verso un vecchio casello daziario dalle finestre infrante. Jasmin lo seguì. Le rampe e le piattaforme di scarico erano vuote.

« Quali sono i quartieri sicuri? » chiese Jasmin.

L'interprete la guardò in tralice. « Non lo sa più nessuno. »

Oltrepassarono alcuni bidoni traboccanti d'immondizie e si addentrarono nella città lungo uno stretto vicolo che odorava di pietra e muffa.

Nel cielo esplose un fuoco d'artificio, una cascata grigia di stelle opache che cadevano lente e sparivano nella foschia scura.

Dietro la finestra di un capannone, Jasmin scorse una manciata di persone nude che facevano sesso tutte insieme su un tappeto persiano. Rimase talmente sorpresa da non essere nemmeno sicura di aver visto bene. Quando guardò dentro le finestre successive, vide soltanto pavimenti in calcestruzzo.

Ai piedi di un portone c'erano alcune bottiglie di liquore vuote accanto a una trapunta sudicia e a un libro in edizione economica danneggiato dall'umidità.

Passarono davanti a un ristorante con polverose pietanze in plastica esposte in vetrina.

« Aspetti », disse l'interprete, fermandosi bruscamente e tendendo l'orecchio.

Jasmin lo osservò nella penombra. Aveva un volto pallido e occhi stranamente intensi, come tracciati con un pennello calligrafico. « Che c'è? » gli chiese sottovoce.

«Per di qui», rispose lui a bruciapelo, arretrando e imboccando un altro *hútòng*.

Jasmin lo seguì. C'era un vecchietto magrissimo seduto per terra a fissare la fotografia di un bambino.

Nel vicolo che si erano appena lasciati alle spalle riverberarono alcuni passi veloci. Scavalcarono alcune latte di vernice arrugginite e barattoli di vetro con pennelli induriti, e svoltarono un angolo.

Senza guardarsi alle spalle, affrettarono il passo verso una strada più ampia, piena di negozi e di gente, e varcarono un vecchio voltone in pietra che dava su una traversa più tranquilla. Dietro tre vetrine, si vedevano molte persone sedute su panche a fare una specie di tombola.

«È molto realistico», disse Jasmin.

«Già, pensi un po'», ironizzò l'interprete.

«Almeno lei sa dove ci troviamo?»

Si fermarono accanto a una carriola piena di terra e cocci di vasi.

«Siamo morti», rispose lui, senza scomporsi.

«Sì, ma solo in sogno», mormorò lei, con il cuore che cominciava a battere più forte.

«Sì, certo», sospirò il giovane, guardando verso un vicolo con i tavolini di un bar e un'insegna al neon rossa con ideogrammi giallognoli.

«Che senso avrebbe, finire in Cina dopo morti?» chiese Jasmin, senza riuscire a sorridere.

«Non si finisce in Cina. Si finisce qui.» L'interprete riprese il cammino.

Lei lo seguì verso il vicolo buio. Per terra, il vento spazzava i brandelli di carta rossa di alcuni fuochi d'artificio scoppiati. «Ma io non sono morta», disse a bassa voce.

L'interprete annuì. Lei scosse la testa e arretrò di un passo. Una lanterna di carta rossa che penzolava da un filo di ferro le sfiorò la guancia con un fruscio.

Si udirono alcune grida soffocate. Il giovane le afferrò una mano. Davanti a loro si aprì un uscio, dal quale venne spinta fuori una giovane donna che avanzò verso il centro del vicolo e poi tornò verso la porta. Dall'interno buio un uomo le disse qualcosa con un tono aspro. La donna tentò di rientrare, ma l'uomo le sbarrò la strada e la spintonò via.

L'interprete bofonchiò qualcosa e trascinò Jasmin verso il bar, sotto l'insegna al neon. La donna imprecò a gran voce, si asciugò le lacrime, sollevò il mento e si allontanò.

L'interprete si pizzicò il labbro inferiore. « Devo mangiare. »

« Quando avremo finito. »

Senza degnarla di uno sguardo, lui passò fra i tavoli di plastica fino a raggiungere l'ingresso. Jasmin lo seguì e lo vide entrare in una cucina angusta dal pavimento piastrellato coperto di sudiciume. Una vecchietta reggeva su un fornelletto a gas un wok che conteneva germogli di bambù e funghi *shiitake.*

12

Erano seduti a un tavolo di plastica sotto un tendone lacero. Davanti a loro c'erano due ciotole fumanti, anch'esse in plastica, piene di spaghetti in brodo. Sul tavolo c'era una carpa di latta verniciata. La bocca spalancata era piena di stuzzicadenti avvolti da piccoli involucri di plastica.

Stando a quanto aveva detto l'interprete, c'era tutto il tempo di mangiare in santa pace, dal momento che le autorità avrebbero affisso i nuovi *dàzìbào* solo di lì a due ore.

Nella memoria di Jasmin passò un fugace sfarfallio, come quando si viene svegliati da un rumore acuto e si resta a letto a orecchie tese, senza capire se quel suono appartiene al sogno o alla realtà.

« Io mi chiamo Lǐ Ting », disse lui, soffiando sugli spaghetti in brodo. « Ting è il nome. »

« Jasmin », rispose lei. « Ma sì, diamoci pure del tu. »

Una ragazza dalle guance piene, con i capelli alla maschietta, sparecchiò il tavolo accanto. Ting la guardò e si grattò un orecchio.

« Non mi sembri morto », disse Jasmin.

« Ah, bene », mormorò lui.

Lei fissò i suoi occhi serissimi, poi distolse lo sguardo e non riuscì a trattenere un sorriso. « Insomma... non ci credo », disse, posando le bacchette sul tavolo.

« A cosa? » chiese lui con impazienza. « A cos'è che non credi? »

« Che tutto questo sia vero. »

« In tal caso, non lo è », sospirò Ting. « Tanto di guadagnato. »

« No, scusa, non voglio dire che... »

« Me ne frego, di quello che vuoi dire », la interruppe lui.

« Non c'è bisogno di alzare la voce », lo rimproverò Jasmin.

« È solo che tutti gli altri lo sanno, sanno come sono finiti qui... Ho parlato con talmente tanta gente... » spiegò l'interprete, con un sorriso irritato.

« Ma non sai niente di me. »

« D'accordo, argomento chiuso. » Ting si portò alla bocca un groviglio di spaghetti. « Ti accompagno al Terminal di Cabotaggio e traduco tutto quello che vuoi. »

Continuò a mangiare a occhi bassi. Le lunghe ciglia proiettavano ombre tremolanti sulle sue guance. La palpebra sinistra era attraversata da una sottile cicatrice verticale che scendeva sotto lo zigomo, come il trucco di un pagliaccio.

Jasmin tentò di farsi venire in mente qualche incongruenza da fargli notare. Doveva essere un sogno, visto che non riusciva a ricordare come fosse finita in quella città. Con sé aveva soltanto l'orecchino regalatole da sua madre.

E ora, ripensando alla perla bianca nella mano a coppa, ricordò l'auto.

Un urto violentissimo. Schegge di vetro illuminate che riempivano l'abitacolo. Uno stridore di metallo che si torceva e si lacerava.

Un incidente stradale.

Stavamo andando a Nynäshamn per un incontro con Mark e il suo avvocato, pensò.

I ricordi erano solo frammenti, ma di un'intensità incredibile. Si sentì nuovamente attraversare dalla forza dell'impatto. Il primo veicolo si era scontrato con la loro macchina, spingendola in un testacoda al di là della mezzeria; poi ne era arrivato un secondo.

Jasmin aveva avuto il tempo di vedere il parabrezza infrangersi in mille pezzi, le lamiere piegarsi verso l'interno, un turbinio di sangue e vetro.

« Credo... credo di avere avuto un incidente. »

Nel pronunciare quelle parole, si sentì come riempita d'acqua calda. Una calma triste. La burrasca che infuriava dentro di lei si acquietò all'improvviso, lasciando il posto a un mare liscio come argento liquido. *Sono morta in un incidente stradale alla prima neve*, pensò, incrociando lo sguardo intenso di Ting.

« Ti ricordi la data? » chiese lui, posando le bacchette.

« Siamo stati investiti », mormorò Jasmin, distogliendo lo sguardo.

« In che giorno? »

« Che importanza ha? »

« Per me, importa eccome. » Gli occhi luccicanti di Ting s'incupirono.

« Il 12 dicembre », rispose Jasmin.

« Il 12 », le fece eco lui.

« Sì. »

Ting annuì e sorrise, come se quella notizia l'avesse rassicurato, poi si appoggiò allo schienale della sedia e la fissò per qualche istante. Jasmin assaggiò gli spaghetti in brodo; erano un po' troppo salati e lei non aveva appetito. Ting riprese a mangiare, sempre con il sorriso sulle labbra. Di tanto in tanto lanciava un'occhiata alla ragazza accovacciata a lavare i piatti in un acquaio fuori dalla cucina. « Quasi tutti, quando muoiono, finiscono in mezzo alla gente che s'imbarca », le spiegò dopo un po', ripulendosi la bocca con un tovagliolo sottilissimo. « Mi ricordano gli uccelli migratori: non hanno nemmeno un'esitazione. »

« Ma tu resti qui in città perché tornerai a vivere? » chiese Jasmin.

« Me lo auguro. Qui il tempo è molto più dilatato. Sei arrivata da diverse ore, ma nel mondo dei vivi sono passati solo pochi secondi... quindi magari sei ancora nell'auto e l'ambulanza è appena arrivata sul luogo dell'incidente. Capisci? Il tuo cuore si è fermato, ma magari è ancora possibile salvarti. »

Jasmin si portò una mano al petto e premette le dita contro lo sterno, come in cerca di un dolore all'interno della gabbia toracica. Forse aveva ragione lui: Jasmin aveva l'impressione che fossero passati anni da quell'impatto, ma ricordava benissimo di essere rimasta appesa a testa in giù alla cintura di sicurezza, nell'auto capovolta. Le era sembrato di avere le costole rotte e l'ultima cosa a cui aveva pensato, prima di cessare di respirare, era stato Dante: non sapeva dove fosse finito, non poteva vedere se era ferito. Si alzò in piedi. « In macchina c'era Dante. »

« Chi? »

« Mio figlio », disse Jasmin a voce più alta, con un brivido alla schiena. « Ha solo cinque anni. Devo tornare al molo, devo... »

« Aspetta. »

« Non toccarmi. » Jasmin vacillò e con un'anca urtò il tavolo, facendo traboccare il brodo dalla sua ciotola.

« Ascoltami », insisté Ting. « Prima, già che c'ero, ne ho approfittato per chiedere al direttore del porto se ci fossero altri svedesi. Ne erano passati circa dieci, ma tutti adulti. »

« Nessun bambino? »

« No. »

« Magari non l'hanno notato », mormorò Jasmin, asciugandosi una lacrima.

« Di solito, al bagno pubblico, mettono i bambini insieme alle loro famiglie. »

« Quando mi sono svegliata ero da sola, sono sicura. »

Ting la guardò negli occhi. « Allora vuol dire che è sopravvissuto all'incidente. »

« Avevamo tutti e due la cintura di sicurezza. »

« Bravi. »

Jasmin non riusciva a controllare i muscoli facciali, era troppo stanca. Si accorse di aver fatto un sorriso troppo ampio, così nascose il volto fra le mani. Rimase in piedi davanti al tavolo, continuando a ripetere a se stessa che Dante era salvo grazie alla cintura di sicurezza.

« Vado a chiedere dell'altro coriandolo », le disse a bassa voce Ting, dirigendosi verso la cucina.

Jasmin avanzò lentamente verso il centro del vicolo e vide che tutto era quieto e buio. La donna che piangeva se n'era andata. Prese fra le mani una delle lanterne appese e la osservò: un tempo doveva essere stata rossa, ma adesso era stinta. La carta era lacera, ma si vedevano chiaramente le forme degli ideogrammi. Sfiorò la stagnola e le frange dorate, lasciò andare la lampada e si allontanò di poco lungo l'*hútòng*.

Sta succedendo davvero, pensò. *Avevo ragione io.*

Alle sue spalle, la lanterna dondolava facendo cigolare il filo di ferro. Jasmin avanzò lentamente lungo un muro di mattoni sul quale era stato dipinto Pac-Man.

Era morta nell'incidente, ecco com'era andata. Se anche sua madre aveva perso la vita, Dante era rimasto solo. *Se io sarò costretta a restare qui, lui crescerà a casa di suo padre*, pensò.

Si voltò nuovamente verso i tavolini e vide che Ting era tornato.

Lì tutti speravano di poter tornare alla vita.

La lanterna cessò di dondolare, si udì un rombo in lontananza e la terra tremò.

Jasmin posò le dita sulla piastrina che portava al collo e tornò a sedersi.

A parte la cicatrice sull'occhio, il viso dell'interprete era stranamente armonico, sembrava fatto di pietra levigata, con gli zigomi alti e una bella bocca.

« Si fredda », le disse Ting, sollevando le bacchette e catturando gli spaghetti fra le labbra.

Jasmin prese il vasetto di foglie di coriandolo, ne gettò alcune nella ciotola e le guardò galleggiare nel brodo dorato, senza riuscire a mangiare.

« In questa città non si trovano spezie fresche », spiegò Ting. « Qui non cresce niente. »

« Lo so. » Jasmin tese un braccio, gli tolse un truciolo dai capelli e lo guardò negli occhi. « Non è la prima volta che mi ritrovo qui. Qualche anno fa, il mio cuore si è fermato. »

« Gira voce che nessuno sia mai tornato alla vita. »

« Ma io sì, quindi evidentemente è possibile. »

« Già, ma non dovrebbe restare alcun ricordo di questa città. »

« Più che altro, sembrava un sogno... »

Ting sollevò la ciotola e prese un sorso di brodo. Quando la posò, aveva il viso lucido di vapore.

« Andiamo? » chiese Jasmin.

« È ancora notte. »

« Da che cosa lo capisci? »

« Il mattino è di un buio diverso. Dopo un po' s'impara a riconoscerlo. »

La ragazza portò al tavolo un piccolo vassoio di plastica con alcuni fagottini fumanti che chiamava *jiǎozi.*

« Com'è che parli svedese? » gli chiese Jasmin, ma nel momento stesso se ne pentì.

« Sai com'è, basta nascere in Svezia da genitori cinesi... »

« Hai ragione, domanda stupida », lo interruppe lei, sentendosi avvampare.

Ting la osservò come per godersi lo spettacolo del suo rossore, si appoggiò allo schienale e con un sorriso attese che lei incrociasse di nuovo il suo sguardo. Prese un fagottino fra le bacchette, soffiò per raffreddarlo investendola con un profumo di olio di sesamo, poi se lo mise in bocca. « Costruivo motoscafi in legno », spiegò, mentre masticava. « Avevo un'officina di proprietà, a Vaxholm. »

« Allora siamo quasi vicini di casa. Io abito a Stoccolma. »

Lui si dondolò sulla sedia. « Mio nonno ha un negozio, giù in città. »

« Dove? »

« In Olof Palmes Gata. » Ting prese un altro fagottino. « Lì, è pieno di negozi asiatici. »

« Lo so, è lì che bisogna andare per trovare il cavolo cinese o delle cipolline decenti. »

Ting si voltò verso la cucina, dove una fiammata si stava impennando intorno al wok. « Mio nonno vende mobili fatti a mano. »

« Come si chiama il negozio? »

« *Lǐ Kūn mùgōng* », rispose lui, con la bocca piena.

« Eh? »

« *Mùgōng* vuol dire 'falegnameria', Lǐ Kūn è il nome di mio nonno. Da bambino, quando uscivo da scuola andavo sempre da lui e mi nascondevo sotto il bancone per non doverlo aiutare in bottega. Me ne stavo seduto lì a incidere figure nel piano in legno. » Ting sorrise, chiuse gli occhi per qualche secondo e la cicatrice sulla palpebra sinistra formò una croce con le ciglia nere.

« E tu come sei finito qui? » gli chiese Jasmin.

« Avevo una cardiopatia congenita. Dovevo essere operato adesso, il 12 dicembre », rispose lui, guardandola brevemente negli occhi. « L'ultima cosa che mi ricordo è un'anestesista molto sexy che si china su di me e mi chiede di contare fino a... »

Grida di terrore in lontananza. Ting guardò in fondo al vicolo. Un altro avventore si affrettò a finire la cena e si alzò dalla sedia di plastica.

« Non è nulla », disse Ting, ma non sembrava tranquillo.

13

Le grida si avvicinavano lungo il vicolo in penombra. Jasmin si alzò, ma non vide nulla. Una bambina piangeva e gridava qualcosa, spaventata.

« Vieni », bisbigliò Ting, posando tre dollari sotto il piatto.

Si allontanarono dal tavolo, in direzione opposta alle grida. Un flacone di olio per motori con su scritto CASTROL si ribaltò e rotolò fuori dalle ombre.

Jasmin si voltò e vide la cameriera prelevare i soldi dal tavolo e affrettarsi a rientrare, chiudendo la pesante porta di legno della cucina, senza nemmeno sparecchiare.

Lungo il vicolo alcuni uomini si avvicinavano rapidamente.

Il neon del locale si spense.

Ting e Jasmin si rifugiarono in un basso portone, ma lì dovettero fermarsi: la porta in lamiera era chiusa e nell'altra direzione l'*hútòng* era bloccato da una barricata in legno.

« *Sān hé huì* », disse lui, sottovoce. « La Triade... »

Più oltre, verso la strada meglio illuminata, si scorgeva un uomo corpulento in pantaloni mimetici che trascinava con sé un anziano. Una bimba magrolina, di circa sei anni, li rincorreva piangendo a dirotto.

Gli uomini si fermarono nel buio oltre il locale. Le lanterne rosse erano ancora accese e dondolavano, gettando un bagliore intermittente sui loro volti.

Alle loro spalle apparve una figura alta e stranamente curva. Da principio era solo una sagoma sullo sfondo della via principale. Avanzò a passi lenti e si fermò davanti a una finestra munita di sbarre, drizzò la schiena e la luce grigia che proveniva da dietro la lastra gli illuminò il collo. Era un uomo. Jasmin non lo vedeva in volto. Portava un completo marrone lucido e aveva i capelli bianchi, pettinati all'indietro. Con lui c'era una donna molto anziana, su una sedia a rotelle, con una logora pelliccia di visone posata sulle spalle e un binocolo da teatro stretto nella mano rugosa.

Poco più in là, altri uomini restavano in attesa. Stavano piantonando l'imbocco del vicolo.

Ting trasse Jasmin nella zona in ombra, ma gran parte dello spazio era occupata da una decina di bottiglie posate a terra.

L'uomo alto con il completo marrone si allontanò dalla donna in sedia a rotelle, andò verso la bambina e disse qualcosa. La piccola scosse la testa. Lui si mise a sbraitare, la afferrò per i capelli e la fece cadere, mentre il vecchietto piagnucolava e lo supplicava. L'uomo si piazzò accanto al muro della casa, alzò lo sguardo e gettò una corda sul sostegno arrugginito di un'insegna.

«Non guardare», bisbigliò Ting.

Una delle lanterne rosse sopra i tavoli di plastica venne agitata dal vento e illuminò la corda che dondolava lungo il muro. L'uomo ne afferrò un capo e fece un nodo scorsoio. Il vecchietto giunse le mani e lo implorò ripetutamente, ma lui non lo degnò di uno sguardo e riprese a sbraitare verso la bambina.

«Che cosa sta dicendo?» chiese sottovoce Jasmin.

«Che uccideranno suo nonno, se lei non consegna il visto d'ingresso.»

Il vecchietto gridò qualcosa alla nipotina, ma si prese un ceffone sulla bocca. Vacillò e si appoggiò al muro. La bambina piangeva, e la lanterna rossa continuava a dondolare.

L'uomo alto ripeté le parole di poco prima e si fece avanti, mise il cappio al collo dell'anziano e puntò un dito verso il cielo. L'altro uomo in pantaloni mimetici issò la corda di circa un metro, il vecchietto oscillò, batté la testa contro un angolo, cominciando a sanguinare. L'uomo alto gli passò una mano lungo le labbra screpolate, si abbottonò la giacca marrone e indicò di nuovo verso l'alto. Il suo volto era ancora nascosto dalle ombre, ma quando sorrise i suoi denti baluginarono.

La luce della lanterna illuminò l'uomo che reggeva la corda, con le nocche bianche per lo sforzo. Arretrò di un passo e sollevò l'anziano un altro po'.

Il vecchietto perse i sandali, tentò di aggrapparsi al muro e infilò le dita sotto il cappio. Aveva il respiro affannoso e tossiva.

La bambina gridò qualcosa.

L'uomo alto spintonò il vecchio allontanandolo dal muro, e

lui dimenò le gambe. L'insegna tremò e pezzi d'intonaco caddero a terra. Dalla bocca dell'anziano pendeva un filo di bava e sangue.

Ting tese un braccio per tenere Jasmin contro la porta di lamiera. Il sudore le colava lungo le guance.

La bambina, in ginocchio, piangeva disperata.

I movimenti del vecchietto si fecero più lenti; le gambe tremavano, ma le braccia pendevano già inerti.

L'uomo alto si lisciò i capelli e disse qualcosa alla bambina, che gli rispose. A quel punto, lui puntò un dito verso il basso. L'uomo che reggeva la corda mollò la presa. L'anziano piombò a terra, storcendosi una gamba, rotolò di lato e batté la testa contro il tavolo di plastica sotto la lanterna. La bambina corse da lui, piangendo, tirò il cappio fino ad allentarlo e gli gridò qualcosa. Il nonno tossì sangue, che gli colò sul mento. Aveva il collo escoriato e rantolava. La gamba, palesemente fratturata, era piegata sotto di lui con un'angolazione strana e il muscolo della coscia si contraeva spasmodicamente.

D'un tratto, l'uomo alto si voltò verso il portone dove si nascondevano Jasmin e Ting. Con un lampo nello sguardo, estrasse un coltello ricurvo, piccolo come un dito adunco.

Ting premette le spalle contro la porta in lamiera, infilò nella fessura la piastrina che portava al collo e la scosse leggermente, producendo un lievissimo rumore graffiante.

L'uomo con il coltello tese l'orecchio e, perlustrando con lo sguardo le tenebre, disse con voce suadente: «*Xiǎojiě*». Si lisciò la cravatta e avanzò verso di loro.

Ting premette la guancia contro la porta, modificò l'inclinazione della piastrina e la spinse delicatamente verso l'alto.

L'uomo si spostò verso il centro del vicolo e Jasmin tentò di schiacciarsi ancora di più contro il portone. Di lì a poco li avrebbe visti. Jasmin strisciò di lato e urtò con un piede una delle bottiglie vuote. La sentì oscillare e si costrinse a restare immobile per non farla cadere.

L'uomo con i pantaloni mimetici gridò qualcosa a quello alto, come per avvertirlo che era ora di andarsene, ma quello continuava ad avanzare. Il sudore colava lungo la schiena di Jasmin, facendole il solletico. Tentando di mantenere un respiro regolare, si chinò cautamente in avanti per raddrizzare la bottiglia.

La piastrina era rimasta incastrata nella fessura, Ting la tirava senza riuscire a sfilarla.

Jasmin inarcò la schiena all'indietro e si appoggiò di peso alla porta. La bottiglia si rovesciò, facendo cadere anche le altre. Un tintinnio di vetri risuonò lungo tutto il vicolo e l'uomo alto si voltò di scatto verso il portone.

« Prova ancora », sibilò lei, premendo la schiena contro la lamiera.

14

Due bottiglie rotolarono fuori dal portone. L'uomo alto si voltò verso un ragazzo che impugnava un machete e gli fece cenno di avvicinarsi. In quel momento, Ting riuscì a spingere la piastrina in fondo alla fessura: la serratura scattò. Insieme, lui e Jasmin sgusciarono all'interno e richiusero delicatamente la porta.

Era buio pesto, ma Jasmin capì che si trovavano in un magazzino pieno di vestiti appesi a grucce. Si addentrarono fra i pesanti capi d'abbigliamento che premevano loro addosso. Jasmin aveva le gambe malferme e tremava come una foglia. Tentava di trattenere le lacrime, ma non ci riuscì e scoppiò a piangere.

Non sono mai stata pazza, pensò. *Sono morta un'altra volta, mi trovo nella città portuale e quel vecchietto è stato impiccato per davvero.* « Oh, Dio », sospirò, fermandosi.

Ting si voltò e l'abbracciò senza dire una parola. Le grucce di legno batterono contro le sbarre degli appendiabiti. Jasmin chiuse gli occhi e ascoltò i pesanti battiti del cuore di Ting, tentando di comprendere la scena a cui aveva appena assistito nel vicolo.

« Credo di sapere dove siamo », mormorò lui, con il viso fra i suoi capelli. Poi sciolse l'abbraccio, la prese per mano e la condusse in mezzo ai vestiti che dondolavano.

Jasmin abbassò il viso per proteggere gli occhi dai capi d'abbigliamento che le ricadevano addosso, dopo che Ting li scostava per aprirsi un varco. Ma gli appendiabiti si facevano più radi, era più facile avanzare, e poco dopo raggiunsero una sala in penombra con lucernari sporchi di fuliggine. Per terra c'erano alcuni fogli di giornale calpestati, con file verticali di ideogrammi e un timbro a forma di farfalla vicino al margine in basso, a mo' di firma.

« Là c'è una porta », disse Ting.

« Sì, dammi solo un secondo. » Jasmin si fermò, si asciugò le lacrime e tentò di ricomporsi.

« Abbiamo ancora tempo. »

Sul pavimento, davanti a lei, c'erano tre vecchi televisori. In un angolo della sala, un risciò a pedali, senza ruote, montato su due sostegni; attrezzi e pezzi di ricambio sparsi in giro.

« L'hanno impiccato », disse Jasmin, non appena ebbe ripreso il controllo della voce.

« Sì, per costringere la bambina a... »

« Ma se siamo già morti! »

« Non esattamente. Siamo sul confine, ma esistiamo ancora, ci rendiamo conto di esistere. »

« Quindi si può morire, qui al porto? »

« La Triade voleva costringere la bambina a scambiare il suo visto d'ingresso con quello della vecchia... e il nonno ha tentato di fermarli. »

« Li ho già visti, quelli lì, ma non capisco... »

Ting le mostrò la piastrina metallica. « Questo si chiama *qiānzhèng*. È il visto d'ingresso per il mio corpo... che è ancora vivo. »

« Sì, mi ricordo qualcosa... ma non capisco come funziona. »

« Al molo sei stata pesata, ed è risultato che fai parte dell'esiguo gruppo di quelli che forse possono ancora tornare indietro. Ecco perché non ti hanno lasciata salire a bordo di una barca », spiegò pazientemente Ting. « Qui siamo tutti nella stessa situazione, il nostro destino non è ancora deciso. Quindi dobbiamo attendere, non c'è altro da fare. Nel corso degli anni siamo diventati tanti, perché abbiamo il diritto di aspettare per un tempo indefinito. »

« Anche se è chiaro che non possiamo salvarci? »

« Mah, chissà? Forse arriva un momento in cui ci si rende conto che è troppo tardi. »

« E a quel punto c'è chi vuole tornare in vita nel corpo di qualcun altro. » Jasmin si infilò la piastrina sotto la camicetta e riprese a camminare al fianco di Ting. Il metallo le sembrava una goccia d'acqua fredda fra i seni. « Ma immagino che sia vietato prendere il visto di un'altra persona, no? »

« Infatti. Sono individuali. A meno di non concordare uno scambio. »

« E chi mai sarebbe disposto a scambiare la propria vita? »

« Una bambina che vuole salvare il nonno », rispose Ting in tono secco.

« Ma è una follia! Le autorità dovrebbero impedirlo. »

« La gente dice che una volta era molto peggio, che la criminalità organizzata è diminuita, ma ci sono ancora in giro tante bande... »

« Sarà il caso che cambino la legge », lo interruppe lei.

« Già, peccato che tutti sostengano che il sistema vada bene così com'è. Cioè, che sia troppo burocratico ma sostanzialmente funzionante... »

« Io non definirei 'funzionante' un sistema in cui una vecchia in sedia a rotelle paga la mafia per poter ricominciare a vivere nel corpo di una bambina, come... »

« Ma se la bambina *si offre* di scambiare il visto, che cosa possono fare le autorità? »

« È colpa degli alieni », li interruppe una voce cupa che parlava inglese.

Jasmin scartò di lato, si voltò e vide un uomo robusto, dalle spalle rotonde, nell'ombra dietro il risciò. Era calvo ma aveva una folta barba e reggeva qualcosa nella mano destra.

« Taxi rotto, Grossman? » chiese Ting. « O ha solo bisogno di un po' d'amore? »

« La seconda », rispose l'uomo. « E tu mi devi ancora venti dollari e un paio di calze di Hugo Boss. »

« Ti presento Jasmin. »

« Ciao », disse l'uomo.

Jasmin vide che teneva in mano un panino al prosciutto. « Ciao. »

« Ti sei ritrovata qui all'improvviso, senza nemmeno capire come, vero? » le chiese l'uomo, avvicinandosi. « Non è possibile capirlo, perché gli alieni ci hanno risucchiati nello spazio. »

« Dimostralo. »

L'uomo puntò il panino verso di lei. « Se fossi morto per davvero, avrei visto Gesù, dico bene? »

« Forse », disse Jasmin in tono neutro.

« Ma io mica l'ho visto, Gesù. Quindi non sono morto. »

« Grossman, dobbiamo andare », disse Ting.

« Lo so, tutti dicono che bisogna andare al Terminal, sedersi in sala d'aspetto e tenere d'occhio i *dàzìbào.* »

« Devo tornare a casa da mio figlio, abbiamo avuto un incidente d'auto. » Ancora una volta Jasmin si sentì avvolgere da un terrore gelido.

« È sopravvissuto », disse Ting, con un tono inaspettatamente spiccio.

« Già, però... magari è ferito. Forse è grave. » Jasmin costrinse la voce a rimanere ferma.

« Però aveva la cintura », insisté Ting, guardandola negli occhi.

« Sì, ma... » Jasmin s'interruppe nel rendersi conto che Ting stava tentando d'impedirle di parlare di Dante. Si guardò intorno e si accorse che un uomo di bassa statura si trascinava fra le ombre in fondo alla stanza.

« Andate pure al Terminal », disse Grossman. « Però tenete presente che in guerra ci sono sempre dei tradimenti, e che gli alieni si nascondono dentro la gente normale... »

Ting si avviò verso una piattaforma di carico piena di ruggine, con una rampa meccanica.

Jasmin lo raggiunse di corsa, con la piastrina che tintinnava contro la catenella. Camminando fianco a fianco, oltrepassarono alcuni pallet di scatoloni rivestiti di plastica e proseguirono lungo un muro in mattoni, sul quale era stata appesa una bandiera rossa. Sulla destra, da una sudicia porta a vetri Jasmin intravide uno spogliatoio con file di armadietti in plastica provvisti di serratura. Seduta su una panca c'era una donna di mezz'età con gli occhi lucidi e la bocca semiaperta. Portava una giacca militare consunta, ma dalla vita in giù era nuda. Un uomo più giovane, dai capelli ossigenati, stava in ginocchio davanti a lei e affondava il viso fra le sue cosce divaricate. La donna vide che Jasmin li stava osservando, ma si limitò a posare una mano sulla testa dell'uomo, come se niente fosse.

Ting aprì una pesante porta di metallo e Jasmin lo seguì. Si ritrovarono in una via piena di negozi. Una pioggia rada cadeva su una tenda da sole lisa con frange grigie. La gente apriva gli ombrelli e stendeva teloni di plastica sulle merci esposte.

Camminarono al centro della strada, fra i carrelli a traino e le biciclette arrugginite.

«Non so più a chi credere», disse Jasmin, serissima.

«A che proposito?»

Lei sorrise. «Grossman è stato piuttosto convincente.»

«Già, vero?» ridacchiò Ting.

Un uomo avanzava barcollando sotto un'insegna al neon rossa. La sua figura diventò nera, poi la schiena si tinse di un colore fiammante.

Ero appesa a testa in giù nell'abitacolo, quando il mio cuore si è fermato, pensò Jasmin, abbassando lo sguardo sulla strada lucida di pioggia. *So di aver sentito il tintinnio delle schegge di vetro, ma non mi ricordo di aver sentito la voce di Dante.* Sfiorò la piastrina che portava al collo e ripeté a se stessa che Dante aveva la cintura di sicurezza. *Lo so che ce l'aveva. Era seduto nel suo seggiolino, non correva nessun rischio, quindi so per certo che sta bene.*

Giunsero in un quartiere dove gli edifici sembravano più vecchi e tradizionali, con ampi tetti dagli angoli curvati all'insù. Aggirarono diversi chioschi coperti. Una donna sorseggiava tè da una tazza di plastica, riparandosi sotto un ombrello. La pioggia ticchettava contro i teloni di plastica sporchi.

Quando salirono sul marciapiede, Ting porse a Jasmin un sacchetto di dolcetti caldi e zuccherati.

«Grazie. Quando li hai comprati?»

«Non li ho comprati», rispose lui, tutto allegro.

Si divisero i dolcetti mentre continuavano a camminare. Quasi tutte le finestre avevano le imposte chiuse; alle altre s'intravedevano tendine imbrattate.

A un incrocio videro alcune persone radunate intorno a un uomo con una specie di lotteria meccanica dalla cassa decorata. Quando girava la manovella, sembrava un suonatore di organetto. Si sentì un rumore metallico e raschiante, poi un ticchettio, e da una fessura sbucarono tre piastrine dipinte con le figure degli scacchi cinesi: un cavallo rosso, una torre e un consigliere rosso. Uno degli uomini in attesa emise uno sbuffo di disappunto e gettò a terra il berretto.

«Allora, hai deciso? Cioè... se questo è solo un sogno, non occorre che andiamo ad annoiarci nella sala d'aspetto del Terminal», disse Ting, sempre sorridendo.

«Voglio tornare alla vita», rispose Jasmin, anche se le sembrava un'ovvietà.

15

La pioggia era cessata, ma il cielo era plumbeo e la città era ancora pervasa dall'odore di pietre bagnate. Jasmin e Ting continuavano a camminare. Tre persone erano ferme davanti a un uomo con un grosso calderone, che prese da uno scatolone una banconota rossa con il ritratto di Mao, poi, con una pinza, pescò un würstel dall'acqua fumante, lo posò sulla banconota e lo irrorò di ketchup.

Jasmin era incredula. « Usa biglietti da cento *yuán* come tovaglioli da hot dog! »

« È solo uno scherzo. Ha trovato alcune casse di soldi finti, sai, quelli che si offrono ai morti », spiegò Ting mentre passavano oltre. « Finti sono e finti restano. È solo per farsi quattro risate... »

Dall'altro lato della strada, in mezzo agli edifici incolori, c'era un tempio giallo e rosso. Davanti al portale, alcuni bastoni d'incenso erano infilati in grossi vasi pieni di cenere, e le volute di fumo salivano lungo il muro dorato. Un ragazzino di circa dodici anni spazzava energicamente i gradini. Aveva il viso sudicio e talmente smagrito che gli zigomi sembravano sul punto di bucare la pelle. Jasmin incrociò il suo sguardo e gli porse i dolcetti avanzati. « Sono buonissimi », gli disse.

Sorpreso, il ragazzino accettò il sacchetto, guardò all'interno e sorrise.

Sentendo alcune grida, Jasmin e Ting camminarono rasentando il muro e oltrepassarono un bambino che stava frugando in un cestino strapieno di spazzatura. Cinque ragazzi prendevano a bastonate un uomo basso con un cappello. Uno di loro portava un crocifisso d'oro accanto alla piastrina. Gridò qualcosa in spagnolo e spintonò l'uomo facendogli cadere il cappello. La gente si fece da parte. L'uomo basso li supplicò, tenendo alcune banconote fra le mani giunte. Uno dei ragazzi, che aveva riccioli castani chiari, si fece avanti e gli diede una violenta bastonata in faccia. L'uomo cadde a terra e si voltò su un fianco, facendosi schermo con le mani. Perdeva sangue da un orecchio. Il giovane gli posò un piede sul petto e spinse fino a costringerlo a mettersi supino, poi gli strappò la camicia ed esaminò la piastrina.

Si sentirono alcuni fischietti, ma quando quattro poliziotti giunsero sul posto i ragazzi si erano già dileguati.

Ting passò un braccio intorno alla vita di Jasmin per esortarla a riprendere il cammino. Un uomo con un occhio coperto da una benda da pirata rivolse loro un sorriso, si scansò e fece uno strano gesto.

Dietro un tavolo, una bella donna sulla cinquantina vendeva caramelle che sembravano biglie di vetro dai colori vivaci. Ting la fissò a lungo. Non appena l'ebbero oltrepassata, la donna gli fece un fischio.

« Che dongiovanni », sorrise Jasmin.

« Ma smettila », rispose lui.

La via sfociava in una piazza lastricata al centro della quale, nella cupa foschia, Jasmin intravide la sagoma di una fontana. Tutt'intorno si ergevano alte palazzine di uffici dalle finestre infrante.

« Se vuoi scambiare il visto, il ministero dei Trasporti è lì », scherzò Ting, indicando un portone.

Giunti al centro della piazza, Jasmin si accorse che la sagoma non era una fontana, ma una persona: un uomo con il collo incatenato a un palo rugginoso.

« Quell'altro palazzo, invece, è il Tribunale del Popolo », proseguì Ting. « Lì, invece, c'è il Comitato Centrale... e lì c'è il Comitato per l'ispezione disciplinare e... » S'interruppe e la fermò.

Un uomo in uniforme grigia stava attraversando la piazza buia insieme a una guardia. Andò dritto dall'incatenato, lesse ad alta voce il contenuto di un documento, e a quel punto la guardia prese un bastone di bambù e percosse sette volte la schiena dell'uomo, ma i colpi non produssero alcun rumore. L'intera scena si svolse in un silenzio onirico, come ovattata. I due tornarono verso gli alti edifici, lasciando l'uomo in mezzo alla piazza.

« Il tribunale ha cominciato a infliggere punizioni esemplari... piuttosto brutali, ma quel tizio è un alto papavero della Triade», spiegò Ting.

«Punizioni esemplari? Ma che senso ha? La Triade è dappertutto!»

«Infatti anche secondo me hanno sbagliato metodo, ma non sanno più a che santo votarsi, non ci sono abbastanza poliziotti.» Ting la prese nuovamente per mano e la condusse all'estremità opposta della piazza, dove sorgeva un edificio che sembrava la sala d'aspetto di una stazione ferroviaria. Mancava un pezzo di facciata, i mattoni d'angolo erano scheggiati, ma il resto della struttura sembrava solido. C'era gente in attesa, sia dentro, sia fuori. Poco oltre c'erano dei tendoni grigi e sfrangiati, mossi dalla brezza.

Quando entrarono, Jasmin riconobbe immediatamente il pavimento in pietra consumato e appena lavato, le dieci lunghe panche di legno sulle quali sedevano persone qua e là, alcune con una valigia, altre stese a dormire, ma quasi tutte in attesa, con lo sguardo puntato verso i cinque sportelli della biglietteria o verso una parete coperta di *dàzìbào* con fotografie di volti.

Non era pazza. Quello che ricordava era accaduto davvero.

Un crudo senso di trionfo lampeggiò in lei, a metà fra la paura e il dolore.

Anche lì c'era odore di pietra bagnata, proprio come la volta precedente.

Si avvicinarono ai *dàzìbào*. Ting li esplorò con lo sguardo, in cerca della propria foto.

«Da quant'è che aspetti?» gli chiese Jasmin a bassa voce.

«Tre settimane», rispose lui, impassibile.

«Tre settimane?»

Ting fermò un uomo dalla faccia truce che vendeva alcolici da un minibar, contrattò il prezzo e comprò per un dollaro una minuscola bottiglia di Glenfiddich. Svitò il tappo e bevve. «Ho conosciuto una donna che ha aspettato due anni e mezzo prima che venisse pubblicata la sua foto.» Gettò la bottiglietta vuota in un angolo. «Non so a quanto corrispondano nel mondo dei vivi... Molti restano qui al Terminal per settimane, prima di rendersi conto che potrebbe passare altro tempo e che devono adattarsi a questo posto... Tutta la città, in realtà, è solo la sala d'aspetto del Terminal, che continua a crescere per fare posto a tutti. »

Si chinò verso di lei, le scostò una ciocca e gliela infilò dietro l'orecchio. Quel tocco le diede un brivido che le solleticò la nuca, riportandole alla mente la veranda ventosa sulla quale aveva ricevuto il suo primo bacio.

Jasmin accompagnò Ting alla biglietteria. Era aperto solo uno dei cinque sportelli. Il bigliettaio aveva i capelli radi, portava una divisa grigio chiaro con i polsini lisi. Una donna alta, con uno scialle sulle spalle, lo supplicava a bassa voce, asciugandosi le lacrime dalle guance, ma lui si limitò a scuotere la testa. Alla fine la donna tornò a sedersi su una delle panche.

Jasmin frugò nella memoria, ma non riuscì a ricordare che cosa bisognasse fare. Ancora una volta, tutto le sembrava uno strano sogno. « Che cosa devo dirgli? »

« Devi solo iscriverti. » Ting si chinò verso lo sportello e spiegò il motivo della presenza di Jasmin.

Il bigliettaio si accomodò gli occhiali, assunse un'espressione esausta e borbottò qualcosa.

Ting si voltò verso Jasmin. « Ha bisogno di esaminare il tuo visto. »

Jasmin si tolse la piastrina; esitò, ma alla fine la consegnò al bigliettaio. Senza degnarla di uno sguardo, l'uomo osservò ambedue le facce e trascrisse gli ideogrammi su un modulo.

« Che cosa c'è scritto sul visto? »

« *Long life, happiness* », scherzò Ting.

Jasmin non rise, ma gli fu grata di quel tentativo di sdrammatizzare. Il bigliettaio le restituì la piastrina e lei, con dita tremanti, se la riappese al collo.

L'uomo riprese a tracciare ideogrammi, timbrò il modulo e un sottile foglietto rosa e li firmò. Poi consegnò il secondo a Jasmin, che lo ringraziò e seguì Ting fino a un banco accanto agli sportelli.

« Qui da noi, si mette prima il cognome », spiegò Ting, indicando uno spazio sul modulo rosa. « E qui ci va il *zǔjí*, che sarebbe il luogo d'origine dei tuoi antenati... Qui, invece, ci va il nome, poi il luogo di nascita... »

« D'accordo », mormorò Jasmin. Scrisse cognome e nome

lungo le righe verticali. Non riusciva a fermare il tremito alle mani e temeva di tracciare le lettere sbagliate.

Un tuono fece tremare la terra. La gente sembrava inquieta, ma nessuno si alzò.

Quando Jasmin ebbe finito di compilare il modulo rosa, Ting l'accompagnò a una cabina per fototessere che non aveva nemmeno la tendina e sembrava risalire agli anni Sessanta. Jasmin ruotò il sedile per regolare l'altezza ed ebbe appena il tempo di sedersi davanti al rettangolo nero prima che scattasse il flash. Poi si piazzò davanti alla cabina, in attesa della stampa. Una folata di vento piegò il sottile modulo rosa, che vibrò sul dorso della sua mano.

16

Quando tornarono allo sportello, il bigliettaio si accomodò nuovamente gli occhiali, osservò il foglietto rosa e cominciò a trascriverne il contenuto sul modulo precedente, ma poi s'interruppe e disse qualche parola. Ting si chinò in avanti e gli rispose, ma l'uomo scosse la testa e posò la penna.

« E adesso che c'è? » chiese Jasmin.

« Dice che il tuo cognome è troppo lungo. »

« Mi chiamo Pascal-Anderson. Non so dove la veda, tutta questa lunghezza! »

Ting disse qualcosa al bigliettaio, che scosse nuovamente la testa e spinse il foglietto rosa verso di loro.

« Non è troppo lungo. Diglielo », protestò Jasmin.

« Ci ho provato, ma... ma si arrabbia. »

« E allora che cosa devo scrivere? »

Il bigliettaio non la guardò nemmeno e sventolò la mano per esortarli a andarsene.

« Non è troppo lungo! » ripeté Jasmin, stavolta in inglese, arretrando di un passo.

Ting tornò allo sportello, mostrò all'uomo la fotografia e gli disse qualcosa che lo fece trasalire.

Il bigliettaio si sfilò gli occhiali da lettura e soltanto ora osservò attentamente Jasmin, ma poi abbassò lo sguardo e parve molto divertito. Ting disse qualche altra parola e l'uomo scoppiò a ridere, con un rossore sugli zigomi. Poi si ricompose, inforcò gli occhiali e osservò un'altra volta il foglietto rosa. In silenzio, trascrisse tutti i dati, lanciò un'occhiata a Jasmin, sogghignò e poi entrò nell'ufficio retrostante.

« Che cosa succede? »

« Sei iscritta. Adesso occorre solo aspettare. » Ting abbozzò un sorriso. « Di solito vengo qui una volta al giorno, ma direi che è anche troppo. »

Si avvicinarono alla parete crepata sulla quale le fotografie di migliaia di persone erano state appiccicate l'una sull'altra, anno dopo anno.

« Ma cos'hai detto al bigliettaio? » chiese Jasmin, dopo un po'.

« Niente. » Ting si avviò verso l'uscita.

« Rideva... »

« Ho solo fatto una battuta. »

« Su di me? »

Ting si fermò, fece un sorriso imbarazzato e la guardò negli occhi. « Gli ho solo detto che le rosse sono un po' rompipalle, ma a letto sono delle belve », disse, con aria professorale.

« A letto sono delle belve? » gli fece eco lei, perplessa.

« E poi gli ho detto che quando c'è un uomo che ti piace ti vengono i puntini in faccia. »

« Veramente sarebbero lentiggini. »

« Ma era uno scherzo », disse lui.

« Sì, da bambini dell'asilo. »

« Già, però... »

« Però ti sembrava tanto divertente. »

« Hai ragione, era di cattivo gusto », rispose Ting, ma poi rise di gusto.

« Appunto », disse Jasmin, anche se veniva da ridere pure a lei.

Avanzarono fra le panche, diretti verso il buio della piazza. Il pavimento si stava asciugando e da un fuocherello all'aperto ricadevano piccoli fiocchi di fuliggine: una donna vendeva pagnottelle di mais cotte su un fornelletto a gasolio, chiuse in buste di plastica sottovuoto.

« Hai fame? » chiese Ting.

« Voglio solo andare a casa », mormorò Jasmin.

« Ci vorranno settimane, mesi. »

« Ma come si fa a mantenersi, mentre si aspetta? »

« Ci si fa dare un po' di minestra alla mensa popolare. » Ting indicò davanti a sé.

« E poi si dorme qui sulle panche, giusto? »

« Non si dorme. »

« Ma se ci vogliono settimane, per... »

« In questa città non dorme nessuno », la interruppe lui. « È così e basta. Non fa mai giorno e nessuno dorme mai. »

« Siamo passati davanti a diversi alberghi. »

« Servono per altre cose. Sai, siamo al confine dell'eternità... e abbiamo un sacco di tempo da ammazzare, così giochiamo d'azzardo, alziamo il gomito e facciamo sesso. »

« Un paradiso », ironizzò Jasmin.

Fianco a fianco, ripresero a camminare verso le vie commerciali.

Dopo un po', Ting disse: « Io, mentre aspetto, mi diverto a costruire barche. Mi pagano bene... »

Una ragazza ubriaca con un paio di scarpe a zeppa, una minigonna e un maglione pesante si fece avanti, abbracciò Ting e lo baciò sulla bocca.

« Ti presento Anna », disse lui, in inglese.

« Molto piacere. »

« Allora, vieni? » gli chiese la giovane, tirandolo per un braccio.

« Vai pure », gli disse Jasmin in svedese.

« Preferirei stare con te », rispose Ting.

« Che gentile. » Jasmin gli chiuse la cerniera al collo. « Ma sono grandicella e preferisco gli adulti. »

In realtà non sapeva perché lo stesse tenendo a distanza. Forse perché lui stava palesemente tentando di sedurla senza nemmeno conoscerla. O forse perché le faceva pensare a quando lei stessa, in preda a un'urgenza sessuale, voleva andare a letto con qualcuno senza preoccuparsi delle conseguenze.

Anna mollò la presa su Ting e arretrò barcollando.

« Ma io *sono* adulto », disse lui, guardandola negli occhi.

« Certo, ma a me piacciono gli adulti che si comportano come tali. »

« Scusa se tento di sdrammatizzare, scusa se ti trovo attraente, scusa se ti aiuto a... » Ting s'interruppe nel sentire il suono di una campana. Si voltò verso il Terminal, poi di nuovo verso Jasmin. I suoi occhi avevano perso allegria, erano diventati neri e serissimi. « Sta arrivando un *dàzìbào* », disse, tornando verso il Terminal.

Jasmin lo seguì e vide tutte le persone in sala d'attesa alzarsi, lasciare sulle panche le borse e i sacchetti di plastica e avvicinarsi alla parete. Quelli che aspettavano davanti all'ingresso entrarono in massa. D'un tratto apparvero alcune figure sulle gradinate delle sedi governative. La gente sciamava dalle strade che si aprivano sull'estremità opposta della piazza. L'aria sembrava vibrare.

Entrarono nel Terminal, ma la sala si riempì in pochi istanti e la calca li sospinse all'indietro.

Dall'ufficio uscì un uomo con un secchio di colla e una scala pieghevole. La gente gli fece largo. Cadde il silenzio, tutti osservavano l'uomo che saliva sulla scala e senza alcuna fretta incollava un foglio sottile sopra i giornali vecchi, lisciandolo con una grossa spazzola. Non appena fu ridisceso, le persone si accalcarono per guardare le fotografie, ma quasi tutti tornarono alle panche con un'espressione delusa.

Ting la trascinò in avanti. La colla bagnata rifletteva la luce del lampadario. Si spostarono di lato, tentando di avanzare. All'improvviso, tutti puntarono lo sguardo su Jasmin e si fecero da parte, formando un corridoio mormorante in direzione della fotografia della donna che sarebbe tornata alla vita.

17

Era senza dubbio il volto di Jasmin Pascal-Anderson, quello che compariva sul *dàzìbào* in mezzo agli ideogrammi cinesi. Era la stessa fotografia uscita poco prima dalla cabina automatica. Ting, accanto a lei, fissava l'immagine. I suoi occhi erano neri come la pece e il volto aveva perso ogni colore.

« Ting... » disse lei, sorprendendosi per prima del tono atterrito della propria voce. « Che cosa devo fare? Non mi ricordo niente, di queste cose. »

« Devi tornare indietro. »

Le altre persone cominciarono a riavvicinarsi. Un uomo basso reggeva un coltello all'altezza dei fianchi. Jasmin non capiva che cosa intendesse Ting, ma lo seguì fino allo sportello del bancone. Sembrava ancora scosso mentre parlava con l'impiegato, che lanciò un'occhiata a Jasmin, annuì e indicò un angolo della sala, dove c'era una porta chiusa, piantonata da due guardie sedute.

« Ti accompagno fino alla porta, ma da lì in poi devi cavartela da sola », disse Ting.

Una donna si parò davanti a loro. Teneva in braccio una bambina piccola, con treccine sottili e occhi grandi che la fissavano. La donna parlò in tono supplichevole, tentando di sorridere e tendendo la bimba verso di lei.

« Che cosa vuole? » chiese Jasmin.

« Pensa che tu possa aiutarla. Vuole che accarezzi sua figlia. »

Jasmin posò una mano sulla guancia della bambina, che gliel'afferrò e tentò di trattenerla, ma lei si liberò dalla stretta e riprese ad avanzare.

I guardiani si alzarono. Uno aveva una vecchia pistola dell'esercito infilata in una fondina, l'altro reggeva un lungo manganello. La osservarono e controllarono la piastrina che portava al collo. Tutto quadrava. Presero una chiave, la infilarono nella toppa della porta massiccia e la girarono più volte. La serratura sferragliò.

« Che cosa succede? »

« Questa è la porta dello scantinato », spiegò Ting, quasi senza fiato.

« E io devo andare là sotto? » chiese Jasmin.

« Tutta questa gente non aspetta altro », le disse lui in tono affettuoso, scostandole una ciocca dalla fronte.

Dietro di lei, le altre persone si avvicinavano da ogni direzione spintonandosi nel tentativo di scorgerla, toccarla, sfiorare la sua piastrina. La guardia con il manganello le tenne a distanza, mentre l'altra apriva la porta. Ting spalancò le braccia per farle scudo.

« Se torno alla vita, posso fare qualcosa per te? » chiese Jasmin.

« Non abbiamo tempo per parlare... devi entrare... »

Qualcuno lo spinse con violenza, facendolo vacillare verso di lei.

Jasmin si tolse l'orecchino di perla e glielo porse. Ting lo prese fra le dita e annuì, serio.

« Grazie », mormorò Jasmin.

« Quando vengo a Stoccolma, ci prendiamo un caffè », disse Ting.

Lei lo guardò negli occhi, poi si voltò. Una donna riuscì ad afferrarle i capelli ma le sfuggirono di mano. Jasmin varcò la soglia e scese i primi due gradini di una breve scala.

La porta si richiuse alle sue spalle e la chiave venne girata molte volte.

Si ritrovò sola, nel cortile interno della sala d'attesa, circondata da alti muri senza finestre. Per terra, in un angolo, c'erano alcune bottiglie di birra impolverate e qualche tegola rotta. Davanti a lei, fra due pareti, c'era un'apertura bloccata da una lamiera ondulata, sormontata da una spirale di filo spinato. Jasmin attraversò il cortile e vide che per terra, da un'estremità della lamiera, partiva un solco ad arco. Evidentemente era possibile aprirla.

Tentò di tirarla, ma non riuscì nemmeno a smuoverla. Scalciò, sollevando polvere e sassolini da terra, finché non le fu possibile spostare di poco la lamiera. S'infilò nello spiraglio, sentì i bottoni della camicetta grattare il metallo e sgusciò fuori.

Era in uno spiazzo coperto di ghiaia. A una quindicina di metri c'era una ragazzina di circa dieci anni, con uno scialle tirato sui capelli. Stava rastrellando la ghiaia, formando linee perfettamente dritte. Più oltre c'era una casupola di legno, arroccata su un pendio roccioso. Il tetto era giallo, con gli angoli piegati all'insù. Le tre finestre avevano le imposte chiuse, ma la porticina d'ingresso era aperta. Jasmin la riconobbe allo stesso modo in cui si riconoscono certi ambienti visti in sogno.

La ghiaia crepitava. La ragazzina stava ancora rastrellando. Aveva un'espressione seria e uno sguardo intelligente. Quando ebbe finito, mise da parte il rastrello e accompagnò Jasmin dentro la casupola.

Jasmin la seguì fino a una stanza dove una donna anziana impregnava di vapore alcuni asciugamani, sopra un fornello a gas. Jasmin riconobbe l'ambiente, anche se la volta precedente aveva trovato un'altra donna, un po' più giovane e dall'aria cupa.

Sopra un altare degli antenati dal quale saliva fumo d'incenso pendeva una lavagna in ardesia piena d'ideogrammi. La ragazzina lesse a bassa voce la piastrina di Jasmin e la confrontò con le scritte sulla lavagna. La vecchia si fece avanti e guardò Jasmin negli occhi, poi le sfilò il visto dalla catenina.

La ragazzina prese la piastrina e la lasciò cadere in una fessura sul pavimento. Poi, lei e l'anziana condussero Jasmin a un tavolo basso, le tolsero i vestiti e le scarpe, la pettinarono e la strofinarono con gli asciugamani umidi di vapore. Contarono le dita delle mani e dei piedi, sfiorarono tutte le cicatrici. La ragazzina indugiò con i polpastrelli sul segno lasciato dallo sparo alla schiena, come se l'avesse già visto in precedenza.

Jasmin si sentiva sempre più stanca, tanto che le si annebbiava la vista.

L'anziana le parlava sotto voce e a intervalli regolari le esaminava gli occhi da vicino, come un medico. Jasmin annuiva, ringraziava e tentava di dirle che aveva bisogno di dormire, che le sarebbe stata grata se le avesse permesso di stendersi sulla panca per un po', ma loro continuarono a strofinarla con gli asciugamani caldi, mentre lei stava in piedi a palpebre abbassate.

La ragazzina disse qualcosa con un tono che la spinse a riaprire gli occhi. Finalmente sorrise prendendo Jasmin per mano e la condusse verso una sottile porta scorrevole, fatta di carta di riso tesa su un telaio. S'intuiva che dall'altra parte c'erano le tenebre, e la carta sembrava gonfiarsi appena verso l'interno della casupola.

La vecchia aprì silenziosamente la porta, lasciando entrare un forte odore di roccia e minerali. La ragazzina aiutò Jasmin a scendere una scala, poi si affrettò a rientrare e richiuse la porta.

Jasmin continuò a scendere lentamente fino a raggiungere un pavimento bagnato. Si trovava in un'ampia sala sul cui pavimento scorreva dell'acqua. Le piastrelle erano in maiolica portoghese, con decori blu su fondo bianco, ma erano talmente consumate che i motivi decorativi non si distinguevano.

Jasmin proseguì fino a raggiungere un'ampia grotta in pietra nuda. La cavità si protendeva verso l'alto e aveva una forma conica. Stranamente, non era buia: c'era una luce che sembrava sprigionarsi dall'acqua stessa. Lì, il rivo era più profondo e s'infilava in una grossa spaccatura, dalla quale scendeva lungo una serie di gradini intagliati nella roccia. La corrente la trascinava in avanti. Il fondo, eroso dall'acqua, era liscio come marmo levigato. Il mormorio del fiume riecheggiava nella grotta e intensificava il senso di stanchezza.

Più avanti, l'acqua assunse una sfumatura dorata e luccicante. Jasmin era talmente esausta che stentava a tenere gli occhi aperti. *Ci sarà pure un posto dove dormire*, pensò, ma intorno a lei vedeva soltanto pareti di roccia. Proseguì, scendendo scale e percorrendo gallerie, con l'acqua che le arrivava ai fianchi, fino a dimenticarsi che stava camminando. Non riusciva più a capire se si stava muovendo verso l'alto o verso il basso. Abbassò le palpebre e continuò ad avanzare a occhi chiusi. Ormai l'acqua era talmente profonda che le sembrava di stare a galla: camminava ma non era sicura che i piedi toccassero il fondo.

Racchiusa in quell'acqua meravigliosa, cedette alla sonnolenza, si lasciò trascinare dalla corrente calda e sorrise fra sé di quel senso di leggerezza.

18

Il dolore fu come una martellata al petto seguita da una fulminea pugnalata, un morso di serpente dritto al cuore. Il corpo tremava in preda ai crampi, i polmoni erano in fiamme e il bruciore si propagava fino alle dita, ma Jasmin non riusciva a gridare. Attraverso una maschera dell'ossigeno chiazzata di sangue, vedeva una nevicata azzurra e intermittente, e nello stesso momento sentiva le sirene delle ambulanze.

« C'è battito, c'è battito », gridò un uomo. « Preparate la maschera laringea! »

La maschera dell'ossigeno scivolò di lato e Jasmin poté vedere che c'erano tantissime persone, vetture di emergenza e neve insanguinata. A qualche passo da lei, un uomo con una maglietta dei Motörhead si copriva la bocca con una mano. Sembrava che stesse piangendo. Poco distante un'auto distrutta veniva aperta con una smerigliatrice angolare dalla quale sprizzavano scintille.

Jasmin tentò di sollevare la testa, ma Dante non era da nessuna parte.

Sentì una donna, vicinissima a lei, parlare in un ricetrasmettitore. Colse alcune parole: « trauma toracico », « shock cardiogeno », « adrenalina per via endovenosa ».

Il conducente di una delle ambulanze gridò qualcosa e si terse gli occhi dalla sporcizia e dal sangue. Jasmin non riuscì a capire che cosa stesse dicendo, perché un liquido caldo le scorreva lungo una guancia, riempiendole un orecchio.

Quando si risvegliò dall'anestesia, era stesa supina in una stanza bianca e sentiva intorno a sé un'aria gelida e umida, e un forte odore di medicinale. *Che male*, pensò, con le lacrime agli occhi. Aveva soltanto ricordi frammentari, capiva di avere avuto un incidente stradale ma i pensieri continuavano a sfuggirle.

Chiuse gli occhi e ricordò di aver tenuto in mano l'orecchino di perla. Riaffiorarono immagini di minuscole schegge di vetro arrossato che volavano lente a mezz'aria.

Entrò un medico. Jasmin riuscì a mettere a fuoco la vista quel tanto che bastava per guardarlo negli occhi. L'uomo si avvicinò, infilò gli occhiali nel taschino e sorrise. « Notizia numero uno: lei è viva. »

Jasmin mosse le labbra per chiedere di Dante, ma le uscì soltanto un sibilo.

Il medico era in piedi davanti al suo letto. I suoi occhi azzurri avevano uno sguardo partecipe, ma non affettuoso. « Lei ha avuto un incidente d'auto, si ricorda? »

Jasmin annuì.

« L'impatto le ha schiacciato il torace. Il suo cuore ha continuato a battere ancora per un po'. Poi, appena prima che i paramedici la estraessero dall'auto, ha avuto un arresto cardiaco da fibrillazione ventricolare. » Inforcò nuovamente gli occhiali, diede un'occhiata alla cartella clinica, osservò Jasmin per qualche istante e proseguì, con aria di autocompiacimento. « Dopo tre defibrillazioni, un milligrammo di adrenalina e trecento milligrammi di Cordarone, è tornata fra noi. »

Appesa a un sostegno di metallo c'era una flebo. Il farmaco scendeva a ritmo regolare nella camera di gocciolamento, dalla quale un deflussore grigio lo portava alla piega del braccio di Jasmin. Bruciava.

« Per dirla con una terminologia ormai obsoleta, lei è morta per quasi due minuti e... »

Un botto spaventoso, l'auto che girava su se stessa, un turbine di sangue e vetro, il rumore della lamiera che si piegava, l'aria che spariva. « Dante », mormorò.

Il medico non l'ascoltava. Con le sopracciglia aggrottate e le labbra sottili piegate all'ingiù, stava osservando il monitor che registrava un aumento della frequenza cardiaca. « La terremo in osservazione per una settimana, per via di queste aritmie, ma abbiamo motivo di credere che si rimetterà del tutto », riprese, con la sua vocetta sottile.

« Dante... » gemette Jasmin, tentando di girarsi su un fianco per alzarsi dal letto, ma il suo corpo era pesantissimo, come se l'avessero legata con le cinghie.

Finalmente il medico la guardò. «Sta cercando di dire qualcosa?»

Jasmin appoggiò la testa al cuscino, tentò di rallentare il respiro e si passò la lingua sulle labbra. «Mia madre... Dante è con lei?»

Il medico annuì ma non rispose.

«Deve dirle che sto bene», disse Jasmin.

Gli occhi azzurri del dottore erano talmente seri che Jasmin ebbe un tremito alla mandibola. C'era qualcosa che non quadrava. Era successo qualcosa di spaventosamente grave.

19

Non appena il medico se ne fu andato, Jasmin tese una mano e suonò il campanello per chiamare un'infermiera.

« Per favore », la implorò con un filo di voce. « Devo sapere se mio figlio e mia madre stanno bene. »

« Mi dispiace, ma non ne so nulla », rispose la donna, con un tono troppo evasivo: era evidente che stava mentendo.

Jasmin la guardò uscire dalla stanza e ripensò a sua madre, che aveva portato Dante al mercato coperto di Östermalm in modo da fargli fare un pasto degno di questo nome, prima di andare a Nynäshamn per parlare con Mark e gli avvocati. *È stato bravo, ha mangiato tutta la bistecca, ma io non gli ho permesso di prendere anche il dolce*, pensò. *Avevamo fretta, stava nevicando.* Vedeva ancora davanti a sé i cristalli bianchi che cadevano nel buio, quando sentì bussare alla porta.

Entrò un uomo alto, tutto vestito di jeans, con baffi grigi e penduli. Aveva la pelle rugosa, come se avesse preso troppo sole. Puzzava di sigaretta. « Jasmin? » disse, avvicinando una sedia al letto.

« Sì. »

« Mi chiamo Gabriel Popov e sono uno psicologo », spiegò l'uomo, sedendosi. « Le va di dirmi come sta? »

Jasmin annuì e vide il volto rugoso dell'uomo farsi sfocato: i suoi occhi si stavano riempiendo di lacrime. Deglutì e tentò di parlare, ma non ci riuscì. Aveva un pessimo presentimento, il cuore le batteva così forte da farle male. Era talmente angosciata che aveva la nausea.

« Se preferisce, torno in un altro momento », disse lo psicologo.

Jasmin scosse la testa, ma non era in grado di dire nulla, le labbra le tremavano troppo.

L'uomo corrugò la fronte e la osservò con occhi tranquilli, quasi incuriositi.

« Dove sono mia madre e mio figlio? » mormorò Jasmin, sentendosi attraversare da un'ondata di paura, di un terrore gelido, mai provato prima di allora.

« Capisco la sua domanda, certo... ma vorrei che lei cominciasse a raccontarmi quello che ricorda dell'incidente. »

« Non voglio parlare di questo, voglio solo vedere mio figlio », sibilò lei, con una voce ruvida come la sabbia.

« È comprensibile », disse il dottor Popov, con uno sguardo cupo. « Sono tremendamente dispiaciuto, Jasmin, ma sua madre... è morta sul colpo. E suo figlio ha riportato ferite molto gravi. »

« Ma è vivo? »

« Lo stanno portando in sala operatoria. »

« Cos'ha? » Jasmin non riconosceva la propria voce. « Che cosa devono fargli? »

« Ha avuto una forte emorragia alla milza, che... »

« Non dovete lasciarlo morire », lo interruppe lei, afferrando il bordo del letto per levarsi a sedere.

Lo psicologo tentò di tenerla distesa, ma lei lo allontanò sbracciandosi e rovesciando il sostegno della fleboclisi. L'ago si sfilò dal braccio e il sacco di plastica esplose sul pavimento.

« Mi ascolti! » disse il dottor Popov, con voce ferma. « Suo figlio è in anestesia totale, gli stanno facendo una trasfusione e... »

« Deve vivere », ansimò Jasmin. Tentò di trascinarsi verso il fondo del letto, ma si sentiva pesante come un materasso intriso d'acqua.

« Cosa vorrebbe fare, Jasmin? » chiese lo psicologo, accarezzandosi i baffi grigi.

Jasmin aveva una tale nausea da non riuscire a deglutire. Nella gola sentiva un nodo duro, che si gonfiava e le faceva male. Ricordava di aver trovato l'orecchino di perla appena prima dell'impatto, di aver visto il sangue sgorgare dalla bocca di Dante e le lamiere piegarsi e lacerarsi. « Lo so come fate, voialtri », disse, come intontita. « Per voi, Dante è un paziente come un altro. Ma per me... è tutto quello che ho. Non posso vivere senza di lui. »

« Non si fida dei nostri medici? »

« Non saprei. » Jasmin lo fissò. « Come faccio a fidarmi? Devo parlare con loro... »

« Sarà difficile riuscirci prima dell'intervento. »

« Non so neanche come si chiama il chirurgo. »

« Johan Dubb. È il primario. Specializzato in chirurgia toracica. »

« Ma non è la prima volta che opera un bambino, vero? » Jasmin aveva palpitazioni tanto forti che le sentiva risuonare in gola. Si ridistese per raccogliere le forze, poi tentò di mettersi di nuovo a sedere. Aveva un unico pensiero: scendere da quel letto, trovare il primario e fargli giurare di lottare per la vita di Dante come se fosse stato figlio suo.

Nell'attimo esatto in cui Jasmin riuscì a rotolare giù dal letto, lo psicologo premette il pulsante di allarme, e un'infermiera accorse al volo. Jasmin, stesa sul pavimento bagnato, vide la dentatura irregolare brillare nella bocca semiaperta della donna. Il dolore alla spalla la costrinse a chiudere gli occhi. L'infermiera stava dicendo qualcosa a proposito dei sedativi.

« Devo vedere mio figlio... »

La donna si piazzò dietro di lei, le spiegò che cosa stava per fare, le calò delicatamente i pantaloni del pigiama e le fece un'iniezione alla coscia.

« Che cosa mi ha iniettato? » chiese Jasmin, con un filo di voce.

Lo psicologo borbottò qualcosa e se ne andò. L'infermiera le tirò su i pantaloni e l'aiutò a rimettersi a letto. Jasmin chiuse gli occhi e rallentò il respiro, mentre le palpitazioni si calmavano.

20

Jasmin rimase immobile, mentre un'ondata di tepore chimico le si diffondeva dentro. Quando chiuse gli occhi, nel buio lampeggiarono immagini in negativo. Ripensò al lampo rosso nell'acqua nera del porto e ricordò chiaramente la piastrina metallica che le batteva sul collo mentre correva, il senso di vuoto, di solitudine assoluta, di sconfitta. Inumidì le labbra, riaprì gli occhi, batté alcune volte le palpebre e vide che Gabriel Popov era rientrato.

« Ho sentito il dottor Dubb », disse lo psicologo, in tono cauto. « Purtroppo non ha tempo di parlare con lei prima dell'operazione... non possono più aspettare. Però gli ho spiegato che lei è preoccupata, e mi ha assicurato di essere un esperto in chirurgia pediatrica. Mi sembra una buona premessa, no? »

« Certo, ma... »

« Ha seguito un corso biennale di specializzazione in cardiochirurgia pediatrica presso l'ospedale più rinomato al mondo, probabilmente, per quanto riguarda la chirurgia toracica: quello di Hong Kong. »

« Volevo solo guardarlo negli occhi. »

Gabriel Popov si sedette sulla sedia. Il giubbotto di jeans era talmente teso che i bottoni di bronzo si piegavano verso l'esterno. « Da quel che ho capito, asporteranno la milza e annoderanno l'arteria. »

« Ma è sicuro? » mormorò Jasmin. Aveva la bocca secca. « Si può vivere senza milza? »

« Certo, anche se... »

« Quindi guarirà? Starà bene? Me lo giura? »

« Il dottor Dubb non sembrava affatto preoccupato, non è un intervento difficile... quindi direi che può stare tranquilla. »

Jasmin riappoggiò la testa sul cuscino, chiuse gli occhi e ringraziò Dio. Le lacrime le bagnarono le guance escoriate e si persero tra i capelli rossi. Dante doveva vivere. Era l'unica cosa che contasse. Tutto il resto si sarebbe risolto. Dante doveva vivere. L'idea della sua morte era un abisso sconfinato.

Rimase distesa sulla schiena, sentendo la stanchezza che la riempiva come latte caldo. Il sonno si stava avvicinando – una vela bianca che si dispiegava – ma Jasmin continuava a ripetere che voleva vedere il chirurgo e guardarlo negli occhi.

« L'intervento durerà diverse ore », disse Gabriel Popov.

« Voglio andare a sedermi davanti alla sala operatoria », insisté lei, con voce roca.

« Jasmin, l'infermiera le ha somministrato un sedativo... un ansiolitico... Adesso dormirà, e quando si sveglierà sarà già mattina. A quel punto potrà vedere Dante. »

« Non voglio dormire », biascicò Jasmin.

« Domani Dante avrà bisogno di lei. Adesso non c'è nulla che lei possa fare per suo figlio. »

Jasmin incrociò il suo sguardo paziente e aprì la bocca per protestare, ma non ne ebbe la forza. Così pensò di aspettare che lui se ne andasse e poi alzarsi dal letto.

Quel torpore caldo e morbido era angosciante. Il farmaco la rendeva fin troppo calma, l'avvolgeva in un appagamento fasullo, trascinandola via dalla realtà.

Ma il pensiero correva ugualmente a Dante, ai suoi occhi incerti mentre tentava di tracciare il proprio nome sul finestrino appannato.

Gli istanti prima dell'incidente sembravano proiettati all'indietro di diversi anni. Eppure, allo stesso tempo, provava ancora la sensazione, quasi fisica, di chiudere le dita intorno all'orecchino.

Ce l'aveva in mano, quando si era svegliata.

La città, pensò, con un senso di agitazione. *La città portuale*.

Riaprì gli occhi e fissò Gabriel Popov, che era ancora seduto accanto al suo letto.

« Che c'è? » chiese lo psicologo.

Jasmin non rispose, ma d'un tratto ricordò tutto: la gente in coda, il molo, le barche, le pietanze che aveva mangiato, il sorriso spensierato di Ting.

Tutte quelle cose esistevano davvero. Non era follia.

Per tutto il tempo in cui il suo cuore era rimasto fermo, lei era stata in quella città buia insieme a migliaia di altre persone, che si accodavano lungo il molo per trovare posto su una delle barche.

« Non se ne vada », disse, con un filo di voce.

« Eh? »

Jasmin pensò alla polvere accumulata sulla carta stinta delle lanterne, alle foglie di coriandolo nel brodo giallo, all'uomo malmenato nella piazza di fronte al tribunale. « Stavo pensando... » disse, inumidendosi le labbra. « Lei deve avere avuto molti pazienti reduci da un incidente. »

« Sì. »

Jasmin chiuse gli occhi per un istante e rivide il foglietto rosa che il vento faceva sbattere contro il dorso della sua mano. « Devo farle una domanda », disse lentamente. Si rendeva conto che, se avesse parlato del porto, avrebbe rischiato un nuovo internamento alla clinica psichiatrica.

« Non deve ribellarsi al sonno. »

Con uno sforzo, Jasmin riaprì gli occhi e vide il volto allegro di Gabriel Popov, con le rughe di espressione e le occhiaie. « Ha altri programmi? »

« Pensavo di sgusciare fuori a fumarmi una sigaretta », ammise lo psicologo.

« Ancora un attimo », bisbigliò lei.

« Che cosa voleva chiedermi? » Gabriel Popov sfilò dal taschino della giacca di jeans un pacchetto di sigarette.

« Le è capitato altre volte di parlare con persone che sono morte? »

Lui la fissò. « Cioè che hanno avuto un arresto cardiaco? »

« Che cosa le hanno detto? Che cosa ricordavano? »

« Ha in mente cose tipo il tunnel con la luce? » chiese lui, sorridente.

« Più o meno. »

« In effetti sì, c'è chi me ne ha parlato. »

« Solo del tunnel? »

« È abbastanza frequente anche la sensazione di vedere se stessi dall'esterno », disse lo psicologo in tono neutro, annusando il pacchetto di sigarette.

« Nient'altro? » mormorò Jasmin, chiudendo di nuovo gli occhi. Aveva le palpebre pesanti e si sentiva come se qualcuno le stesse premendo due mani calde contro il petto e la spingesse giù, nel sonno.

« Dorma, su », disse Popov.

« Ma lei che cosa ne pensa? » Jasmin riaprì gli occhi. « Secondo lei da dove vengono tutte quelle storie sull'aldilà? »

Gabriel Popov si era già alzato dalla sedia e si stava avvicinando alla porta. « Dal fatto che tutte le culture tentino di trovare un significato alla morte, direi. »

« Può andare a vedere come sta Dante? »

« È ancora presto », spiegò pazientemente lui, stringendo la maniglia.

« Devo sapere », insisté Jasmin.

« È naturale, ma non prima di domani mattina. Così hanno detto. » Lo psicologo la guardò negli occhi, lasciò andare la maniglia e tornò verso la sedia accanto al letto.

« Lei è vincolato al segreto professionale, giusto? » mormorò Jasmin.

« Certo », rispose lui, sottovoce.

21

Jasmin aveva alcune ciocche di capelli incollate alle guance madide di sudore. Lottava contro il sonno, faceva respiri profondi, batteva le palpebre e si umettava le labbra. Sapeva che il sedativo le ottundeva la mente, ma riteneva di essere ugualmente in grado di porre una domanda senza sbottonarsi troppo. « Mi è capitato due volte di avere un arresto cardiaco », disse con voce rauca. « E in entrambe le occasioni ho sognato di trovarmi in una città portuale cinese. Non è strano? »

Popov sorrise. « Direi di sì. »

Jasmin tacque, perché non riusciva a stabilizzare la voce: quel lieve tremito rivelava il suo turbamento. Dopo un po', riprese a parlare. « Nessuna di quelle persone le ha mai parlato di una città portuale? Nessuno di loro sosteneva che l'aldilà somigliasse a un porto cinese? »

« No, nessuno di quelli con cui ho parlato io. »

« Lei crede che si vada da qualche parte, dopo la morte? »

« Ha qualche importanza, quello che credo io? »

« Così, tanto per sapere. » Jasmin chiuse gli occhi. « Sa, visto che ha parlato con tanti pazienti che sono stati al confine tra la vita e la morte... »

« Il cervello funziona in modo molto complesso », spiegò con grande calma Gabriel Popov. « In pochi secondi è in grado di costruire interi mondi di fantasia... »

« Certo. »

« Ma io non credo all'aldilà », confessò lui.

« Cioè, lei pensa che l'anima... non esista? » Jasmin si costrinse a tenere gli occhi aperti.

« Esiste la vita. Fin qui non ci piove. » Lo psicologo prese una sigaretta fra le labbra.

« Si dice che il corpo, dopo la morte, pesi 21 grammi di meno », continuò Jasmin.

Popov si alzò nuovamente e la guardò, aggrottando le sopracciglia. «Lo so, sono noioso, ma non è scientificamente dimostrato che questa riduzione di peso abbia luogo.»

«Ah.» Jasmin chiuse le palpebre.

«E comunque, anche se fosse, 21 grammi sono talmente pochi che si potrebbero spiegare con un aumento della sudorazione al momento della morte, oppure con la quantità di soluzione fisiologica che ritorna nel deflussore della fleboclisi.»

«Magari si sbaglia», mormorò Jasmin.

«Non sto dicendo che l'aldilà non esiste, dico solo che non ci sono prove... non ci sono nemmeno indizi scientifici. D'altro canto, non si può dimostrare scientificamente nemmeno l'amore... e neanche l'origine della vita.»

«Gli psicologi mi stanno sulle scatole», disse Jasmin, con un filo di voce.

«Sapesse a me...»

«È come se la città fosse coperta di ceneri vulcaniche... e popolata da ombre, ombre color piombo», mormorò Jasmin, ripensando all'ordine burocratico del porto e al fatto che tutti svolgessero il loro lavoro, pur essendo morti. «Si è sul confine, ma non è vita», bisbigliò fra sé e sé, chiudendo gli occhi. «Alcuni si trovano lì da tanto tempo e sembrano illudersi di essere vivi... tentano di ristabilire un minimo di giustizia, ma... ma hanno dimenticato la vita... non ricordano che la vita è tutto e... e a quel punto non c'è più alcuna giustizia.» Le sue labbra continuavano a muoversi, ma la voce non le usciva più. Jasmin rimase immobile a pensare alle barche e alla morte che assottigliava l'esistenza finché gli individui non si distinguevano più dallo sfondo alle loro spalle. Sentì Gabriel Popov uscire e richiudere delicatamente la porta.

Se Dante fosse sopravvissuto, Jasmin non avrebbe mai più parlato del porto, non ne avrebbe più fatto parola con nessun altro tranne che con lui, non avrebbe più rischiato il trattamento sanitario obbligatorio.

Non aveva mai fatto assegnamento su una vita dopo la morte. Non si considerava particolarmente religiosa, non andava quasi mai in chiesa e non sapeva nemmeno se credeva davvero in Dio, eppure non riusciva a smettere di pensare a ciò che aveva visto da morta.

L'impressione di essere stata veramente laggiù era più tangibile che mai.

Aveva un ricordo molto vivido della piastrina che le batteva contro il petto mentre camminava, di Ting che si grattava l'orecchio, socchiudeva gli occhi e parlava con la bocca piena.

Il sonno si chiuse intorno a lei, come un piumaggio umido che la proteggeva dal mondo circostante.

Dormì senza interruzioni, finché un canto in lontananza non la spinse a tendere l'orecchio. Sembravano voci di bambini, ma quando aprì gli occhi regnava il silenzio. L'ospedale era immerso nel buio della notte. Jasmin richiuse gli occhi e si riaddormentò, dopo pochi secondi però udì nuovamente le voci.

Con grande sforzo girò la testa e guardò fuori dalla porta semiaperta. Non c'era nessuno, ma sulle pareti del corridoio scorgeva un barbaglio di fiamme che si rifletteva sui cardini e sulla maniglia. Un coro di voci bianche si stava avvicinando.

Jasmin riconobbe la melodia e capì che si trattava della processione di santa Lucia. Doveva essere il 13 dicembre. Dunque non era notte, ma un mattino d'inverno.

Una ragazzina che reggeva sulla testa una corona di candele accese passò davanti alla porta, seguita da una lunga fila di bambini vestiti di bianco, con le candele in mano.

Doveva alzarsi e cercare Dante.

Il canto si allontanò e tornarono le tenebre.

Jasmin tese una mano, cercando il pulsante per chiamare l'infermiera, ma non lo trovò. Riabbassò il braccio. Aveva la bocca secca e sentiva di dover riposare ancora un po', prima di scendere dal letto.

Quando si svegliò, vide sua sorella seduta sulla sedia accanto a lei. Delle due, Diana era sempre stata quella con la testa a posto. Ora aveva una profonda ruga sulla fronte e le lentiggini erano sbiadite sulla pelle bianca, come stelle in pieno giorno.

Fuori dalla finestra il cielo era nero, in contrasto con il corridoio illuminato.

Quando Jasmin e Diana erano bambine, la mamma le vestiva in modo identico, e tutti credevano che fossero gemelle. Loro stesse si accorgevano di somigliarsi molto, eppure non potevano essere più diverse. Diana era sempre stata più matura e concentrata, anche se aveva solo due anni di più. Quando Jasmin era un'adolescente ribelle, Diana studiava medicina. Quando Jasmin combatteva in Kosovo e beveva tequila fino alle cinque del mattino, Diana salvava la vita alla gente durante i lunghi turni all'ospedale Sahlgrenska di Göteborg.

Diana le mostrò un sacchetto del 7-Eleven. « Ti ho portato qualche dolcetto allo zafferano. »

« La mamma è morta. »

« Lo so. » Le labbra di Diana ebbero un tremito e gli occhi si fecero lucidi. « Sono arrivata con il primo volo... »

« Sai qualcosa di Dante? »

Diana annuì e spinse una ciocca di capelli lucenti dietro un orecchio. Un gesto che Jasmin conosceva da sempre. « L'operazione è andata bene », disse a bassa voce. « Non l'ho ancora visto, ma ho parlato con il primario. Dice che Dante sta bene, considerate le circostanze. »

Jasmin annuì, sorrise di sollievo, si asciugò le lacrime dalle guance e annuì di nuovo.

« Mentre ero in aeroporto ho telefonato a Mark », riprese Diana. « Aveva il cellulare spento, ma gli ho lasciato un messaggio. »

« Diana, devo farti una domanda... Quando si è sotto anestesia, si sogna? »

La sorella si sistemò una manica del maglione. « Ti hanno messa sotto anestesia con un farmaco che si chiama Ketalar. »

« E sarebbe? »

« È ketamina. Può causare forti allucinazioni, né più né meno dell'LSD e della polvere d'angelo. »

22

A ogni passo, il corpo tremava dal dolore. Il sudore le colava lungo la schiena e un pianto di terrore continuava a salirle in gola. Diana la seguiva, spingendo una sedia a rotelle, ma Jasmin preferiva camminare: stava benissimo, gliel'aveva detto diverse volte.

Il pavimento del reparto pediatrico era rigato dal passaggio delle lettighe in arrivo dalla piattaforma dell'elicottero e dall'ingresso delle ambulanze.

Davanti alla stanza di Dante, Jasmin dovette fermarsi e reggersi a una parete. Con circospezione sbirciò attraverso il rettangolo di vetro della porta e nella penombra scorse un corpicino steso sul letto. Si avvicinò a un carrello delle pulizie e si chinò sul sacco delle immondizie, tentando di vomitare, senza riuscirci.

« Aspettami qui », bisbigliò alla sorella, poi aprì la porta.

La stanza sapeva di disinfettante e di un odore dolciastro. Con il cuore che martellava, Jasmin avanzò verso il bimbo e vide una manina inerte all'altezza del fianco. Sull'avambraccio c'erano ancora i resti del tatuaggio adesivo a forma di teschio con le tibie incrociate.

« Dante? »

Non lo sentiva respirare, ma il petto si alzava e si abbassava. Tubicini scuri s'infilavano nella pelle sottile della piega del gomito e alcuni macchinari che emettevano una luce fioca registravano tutte le funzioni vitali.

Era come se i movimenti di Jasmin fossero governati da una moviola che girava sempre più lenta, via via che si avvicinava al letto e vedeva in che condizioni versava il figlio.

L'avevano rasato a zero, il cranio era segnato da punti metallici e un occhio era un grosso grumo nero.

« Tesoro... » mormorò.

Le dita del bimbo ebbero uno scatto. Dante si tese lentamente, svegliandosi. La guardò con l'unico occhio aperto, deglutì a fatica e s'inumidì le labbra. « Mamma. Non venivi mai, mi sono spaventato », disse con un filo di voce.

« Non devi avere paura », bisbigliò Jasmin, prendendogli la manina.

« Eri al lavoro? »

« Volevo stare con te, ma non mi hanno dato il permesso. » Jasmin tacque nel rendersi conto di aver parlato con un tono troppo fragile e spaventato. Aveva ancora un nodo in gola. Spostò delicatamente la sedia accanto al letto, gli accarezzò una guancia e tentò di sorridere. « Come ti senti? »

« La mia spada è rimasta nella macchina della nonna. »

« Eh, già. »

« Le telefoniamo? » mormorò lui.

« Dimmi come ti senti, tesoro. »

« Io bene, mamma. »

Jasmin sentì la porta aprirsi alle sue spalle. Un uomo in camice bianco entrò insieme a Diana.

« È un osso duro, suo figlio », disse il medico, sorridendo e facendo l'occhiolino a Dante.

« Come sta? » chiese Jasmin, senza lasciare andare le dita del bimbo.

Il primario, Johan Dubb, aveva i capelli cortissimi, un volto oblungo e simmetrico solcato da rughe profonde e lo sguardo stanco di chi non dorme da settimane. « Abbiamo praticato una splenectomia e legato l'arteria lienale, cioè quella che porta sangue alla milza », spiegò in tono impersonale.

« Ma si può benissimo vivere senza milza, no? » disse Jasmin a bassa voce.

Diana annuì, come per tranquillizzarla.

« Certo », rispose il medico.

Jasmin si accorse di avergli involontariamente rivolto un ampio sorriso. Per poco non corse a inginocchiarsi davanti a lui, grata.

« In realtà, il rischio maggiore è la setticemia », disse il dottor Dubb. « Ma basta starci attenti. »

« Ed è quello che faremo », lo rassicurò Jasmin, asciugandosi le lacrime.

Dante rivolse un debole cenno di saluto alla zia e tossicchiò.

Jasmin lo vedeva molto pallido, ma pensò che fosse solo un'impressione. Gli posò una mano sulla fronte. Era fresca, ma un po' sudata.

« Ha la febbre? » chiese il medico.

« No », rispose Jasmin.

Diana si avvicinò e gli misurò il polso, senza celare l'inquietudine. Alcuni riccioli biondo-rossicci le ricaddero sul viso. Si morse il labbro. Il bambino era bianco come un lenzuolo.

« Dante, ti senti male? » chiese Jasmin.

Lui scosse la testa, ma poi cominciò a contorcersi, come in cerca di una posizione più comoda.

« Ti fa male qualcosa? »

« Dai, mamma, basta », mormorò lui.

« Devi dirci come ti senti », disse Diana.

Dante la scrutò con uno sguardo stranamente intenso e aprì la bocca come per dire qualcosa, ma la voce non usciva. Entrò una giovane infermiera con i capelli raccolti in una crocchia nera e lucida. Con la coda dell'occhio, Jasmin vide Diana e il dottor Dubb scambiarsi un'occhiata preoccupata e si sentì gelare il sangue.

« La pressione », disse il medico, con un tono strano.

L'infermiera parlò in tono affettuoso con Dante, mentre gli fissava al braccio il manicotto dello sfigmomanometro. Jasmin continuava a stringergli l'altra mano, in preda al terrore e con i pensieri che le si rincorrevano in testa. Dovette appoggiarsi alla sedia per non cadere. Concentratissima, l'infermiera inforcò lo stetoscopio e auscultò il torace di Dante, poi fece un cenno al medico.

« Che cosa succede? » chiese Jasmin. « Diana, che cosa succede? »

« Dante? » disse il dottor Dubb, senza degnarla di uno sguardo. « Fai fatica a respirare? »

« Molta. » Dante inspirò profondamente e si agitò, come per divincolarsi.

« Che cosa succede? » chiese Jasmin per la terza volta, senza più riuscire a celare la paura.

Diana posò una mano sulla guancia del bambino. « Ti arriva aria nei polmoni? »

Dante annuì, ma aveva le labbra grigiastre. S'infilò le dita in bocca e tossì di nuovo.

« Come mai non riesce a respirare? » chiese Jasmin, con voce acuta.

« Non preoccuparti, mamma », ansimò lui.

« Prepara l'ecocardio », disse il dottor Dubb, rivolto all'infermiera.

« Perché? Perché l'ecocardiogramma? »

« Lascia che facciano il loro lavoro », bisbigliò Diana, prendendola per un braccio.

« È solo un esame a ultrasuoni », le spiegò il medico, senza guardarla.

« Sì, ma perché? »

Diana la portò fuori dalla stanza. Jasmin non voleva andarsene, ma capiva di non poter fare altrimenti. Prima che la porta si chiudesse, si voltò e vide le gambette di Dante scosse da un tremito.

23

Un'infermiera infilò un tubicino lucido nel naso di Dante per aumentare l'apporto di ossigeno. Il bimbo si stava ancora contorcendo e aveva il volto terreo.

Jasmin era nella sala di osservazione. Attraverso la vetrata poteva assistere all'ecocardiogramma ed ebbe l'impressione che il dottor Dubb, mentre scrutava lo schermo, stesse sorridendo: le rughe sulle guance smagrite si erano tese come una camicetta troppo stretta. Jasmin aveva le mani ghiacciate, sentiva il cuore martellare nelle orecchie e le gambe sul punto di cedere.

Diana uscì dalla sala operatoria e le spiegò in breve che il problema era un emopericardio. Aveva pianto, gli occhi verdi erano arrossati e lucidi. Jasmin l'ascoltò, mentre il terrore cresceva in lei come una burrasca colossale.

« C'è un'emorragia a una coronaria », disse Diana, con voce rotta. « Di lieve entità, ma sufficiente ad affaticare il cuore. Ecco perché non ha abbastanza ossigeno. »

« Che cosa gli stanno facendo? » mormorò Jasmin, guardando il corpo tremante di Dante mentre un'infermiera gli praticava un'iniezione sul fianco.

« Devono drenare il sangue. Gli infileranno un grosso ago sotto la gabbia toracica e risaliranno fino al pericardio. »

« Di nuovo sotto anestesia? »

« Non c'è tempo. » Diana seguì lo sguardo di Jasmin verso la vetrata della sala operatoria. « Bisogna inserire subito il catetere. »

Un'infermiera disinfettò frettolosamente il tronco di Dante con un liquido color ruggine che gocciolò sul pavimento. Il medico si avvicinò, osservò il bimbo e gli tastò le costole. Forse per uno scherzo del riflesso sul vetro, a Jasmin parve che gli occhi del dottor Dubb avessero qualcosa di strano, come se una pellicola gli velasse lo sguardo. « Non sarà pericoloso, fargli...? »

« Non guardare », la interruppe Diana.

Jasmin aveva le palpitazioni e tremava, ma rimase davanti alla vetrata insieme a Diana, mentre un cannello appuntito di metallo veniva conficcato nel corpo di Dante. All'inizio, l'ago avanzò a fatica, ma poi scivolò più facilmente. Dal foro sgorgò un sangue rosso vivo. Il bambino, spaventato, aveva le guance rigate di lacrime. Jasmin gli fece un cenno per attirare la sua attenzione, ma lo sguardo di Dante continuava a vagare ovunque senza trovare un porto sicuro.

Vedendo quella manina tremante, Jasmin ripensò a quando, al ristorante, suo figlio aveva chiesto un dolce. Forse, se non avesse esitato, se fosse stata un po' più calma e gli avesse lasciato prendere almeno un gelato, l'incidente non sarebbe avvenuto.

« Promette bene », disse Diana, rientrando in sala operatoria.

Ora Dante non si contorceva più. Il torace si alzava e si abbassava rapidamente. Jasmin guardò la sorella che parlava con il dottor Dubb mentre le infermiere fissavano un tubicino al tronco del bimbo. Si rendeva conto di non avere più forze, ma rimase davanti alla vetrata, tentando di decifrare le loro espressioni facciali. Alle spalle del medico, un oggetto in metallo cromato proiettava sulla parete un riflesso tremulo che scendeva lungo un pannello di plastica pieno di prese strane. Jasmin chiuse gli occhi e provò a convincersi che il dottore sembrava tranquillo, che quelle persone sapevano il fatto loro, che Dante sarebbe guarito. *Guarirà, lo so*, pensò. *Deve. Ha solo cinque anni.*

Riaprì gli occhi sentendo che la sorella tornava da lei.

« Non si erano accorti dell'emopericardio per via di una... »

« Come hanno fatto a non accorgersene? » la interruppe Jasmin. « Non è il loro mestiere? »

« Tutti i sintomi erano oscurati dall'emorragia alla milza », spiegò Diana.

« Be', basta che finisca bene. Hanno drenato il sangue, no? »

« Certo », disse Diana, ma il suo viso era ancora appesantito dall'inquietudine.

« Quindi adesso riesce a respirare? »

« Sì. » Diana si voltò verso la vetrata. « E se abbiamo fortuna l'emorragia si arresterà da sé. »

« Ma come, 'fortuna'? Hanno detto così? Cosa vuol dire? » sbottò Jasmin. « Pensano che guarirà? »

Diana aveva la fronte increspata dall'ansia e d'un tratto Jasmin si accorse di quant'era matura, con i fili grigi tra i capelli biondo-rossicci e le fossette ormai scomparse da un volto abituato a restare serio.

« Non ne sono sicuri... Esce ancora troppo sangue », disse infine Diana, guardandola negli occhi. « Parlano d'intervenire chirurgicamente stanotte. »

« Stanotte? Non capisco. Perché aspettano? È un'operazione rischiosa? »

« Sono bravi, qui », svicolò Diana.

Jasmin le prese una mano. « Devo sapere la verità. Devo sapere che cosa sta succedendo. »

« Le cose stanno così... Purtroppo l'emorragia proviene da una delle coronarie, la cosiddetta arteria circonflessa... che passa dietro il cuore. »

« Ma si può ricucire, giusto? »

« Certo, ma non si può raggiungere il lato posteriore mentre il cuore sta pompando. »

« Cosa mi stai dicendo? »

« Che occorre un intervento con arresto cardiaco indotto, per... »

« Vogliono fermare il cuore di Dante? »

« Jasmin, devi capire che... »

« Non devono », la interruppe Jasmin. Si voltò verso la vetrata della sala operatoria e vide il sangue che sgorgava dal pericardio di Dante e riempiva il fondo di una boccetta lucida. La vista le si annebbiò. Jasmin non si accorse che stava cadendo finché non si schiantò a terra e una sedia si ribaltò accanto a lei.

Aprì gli occhi e vide che dal controsoffitto si era staccato un listello di plastica, lasciando scoperto un fascio di cavi. Diana era in ginocchio accanto a lei. Jasmin tentò di dirle che stava bene, ma tremava come una foglia e non riuscì a pronunciare nemmeno una parola. *Non devono fermare il cuore di Dante, non devono, non devono.*

Chiuse nuovamente gli occhi, udì i passi di alcune persone e sentì che la sollevavano, la deponevano su una barella e la trasportavano lungo una serie di corridoi con porte automatiche.

Rimase immobile mentre la visitavano e le prelevavano alcuni campioni di sangue. Le parlavano, ma lei non aveva la forza di rispondere, aspettava di restare sola con sua sorella.

Diana sosteneva che il sedativo provocasse allucinazioni, ma la città portuale non era un delirio: gli eventi a cui lei aveva assistito erano cronologicamente coerenti. Jasmin aveva riesaminato tutti i frammenti di ricordi, in cerca delle incongruenze, dei processi di concentrazione e distorsione tipici del sogno, ma tutto seguiva una logica a prova di bomba.

Non era stato un sogno, né una forma di follia.

Anche ora, come tempo prima in Kosovo, aveva davvero visto l'anticamera del regno dei morti? Il ricordo era del tutto reale, come se fosse stata fisicamente laggiù.

Ma io non vivo nel Medioevo, pensò.

Non c'era da stupirsi, se gli specialisti l'avevano rubricata come psicosi post traumatica. Ma gli scienziati non sapevano tutto. E lei era sicura di ciò che aveva visto.

Una lacrima le rigò una guancia e s'infilò nell'orecchio.

Deglutì a forza, costrinse il respiro a rallentare e decise che cos'avrebbe fatto non appena avessero finito di visitarla.

Alla sola idea, il battito del suo cuore accelerò.

C'era un modo per dimostrare che la città portuale esisteva davvero.

24

Jasmin Pascal Anderson aprì gli occhi e vide la pallida luce dell'inverno che filtrava dalle veneziane.

Doveva farcela.

Lǐ Ting le aveva parlato della falegnameria di suo nonno in Olof Palmes Gata.

Andrò lì, pensò. *Troverò il negozio e chiederò di Ting. Se scoprirò che le cose stanno proprio come lui mi ha raccontato, vorrà dire che sono stata davvero nella città portuale, quando il mio cuore si è fermato.*

Deglutì e sentì il sapore del sangue. L'idea di poter dimostrare di avere ragione le dava le vertigini.

Se il regno dei morti esisteva davvero, se tutte le persone andavano a finire laggiù, Dante si sarebbe ritrovato da solo nella città portuale, nel momento in cui gli avessero fermato il cuore.

Forse esisteva un sistema apposito per aiutare i bambini che arrivavano lì senza i genitori. Ma se non era così? Come avrebbe fatto a trovare il Terminal di Cabotaggio e a destreggiarsi fra quelle complicatissime procedure burocratiche, lui che non sapeva nemmeno scrivere il proprio nome?

Ripensò alla bambina che piangeva nel vicolo, all'uomo alto in completo marrone che le sbraitava di consegnare il visto alla donna sulla sedia a rotelle.

Per molti anni Jasmin era stata in mezzo ai soldati e in un paio di occasioni aveva conosciuto persone davvero pericolose. L'uomo alto le sembrava appartenere a quella categoria. Non l'aveva visto in faccia, ma aveva riconosciuto le movenze aggressive, il distacco mentre commetteva una violenza.

Le forze dell'ordine lottavano contro la Triade per impedirle di acquisire il controllo totale della città, ma la criminalità organizzata aveva già attecchito da tempo. Non c'era giustizia nel regno dei morti.

Dante non avrebbe avuto scampo, la Triade l'avrebbe catturato e costretto a forza di minacce a consegnare la piastrina.

Udì sua sorella dire alle infermiere che potevano andare, perché ora c'era lei.

Non appena la porta si richiuse, Jasmin si sollevò a fatica sui gomiti. « Fa' in modo che mi dimettano. »

« È troppo presto. »

« Ma io sto benissimo, e poi devo... »

« Sei appena svenuta, ricordi? » la interruppe Diana. « Per i prossimi giorni, resterai qui. »

« Ho capito, ma c'è una cosa che devo scoprire », insisté Jasmin.

« Non potrei farlo io? »

« Non ti ho mai parlato di certe cose che ho letto, dei libri che ho trovato in biblioteca che parlano delle navi funerarie. » Jasmin si scostò i capelli dal viso. « In tutta la Scandinavia i vichinghi seppellivano i morti in navi di legno... Ne sono state dissotterrate diciannove solo a Uppsala... Erano lunghe dieci metri, con posti per otto rematori, un sacco di armi... E in Inghilterra, a Sutton Hoo, è stata scoperta una grossa nave funeraria che... »

« E questo che cosa dimostra? »

« Niente. »

« Jasmin, io ti ascolto, ma... »

« Lo so, sono noiosa, ma non ho nessun obbligo di restare in ospedale, dico bene? » insisté Jasmin.

« Siamo alle solite », sospirò Diana, abbandonandosi su una sedia. « Se hai già deciso, perché discuterne? »

« Perché devi accompagnarmi. »

Diana la fissò. « Sono disposta ad ascoltarti, ma solo se prima mangi qualcosa. »

« Non ho tempo. »

« Così svieni un'altra volta. »

« Non ho fame. Ti dispiace cercarmi qualche vestito? »

« Cos'è che devi scoprire? »

« Per piacere, ho fretta. Devo fare questa cosa, così poi non ci penso più. »

« Devo preoccuparmi? »

25

Erano imbottigliate nel traffico di Stoccolma, nell'auto che Diana aveva preso a nolo. L'odore dei sedili nuovi e della plastica si mescolava con quello dei vestiti che Diana aveva procurato a Jasmin. Piccoli fiocchi farinosi turbinavano nell'aria e alte muraglie bianche riducevano la larghezza della carreggiata. Il morbido manto di neve pressata faceva vibrare gli pneumatici.

Jasmin finì il panino e il succo d'arancia che Diana le aveva comprato, poi abbassò l'aletta parasole per guardarsi nel minuscolo specchio. Aveva raccolto i capelli in una coda di cavallo e tentato di coprire i lividi e le ecchimosi sul viso con un po' di cipria.

Diana la guardò in tralice e sorrise. «Alla fine ce l'avevi, un po' di fame.»

«Ma va'», rispose Jasmin, con un'ostinazione infantile.

Diana dimenticò di svoltare a sinistra dalla Sveavägen, così imboccò la Tegnérgatan e le toccò fermarsi all'incrocio con Holländargatan in attesa che un camion scaricasse le merci. La piattaforma con le casse imballate si abbassò con lentezza esasperante.

«Posso proseguire a piedi», disse Jasmin.

«Ci mettono solo un attimo», rispose Diana. «Capisco che tu voglia tornare subito da Dante, ma tutto questo stress non ti fa bene.» Guardò nello specchietto e ingranò la retromarcia. Il taxi in coda dietro di loro diede un lungo colpo di clacson.

Jasmin fece un cenno al tassista, mentre passavano sopra un cumulo di neve, salivano sul marciapiede e si dirigevano verso Kammakargatan. «Posso dire solo una cosa sull'Esercito di Terracotta, senza finire di nuovo legata a un letto? Sai, il primo imperatore della Cina venne sepolto insieme a ottomila soldati di terracotta, ognuno con una faccia diversa...»

«Sì, ma...»

«Probabilmente è stato ritratto un vero esercito», proseguì

Jasmin, accorgendosi lei per prima di quanto fosse teso il suo sorriso.

« Probabilmente. »

« Un esercito che aspettava l'imperatore al porto. »

« Jasmin... » sospirò Diana.

« Certo, certo, ma come mai tutti hanno il collo coperto? Perché un soldato non può portare collane e... »

« Di che cosa stai parlando? »

« Stanno nascondendo i visti. Non c'è altra spiegazione. »

« I visti? »

« Ma sì, te ne ho già parlato », disse Jasmin con impazienza. « Ecco perché hanno le sciarpe. In tutto l'Esercito di Terracotta, non c'è nemmeno un soldato che non abbia la sciarpa. »

« Ma le sciarpe sono... »

« Non fa freddo, nello Shǎnxī. »

« E va bene », disse Diana, in tono esasperato. « Darò un'occhiata alle fotografie. »

Le campane della chiesa di Federico Adolfo intonarono un canto natalizio. Jasmin sentì il dolore al collo farsi sempre più pungente, ma non disse nulla.

La Olof Palmes Gata cominciava nel punto in cui era stato ucciso il primo ministro Olof Palme e, insieme alla buia Luntmakargatan e alla Tegnérgatan, formava il quadrilatero della Chinatown stoccolmese, con negozi che vendevano merci provenienti da tutta l'Asia. Diana accostò davanti al Chongdee Fastfood e per la terza volta chiese se doveva parcheggiare come si deve e accompagnarla.

« Devo solo controllare una cosa », ripeté Jasmin, aprendo la portiera.

« Se non torni entro mezz'ora, mi farai prendere un colpo », le gridò Diana, mentre Jasmin scavalcava la muraglia di neve.

I pantaloni trovati al deposito dei vestiti usati dell'ospedale erano troppo larghi, il maglione sporgeva da sotto la giacca con il cappuccio e le scarpe da ginnastica non isolavano dal gelo della neve.

Non appena si guardò intorno nel quartiere cinese, con le luci gialle e rosse che brillavano nel crepuscolo dell'inverno, le riaffiorarono alla mente le immagini della grande città portuale.

Cominciò a camminare, leggendo i nomi dei negozi, guardando in tutte le vetrine e scrutando tutte le insegne luminose.

Lungo il marciapiede volavano veli di neve farinosa sollevata dal vento.

Non ricordava il nome del negozio, ma non potevano esserci molte falegnamerie in quella via.

Sulla vetrina appannata di un ristorante erano appiccicate immagini a colori di diversi piatti. Accanto all'ingresso c'era un grosso drago di ceramica avvolto da un festone natalizio.

Lo sforzo e la tensione le facevano tremare le gambe. Un passante, un uomo alto dai capelli biondi e arruffati, le cedette il passo sullo stretto marciapiede e con un accento finlandese le disse: « Non si strapazzi, signorina ».

Stupita, lei lo guardò negli occhi grigio argento e lo ringraziò, quindi proseguì fino al negozio successivo, per leggere l'insegna.

Un furgone si era fermato davanti all'East World Import per caricare bancali di olio di semi e aceto nero cinese. L'agenzia turistica Jade Travel esponeva foto stinte di spiagge e della Grande Muraglia. Jasmin oltrepassò il centro agopuntura Yu Hua, il China Trading, il Good Fortune e Kukyo. Dall'altro lato della strada c'erano il China Supermarket, il centro massaggi Wáng Thai e un negozio di abbigliamento, The Year of the Dragon.

Dopo aver attraversato l'incrocio con la Drottninggatan, si fermò. I negozi asiatici erano finiti.

Per un istante rimase lì, sotto la leggera nevicata. Era calato il buio, e i passanti avanzavano come ombre.

Attraversò la strada e la percorse a ritroso. Da un ristorante, il Pong Buffé, proveniva un profumo di olio di sesamo riscaldato e anice. Dentro, in uno dei séparé, un uomo chino in avanti divorava un piatto di riso.

Ora Jasmin tremava dal freddo. Il dolore al collo si era diffuso fino alla testa. Si strinse le braccia al tronco, stando bene attenta a non scivolare. Da un tetto cadde una falda di neve umida che si schiantò pesantemente davanti ai suoi piedi.

Si fermò, inspirò l'aria gelida e sbirciò dietro l'angolo della Holländargatan, dove c'era il Maimai Asian Market con le vetrine appannate e i cartelli scritti a mano. Più oltre, un angusto negozietto di tatuaggi e un ristorantino con una lanterna di carta rossa coperta di neve.

Un camion inzaccherato entrò dondolando nella viuzza, sprigionando gas di scarico che si espandevano come una nube lucente. Non appena fu passato, Jasmin vide dall'altro lato della strada una porticina in metallo nero con ideogrammi dorati. Scavalcò i cumuli di neve, passò in mezzo a due auto in fila e raggiunse il marciapiede opposto. La buca delle lettere era coperta da una linguetta in ottone, sulla quale era stato fissato un nastro scritto con un'etichettatrice a rilievo: LǏ KŪN MÙGŌNG, HOLLÄNDARGATAN 3, 123 22 STOCCOLMA.

Ecco, come si chiamava! Il negozio esisteva davvero. Jasmin era quasi sicura che Ting le avesse detto proprio quel nome. *Mi sembra una follia, ma è l'unica cosa da fare*, pensò.

Il mal di testa cresceva con una rapidità inquietante. Avrebbe avuto bisogno di chiudere gli occhi per qualche secondo. Facendosi da parte per lasciar passare una donna che spingeva un passeggino, Jasmin scivolò e perse l'equilibrio. Le gambe cedettero, e si ritrovò in mezzo alla strada. Un furgone nero le sfiorò la spalla. Qualcuno lanciò un urlo.

Risalì sul marciapiede e si appoggiò a una centralina elettrica coperta di neve. Il freddo le gelò la mano. Si fece avanti e aprì la porticina nera, scese una scala ripida e raggiunse una porta in legno chiaro con un riquadro in vetro.

26

Jasmin aprì la porta, facendo tintinnare un campanello. Lo scantinato era pieno di armadi, cassettiere e bauli, pervaso da un profumo speziato di legno segato di fresco. I mobili erano disposti in modo da formare corridoi in direzioni diverse.

« Permesso? » disse Jasmin ad alta voce, varcando la soglia. Si vide riflessa nell'anta di un mobile, laccata di rosso con farfalle nere e argentee. « C'è qualcuno? »

Aggirò una libreria a vetri, oltrepassò una ribaltina finemente intarsiata con scomparti dagli ornamenti elaborati, e seguì una fila di guardaroba e bauli riccamente intagliati e con serrature decorate. Su alcuni armadi c'erano etichette ingiallite e le lampade in carta di riso dipinte a ideogrammi dondolavano sospinte dallo spostamento d'aria.

Jasmin si fermò davanti a un bancone con un registratore di cassa in metallo nero, di quelli che si usavano una volta. Dietro c'era una porta di metallo nero. « Chiedo scusa... » disse, rivolta allo spiraglio.

Dopo un po' sentì un rumore di passi strascicati. La porta si spalancò e dalle ombre emerse un uomo anziano, alle cui spalle Jasmin intravide il laboratorio di falegnameria, con le assi e il banco da lavoro.

« È qui per comprare mobili? »

« No, volevo solo chiedere... »

« Sto chiudendo », la interruppe il vecchio.

« Lei è il titolare? »

« Se ne vada », disse l'uomo, in tono scontroso, facendo un gesto impaziente.

« Scusi, ma vorrei... »

« Devo chiamare la polizia? »

Solo allora Jasmin si rese conto del proprio aspetto: volto tumefatto, sopracciglia ricucite, con vestiti presi a prestito dall'ospedale da cui era appena uscita. « Prima di andarmene, devo farle una domanda su suo nipote», insisté, reggendosi a un tavolino con una strana serratura in ottone.

«Non ho nipoti», disse il vecchio. «Non ne ho mai avuti.»

«Ma io ho conosciuto un ragazzo che si chiama Ting, che mi ha detto...»

«Non ho tempo per parlare. Se ne vada, per cortesia.»

Jasmin tentò di catturare lo sguardo dell'uomo. «Mi ha detto che questa è la falegnameria di suo nonno.»

«Ho del lavoro da fare.»

«Non conosce nessuno che si chiami Lǐ Ting?»

«No.» L'anziano le rivolse uno sguardo spazientito.

«Capisco», mormorò Jasmin. «Scusi ancora, me ne vado.»

Riattraversò i corridoi tra i mobili e riaprì la porta, ma non appena udì il campanello ripensò al porto, al momento in cui Ting, catturando gli spaghetti fra le labbra, le aveva raccontato della falegnameria del nonno descrivendole i bauli, gli armadi, il registratore di cassa e il bancone sotto il quale, da bambino, si nascondeva a fare intagli nel legno.

Rientrò in negozio, passò fra gli armadi e tornò dal vecchio, che le si parò davanti con una scopa in mano dicendole con voce stridula: «La spazzatura ora se ne deve andare».

Jasmin scostò la scopa con la mano e passò oltre. Bofonchiando, l'uomo la seguì fra due armadi, l'uno bianco a ideogrammi neri, l'altro nero laccato con centinaia di foglioline di madreperla.

«Non ci sono soldi», disse l'anziano con voce stanca, vedendola passare dietro al registratore di cassa.

«Devo solo guardare qui sotto.»

«Sotto?» L'uomo si sedette su uno sgabello.

Jasmin si accovacciò, ma era talmente buio che non vide nulla. Dovette stendersi supina e trascinarsi sotto il bancone.

C'era odore di legno e pietra polverosa. Le piastrelle del pavimento erano fredde contro la sua schiena. Tese le braccia e passò i polpastrelli sul lato inferiore del bancone.

Nulla.

Mi tocca gettare la spugna, pensò, temendo di non saper più distinguere la realtà dalla fantasia. *Devo tornare da Dante, non sarei mai dovuta uscire dall'ospedale.*

Da un punto imprecisato del negozio provenne un rumore

come quello di una paletta di metallo che raschia il fondo di una padella.

Jasmin continuò a tastare il legno. All'improvviso trovò alcune scalfitture e il battito del suo cuore accelerò: c'era inciso qualcosa.

Il braccio le pesava, ma tenne le dita premute contro i solchi finché i suoi occhi non si furono abituati alla penombra, permettendole di leggere la scritta: METALLICA.

Abbassò la mano e girò la testa per guardare al di là del bancone.

Il vecchio era scomparso.

27

Jasmin rimase immobile e sentì il pavimento vibrare contro la sua schiena. Forse quel tremito era prodotto da un convoglio della metropolitana. Batté le palpebre per mettere a fuoco la vista, rilesse il nome del gruppo metal, si trascinò ancora più sotto il bancone, guardando verso l'alto. Il lato inferiore della tavola di legno era pieno d'incisioni, lunghe file di ideogrammi e una frase in inglese: TING AND LISBET 4EVER.

Per un istante temette che il suo cuore si fermasse di nuovo. Tentò di rallentare il respiro e si spostò di lato. Più oltre, trovò il disegno di una donna pettoruta a gambe divaricate. In un altro punto, c'era una scritta a inchiostro rosso: TING RULES.

Due lacrime le colarono fino all'attaccatura dei capelli.

Si sfilò da sotto il bancone e si alzò a fatica. Il vecchio era rientrato in laboratorio e, con movimenti stanchi, stava levigando un armadio.

Jasmin si portò una mano tremante davanti alla bocca. I suoi pensieri oscillavano come pendoli.

L'ho conosciuto davvero.

Le lacrime continuavano a sgorgare, bruciando le ferite sulle guance e le labbra screpolate. Si appoggiò al bancone, tentando di ricomporsi, si asciugò il viso e bussò alla porta aperta del laboratorio.

Il vecchio fece finta di non vederla, soffiò via la polvere di legno e riprese a levigare l'armadio. Alle sue spalle c'era una mensola malandata, piena di attrezzi fatti a mano, pialle, ceselli, seghe e lame di diversi tipi.

« Devo sapere se Ting è stato operato ieri », disse Jasmin con voce tremante.

« Se ne vada », mormorò il vecchio, senza staccare lo sguardo dal mobile.

« Gli ho parlato », insisté Jasmin, tergendosi le lacrime. « Mi ha raccontato che da bambino veniva nella bottega del nonno e si nascondeva sotto il bancone per non doverlo aiutare.»

Il vecchio s'irrigidì e annuì lentamente.

«Ha inciso tantissime cose sul lato inferiore del bancone», disse Jasmin a bassa voce.

«Gliel'avevo proibito. Era un mobile troppo bello.» Il vecchio si voltò verso di lei, lasciando ricadere lungo i fianchi le braccia sottili e guardandola con occhi stanchi e tristi.

«Devo sapere come sta Ting.» Jasmin tentò di mantenere la voce ferma.

«Non ho contatti con lui.»

«Ho avuto un incidente stradale, sono rimasta in arresto cardiaco per due minuti e mentre ero morta ho conosciuto un ragazzo di nome Ting.»

L'uomo fece uno strano gesto, allargando le mani. Era talmente turbato che gli tremava il mento. «Quindi è morto?»

«Sì, però era fra quelli che dovevano tornare indietro», spiegò Jasmin. «Ting mi ha raccontato che il suo ultimo ricordo è il momento in cui l'hanno anestetizzato e gli hanno fatto fare il conto alla rovescia. L'intervento al cuore dev'essere andato male...»

Il vecchio fece un respiro profondo, come se d'un tratto fosse rimasto completamente privo di energie. «Ting è in terapia intensiva all'ospedale di Danderyd, ma non per un intervento al cuore», disse, serissimo.

«Magari ho capito male.»

«Lei non lo conosce, vero?»

«L'ho incontrato solo ieri.»

«È tossicodipendente da diversi anni e... Ieri sua madre mi ha telefonato, dicendomi che Ting rischiava di morire per un'overdose e...»

«Ma se l'è cavata, no? Cioè, visto che l'hanno portato all'ospedale...»

«Non so, le ho detto che non volevo essere coinvolto.» Per un istante cadde un silenzio inquietante, dopodiché il vecchio riprese: «Lei dice che l'ha conosciuto da morta».

«Eravamo morti tutti e due.»

«Quindi lei si ricorda l'aldilà?»

«Sì», rispose Jasmin.

« E ha visto il regno dei morti? »

« Credo. »

« È vero che le strade sono fatte d'oro? » chiese il vecchio.

« Magari alcune sì, ma io sono finita in una città portuale che... che mi sembrava cinese. Cioè, al molo c'era gente di tutte le razze, ma i cartelli erano in cinese, l'architettura era cinese, sembrava proprio di stare in Cina. »

L'uomo annuì, cupo. « Mi viene in mente un mito abbastanza famoso di una provincia della Cina orientale, lo Jiāngsū. »

« E che cosa dice questo mito? »

« Che il regno dei morti comincia con una città portuale, un lungo molo con barche disposte in sette file... »

« Almeno dieci », mormorò Jasmin.

« Quando il generale Lǐ Jìng risorse, disse che il tribunale dell'imperatore era troppo ingiusto, perciò pretese di dirimere il suo caso in un parco giochi. »

« L'imperatore non c'è più, mi sa. »

« Eh, no. »

« Adesso c'è la criminalità organizzata, che distrugge tutto. »

« Come a Shànghǎi, a Chóngqìng, a Shěnyáng... »

« Ma come mai... Com'è che l'aldilà è cinese? »

« Nello Jiāngsū dicono che è il contrario. »

« In che senso? »

« È un bel pensiero, perché noi cinesi abbiamo sempre rispettato i nostri antenati... e abbiamo cercato di fare in modo che i morti stessero il meglio possibile », spiegò il vecchio, fiero. « Così abbiamo interrogato quelli che sono tornati dalla città portuale. Dopo le prime dinastie, erano tornate alla vita così tante persone che le loro descrizioni cominciarono a ispirare l'intera società. »

Jasmin capì. Non era la città portuale a somigliare alla Cina, ma l'opposto: il regno dei morti preesisteva a tutte le culture. Annuì, varcò la soglia del laboratorio e vide un piccolo altare dove un po' d'incenso bruciava davanti a una fotografia di Ting con la feluca. In quell'immagine era più giovane di diversi anni: il viso era più tondo e aveva un'aria molto più innocente, anche se nello sguardo e nel sorriso c'era già qualcosa di sensuale.

« Ha fatto bene a morire », disse l'anziano, dietro di lei. « Dava solo dispiaceri. »

« Mi ha aiutata a tornare in vita », disse Jasmin, senza staccare lo sguardo dalla fotografia.

« Voleva solo imbrogliarla, derubarla e... »

« Io non credo », lo interruppe lei. « Mi ha accompagnata, spiegandomi tutto... e senza chiedermi niente, senza aspettarsi qualcosa in cambio... perché era convinto che una volta tornata in vita non avrei ricordato la città portuale. »

Il vecchio levò una mano stanca. « *Huáng hún.* »

« Eh? »

« Vuol dire 'anima gialla'. Noi chiamiamo così i bambini che hanno un arresto cardiaco quando nascono. Loro si ricordano le cose che nessuno ricorda: il regno dei morti. Sono stati loro a dare forma all'antica Cina. » Il vecchio scosse la testa e borbottò qualcosa.

Jasmin si costrinse a distogliere lo sguardo dagli occhi miti di Ting e uscì dalla falegnameria.

28

Jasmin tornò all'auto, vide i riccioli rossi di Diana contro il finestrino e rifletté di avere sempre avuto la sensazione di essere la preferita di sua madre. La mamma era costantemente in pensiero per lei, mentre si aspettava che Diana se la cavasse da sé. Jasmin sapeva che il suo era stato un parto podalico, dunque molto problematico. Sua madre non gliene aveva mai parlato, ma fin da bambina aveva sempre saputo che alla sua nascita era accaduto qualcosa.

Durante il tragitto di ritorno all'ospedale, Diana le chiese se avesse trovato ciò che cercava. Jasmin si limitò ad annuire, guardando il cielo nero sopra le nuvole basse. Fiocchi bianchi vorticavano nei coni di luce dei lampioni, e i tergicristalli spazzavano la neve dal parabrezza.

Diana era la persona di cui si fidava di più. Chiuse gli occhi e decise di vuotare il sacco. « Eravamo d'accordo di non parlarne, lo so, ma adesso... sai, dopo l'incidente, quando il mio cuore si è fermato... sono finita di nuovo nella città portuale. Era tutto identico alla volta scorsa... »

« Ma... »

« Sì, mi rendo conto che sembra una follia », ammise Jasmin.

« Ah, te ne rendi conto? »

« E non so più che cosa credere... »

Jasmin sapeva che la sorella avrebbe pensato a una ricaduta. Anzi, forse avrebbe creduto che lei non fosse mai guarita. Eppure le raccontò degli *hútòng* dalle lanterne rosse, della burocrazia folle e dell'enorme bilancia sulla quale venivano pesati tutti.

Si sentì raggelare all'idea che la città portuale esistesse davvero, con le bande della Triade che si aggiravano per le strade in cerca di bambini appena arrivati.

Diana l'ascoltò in silenzio e si fermò davanti all'ingresso dell'ospedale, mentre Jasmin descriveva la sala d'aspetto del Terminal e i *dàzìbào* che vi venivano affissi.

Scesero dall'auto e attraversarono insieme lo spiazzo bianco del parcheggio, dirigendosi verso l'entrata.

Jasmin si rendeva conto di sembrare pazza: si accorgeva del modo in cui parlava, ma non riusciva a frenarsi. « Non credo di essere mai stata malata, ma chi se ne frega. Devo parlartene lo stesso, per farti capire che... » Lei stessa era consapevole di quanto suonasse ridicola, ma non poteva fare a meno di riferire alla sorella le cose che Ting le aveva raccontato. S'interruppe soltanto mentre salivano in ascensore insieme a due infermiere. Aveva le guance sudate e si accorse di avere di nuovo le labbra contratte in un ampio e involontario sorriso.

Diana sfuggiva il suo sguardo restando a testa bassa e a bocca serrata.

Non appena l'ascensore si aprì, imboccarono i corridoi del reparto pediatrico di terapia intensiva, e lì Jasmin riprese a raccontare a voce bassa la sua visita alla falegnameria, descrivendo le incisioni sotto il bancone che confermavano la storia di Ting.

Davanti alla porta della stanza di Dante, un'infermiera riordinava alcuni oggetti su un carrello di metallo, facendoli tintinnare.

« Possiamo entrare? » chiese Jasmin.

« Dorme ancora », rispose la donna, dopo una breve esitazione.

« Aspetteremo », mormorò Diana.

L'infermiera puntò un dito verso il fondo del corridoio. « Là c'è un angolo caffetteria. »

Non avevano voglia di niente, ma proseguirono nella direzione indicata dalla donna. Jasmin stava per riprendere il discorso, quando dalla porta di un vano scale sbucò Gabriel Popov, con l'aria stanca e avvolto nell'odore di fumo di sigaretta e vestiti semicongelati.

Si fermarono. « Le presento mia sorella », disse Jasmin.

« Sembrate quasi gemelle », disse lo psicologo, tendendo una mano.

Diana gliela strinse. « Vero? »

Popov si rivolse a Jasmin. « Non vorrei interrompervi, ma ho riflettuto sulle cose che mi ha detto ieri », disse, con qualche tentennamento.

« Non ho segreti per mia sorella », disse Jasmin.

« Non è nulla d'importante, è solo che ho trovato un'immagine di un dipinto cinese che potrebbe interessarle. »

Diana le lanciò un'occhiata esasperata.

Jasmin tentò di tranquillizzarla. « È uno psicologo, è vincolato dal segreto professionale. »

« E comunque gli psicologi ci stanno sulle scatole », disse Popov a Diana.

Jasmin sorrise. « Ma lei è simpatico. »

Gabriel Popov si accarezzò i baffi, inforcò gli occhiali e lesse ad alta voce dal display del cellulare. « Dinastia Sòng... X secolo. Il quadro s'intitola *Viaggio sul fiume sotto la neve*, dipinto da un certo Guō Zhōngshù. » Porse il telefono a Jasmin.

L'immagine rappresentava due barche stracariche su uno sfondo color bronzo. Erano molto simili a quelle che Jasmin aveva visto al molo. Il cielo notturno si confondeva con l'acqua in una lugubre oscurità. L'opera era pervasa da un senso di disperazione, le persone sulle barche sembravano paralizzate dalla solitudine.

« L'ho sempre saputo », mormorò Jasmin, restituendogli il cellulare.

« Adesso vado a prendermi un caffè, ma stasera farei volentieri una chiacchierata con lei, se le va », disse Gabriel, incamminandosi prima ancora che Jasmin avesse il tempo di rispondergli.

29

Jasmin e Diana confabulavano nel punto più buio fra gli aloni di luce di due lampade al neon.

«Non devi parlare del porto», disse Diana, serissima.

«Gli ho solo fatto qualche domanda sulle testimonianze di altre persone tornate alla vita.»

«Pensa a Dante. Ha bisogno di te.»

«Il dottor Popov è vincolato dal segreto professionale.»

«Jasmin, se t'internano un'altra volta...»

«Non m'interneranno», la interruppe Jasmin, a voce un po' troppo alta. Un uomo che aspettava l'ascensore si voltò a guardarle.

«Del porto puoi parlare con me», sibilò Diana. «Dico davvero, rischi di perdere la tutela.»

«Diana, io non credo che la mia sia follia, ma...»

«Non lo credo neanch'io.»

«Ma devo impedire a questa gente di fermare il cuore di Dante», disse Jasmin.

«Cosa? Vogliono solo aiutarlo, devi fidarti. Johan Dubb è un chirurgo di chiara fama e...»

«Se è così, com'è che gli è sfuggita l'emorragia al...»

«Jasmin, per piacere», la interruppe Diana. «Non è colpa di nessuno. Anche se... anche se si fossero accorti subito della lesione alla coronaria, ora la situazione non cambierebbe: per operare, occorre fermare il cuore.»

«E se avesse fatto apposta a lesionare l'arteria durante la prima operazione?»

«Ma cosa dici?» Diana la fissò, sconcertata. «Che ti prende?»

«È possibile?»

«Si può sapere che cosa ti passa per la testa?»

Jasmin lanciò un'occhiata verso la porta della stanza di Dante. «Se la città portuale fosse stata solo un sogno, il nonno di Ting non esisterebbe, giusto?»

« Jasmin, io non ho spiegazioni », disse Diana. « Non sto dicendo che l'aldilà non esiste. Di questo non so niente. So solo che il cervello è incredibilmente complesso, ha cento miliardi di neuroni collegati da centomila miliardi di sinapsi. La scienza tenta di comprendere i processi mnemonici, ma la memoria è un universo gigantesco, in gran parte ancora inesplorato. »

« Allora come si spiega che io so tutte queste cose, se...? »

« È solo che... Scusa se t'interrompo, ma tutti noi abbiamo una grande quantità di conoscenze delle quali ignoriamo l'origine. »

« Sì, ma... »

« Tu ti aggrappi a questo sogno e credi di aver parlato davvero con quel ragazzo che costruiva barche. E ti capisco, dico sul serio, ma il fatto che suo nonno esista davvero non significa che quello fosse qualcosa di più di un sogno. »

« Eh, già », mormorò Jasmin.

« Se poi tutte quelle cose corrispondono al vero, è solo perché non ti ricordi quando sei venuta a saperle. » Diana raddrizzò un acquarello incorniciato appeso alla parete. « Il cervello immagazzina quantità pazzesche d'informazioni. Magari, un giorno di cinque anni fa, eri in metropolitana e ti sei ritrovata accanto a quel ragazzo che parlava di suo nonno a un amico. Poi, quando hai avuto l'incidente, il tuo cervello ha reagito all'ipossia liberando quel ricordo e inserendolo nel sogno. »

« Capisco. » Jasmin fece un respiro profondo. « È una spiegazione possibile. »

« Però? » chiese Diana, dopo un breve silenzio.

« Però, se Ting è morto ieri, nello stesso momento in cui sono morta io... »

« Smettila! »

Jasmin sollevò di scatto la testa per guardare Diana negli occhi ed ebbe una fitta al collo. « L'ha detto suo nonno. »

« Chissenefrega! » Diana era paonazza. « Non è possibile, credimi. »

« Verifica. Sei un medico, no? Puoi farlo. »

Diana scosse la testa, si voltò a guardare un infermiere che passava in tutta fretta lungo il corridoio, poi si rivolse nuovamente a Jasmin. « Come si chiama? »

« Lǐ Ting. Lǐ è il cognome, se ho ben capito. »

« Ospedale? »

« Danderyd. »

Diana le posò una mano su un avambraccio. « Sei ossessionata da questa storia, e la cosa non mi piace. Non capisco nemmeno che cosa speri di scoprire. »

« Io credo di essermi ritrovata nell'anticamera del regno dei morti », rispose Jasmin. « Ma continuo a sperare che non sia così, perché non sarei costretta... »

L'infermiera che si occupava di Dante uscì da una delle stanze riservate al personale e si avvicinò a loro. « Devo svegliarlo per fargli un prelievo. »

« Come sta? »

« Dovete chiederlo al dottore. »

« Posso entrare anch'io? » chiese Jasmin.

« Certo. » L'infermiera tenne aperta la porta per farla passare e accese la lampada al neon.

La luce svegliò Dante, che batté le palpebre e guardò la madre.

Jasmin si fece avanti e gli accarezzò una guancia. « Hai dormito », bisbigliò.

L'infermiera chiese a Dante come stava, mentre controllava l'apporto di ossigeno e misurava la pressione. Per non intralciarla, Jasmin si sedette ad aspettare. Le tremavano le gambe. Dante rispondeva alle domande dell'infermiera. Aveva le labbra pallide e screpolate, il tubo di drenaggio era pieno di sangue ed era chiaro che la lesione alla coronaria non si era rimarginata da sé. Il bimbo fece un cenno a Jasmin, che ricambiò.

« Dov'è papà? » chiese Dante. « Devo dirgli una cosa. »

« Arriverà da un momento all'altro », disse Jasmin. « La zia gli ha lasciato diversi messaggi sulla segreteria telefonica. »

« Magari è a pesca con gli amici. »

L'infermiera appese una nuova flebo accanto a quella collegata al braccio di Dante, ormai mezza vuota, poi se ne andò. Jasmin avvicinò la sedia al letto e prese la manina di Dante. Le dita erano piene di escoriazioni, il braccio era stato suturato e le tumefazioni al viso si erano fatte ancora più scure. « Ogni tanto sono un po' ingiusta con tuo padre, secondo me viaggia troppo, però è un bravo papà e ti vuole tantissimo bene. »

« È il comandante di una nave pirata. »

« Immagino di sì », bisbigliò Jasmin, chinandosi in avanti.

Dante ebbe un tremito alle narici, poi s'illuminò in viso. Le ciglia proiettavano un'ombra lunghissima sulle guance pallide.

« Adesso ascoltami. » Jasmin gli prese il faccino tra le mani. « Fra poco, forse, farai un viaggio. »

« Dove? »

« Ascoltami e basta. Ci saranno tantissime persone, ma tu dovrai solo metterti in coda finché non arriverai a una grossa bilancia... » Una lacrima cadde sulla guancia di Dante.

« Ma mamma, non capisco. »

« Lo so, ma... » Jasmin s'interruppe: era rientrata l'infermiera, che chiese a Dante come si sentiva.

« Un po' stanco », rispose lui.

La donna gli misurò la temperatura con il termometro auricolare, poi li lasciò di nuovo soli.

« Dicevo: forse fra poco farai un viaggio », riprese Jasmin in tutta fretta. « Ti sveglierai su una panca. Non devi spaventarti. Ci saranno dei vestiti, mettiteli pure, sono per te. Poi esci e segui il fiume di gente. Mentre sei in coda, non devi parlare con nessuno. Ti peseranno e ti daranno una piastrina da mettere al collo. Non devi assolutamente perderla. Non appena avrai la piastrina al collo, devi chiedere di un certo Lǐ Ting. Ti ricorderai questo nome? »

Dante scosse la testa ed ebbe un leggero tic alle dita.

Jasmin si rendeva conto che gli stava dicendo cose poco comprensibili, ma doveva spiegargliele, nel caso in cui il bimbo se ne ricordasse, una volta giunto laggiù. « Dante, non devi salire a bordo delle barche », riprese, con un tremito alle labbra. « Però, se proprio ti obbligano... cerca di trovare una signora gentile che ti possa accompagnare. » Udì alcune voci fuori dalla porta, deglutì e si asciugò le lacrime con la manica. « Ti ricordi quel nome? »

« No, mamma... scusa, me lo sono dimenticato. »

« Devi chiedere di Lǐ Ting. Ripeti. »

« Lǐ Ting. »

« È un bravo ragazzo, mi ha aiutata. Diglielo, digli che sono la tua mamma, che sei il figlio di Jasmin. »

30

Jasmin tacque e prese la sua terribile decisione. Rimase lì seduta, con la mano di Dante fra le sue, finché non sentì bussare. Era Diana, seguita dal dottor Dubb e da due infermiere. Jasmin si alzò e si appoggiò alla testiera del letto per non perdere l'equilibrio. « Che succede? » chiese, tentando di non perdere la calma.

« L'emorragia non si è arrestata, ma con il drenaggio il bambino sta abbastanza bene », rispose il medico. « In realtà non è un'emorragia forte, però non mi piace, quindi ho intenzione di ricucire la coronaria il prima possibile. » Sorrideva, come se le avesse portato una bella notizia.

Le guance e le labbra di Jasmin si fecero livide. « Ma non dicevate che sarebbe guarita da sé? » mormorò, quasi senza fiato.

« Posso spiegartelo io », disse Diana, tirandola verso la porta.

« Allora fallo. »

« Jasmin... » la zittì Diana.

Non appena furono uscite dalla stanza di Dante, Jasmin chiuse la porta e riprese a parlare. « Allora? Cos'è che devi spiegarmi? » chiese, con la voce che tremava.

« Hanno anticipato l'intervento perché l'emorragia si sta lentamente aggravando. »

« Ma poi magari si ferma », mormorò Jasmin.

Diana la strinse forte tra le braccia. « Andrà tutto bene », le bisbigliò all'orecchio.

« Allora come mai tutta questa fretta? » chiese Jasmin, con il mento contro la spalla della sorella.

Diana sciolse l'abbraccio. « Dobbiamo rispettare la loro decisione. »

« Gli fermeranno il cuore? »

« È l'unico modo per salvargli la vita. »

« Sì, capisco », si affrettò a dire Jasmin, asciugandosi una lacrima.

« Il dottor Dubb sa il fatto suo », la rassicurò Diana, ma il suo sguardo era cupo.

Jasmin la prese per mano e la condusse più avanti, lungo il corridoio, passando accanto ad alcune infermiere con un carrello pieno di coperte azzurre. « Adesso ascoltami. Sei mia sorella. Mettiamo da parte tutte le altre cose », disse, tentando di non perdere il controllo. « Dimmi: c'è un modo per morire e risorgere? »

« In che senso, scusa? » chiese Diana, in tono spaventato.

« Il cuore si può fermare con una scossa elettrica, dico bene? » Jasmin si accorse dell'incrinatura d'isteria nella sua voce. « Come nei film, intendo. È possibile, no? »

« Altroché. »

« Ed è pericoloso? »

« Eccome. »

« Quanto? »

« Non saprei, dipende da... »

« Ma potrei farcela? »

« Jasmin... » Diana abbassò la voce. « Dammi retta, in tutto il mondo non c'è un solo medico disposto a fermarti il cuore per farti fare una scampagnata nell'aldilà. »

« A parte te. Devi farlo tu. »

« Neanche per sogno », rispose Diana, con un sorriso sorpreso. « E non insistere, non saprei nemmeno... No, lasciami parlare. Non sarei autorizzata, e oltretutto non ho le competenze necessarie. »

« Promettimi di adottare Dante. Parla con Mark, digli che potrà continuare a vederlo come ha sempre fatto, ma che... »

« Cosa stai dicendo? »

« Se quelli gli fermano il cuore, io mi ammazzo », disse Jasmin, stentando a credere alle sue stesse parole.

« Adesso mi stai facendo arrabbiare. » Diana era serissima.

« Lo credo bene. »

« Questa è la vita, Jasmin. Per quanto ti ferisca, devi accettarla. »

« Non capisco perché. »

« Perché devi. Vivere significa questo. »

« No », mormorò Jasmin.

Diana la fissò per qualche istante. Poi, sforzandosi di controllare il tono di voce, disse: «Jasmin, sei sotto shock. Forse te ne accorgi anche tu. Hai avuto un grave incidente stradale, un arresto cardiaco, ti hanno fatto un'anestesia totale e quando ti sei risvegliata hai scoperto che la mamma è morta e Dante è in condizioni critiche...»

«Cosa stai cercando di dirmi? Che sono matta?»

«No, ma temo che tu sia talmente frastornata da pensare davvero quello che hai detto.»

«Io non voglio morire», disse Jasmin, in tutta calma. «Ma Dante non sa neanche scrivere il proprio nome. Gli ruberanno il visto e...»

«L'aldilà non esiste», la interruppe Diana, con le lacrime agli occhi per l'esasperazione.

«Magari no...»

«Oh, Dio, che disastro. È talmente... Non voglio che tu faccia questa cosa, sorellina», disse Diana, asciugandosi le guance. Poi, vedendo il dottor Dubb che usciva dalla stanza di Dante, si voltò e tirò fuori il cellulare. Il medico si allontanò lungo il corridoio e Diana si girò nuovamente verso la sorella. «Devi parlare con qualcuno alla clinica psichiatrica in cui ti avevano ricoverata. Magari loro possono aiutarti.» Proprio in quel momento, il telefono emise un ronzio.

«È troppo tardi», rispose Jasmin.

Diana lanciò un'occhiata al display e rispose alla chiamata, senza staccare lo sguardo dalla sorella. «Pronto? Sì, sono io... Sì, infatti...» Arretrò di un passo, rimase in silenzio per qualche istante e si fece pallida. «Sì, capisco», disse, deglutendo a forza. «A che ora, esattamente?» Conclusa la telefonata, rimase immobile per un po', con lo sguardo basso e il telefono in mano. Poi, con un tono da automa, disse: «Era un collega dell'ospedale di Danderyd. Non... non so bene come dirtelo, ma... ma avevi ragione. Lì da loro c'è davvero un Lǐ Ting. È in coma. Il suo cuore... si è fermato esattamente tre minuti prima del tuo.»

Jasmin annuì e si appoggiò alla parete.

«È una follia», mormorò Diana.

Jasmin sapeva di essere in quel corridoio, sentiva la tappezzeria fresca contro il palmo della mano, ma stava precipitando in un abisso.

Diana si asciugò il naso e la fissò. «C'è un metodo che posso insegnarti », bisbigliò. « So che me ne pentirò, ma se assumi circa centocinquanta milligrammi di adenosina per via endovenosa, il tuo cuore si fermerà... per un minuto circa. »

« Senza anestesia? »

« Sì, anche se... »

« E dopo, che cosa succede? Chi mi sveglia? »

« Il corpo metabolizza l'adenosina abbastanza in fretta. Di solito, il cuore riprende a battere da sé. »

« E gli effetti collaterali? »

« Nessuno... se il cuore riprende a battere. »

« E di solito è così, giusto? »

« Sì, se la salute generale è buona... »

Jasmin si sentì sopraffare dall'angoscia. Non voleva fare nulla di tutto ciò, non voleva fermare il proprio cuore con un'iniezione, ma non riusciva a togliersi dalla mente la bambina che aveva visto nel vicolo. Avevano impiccato il nonno per rubarle il visto. Ci sarebbe finita la vecchia in sedia a rotelle nel suo corpo?

Dante non riuscirebbe mai a cavarsela da solo, pensò. *Non si ricorderà di chiedere di Ting, non saprà come raggiungere il Terminal; non sa nemmeno scrivere il suo nome.*

31

Benché all'oscuro dei motivi, Gabriel Popov aveva acconsentito a stare di guardia fuori dalla porta, in modo che nessuno disturbasse Jasmin durante i minuti cruciali.

Dalla vetrata della stanza di osservazione, Jasmin vedeva l'interno della sala operatoria illuminata a giorno. Dante era sotto anestesia, coperto da un lenzuolo verde chiaro che lasciava scoperto soltanto un rettangolo di pelle, dal plesso solare alla fossa giugulare.

Diana aveva un'aria stranamente assente, mentre richiudeva la porta e porgeva alla sorella una siringa che conteneva un liquido trasparente. Jasmin le fece un cenno di ringraziamento, avvolse con cura la siringa in una striscia di carta igienica e la posò a terra accanto al battiscopa, appena dietro una delle rotelle della barella.

Quando tornò alla vetrata, vide che stavano versando un liquido color ruggine sul petto esile di Dante. Il dottor Dubb si fece avanti, nel punto in cui la luce era più forte, e d'un tratto i suoi occhi stanchi divennero più luminosi, quasi sorridenti.

« Quello lì non mi piace », borbottò Jasmin.

« Non guardare », disse Diana.

« Perché? » chiese Jasmin, ma obbedì all'istante.

« Non è uno spettacolo piacevole. »

Jasmin si costrinse a fissare la barella e il rotolino di carta igienica dietro la rotella, poi diresse lo sguardo alla porta, sulla quale c'erano alcune macchioline di caffè, infine verso un quadretto che rappresentava un bosco di betulle. « Che cosa stanno facendo? »

« Segano la gabbia toracica. »

« Oh, Dio... » Jasmin, incapace di star ferma, andò all'altro capo della stanza, appoggiò la fronte alla tappezzeria, batté più volte la mano contro la parete, si voltò, esplorò con lo sguardo il pavimento in linoleum lucido e tentò di rallentare il respiro. « Finora tutto bene? » mormorò.

« Sì. »

« E adesso che cosa fanno? »

« Sgonfiano il polmone sinistro. »

Jasmin tornò alla vetrata e vide il riquadro insanguinato sul tessuto verde che copriva il corpo di Dante. Da un lato si vedeva il pericardio. La lama di un bisturi sfiorò la membrana grigiorosa, facendone sgorgare sangue denso. Ed eccolo, il cuore di Dante, scosso da sussulti ritmici.

Temendo di svenire, Jasmin si accovacciò. Ebbe qualche conato di vomito, ma deglutì e tentò di mantenere il respiro regolare. « È il momento? » chiese, alzandosi. « È adesso che fermano il cuore? »

« Sì, gli iniettano nella coronaria una soluzione di cloruro di potassio raffreddata, in modo da... »

« Non voglio », pianse Jasmin. « Non voglio... »

Diana tentò di abbracciarla e allontanarla, ma lei le passò davanti e si appoggiò alla vetrata. Nella sala operatoria, i medici si muovevano senza fretta, parlavano a bassa voce e preparavano una siringa su un tavolo alto. Jasmin corse a raccogliere il rotolino di carta igienica dal pavimento e con dita tremanti cominciò a svolgerlo.

« Non è necessario che tu lo faccia », disse Diana, con voce implorante.

Jasmin s'inginocchiò a terra e tirò su la manica sinistra, ma non vedeva nemmeno che cosa stava facendo, tanto le tremavano le mani. Spinse delicatamente lo stantuffo della siringa fino a farne uscire una gocciolina. « Che cosa fanno? Che cosa fanno? »

« Jasmin, devi fidarti dei medici, lo salveranno », disse Diana, con un nodo in gola.

Jasmin infilò l'ago nel braccio ma mancò la vena, lo sfilò e ritentò.

Diana lanciò un'occhiata alla sala operatoria, poi si sedette accanto a lei, le prese la siringa dalle mani, le voltò il braccio verso la luce e mise l'ago in vena al primo colpo.

« Avanti », sibilò Jasmin.

Diana serrò le labbra e inoculò il liquido freddo nel braccio della sorella, poi estrasse l'ago e premette un batuffolo di cotone sul buco.

« Lo tengo io », disse Jasmin, che stentava a riconoscere la sua stessa voce.

Diana si alzò e indietreggiò.

Jasmin si coricò su un fianco e sentì un fuoco ghiacciato attraversarla. Il cuore le batteva all'impazzata, come quello di un animale braccato. Si chinò all'indietro, fino a stendersi supina sul pavimento duro, e alzò lo sguardo sui riquadri del controsoffitto. Già faticava a respirare. Ora Jasmin cominciava a spaventarsi. Il terrore di morire la alienava da tutto; non sapeva nemmeno che cosa stava facendo, e spinse le gambe oltre la barella, contro il muro, strisciando lungo il battiscopa. C'era un cavo elettrico che penzolava da qualche parte, lo sentì contro la spalla.

Diana arretrò di un altro paio di passi, si coprì la bocca con una mano e la fissò, atterrita.

Qualcuno bussò con forza. Jasmin si sforzò, ma non riuscì a spostarsi. La sua testa si abbassò. Nello spiraglio fra la barella e il muro vide alcuni corpuscoli di polvere salire verso il neon del soffitto. Le sembrava di respirare attraverso una cannuccia. *E se muoio?* gridò una voce terrorizzata dentro di lei. *E se fosse un errore?*

La vista si offuscò, e la gola si serrò all'improvviso. Jasmin non riusciva a respirare e tentò d'infilarsi le dita in bocca per allargare la faringe. La pressione al petto aumentò, le palpebre battevano freneticamente, mentre la stanza sfarfallava e tremava.

32

Quando Jasmin si svegliò, sentì che qualcuno le stava tirando una mano. Pensò che fosse Diana, che stava tentando di svegliarla, ma era troppo presto. Le fischiavano le orecchie. Strinse forte le palpebre.

Sapeva di dover andare al porto, ma era ancora stanca, così rimase immobile e riprese sonno.

« Mamma? » bisbigliò una vocina.

Jasmin si risvegliò di soprassalto, con il cuore che pulsava all'impazzata. Batté le palpebre nella penombra e sentì che qualcuno le tirava nuovamente la mano. « Dante? »

« Mamma? »

Jasmin si levò a sedere e lo prese in braccio. Il bimbo tremava e la stringeva forte.

Non si vedeva quasi nulla, ma Jasmin capì all'istante dove si trovava. *La città portuale*, pensò, posando i piedi sul pavimento bagnato. In quel momento erano entrambi morti.

« Come mai è così buio? » chiese Dante, spaventato.

Lei gli fece un ampio sorriso. « Va tutto bene, adesso andiamo a casa. » Lo tenne stretto per un istante, gli annusò la testa, appoggiò la guancia sui suoi capelli ricci, poi lo posò sulla panca. C'era un altare con alcuni bastoncini d'incenso accesi, giunti quasi alla fine. Ora riusciva a distinguere i lineamenti e gli occhi lucidi di suo figlio, che portava un paio di pantaloncini corti e un anorak troppo grande per lui. « Ti sei svegliato qui? »

« No, in un posto pieno d'acqua. Una bambina mi ha portato qui. »

Jasmin si resse alla parete. « Ti ha detto qualcosa? »

« Sì, ma non ho capito niente, parlava strano. »

« Era cinese. Io la trovo una bella lingua. » Jasmin si vestì in fretta. Lungo le pareti c'erano ancora le gronde che convogliavano l'acqua in enormi vasche facendola traboccare sul pavimento piastrellato. Non appena ebbe indossato gli abiti, Jasmin prese in braccio Dante e lo portò fuori dallo stanzino. Aveva le gambe ancora un po' malferme. L'aria era calda e molto umida.

Dietro di loro, una donna anziana gridò qualcosa in tono spaventato.

In una cabina aperta c'era un uomo nudo, inginocchiato a pregare in arabo. Nella penombra, Jasmin vide soltanto la schiena lucida, le spalle muscolose e il capo chino.

Con cautela, proseguì lungo una ringhiera fino a una piscina dalla superficie liscia, leggermente oscillante, che spariva in lontananza, nel buio. Dentro c'era una donna che veniva verso di loro, con l'acqua che le arrivava ai fianchi. Aveva all'incirca l'età di Jasmin, seni pesanti e spalle curve, lucide di umidità. Allargò le braccia, come per timore di perdere l'equilibrio.

Due donne stavano conducendo verso una cabina un uomo anziano e confuso, nudo e grondante. Lo fecero sedere sulla panca, poi una di loro gli accarezzò una guancia per farlo riaddormentare.

Jasmin spostò Dante, sorreggendolo con l'altro braccio scrollò quello libero e imboccò un'altra fila di cabine. Da qualche parte, in lontananza, si sentiva il pianto di un neonato. Non appena vide la luce grigia in fondo al corridoio, accelerò il passo, facendo sciabordare l'acqua. Aveva le braccia indolenzite, ma tenne stretto Dante finché non fu uscita sulla terrazza, nell'aria fresca della sera.

La sua pelle sprigionava un calore umido e alcune ciocche bagnate le si erano incollate al viso. Davanti a lei c'era la città portuale, con le lanterne rosse accese e il bagliore dei neon che filtrava fra le tettoie in bambù. Non era un cielo notturno, non c'erano stelle, né luna. Sembrava piuttosto un'immagine al negativo, o un'eclissi totale di sole.

Dante rimase a bocca aperta a guardare la fiumana di persone, poi si voltò verso Jasmin, preoccupato. «Ti ricordi l'incidente?» Le sue labbra ebbero un tremito.

«È stato tremendo.»

«Magari adesso siamo morti...»

«È solo un sogno», disse Jasmin, con il pianto in gola.

Sentendo scricchiolare le assi del terrazzo, si voltò di scatto. C'era un uomo paffuto in pantaloni di felpa verdi e maglietta bianca, che teneva un cellulare in mano e lo muoveva qua e là, cercando campo. Li guardò confuso, mormorò qualcosa in italiano e scese la scala.

Il centro termale era gigantesco: copriva interamente il pendio in una serie di gradinate, porte, balconi, tavolati, canali di scolo e scale serpeggianti.

Ora che Jasmin si era scossa di dosso la sonnolenza, cominciò a sentirsi sotto pressione: l'effetto dell'iniezione sarebbe durato per un minuto soltanto. «Ascoltami bene, in questa città ci sono tantissime persone, e tu devi sempre stare vicino a me. Sempre.»

«Come mai sei arrabbiata?»

«Non sono arrabbiata. Per niente. Ma è importantissimo che tu mi obbedisca.»

«Va bene.»

Mano nella mano, scesero la scala di legno e imboccarono l'*hútòng* dietro la pagoda. Non c'era tempo, dovevano raggiungere subito il molo e ritirare le piastrine. Evitando le strade principali avrebbero potuto saltare le file più lunghe.

Procedettero di gran carriera lungo una palazzina di uffici deserta. Dalle vetrine luride si vedevano cavi elettrici divelti che penzolavano dai soffitti, una bacheca piena di cartellini da timbrare, per terra una macchina da scrivere con le leve portacaratteri tese in tutte le direzioni. Dietro l'ultima vetrata, alcune persone praticavano il Tai Chi, eseguendo i movimenti lenti e stilizzati con una sincronia onirica.

33

Dante trotterellava accanto a Jasmin nel vicolo buio. Per terra si vedevano telefoni rotti sparsi. Un uomo vendeva tè accanto a un carretto con due samovar ammaccati. Ai tavolini di plastica non era seduto nessuno, ma lui continuava a spargere acqua sulla strada per impedire alla polvere d'infastidire eventuali clienti. Quando gli passarono accanto, Dante gli fece un cenno di saluto e lui li guardò. Proseguirono di buon passo, lungo un muro coperto di *dàzìbào* scritti a mano, fino a un angolo dove ronzava un'insegna luminosa verticale.

«Aspetta, mamma, lasciami riposare», ansimò Dante.

«Fra poco», disse lei, trascinandolo con sé.

Per terra c'era un festone di piccole lanterne rosse dalla carta lacera, accanto ad alcune mascherine protettive sporche e a un sacchetto di patatine a colori vivaci, con scritte in cinese.

Jasmin prese in braccio Dante e tornò a camminare, ripensando al nonno di Ting e alle sue parole sull'antica credenza secondo la quale non era il regno dei morti a imitare la Cina, ma viceversa. Forse, in quel luogo, c'era stato fin dall'inizio un embrione di lingua e di architettura. Migliaia di anni fa, le persone tornate alla vita dopo un arresto cardiaco dovevano aver descritto la città portuale, così la Cina aveva subito l'influsso di ciò che gli avi avevano creato nell'aldilà.

Se era così, la città portuale era la culla di tutte le civiltà. Dunque, se esisteva una cultura che si potesse definire originaria, era quella cinese.

Seguirono la via parallela alla strada principale, ma anche lì la folla si addensava via via che le persone sbucavano dagli *hútòng*. Jasmin posò a terra Dante e si guardò intorno in cerca di un percorso alternativo.

Due donne trainavano un carretto di masserizie. Sopra la città risuonò un rombo di tuono. Un vecchietto reggeva una pesante bombola di gas sulle braccia smagrite e tese.

Jasmin tentò di richiamare alla mente ciò che il nonno di Ting le aveva raccontato a proposito del generale cinese tornato dal regno dei morti. Aveva accennato a un parco giochi. Il generale aveva richiesto che il suo caso venisse appianato in un parco giochi, dato che il tribunale era corrotto.

Qualcuno la spintonò, facendola inciampare in una canalina di scolo, ma Jasmin continuò a stringere la mano di Dante.

In un portone c'era una donna con una minigonna di jeans e una camicetta rosa annodata sotto il petto. Aveva il volto pieno di pustole e le palpebre appesantite da qualche droga.

C'era gente dappertutto. Le dita di Dante erano sudate e scivolose. Jasmin era sempre più in ansia, via via che si avvicinavano alle luci del molo.

Da quel punto in poi, gli *hútòng* erano transennati. Non si poteva fare altro che mettersi in coda.

In una finestra dalle tendine viola, Jasmin vide un uomo barbuto che infilava monete in un videogioco arcade con su scritto TEXAS RANGER. Sentì alcuni fischietti in lontananza, poi un altro tuono. Strinse forte la mano di Dante e proseguì, urtando con la spalla le persiane e le grondaie arrugginite, fino a entrare in un percorso transennato che passava sotto una delle gru del porto. Alcune donne magre tentavano di vendere bustine di caffè istantaneo che tenevano nei grembiuli. Ora tutti procedevano in fila, lungo gli edifici scrostati dalle finestre rotte, diretti verso il molo.

Jasmin si sentì invadere da un'angoscia quasi paralizzante, all'idea che nelle liste dei passeggeri potesse esserci il suo nome, o quello di Dante. Forse uno di loro sarebbe stato imbarcato, spezzando il legame con il corpo in ospedale.

Le lanterne rosse oscillavano con le onde e si sentiva l'odore del gas di scarico di un motore fuoribordo che fumava e vibrava.

« Guarda, mamma », continuava a ripetere Dante. « Quante barche! »

Tutti si spintonavano e difendevano strenuamente il loro posto in fila, temendo di perdere la barca. Una ragazzina finì in coda davanti a loro. A ogni suo passo, una tazza smaltata tintinnava contro la sua borsetta verde. Nella ressa, Jasmin rischiava di perdere la presa sulla mano di Dante, così lo tenne davanti a sé, con le mani sulle spalle.

Due guardie fecero passare un uomo che spingeva un carretto con un bambino morto verso una delle barche in procinto di salpare. Il bimbo aveva all'incirca due anni, un faccino cereo e le narici piene di sangue nero.

Lentamente vennero spinti in avanti, fino al punto in cui le transenne si restringevano. Una guardia fece loro cenno di avvicinarsi. Insieme salirono sulla rampa.

« Cos'è? » chiese Dante, osservando l'enorme bilancia.

« Ci pesano », spiegò Jasmin, con voce priva di tono.

« Perché? »

Jasmin gli rispose che non lo sapeva, ma che venivano pesati tutti quanti. Per non spaventarlo azzardò una battuta, dicendo che dovevano verificare se fosse ingrassata. Con un sorriso lo aiutò a salire sul piatto, poi distolse lo sguardo mentre le lacrime le rigavano le guance.

Il metallo nero aveva un lucore opaco. I due quadranti circolari torreggiavano su di loro; alcune lancette si mossero lentamente, cigolando come barche all'ormeggio, mentre altre rotearono rapidissime, con la mezzaluna di metallo che scivolava verso l'alto ticchettando.

La piastrina tintinnò nella ciotola. Il guardiano della pesa la prese in mano e lesse gli ideogrammi a voce alta, assente. Una donna zoppa prese una bacchetta e indicò la misura sui quadranti.

Ora che Dante aveva ricevuto il suo visto, Jasmin salì sul piatto della bilancia, senza staccare lo sguardo da lui. Fu una procedura rapida. Stringendo forte Dante, si piazzò davanti alla donna con gli elenchi dei passeggeri. Non poteva avere più di vent'anni, ma aveva il volto ingrigito dalla stanchezza e uno sguardo stranamente fisso.

Senza fretta, la donna confrontò le piastrine con gli elenchi, cercò qualcosa in una specie di lista aggiuntiva, poi li osservò entrambi, con uno sguardo che poteva essere di disprezzo. Una guardia in camicia a maniche corte e occhiali da sole polarizzati scostò una transenna per lasciarli uscire dalla fila e indicò il centro della città.

«Potremmo avere qualcuno che ci scorti al Terminal?» chiese Jasmin in inglese.

«Oggi no», rispose lui.

«Ma così non potete garantire la nostra incolumità.»

L'uomo la guardò negli occhi. «Andate.»

Jasmin era sbalordita. «Non ci ha nemmeno messi in guardia dalla Triade. Che giustizia è?»

«Chiudi il becco.»

«Sono qui con mio figlio, esigo un...»

La guardia la spintonò, facendola inciampare in una tanica d'acqua. Jasmin cadde all'indietro e batté un fianco e una spalla.

«Mamma! Mamma!» gridò Dante, spaventato.

Jasmin si rialzò. «Ma sì, ma sì, andiamocene.»

La guardia impugnò un manganello. La tanica coricata sul suolo asciutto sciaguattava. Jasmin prese Dante per mano e s'incamminò verso la città, ma la donna con le liste gridò alcune parole in cinese e un'altra guardia corse a fermarli, dicendo che dovevano andare con lei. Li accompagnò da un uomo che reggeva un blocco di moduli. Quest'ultimo infilò un foglio di carta carbone sotto la prima pagina, lanciò un'occhiata frettolosa alle loro piastrine, scrisse qualcosa, staccò il modulo e lo porse a Jasmin.

«Non si danno gli spintoni», disse Dante.

«Lo so, ma adesso abbiamo altro a cui pensare.»

L'uomo infilò la copia carbone in una carpetta di plastica trasparente. Jasmin non fece domande, prese Dante per mano e cominciò ad allontanarsi dalle code e dal molo con le file di barche. Aveva paura che la richiamassero indietro, così si affrettò verso l'area dei cantieri, delle officine, dei bacini di carenaggio e dei tendoni grandi come hangar.

Era ovvio che la polizia non poteva proteggere chiunque, visto che, in quella città, erano tutti in attesa di tornare alla vita, ma se non si faceva eccezione nemmeno per i bambini, dove sarebbero finiti?

Ripiegò con cura il modulo e lo infilò nella tasca dei pantaloni. Ora doveva cercare Ting e chiedergli di accompagnarla al Terminal. Gli avrebbe chiesto di tradurre il documento, così sarebbe stata preparata, in caso di problemi.

Aggirarono una montagna di bancali e oltrepassarono le ombre nere di alcune rimesse per barche in alluminio, dirigendosi verso l'officina di Ting. Jasmin meditò di canzonarlo dicendogli quant'era caruccio nella foto del diploma.

Dietro le recinzioni di rete metallica arrugginita si vedeva lo scafo in costruzione. Sembrava uno scheletro di balena fatto di legno.

Jasmin camminava talmente veloce che Dante rischiava di incespicare. Varcarono un cancello e bussarono alla porta dell'officina, ma nessuno venne ad aprire.

«Voglio guardare tutti gli attrezzi», disse Dante.

Poco distante risuonò la risata di una donna.

Senza lasciare la mano di Dante, Jasmin aggirò l'edificio e guardò nel vicolo, fra i bidoni d'immondizia e un bancale pieno di mattoni. Dall'officina provenivano colpi ritmati, come quelli di uno scalpellino, e Jasmin sbirciò da una finestra lurida. In una stanza luminosa vide una donna nuda seduta su una sedia, con una farfalla azzurra tatuata in mezzo ai seni lucidi. Sorrideva fra sé e sé, con lo sguardo basso, si grattava la pancia e diceva qualcosa. Per terra c'erano alcune bottiglie di birra, vestiti sgualciti, occhiali protettivi e cuffie antirumore.

Dante le tirò la mano e Jasmin arretrò di un passo, ma si fermò nel vedere in uno specchio il volto di Ting, disteso a occhi chiusi su un letto. Un'altra donna, a cavalcioni su di lui, dimenava i fianchi con intensità sempre maggiore, facendo sbattere la testiera contro il muro. La donna respirava affannosamente e aveva i seni madidi di sudore. I capelli scuri le ricadevano sul viso. D'un tratto s'irrigidì ed ebbe un tremito alle cosce. Gemette, rimase ferma a bocca aperta, poi si rilassò e drizzò la schiena, accarezzò una guancia di Ting, gli disse qualcosa e si rialzò, tenendosi una mano fra le gambe.

« Mamma, vieni », gridò Dante alle spalle di Jasmin, che si allontanò dalla finestra, con le guance in fiamme. Dante stava tornando di corsa verso il lato anteriore dell'officina: voleva a tutti i costi guardare gli attrezzi da lavoro.

In lontananza, sopra i tetti, veleggiava un drago di stoffa gialla e rossa; la coda era un lungo festone che si attorcigliava, mosso dal vento.

Dante si alzò in punta di piedi davanti al bancone degli attrezzi. Nella penombra si intravedeva il luccichio metallico dei trapani, delle seghe, dei morsetti e degli scalpelli.

Jasmin era quasi offesa: chissà perché, si era messa in testa che fra lei e l'interprete ci fosse qualcosa di speciale.

Ting uscì dall'officina, in jeans e canottiera al rovescio, con una grossa pialla in mano. Aveva i bicipiti gonfi di chi si allena e al lobo sinistro portava l'orecchino di perla. Non appena li vide sgranò gli occhi, poi abbassò lo sguardo e con un sorriso trasognato si avvicinò. « Sei tornata. »

« Sì, per portare via Dante », rispose Jasmin, rigida.

« Ciao, Dante. » Ting si accovacciò a guardare il bimbo negli occhi. « La tua mamma è una donna fuori del comune, sai? »

« Mi spiace disturbarti », disse Jasmin. « Ma mi servirebbe una traduzione. »

Lui posò la pialla e continuò a guardare Dante. « Io mi chiamo Ting. »

« La mamma mi ha parlato di te. »

« Ho solo fatto il tuo nome », intervenne Jasmin.

Sulla soglia comparve la donna dai capelli scuri, in mutande e con una birra in mano.

Ting si grattò la nuca. « Hai già conosciuto Zhāng Nà », mormorò.

« Si vesta », gridò Jasmin in inglese, rivolta alla donna. Sapeva che era ingiusto farla sentire in imbarazzo o una poco di buono, ma era troppo irritata.

« Quando sarò grande, sposerò la mamma », disse Dante a Ting.

« T'invidio », rispose lui.

« Che cosa costruisci? » Dante indicò lo scheletro dello scafo.

« Una barca. » Ting si alzò.

Dante si avvicinò alla chiglia dalla curva elegante, con le costole in legno vicinissime l'una all'altra.

« Sei rimasto fermo col lavoro? » chiese Jasmin.

« Da quando sei stata qui, ho messo in mare quattro barche », rispose lui, con aria stanca.

Zhāng Nà ricomparve, con un accappatoio aperto, mangiando cuoricini di gelatina da un sacchetto.

« Chi mai andava a pensare che saresti tornata? » tentò di giustificarsi Ting.

« Non sono tornata per te. »

« Ci mancherebbe, però... »

« Puoi tradurmi questo documento? » Jasmin tirò fuori il modulo e glielo porse.

« Certo », rispose lui, gentile.

« A che cosa servono quei legni piegati? » chiese Dante.

Camminando sui trucioli di legno che frusciavano a ogni suo passo, Ting si avvicinò alla chiglia, ci posò una mano e si voltò verso il bimbo. « Si chiamano coste. Formano la parte inferiore dello scafo, la più importante... » S'interruppe nel vedere l'altra donna che usciva con un grosso oggetto di ferro. Si era messa un paio di anfibi, jeans a vita bassa e una maglietta così leggera che lasciava intravedere i capezzoli. Ting esaminò il cardine, annuì, disse qualcosa, e glielo restituì, infine si rivolse a Dante. « Ecco, adesso non resta che fissare il dormiente, e la barca è quasi finita. »

« Come si fa a piegare quei legni? » chiese Dante.

« Si scalda un bel po' di acqua e... »

« Ti spiace dare un'occhiata a questo foglio? » lo interruppe Jasmin.

Ting prese il modulo, lesse gli ideogrammi e fece spallucce. « È solo una dichiarazione di responsabilità. C'è scritto che sei arrivata insieme a un minorenne e che secondo le leggi del Comitato Centrale eccetera eccetera, hai la responsabilità del bambino... e poi ci sono le trascrizioni dei vostri visti, qui e qui. »

Jasmin riprese il documento e se lo mise in tasca. « Grazie. »

« Quando sei tornata? »

« Undici o dodici ore fa », mentì Jasmin, prendendo Dante per mano.

« Non mi piace », mormorò lui. « Avrebbero dovuto convocarmi subito. » I suoi occhi s'incupirono.

Ma Jasmin era ancora indispettita, voleva punirlo. « Togliamo il disturbo », disse in tono gelido, incamminandosi.

« Neanche per sogno. Vi accompagno al Terminal, così... »

« Non occorre. »

« Ma magari sarebbe bello se... »

« Se io mi fidassi di te », lo interruppe Jasmin.

« In che senso? » chiese Ting, con un sorriso sorpreso.

« Mi hai raccontato un sacco di balle. E trovo... »

« Ma cosa dici? Non capisco. »

« E trovo che questo sia un grosso problema », riprese Jasmin, costringendosi a mantenere un tono di voce tranquillo. « Dicevi di essere finito qui per colpa di una cardiopatia congenita, e invece... invece sei solo un drogato, vero? È stata un'overdose a mandarti qui. »

Il sorriso di Ting si spense. Chinò la testa e il bel viso apparve esausto. Dante, che si stava annoiando, si accovacciò a giochereliare con i trucioli di legno.

Jasmin aveva la sgradevole sensazione di aver esagerato, eppure continuò. « Tuo nonno si vergogna di te. Dice di non avere nipoti. »

« Capisco », bisbigliò Ting, appoggiandosi a una lunga asse posata su due cavalletti e seguendo con i polpastrelli le venature del legno.

« Mi devi scusare, ma non sopporto i drogati e nemmeno i bugiardi. » Jasmin si sentì avvampare.

Ting drizzò lentamente la schiena. Era pallido e la cicatrice sulla palpebra era quasi nera. « Sono cambiato. Quando tornerò, aiuterò mio nonno nella falegnameria. »

« Tornare alla vita? Pensi di meritartelo? »

« No. »

35

Sentì il pianto che le esplodeva in gola, mentre trascinava Dante fuori dal cancello. Con la coda dell'occhio vide Ting immobile davanti all'officina e sentì una punta di rimorso.

Ting poteva fare quello che gli pareva. Era un idiota, ma non c'era motivo di ferirlo in quel modo.

Non toccava a me dirgli che ha gettato al vento la propria vita, pensò. *Non ci conosciamo nemmeno. Chissà poi che cosa speravo.*

Sulla riva, una bottiglietta di plastica vuota rotolava sospinta dal vento.

Jasmin si rendeva conto di dover spiegare a Dante che cos'era accaduto, ma non sapeva come esprimersi. Lei stessa non capiva perché aveva reagito in quel modo.

Scrutò nel vicolo che si addentrava fra gli edifici ai margini del cantiere navale e il vecchio casello daziario dalle finestre inchiodate. Più in là si vedeva la luce di alcune lanterne, ma il primo tratto era buio.

Jasmin era sicura di saper trovare la strada per il Terminal. Intendeva evitare la calca del porto e camminare lungo le vie principali, piene di gente e di attività.

Prese Dante per mano. «Corriamo?»

Lui annuì. Insieme si lanciarono lungo il vicolo, con i loro passi che risuonavano fra i muri. Nel tratto fra i capannoni non c'era alcuna illuminazione, ma poco più in là s'intravedeva una persona davanti al portone di un edificio. Era un uomo molto grasso con una spranga in mano. Vedendo che si avvicinavano, si nascose fra le ombre e li osservò senza battere ciglio. Lo oltrepassarono senza degnarlo di uno sguardo.

Percorsero alcuni stretti *hútòng* pieni di rifiuti e rottami. Davanti a un ristorante illuminato si fermarono a riprendere fiato. C'erano solo sette avventori, seduti su sgabelli di plastica lungo un bancone fissato al muro. L'insegna dipinta a mano diceva: BANGALORE DELI.

Jasmin guardò i riccioli sudati di suo figlio, le guance tonde, le lunghe ombre curve delle ciglia. « Corri forte », ansimò.

Dante si premette una mano sul fianco. « Forse fra un po' mi farà male qui. »

« Ce la fai a proseguire? »

Lui annuì, serissimo. Jasmin lo prese nuovamente per mano e insieme svoltarono l'angolo, oltrepassarono di corsa alcuni negozi chiusi e aggirarono una casa da gioco con le luci spente.

In quel punto la via era più ampia, ma quasi deserta. Rallentarono. Jasmin era quasi sicura di essere sulla strada giusta. Ormai si erano lasciati alle spalle i quartieri più pericolosi. Poco oltre c'era un'insegna luminosa con ideogrammi rossi su sfondo giallo. A una finestra del secondo piano penzolavano panni stesi ad asciugare. Davanti a una porta c'era un uomo seduto a passarsi uno smalto rosa sulle unghie. Si sentì un tuono e Jasmin trasse il bimbo più vicino al muro, mentre continuavano a camminare.

« Ho fame », disse Dante.

« Anch'io. »

C'era una donna anziana a torso nudo, stesa su un fianco su un materasso, con le dita strette intorno a una bottiglia di vetro senza etichetta.

Una ventina di metri più avanti s'intravedeva la piazza che Jasmin e Ting avevano attraversato la volta precedente. Adesso c'era tanta gente con fornelletti da campo le cui fiamme azzurrognole lambivano alcuni contenitori in zinco. Non si capiva bene che cosa stessero facendo, ma doveva trattarsi di una sorta di scommessa.

Bisognava passare dall'altra parte della piazza. Jasmin affrettò il passo, trascinando Dante con sé. Nessuno li guardò. Erano quasi a metà del tragitto quando si sentì un fischietto e la folla si fece da parte. Un altro fischio e in una nuvola di polvere apparve un gruppo di uomini. Le fiammelle strapparono un lampo alla lama di un machete. Gridarono qualcosa in spagnolo. Jasmin tirò Dante nell'ombra, dietro una scala d'acciaio. Probabilmente quella gente era a caccia di nuove piastrine.

Rimasero immobili contro una parete in lamiera ondulata rivestita di carta di giornale. Gli uomini si fecero avanti e la folla si aprì per lasciarli passare. Un vecchietto venne gettato a terra e perse il berretto.

«Mamma?» bisbigliò Dante.

Jasmin udì il fruscio dei propri vestiti contro la lamiera ondulata mentre trascinava il bimbo in un vicolo largo appena mezzo metro. Senza guardarsi alle spalle, scavalcarono alcuni scatoloni bagnati, svoltarono un angolo e corsero lungo una staccionata sormontata da filo spinato.

Qualcuno gridava, dietro di loro.

Corsero a perdifiato, così forte che la piastrina al collo di Jasmin saltava fino a batterle contro gli incisivi.

A una finestra aperta, al pianterreno, c'era una donna nuda, più o meno dell'età di Jasmin, che canticchiava fra sé e sé. I capelli le ricadevano sulle spalle gracili in centinaia di treccine.

«Il Terminal?» le chiese Jasmin, indicando davanti a sé.

La donna annuì e staccò una scaglia di pittura dal montante della finestra. Dietro di lei si intravedevano tre uomini nudi seduti su un divano.

Jasmin condusse Dante lungo un'area di demolizione dove, in mezzo a vecchi mattoni e cocci di vetro, c'era un filobus montato su sostegni, con la vernice gialla scrostata e le aste di captazione divaricate come le antenne di un insetto. Quando si avvicinarono, Jasmin vide che sulla portiera era stato appeso l'emblema degli Hells Angels. Diversi finestrini erano chiazzati di sangue e l'interno era pieno di coperte, vecchi materassi, bottiglie vuote e sacchetti di caramelle.

Imboccarono un altro vicolo buio, corsero per un po', svoltarono un altro angolo e si fermarono ansanti davanti a un negozio che vendeva conserve di carne d'anatra e funghi *shiitake.* Stavano per riprendere la marcia quando la porta si aprì con uno scampanellio e ne uscì un uomo sulla sessantina, con un pizzetto bianco, che con aria amichevole li osservava da sopra gli occhiali da lettura. «Mi sono appena state consegnate due lattine di zuppa Campbell», disse in inglese con un accento britannico.

«Non abbiamo soldi.»

«Peccato.» L'uomo tirò fuori un pacchetto di sigarette.

Jasmin perlustrò con lo sguardo il cortile deserto e gli angusti *hútòng*. Non c'era nessuno, ma tenne comunque Dante stretto a sé.

«Vi auguro una piacevole serata.» L'uomo si voltò a contemplare la sua vetrina.

«Posso chiederle la strada più sicura per il Terminal?»

«Siete appena arrivati?»

«No, ma controlliamo i *dàzìbào* tutti i giorni», mentì Jasmin.

«Da quanto tempo siete qui?»

«Quasi sei mesi.»

«Non è facile raggiungere il Terminal da questa zona. Ci sono in mezzo molte strade pericolose. E a quest'ora sarebbe consigliabile evitare anche i quartieri orientali.»

«Mi dia un consiglio.»

«Da quella parte.» L'uomo puntò un dito. «Però dovete seguire il canale dalla parte opposta, per... Purtroppo non posso lasciare il negozio incustodito, ma potrei chiedere a Rick... Deve solo consegnare alcune lattine a un cliente.»

Bussò sulla vetrina e dopo pochi istanti venne alla porta un ragazzo magrolino, sui quindici anni, con un paio di pantaloni di felpa luridi e una maglietta troppo larga. Salutò con un sorriso imbarazzato, ascoltò le istruzioni in cinese, annuì, diede una risposta e rientrò in negozio a prelevare due lattine. Dopodiché corse via.

«Se avete pazienza, tornerà entro un quarto d'ora», spiegò l'uomo, guardando il ragazzo sparire dietro l'angolo.

Jasmin osservò il cortile deserto, dove il vento spostava le immondizie intorno al moncone di una vecchia colonna portante.

«Qualcuno v'insegue?» azzardò l'uomo.

«No, è solo che mi è sembrato di vedere... Ma no, non era niente.»

«Se preferite, potete aspettare in negozio.»

«Io ho sete», disse Dante, tirando la mano di Jasmin.

«Cos'ha detto?» chiese il negoziante.

«Che ha sete», tradusse Jasmin.

«Purtroppo ho solo acqua e tè.»

«Un po' d'acqua, grazie.»

L'uomo sorrise e i suoi occhi si assottigliarono fin quasi a sparire. Entrarono nel negozio, che aveva l'odore di una cantina umida.

Senza staccare la mano da quella di Dante, Jasmin seguì l'uomo in mezzo agli scaffali pieni di barattoli. Osservando la schiena del negoziante, la camicia lisa e il modo in cui si muoveva, d'un tratto ebbe la spaventosa sensazione di aver commesso un errore; ciononostante lo seguì nel retro, dove vide un fornello rugginoso con una grossa tanica d'acqua. Dante entrò e andò subito a sedersi al tavolo. Jasmin, esitante, attese sulla soglia.

«I bicchieri sono là dentro», disse l'uomo, indicando un pensile.

Jasmin lo ringraziò, entrò e andò ad aprire l'armadietto, e l'uomo richiuse subito la porta alle loro spalle. La serratura scattò prima che lei avesse il tempo di afferrare la maniglia.

36

Una trappola! Era una trappola, pensò, prendendo a calci la porta, che purtroppo era d'acciaio e si apriva solo verso l'interno. Non ottenne altro che una serie di colpi sordi. Anche i montanti erano in metallo, incassati nella muratura.

«Mamma, cosa fai?» gridò Dante, spaventato.

Jasmin strattonò la maniglia. «È bloccata.» Fece qualche passo indietro, prese la rincorsa e diede un calcio alla porta con tutto il peso del suo corpo. Qualche scaglia d'intonaco cadde a terra e il margine superiore del montante scricchiolò, ma non cedette. La fitta si propagò dal ginocchio e dalla caviglia; la gamba rimase intorpidita per qualche istante, ma Jasmin riprese lo slancio e diede un altro calcio.

«Che cosa facciamo?» disse Dante.

«Adesso si sistema tutto.» Jasmin cominciò ad aggirarsi nel retro, frugando nei cassetti e nei pensili, ma non trovò altro che bacchette di plastica, cucchiai, bicchieri, tazze da tè e un rotolo di carta da cucina. Nulla che le servisse.

S'impose di mantenere la calma e ragionare.

Con mano malferma prese un bicchiere, lo sciacquò con l'acqua della tanica, lo riempì e lo porse a Dante, che lo bevve d'un fiato. Lo riempì un'altra volta, bevve anche lei e lo restituì al bimbo. «Vuoi bere ancora?» gli chiese in tono compassato.

«Che cosa succede?»

«Non lo so, ma non devi avere paura.» Jasmin si guardò intorno. «Ci penso io, ma è importante che tu faccia come ti dico.»

«Ci provo, mamma.»

«Lo so. Scusami, sono sotto pressione.» Jasmin riprese a frugare nei cassetti. «Ogni tanto m'innervosisco, ma non ti preoccupare. Lo sai che cosa dico sempre, vero?»

«Che non reggi lo stress.»

« Infatti. » Jasmin sorrise e si accovacciò davanti a lui. « E che cosa succede quando sono stressata? »

« Che sembri arrabbiata, ma non lo sei. »

« Io non mi arrabbio mai con te. Lo sai che ti voglio bene più di qualunque altra cosa... »

D'un tratto udì alcune voci in negozio, e andò a sbirciare dal buco della serratura.

In mezzo agli scaffali c'era un uomo muscoloso con una maglietta verde militare e pantaloni mimetici. Stringeva il ragazzo per un braccio e lo trascinava con sé, rovesciando bottiglie di salsa di soia. Il negoziante parlava a mitraglia, visibilmente turbato. Alle sue spalle entrarono altre due persone: una donna che parlava in tono flemmatico e un uomo che si fermò accanto a un sacco pieno di riso. Jasmin vedeva solo i mocassini marroni e l'orlo lurido dei pantaloni.

Era chiaro che il negoziante si rifiutava di aprire la porta del retro. Jasmin non lo vedeva in faccia, ma dalla voce e dai gesti capiva che voleva essere pagato, prima di dire loro dove aveva nascosto la chiave.

La donna gridò qualcosa. Il ragazzo, atterrito, cominciò a balbettare in tono supplichevole.

Il negoziante scosse la testa.

L'uomo in pantaloni mimetici indossò un grembiule di plastica, prese un barattolo di conserva e si avvicinò al ragazzo.

« Tappati le orecchie », disse Jasmin a Dante.

L'uomo colpì con il barattolo lo zigomo del ragazzo, che gemette, perse l'equilibrio e cadde su un fianco. Terrorizzato, si mise a piangere e tentò di rialzarsi, ma si prese un altro colpo in faccia.

La donna gridò di nuovo e l'uomo in mocassini avanzò di un passo. Il ragazzo si alzò sulle gambe malferme, premendosi una mano sulla guancia insanguinata. Il negoziante, con il pianto in gola, tentò di scendere a patti.

Il ragazzo abbassò la testa e si posò una mano all'altezza del cuore. Il sangue colava sul pavimento in cemento. L'uomo con il grembiule attese che il ragazzo rialzasse lo sguardo, poi lo colpì nuovamente in pieno viso con il barattolo.

Jasmin si allontanò dalla porta e udì il ruggito di dolore spegnersi in un pianto disperato.

Altri passi strascicati, tonfi, strilli. Poi le urla cessarono. Dante la guardò negli occhi e sfilò le dita dalle orecchie.

« Devo spaccare il tavolo », spiegò Jasmin, prendendo il bicchiere e mettendolo da parte. Rovesciò il tavolo, con un calcio ne divelse una gamba e lo appoggiò a terra, verticalmente. « Nasconditi qui dietro. » Sentendo la chiave girare nella serratura, si posizionò davanti alla porta, reggendo in mano la gamba del tavolo.

Il negoziante gridò qualcosa con voce stridula. Dietro la porta si sentirono alcuni colpi, poi il silenzio.

« Mamma, che cosa succede? »

« Resta lì », sibilò Jasmin.

Stringendo più saldamente la gamba del tavolo, si chinò con circospezione a guardare dal buco della serratura ed ebbe appena il tempo di vedere un occhio sgranato, prima che la porta si spalancasse con violenza, colpendola in fronte.

Cadde, e si rese conto di essere svenuta soltanto quando si risvegliò stesa a terra, con un dolore lancinante alla testa. Aveva la vista appannata e intermittente, impiegò qualche istante a mettere a fuoco. Qualcuno la girò a faccia in giù e le mise una corda al collo. Provò a infilare le dita sotto il cappio, tossendo e dibattendosi. Sopra di lei c'era l'uomo con il grembiule di plastica. Tentò di allontanarlo agitando le braccia, ma non aveva più forze. Di Dante, nemmeno l'ombra. Jasmin cominciò a strisciare in avanti.

L'uomo ridacchiò. Emanava un odore dolciastro di sudore. « A quattro zampe », ansimò. « Mettiti a quattro zampe. » Le afferrò il girovita dei pantaloni e tese la corda a mo' di guinzaglio, costringendola a piegare la testa all'indietro.

Jasmin vide tutto nero e brancolò in cerca di qualcosa a cui aggrapparsi. Non appena la pressione alla gola si attenuò un poco, si costrinse ad aprire gli occhi e udì un rumore alle proprie spalle, come quello di una palla da tennis bagnata e scagliata contro il pavimento. L'uomo emise un grido rauco.

Jasmin si sfilò il cappio dal collo, inspirò profondamente e riprese a tossire.

Stringendosi una spalla, l'uomo barcollò e urtò un pensile, ma ritrovò l'equilibrio.

Jasmin si girò sulla schiena, ansimando si trascinò all'indietro e vide Ting che stringeva una spranga con ambedue le mani, gli occhi colmi di terrore. Ting ripartì all'attacco, ma sbagliò mira e la spranga si abbatté sul pensile. Il cardine si staccò e l'anta cadde a terra.

Jasmin recuperò la gamba del tavolo e si alzò, ma la vista andava e veniva, e dovette appoggiarsi al bancone. L'uomo con il grembiule estrasse un coltello. Ting diresse la spranga verso di lui e arretrò. Guidata unicamente dall'istinto, Jasmin abbatté la gamba del tavolo sulla schiena dell'uomo, con tanta forza da farlo cadere in ginocchio.

Ting reagì all'istante e lo colpì a una tempia. La testa si rovesciò di lato, la saliva schizzò in faccia a Jasmin e l'uomo si accasciò in mezzo a loro.

«Dante!» gridò Jasmin, correndo in negozio, con la gamba del tavolo ancora stretta tra le mani.

Ting la seguì. «Cos'è successo?»

Jasmin avanzò fra gli scaffali e si fermò davanti al ragazzo, steso a terra in una pozza di sangue scuro. Si chinò per prendergli il polso.

«Era già morto quando sono arrivato», disse Ting.

Jasmin cercò Dante dietro gli ultimi scaffali, poi corse in strada, ma non c'era anima viva. Gettò a terra la gamba del tavolo e si tastò la tasca, ma il modulo era sparito: avevano rubato il documento che certificava che Dante era con lei.

Senza dire una parola, cominciò a camminare. Ogni passo produceva uno scricchiolio di vetri rotti. Aveva la schiena fradicia di sudore, eppure sentiva freddo. Sentì Ting che correva per raggiungerla. Sapeva di aver bisogno di riposare, le tremavano ancora le gambe, ma non voleva fermarsi. «La Triade ha preso Dante», gli disse, senza guardarlo.

Ting continuò a camminare accanto a lei ad ampie falcate.

La paura l'appesantiva, i piedi si muovevano da sé sulla strada asciutta, senza che lei sapesse dove stava andando. Non c'era nessuno in giro, le persiane erano tutte chiuse. Quanto tempo era passato dall'aggressione? «Ma questa è una follia, è...»

«Se hanno già un compratore, dobbiamo sbrigarci», disse Ting.

«Sono stata stupida, sono stata ingiusta, lo so.» Jasmin si schiarì la gola. «Ma se mi aiuti a ritrovare Dante farò tutto quello che vuoi.» Tacque, tentando di tenere ferma la voce. Il terrore le risaliva la gola come un'ondata.

«Dobbiamo raggiungere il ministero dei Trasporti prima che sia troppo tardi», disse Ting.

37

Jasmin correva a perdifiato insieme a Ting lungo i vicoli angusti. Il terrore la avvolgeva come un'enorme tenebra vibrante. Non poteva permettere che accadesse.

Sentì la nausea salirle in gola. Nelle buche delle strade non asfaltate si erano formate pozzanghere marroni, e le ombre premevano contro i muri.

Non aveva il coraggio d'immaginare che cos'avrebbe fatto la Triade per costringere Dante a consegnare la sua piastrina.

Alcuni uomini impegnati in un gioco simile al backgammon sotto un ombrellone lacero si misero a litigare proprio mentre Jasmin e Ting passavano loro accanto.

Ting imboccò un vicolo che saliva ripido. Jasmin lo seguì, ma l'istinto le diceva che era la direzione sbagliata, così gli chiese: « Sei sicuro che la strada sia questa? »

Ting salì una scalinata, due gradini alla volta. Jasmin lo raggiunse e svoltarono all'altezza di un edificio fatto di assi di legno grezzo. Appoggiata alla parete, una scopa dal manico lucido dall'uso proiettava un'ombra sottile che tagliava una scritta stampata a fuoco.

Ting si fermò davanti a una porta, lanciò un'occhiata a Jasmin, aprì ed entrò. Lei lo seguì come in preda a una febbre. A un bancone in bambù erano seduti alcuni uomini che stringevano fra le mani piccoli bicchieri. Su un palchetto, una donna nuda danzava senza musica.

Lo sguardo inquieto di Jasmin perlustrò il locale, notando dettagli senza importanza: il cavo di un riflettore fissato con il nastro adesivo lungo il bordo della ribalta dipinta di nero, due carte da gioco sul pavimento polveroso sotto una pila di sedie di plastica, la parete dietro il bancone sulla quale era appesa una piccola teca in vetro con una farfalla rossa che qualche collezionista aveva asfissiato e fissato con gli spilli a una tavoletta.

Ting si avvicinò a uno degli avventori e disse qualcosa.

L'uomo si alzò di scatto. Era Grossman, il barbuto che le aveva parlato degli extraterrestri. « Il mio risciò più bello è proprio qui dietro l'angolo », spiegò, non appena furono tornati in strada.

« Sbrigati », disse Ting. Poi si voltò verso Jasmin. « Vai tu. Non c'è tempo, devi fermarli. Di' a tuo figlio che non deve accettare lo scambio. »

Lungo il pendio c'era un risciò a pedali, ricoperto di simboli della pace, con centinaia di piccoli prismi di vetro di colori diversi e una bandiera arcobaleno fissata a un'antenna sottile. I parafanghi erano inzaccherati, i mozzi delle ruote punteggiati di ruggine e la vernice dei sostegni della cappotta scrostata.

« Gli alieni hanno paura delle cose che luccicano », spiegò Grossman, dando uno schiaffo alla cappotta per far cadere l'acqua.

Jasmin si sedette sul morbido sedile dalla fodera leopardata ormai lisa, Ting le gridò che l'avrebbe raggiunta il prima possibile e Grossman cominciò a pedalare.

Cigolando, il risciò prese velocità lungo la discesa. I prismi tintinnavano l'uno contro l'altro, mentre le case sfrecciavano via. Gli scossoni erano talmente forti che Jasmin dovette tenersi aggrappata con tutt'e due le mani.

« Sei tornata », gridò Grossman da sopra la spalla.

« Devo portare via mio figlio. »

« Di' la verità, avevi nostalgia di me. » Grossman le rivolse un sorriso.

« Come hai fatto a capirlo? » rispose Jasmin in tono monocorde, riflettendo sulla propria ansia di darsi un contegno nonostante il subbuglio emotivo, di tentare di sorridere e fare conversazione anche quando era talmente turbata da non capire più di che cosa stavano parlando.

Una ruota posteriore batté contro una pietra, il risciò sobbalzò di lato, ma Grossman controbilanciò. La bandiera arcobaleno sfiorò una persiana aperta, ma in una nuvola di polvere riguadagnarono il centro della strada.

Grossman pedalava di buona lena. Davanti a un cumulo di mattoni scartò leggermente a sinistra per riuscire a svoltare a destra poco dopo. Aveva un fisico grosso e possente, e ansimava forte.

Un uomo anziano dalle guance scavate si fece da parte e li osservò con occhi stanchi.

Stiamo correndo troppo, pensò Jasmin. Tutto tremava, il veicolo pendeva da una parte e Grossman manovrava spostando il peso di lato per mantenere l'equilibrio.

La fiancata del risciò urtò un muro, e Jasmin batté uno zigomo contro uno dei sostegni della cappotta, mentre qualcosa sferragliava. Recuperarono l'equilibrio, Grossman fece forza sui pedali e la ruota sinistra, grattando il muro, strappò via il tubo di una grondaia, che rotolò a terra alle loro spalle. Qualcuno gridò da un portone.

Raggiunsero la strada principale, investirono uno scatolone bagnato e proseguirono lungo un tratto lastricato. Le ruote sdrucciolavano sulle pietre lucide, il risciò sbandava urtando il cordolo. Ai lati si vedevano riflessi di finestre buie. In un cortile, sotto alcune ghirlande di lampadine, ragazzi in mutande bianche danzavano davanti ad alcuni spettatori.

Grossman pedalava veloce. A un tratto il rumore delle ruote cambiò: avevano imboccato una strada di terra battuta, e gli pneumatici sollevavano nuvolette pallide.

Davanti a una polverosa caffetteria con la saracinesca abbassata a metà, una ragazzina lanciò un bastoncino contro di loro, senza colpire il bersaglio.

Ora la strada era in piano e Grossman faceva più fatica, gemeva e i rotoli di grasso ai fianchi dondolavano a ritmo con il movimento delle gambe. A una finestra erano appesi ad asciugare dei panni. In mezzo ad alcuni edifici diroccati c'era un'area demolita con le gabbie d'armatura arrugginite.

« Alla prima birra, Ting si mette a parlare di te », disse Grossman, col fiato corto. « Certi sproloqui su tutte le cose che farà quando tornerà a Stoccolma... Vuole comprarti degli orecchini di perla e... » Sollevò i piedi dai pedali mentre il risciò attraversava una grossa pozzanghera torbida. L'acqua si divise schizzando sui lati, con un rumore simile a uno sfrigolio.

Da anni ormai Jasmin non sapeva più se credeva in Dio, eppure in quel momento lo pregò di proteggere Dante da quegli uomini.

Sferragliando, il risciò imboccò una strada più ampia. Ora

Jasmin cominciava a orientarsi. Oltrepassarono una scalinata dai gradini crepati e un tempio giallo dall'interno dorato.

Grossman aveva le ascelle fradicie, ansimava e gemeva mentre risaliva un pendio.

Strisce di nuvole più chiare dissiparono le tenebre, dando al cielo un grigiore plumbeo. Sulla montagna si stagliava l'enorme stabilimento termale.

Sbucarono nella piazza circondata dagli edifici governativi dalle finestre infrante, e oltrepassarono il palo rugginoso vicino al quale Jasmin aveva visto bastonare un uomo. Nella penombra scorse il tetto bombato del Terminal. Grossman proseguì verso il tribunale, ma poi svoltò all'altezza dell'edificio grigio che ospitava il ministero dei Trasporti. Inchiodò davanti ai gradini d'ingresso e i prismi del risciò tintinnarono. Fra le case spirava un vento profumato di sabbia, che spazzava il pattume sparso a terra.

38

Jasmin salì di corsa i gradini d'ingresso, varcò il portone, oltrepassò l'atrio lungo le cui pareti si ammassavano file di espositori pieni di opuscoli e spalancò la porta interna.

Nella fatiscente sala d'aspetto del ministero dei Trasporti c'erano poche persone che parlavano sottovoce, come in biblioteca. Davanti a uno degli sportelli, tre uomini dalle spalle larghe parlavano con un impiegato in uniforme grigia, alle cui spalle s'intravedevano quattro porte in vetro zigrinato.

Seduti su una panca di legno lungo una parete c'erano una donna con un tailleur scuro molto consunto e un uomo corpulento dal volto assonnato. La donna chiuse la fibbia della propria valigetta e guardò Jasmin con aria perplessa.

Gli uomini davanti al bancone non volevano farsi da parte. Jasmin chiese permesso, ma quelli non si mossero. Sbirciando fra due di loro, vide l'impiegato inumidire una marca da bollo su una spugnetta e avvicinarla a un foglio coperto da una scrittura fitta, in cerca di uno spazio bianco in cui applicarla. Aveva i polpastrelli chiazzati d'inchiostro e i polsini della camicia erano ambrati.

Jasmin si affiancò agli uomini e si chinò in avanti sul bancone, tentando di catturare lo sguardo dell'impiegato.

« Mamma! »

Dante uscì da una delle porte a vetri e corse verso di lei. Sembrava allegro. Aveva le guance rosse e calde. Jasmin si sporse oltre il bancone, lo prese in braccio e lo strinse forte.

« Ho vinto, ho vinto », disse Dante. « Ho fatto un gioco, e ho vinto io. »

« Che cos'hai vinto? » gli chiese Jasmin, con voce tesa.

« L'Uomo Ragno. »

Dalla stessa porta uscì una donna magra con i capelli tagliati alla maschietta. « *Excusez-moi, madame, mais il faut que le garçon reste ici* », disse a bassa voce.

«Che cosa sta succedendo qui?» chiese Jasmin in inglese.

La donna aveva occhi lucidi e sfuggenti. Si leccò le labbra, come per celare un sorrisetto.

Jasmin sentì il cuore martellare dalla paura. Posò a terra Dante, lo prese per mano e a gomitate si fece largo fino a piazzarsi davanti all'impiegato. L'impiallacciatura del bancone era leggermente sollevata ai bordi e lasciava intravedere il truciolare. Un ventilatore da tavolo turbinava e l'etichetta del prezzo, ancora attaccata al cavo elettrico, si agitava alla corrente d'aria.

«Che cosa sta succedendo?» ripeté Jasmin, incrociando lo sguardo muto dell'impiegato.

L'uomo le rispose in cinese e indicò una panca della sala d'attesa.

Jasmin strinse la mano di Dante con tanta forza che il bimbo tentò di divincolarsi. «Chi è che comanda, qui? Devo parlare con il suo superiore!»

Dietro al vetro zigrinato, una luce s'interruppe per un istante: qualcuno era passato davanti a una lampada da tavolo. Jasmin scrutò le porte. Un nuovo barbaglio di luce, poi comparve un anziano dalle guance cascanti, che si sedette a una scrivania. Di fronte a lui c'era un uomo alto, con i capelli bianchi pettinati all'indietro. Parlava sorridendo, come se stesse svelando un segreto, accomodandosi la manica della giacca marrone.

«Almeno ha capito che cosa le ho detto?» chiese Jasmin all'impiegato.

«Questo è solo il ministero dei Trasporti», disse una voce in inglese alle sue spalle.

Jasmin si voltò e vide la donna in tailleur, quella che entrando aveva visto seduta sulla panca. «Lei lavora qui?»

«Faccio l'avvocato. Sono qui per conto di un cliente e...»

«Chieda che cosa sta succedendo», la interruppe Jasmin. «Chieda che cosa ci fa qui mio figlio.»

La donna si voltò verso l'impiegato e in tono dimesso pose una domanda, ottenne risposta, annuì e ringraziò, poi si rivolse nuovamente a Jasmin. «Il bambino ha perso il visto al gioco», mormorò.

«Al gioco con chi?»

«Con Wǔ Wáng.» La donna fece un cenno della testa verso il vetro zigrinato.

L'uomo alto salutò l'impiegato con una stretta di mano e uscì dalla stanza, con la camminata di un vecchio soldato, passandosi un dito sulla cravatta sgualcita.

« Ma è un adulto! » disse Jasmin, indignata. « Ha imbrogliato un bambino! »

« Ci sono testimoni che... »

« Non me ne frega niente dei testimoni. La Triade ha rapito mio figlio... e ha tentato di... »

« La pregherei di abbassare la voce. » La donna sembrava molto turbata.

« Hanno tentato di uccidermi, si rende conto? »

« In tal caso, deve rivolgersi alla polizia. »

« Lo farò, ma non senza mio figlio. » Jasmin prese in braccio Dante, ma capì che la donna aveva ragione: non doveva perdere il controllo, altrimenti nessuno le avrebbe dato retta. Tentò di rallentare il respiro, ma le inspirazioni erano troppo brevi e il terrore la faceva tremare. « La prego, deve aiutarmi », disse, con una voce che non le sembrava la sua. « Non possono succedere queste cose. Non si può rubare il visto a un bambino e poi sostenere che... »

« Mamma, perché sei arrabbiata? »

« Lasciami finire. » Jasmin si voltò nuovamente verso l'impiegato.

« Aspetti », azzardò la donna.

« Ci guardi », disse Jasmin all'impiegato, posando Dante sul bancone davanti a lui. « Questo è mio figlio. Mi pare evidente che è troppo piccolo per capire... »

L'avvocato si piazzò al suo fianco e tradusse con voce limpida e gentile. L'impiegato alzò lo sguardo per qualche secondo, poi rispose a bassa voce. Con una gocciolina di sudore che le colava lungo una guancia, l'avvocato annuì e si voltò verso Jasmin. « Troppo tardi. »

« Ma non può essere, non è giusto... »

« Mi dispiace », la interruppe la donna. « La pratica è conclusa e... »

« La prego, mi dica che cosa devo fare », disse Jasmin con un filo di voce.

Due degli uomini davanti al bancone l'afferrarono per le braccia. Jasmin si liberò dal primo e tentò di agguantare Dante, ma l'altro strinse la presa e la trascinò verso l'uscita. La camicetta risalì fin sotto al seno e si scucì a un fianco. L'avvocato li seguì, tentando di convincere l'uomo a lasciare andare Jasmin, parlandogli senza alzare la voce. Jasmin si dibatté, puntò i piedi, si girò e vide la francese prelevare la piastrina che Dante portava al collo. « Non potete! » strillò.

39

Le grida di Jasmin riverberarono fra le pareti ingiallite del ministero dei Trasporti. La luce fredda delle lampade al neon dava ai suoi capelli un lucore ramato.

L'uomo robusto tentava di apparire imperturbabile mentre la trascinava verso la porta, stringendole il braccio con tanta forza da farle male.

« Mamma! » gridò Dante.

Jasmin puntò i piedi, che però scivolarono sul tappetino d'ingresso coperto di sabbia e ghiaia. Una sedia si rovesciò e cadde a terra con un gran fracasso. L'avvocato continuava a parlare, con voce sempre più stridula, ma Jasmin aveva un solo pensiero: tornare da Dante. Tese il corpo, si torse da un lato e con la mano libera riuscì a raggiungere l'avambraccio dell'uomo.

Non ragionava più. Fu un movimento automatico. Il palmo della sua mano si chiuse intorno al dorso di quella dell'uomo e le punte delle dita s'infilarono sotto. Continuò a opporre resistenza. Poi, quando lui la trascinò con più forza, all'improvviso Jasmin si lasciò andare. Contemporaneamente, avanzò di un passo e gli tirò la mano verso l'alto, torcendola. Aveva passato molti anni ad allenarsi nel combattimento corpo a corpo, sapeva bene che cosa stava facendo.

Il polso scricchiolò e l'uomo lanciò un grido. Jasmin gli aveva lacerato il legamento ulno-carpale.

Lo osservò, con un senso di potenza che le dava un formicolio. L'uomo era paonazzo, chino in avanti, si stringeva il polso e respirava a scatti.

Jasmin arretrò, frenando l'impulso di colpirlo alla gola.

L'avvocato la fissò, ma non riuscì a spiccicare parola.

Gli altri uomini si avvicinarono rapidamente, ma proprio in quel momento la porta che dava sull'atrio si aprì e Ting entrò a grandi falcate.

« L'hanno già fatto », gridò Jasmin. « Gli hanno preso... »

«Di' che contesti lo scambio», la interruppe lui.

«Dicono che è troppo tardi.» Jasmin si asciugò una lacrima.

«Avete già sporto reclamo?» chiese Ting all'avvocato, in inglese. Grondava sudore e il corpo sprigionava vapore dopo la lunga corsa.

«No, ma...»

«Allora no, non è troppo tardi.»

Gli altri uomini, che sembravano fratelli, gridarono qualcosa in olandese e si avvicinarono a Jasmin per farla uscire dalla sala. L'impiegato al bancone cominciò ad applicare marche da bollo ad alcuni documenti, copiando su un modulo gli ideogrammi del visto di Dante.

«Come si fa a contestare lo scambio? Come si fa?» chiese Jasmin.

«Basta dirlo», rispose l'avvocato. «Ma cortesia vuole che...»

«Contesto lo scambio!» gridò Jasmin all'impiegato.

Ting, a gran voce, tradusse in cinese le sue parole.

Cadde il silenzio. Gli uomini si fecero da parte. Jasmin sentiva il proprio respiro affannato. La francese sogghignò e condusse Dante verso una delle porte a vetri. L'uomo alto con i capelli bianchi pettinati all'indietro strinse in mano la propria piastrina e disse qualcosa all'impiegato.

«Gli sta garantendo che è stato il bambino ad avere l'idea di giocarsi il visto», bisbigliò Ting.

Jasmin attraversò la sala e posò le mani tremanti sul bancone. Il ventilatore da tavolo scattò e cominciò a ruotare nella direzione opposta. L'uomo alto si lisciò la cravatta sottile, sollevò gli occhi e sorrise.

«Contesto lo scambio», ripeté Jasmin, inchiodandolo con lo sguardo.

Ting tradusse. L'impiegato gli rispose sottovoce, corrugò la fronte e cominciò a sfogliare le carte.

«Che cos'ha detto?» chiese Jasmin.

«Che devi darti una calmata», spiegò Ting.

«Non capisco.»

Da uno degli uffici uscì un altro impiegato, un uomo dalle guance cascanti, con alcuni libri fra le braccia.

«Le consiglierei di rifletterci bene», disse l'avvocato a bassa voce. « L'autorità immediatamente superiore è il Tribunale del Popolo, ma da lì in poi è tutto come nell'antichità. »

« In che senso? »

« Si riferisce all'autorità ultima », disse Ting.

L'avvocato si scostò una ciocca nera dalla fronte pallida. « Non è un organo governativo. È un antico codice giuridico ricavato dal Libro dei Mutamenti, un vestigio dell'era imperiale. »

« Ma non posso gettare la spugna così. »

« Se un caso legale non può essere risolto dalle persone, il verdetto viene pronunciato da una donna che si chiama Exu », spiegò l'avvocato, serissima. « Si consulta con gli antichi spiriti passando asticelle roventi su gusci di tartaruga. »

Jasmin si voltò verso la stanza. « Devo oppormi allo scambio. »

« Ma non ha capito? È come una lotteria che... »

« Contesto lo scambio! » ripeté Jasmin a gran voce.

I due impiegati presero a confabulare rapidamente, sfogliando alcuni registri, indicando e scambiandosi opinioni. L'avvocato, ascoltandoli, si fece inquieta. L'uomo alto in completo marrone sembrava non badare a loro, restava immobile a fissare Dante con quei suoi occhi calmi e lucidi. Ting, impassibile, parlò con gli impiegati. L'uno richiuse di scatto un registro, l'altro scosse la testa.

« E adesso che cosa succede? » chiese Jasmin.

Fu l'avvocato a rispondere. « Lei ha contestato lo scambio di visti. Ora il caso passa al Tribunale del Popolo e... »

Jasmin annuì e sentì uno sfarfallio nella mente, un'inquietudine riguardo a qualcosa che aveva udito, ma che non riusciva a individuare con precisione. « E questo che cosa comporta? »

« Il ministero dei Trasporti ha già preso la sua decisione, quindi si tratterà di un processo civile. Formalmente, l'accusatrice è lei e l'accusato è Wǔ Wáng. »

« Ed è un bene, no? »

« Me lo auguro », disse la donna, esitando e stringendo saldamente la ventiquattrore.

« C'è qualcosa che mi sfugge? Cioè, mi sembrate... Insomma, se io vinco la causa non ci sarà nessuno scambio di visti, Dante potrà tenersi la piastrina e tornare alla vita? »

« Sì, è così, però... »

« A me basta », la interruppe Jasmin, avvicinandosi al bancone. « Dante? Abbiamo finito. »

La francese le rivolse uno sguardo gelido, ma lasciò libero il bambino, che corse dalla mamma. Jasmin lo prese in braccio e s'incamminò verso la porta, ma sentì alcuni leggeri colpi e si voltò.

L'impiegato dalle guance cascanti stava battendo una piccola mazza contro il bancone e gridò qualcosa.

L'avvocato si affrettò a tradurre. « Deve presentarsi al Tribunale del Popolo fra tre ore, per un incontro con il difensore d'ufficio prima dell'inizio del processo... con la raccomandazione di comportarsi con decoro verso i rappresentanti della legge. »

« Decoro? In che senso? » chiese Jasmin.

« Si riferisce a lei », mormorò la donna.

« Io? Cos'ho fatto? »

« Lasci perdere. »

« Mi dica che cos'ha detto quell'uomo. »

« Che lei è sporca e brutta. »

Uscirono dal ministero dei Trasporti, ma non appena raggiunsero i gradini la vecchia ferita alla schiena di Jasmin cominciò a farle tanto male da costringerla a posare a terra Dante. Ai piedi della scalinata, Grossman l'attendeva accanto al risciò con una lattina di Fanta in mano.

« Bene, ho tre ore di tempo », disse Jasmin all'avvocato. « Come le sfrutto? Che cosa devo fare? »

La donna sorrise. « Lavarsi e cambiarsi d'abito. »

« No, voglio dire... per prepararmi al processo. »

« Le assegneranno un difensore d'ufficio. Sarà lui a spiegarle come funzionano le cose. »

« E secondo lei dovrei credere che il tribunale annullerà la decisione del ministero? »

« Se preferisce, posso rappresentarla io al processo. »

« Mi piacerebbe, ma non ho soldi », disse Jasmin, in tono cortese.

« Di solito, ai clienti che non sono in grado di pagarmi, chiedo un favore. »

« Di che genere? »

« Se lei tornerà alla vita, vorrei che aiutasse mia madre. » La donna sorrise e i suoi occhi scuri si fecero lucidi.

« Lei non torna? »

« Ormai sono qui da due anni. »

« Ma certe volte, sa... »

« Me ne rendo conto, ma qui mi trovo bene, ci sono anche mio marito e mia figlia. Siamo insieme, ed è questo che conta. »

Jasmin annuì e pensò a sua sorella Diana, all'ospedale, accanto al suo corpo morto. E a Gabriel Popov, che stava di guardia fuori dalla porta, e a Dante sul tavolo operatorio, mentre la neve cadeva sui parcheggi e sui marciapiedi deserti di Stoccolma.

« Io mi chiamo Marta Cristiano dos Santos, lavoravo presso uno studio legale di Casa Verde, a San Paolo del Brasile. » I capelli sfuggiti alla coda di cavallo gettarono un'ombra sulla guancia destra della donna.

« Marta Cristiano dos Santos », ripeté Jasmin.

« Mia madre è rimasta sola. » La donna puntò gli occhi scuri verso Jasmin. « Quindi se lei... se lei tornerà indietro, vorrei che andasse a trovarla e si assicurasse che se la cavi. »

« Vuole che le dica qualcosa da parte sua? »

Marta sorrise. « Lei è davvero convinta che sia possibile tornare indietro. »

Jasmin la guardò negli occhi. « L'ho già fatto due volte. »

40

Marta e la sua famiglia abitavano in affitto in una piccola parte di un ampio appartamento in via Qiánmén, vicino alla piazza. Due stanze piccole, ma con un'aria coloniale altoborghese, i soffitti a cinque metri, enormi finestre con persiane interne in legno, parquet logoro e boiserie scrostata.

Lungo la strada, Jasmin aveva riepilogato insieme a Dante e a Marta gli eventi della giornata, assicurandosi che tutti e tre concordassero su com'erano andate le cose: lei e suo figlio si erano risvegliati nel centro termale, erano scesi al molo a farsi pesare, ma poi erano stati attirati in una trappola.

Ora Dante, seduto al tavolo della cucina, tracciava su un foglio alcune lettere a casaccio, mentre per la seconda volta raccontava che cos'era accaduto nel negozio di alimentari. « È arrivato un vecchietto che mi ha tappato la bocca con uno straccio freddo. »

« Era Wáng? »

« Non lo so, mamma. »

« Già, perché sei svenuto. Secondo me... »

« In tribunale non si possono avanzare congetture », le fece osservare Marta. « Deve attenersi ai fatti. »

« Be', è vero che ti sei svegliato da un'altra parte, no? »

« Sì, in un letto... e c'era Wáng, insieme a una signora che sapeva un po' lo svedese. Mi hanno dato una Coca e delle patatine fritte stranissime. Erano infilate in un sacchetto di McDonald's... ma lui ha detto che qui il vero McDonald's non c'è. Gli ho detto che per me andavano bene lo stesso... Era tranquillo, mi ha fatto vedere un sacco di giocattoli. Poi abbiamo fatto una scommessa e ho vinto io. Come premio, ho scelto l'Uomo Ragno. »

« Quindi, se hai vinto tu, lui non ha avuto niente? » Jasmin tentò di non lasciar trasparire la rabbia.

« Solo la collanina... però me ne ha data una uguale. » Dante le mostrò il visto di Wáng, ormai scurito dal tempo.

« Ma lo sai che cos'è? » Jasmin sfiorò la propria piastrina.

« Una collanina. Ce l'hanno tutti », mormorò Dante.

« Una collanina », ripeté Jasmin, lanciando un'occhiata all'avvocato.

« Per come la vedo io, Wǔ Wáng era convinto che tutto si fosse svolto correttamente », azzardò Marta. « Quindi immagino che sia rimasto molto sorpreso, quando è arrivata lei e ha contestato lo scambio. »

« Ma come mai non hanno restituito il visto a mio figlio? »

« Perché non si può: il ministero dei Trasporti ha già completato le pratiche, quindi il caso passa all'autorità immediatamente superiore. »

« E che cosa succederà? »

« Be'... Non so niente di Wǔ Wáng, ma ho l'impressione che sia un uomo molto rispettato. »

« Non tenterà d'imporre lo scambio, se capirà che è illegittimo? »

« Fatico a immaginarlo », disse Marta in tono allegro.

« Quindi ci sarà un accordo tra le parti? »

« Lei dovrà raccontare che Dante è stato rapito e che qualcuno le ha rubato il documento ottenuto al porto; Wǔ Wáng dichiarerà di aver trovato il bambino e di avergli dato da mangiare... e il difensore d'ufficio spiegherà che Dante non è in grado di capire che cosa sia un visto, perciò non può prendere una decisione consapevole su uno scambio. Le nostre leggi sono molto chiare: truffare un minorenne è un crimine. Perciò... il tribunale annullerà la decisione del ministero dei Trasporti. »

« Benissimo. »

« E adesso vada a mettersi in ordine », le ricordò Marta.

Jasmin si precipitò nel bagno angusto. Entrò nella vasca, che aveva le pareti rigate, e si fece una doccia in ginocchio per non schizzare acqua sul pavimento e sulla tappezzeria impermeabile. La guarnizione fra il tubo e il doccino in plastica ingiallita era accomodata con un nastro adesivo e lo scarico era talmente intasato che la vasca cominciò a riempirsi di acqua calda e torbida.

Dopo la doccia, Jasmin si fece prestare da Marta dei vestiti puliti. Il reggiseno era della misura sbagliata e l'abitino era talmente striminzito che a ogni movimento risaliva fino alle mutande.

« Un po' troppo audace per presentarsi davanti al giudice », rise Marta. « Passiamo dal teatro a farci dare qualcosa dai costumisti. »

Dante aveva già indossato un paio di jeans della figlia di Marta e una maglietta con scritto: SÃO PAULO FC.

Prima di uscire per andare all'appuntamento con gli altri, in un ristorante, Marta le mostrò una mappa di San Paolo del Brasile appesa alla parete e le indicò la via in cui abitava sua madre.

Fuori, l'aria era fresca e odorava di vapori di cucina e fumo di sigaretta. Jasmin teneva per mano Dante.

Marta fece loro strada. « Il ristorante è nello stesso edificio del teatro. Mio marito è responsabile di tutte le istituzioni culturali. Ufficialmente c'è solo il Museo d'Arte, ma stiamo cercando di avviare un'attività per bambini presso il teatro. »

Oltrepassarono la fontana rotta e il vicolo ripido in cui Grossman aveva trasportato Jasmin con il risciò. Aveva ancora i capelli talmente bagnati da infradiciarle la schiena, scurendo le roselline viola stampate sul vestitino stinto.

« Deve tenere presente che il tribunale continua a seguire la tradizione patriarcale », spiegò Marta. « Quindi cerchi di essere carina e decorosa... e di attenersi alle cose che sa per certo, perché... alla minima bugia, non si ha praticamente nessuna possibilità di vittoria. »

« E come faccio a essere decorosa? »

« Nel solito modo: chi è giovane si comporta con deferenza verso chi è più anziano, le donne chinano il capo davanti agli uomini... Tenga a freno la lingua, non alzi la voce e non mostri troppe emozioni. »

Jasmin annuì. « D'accordo. »

Marta sorrise. « Stia tranquilla. »

« Lo sono. »

« Certo, ma sa... anche se questi processi sono ordinaria amministrazione, il tribunale preferisce emettere verdetti giusti. »

« Quindi tenterò di mettere in risalto il nocciolo della questione: Dante ha vinto un giocattolo ma ha perso il visto. È giusto, questo? Insomma, è roba da pazzi. »

«Andrà tutto bene», rispose Marta, con aria assente.

«Io non mi arrendo», mormorò Jasmin.

Passarono accanto a un uomo dal volto rugoso, che vendeva alcolici da un carretto di lamiera. Attraverso una finestrella al livello della strada, Jasmin vide due uomini stesi su un letto a baciarsi.

Marta raccolse i capelli in una coda di cavallo. «L'avviso: la versione di Wáng è che Dante non vuole tornare alla vita. Dirà che il bambino sapeva benissimo che cosa stava facendo, quando...»

«Ma non crederanno a una cosa del genere?» protestò Jasmin, tentando di catturare il suo sguardo.

«Sto solo dicendo che nessuna legge proibisce ai minorenni di scambiare il visto. Proibisce soltanto di raggirarli per convincerli a...»

«Dante ha cinque anni, non sa nemmeno scrivere il proprio nome!»

«Vincerà lei», la rassicurò Marta. «Ma badi a fare le cose come si deve. Meglio non procurarsi dei nemici.»

«Non me ne frega niente», disse Jasmin. Pensò al porto, a tutti i miti sull'aldilà e al fatto che il tempo, lì, fosse un'unica notte senz'alba. La città aveva un'aria d'infinito declino, come un futuro già decrepito. Dopo un po', disse: «Questo sistema esiste da millenni. Sarà pure efficiente, no?»

Marta si fermò davanti a una porta e suonò il campanello. Al citofono, qualcuno fece una domanda in cinese. Lei rispose a bruciapelo e, non appena udì il ronzio della serratura, aprì.

Jasmin tenne per mano Dante mentre salivano una stretta scala.

41

Al secondo piano c'era un ristorante dalle luci soffuse, che odorava di olio di sesamo e cipolla. Un uomo con un viso lucido e occhi gentili fece loro strada fino a un tavolo rotondo, al quale erano seduti Grossman e Ting in compagnia di un altro uomo, basso e calvo.

«Pedro», disse Marta, che per la prima volta sembrava davvero allegra.

L'ometto si alzò e l'abbracciò fino a sollevarla da terra. Le bisbigliò qualcosa all'orecchio.

Lei, con un sorriso, si liberò dalla stretta. «Lui è Pedro, mio marito.»

Jasmin gli strinse la mano e gli presentò Dante.

«Tutti mi chiamano 'il Toro di Casa Verde'», disse Pedro.

«Non proprio tutti», rise Marta.

«Ero esterno destro nel São Paulo FC, un vero campione del calcio d'angolo, fino al giorno in cui ho inghiottito per sbaglio la palla», rise Pedro, dandosi pacche sulla pancia prominente.

«Erica», disse Marta, in tono affettuoso. «Vieni a presentarti.»

Da sotto il tavolo fece capolino una bellissima bambina dai lunghi capelli ricci, che subito andò a dare la mano a tutti quanti.

Marta sorrise. «Mia figlia», disse, con un tremito di fierezza nella voce.

«Ma quant'è bella... e che occhi!» disse Jasmin.

«Grazie», disse Marta. Le si illuminò lo sguardo.

«Tutta suo padre», scherzò Pedro.

Si sedettero a tavola e il proprietario del ristorante accese le candele a olio con un lungo bastoncino. Quando si chinò in avanti, la piastrina scivolò fuori dal colletto della camicia. Era talmente consumata che gli ideogrammi non si leggevano più.

In qualche modo, l'alone di luce li fece sentire più vicini l'uno all'altro.

Una donna grassa servì bottiglie dall'etichetta rossa, birra in bottigliette marroni, barattoli di Láoshān Cola e piatti da portata pieni di verdure saltate: cavolo cinese, germogli di soia e di bambù, taro e spinaci d'acqua, lucidi d'olio al pepe del Sìchuān. Le verdure erano chiaramente state essiccate o tenute in conserva, eppure emanavano un profumo delizioso.

Arrivarono ciotole di ravioli fumanti, di riso tailandese, di tagliolini di carne di maiale al peperoncino o in agrodolce con aceto nero, poi spiedini di pollo, zenzero, anice stellato, spaghettini all'uovo saltati con cipolla e salsa di soia, tagliolini di manzo, e funghi che profumavano di olio di sesamo e coriandolo.

Jasmin pensò a una mostra che una volta aveva visto alla Kulturhuset di Stoccolma: i disegni dei bambini ebrei di Terezín. Non raffiguravano gli orrori del lager, la paura o la sofferenza. Quasi tutti i bimbi avevano disegnato normalissime scene familiari a tavola con mamma, papà, fratelli e sorelle. Deglutì e tentò d'insegnare a Dante a usare le bacchette, ma dopo un po' l'uomo gentile dalla piastrina consumata gli portò un cucchiaio di ceramica. Jasmin lo ringraziò e guardò Dante che, fra un boccone e l'altro, sbirciava Erica. La bimba, seduta di fronte a loro con gli occhi semichiusi, adoperava le bacchette con scioltezza.

« Vuoi? » chiese Ting, svitando il tappo di plastica di una delle bottiglie grandi.

« Cos'è? »

« *Báijiǔ*. Il liquore più popolare al mondo. »

Jasmin sorrise. « Un'altra volta. »

Ting fece spallucce e riempì il proprio bicchiere e quelli di Grossman, Pedro e Marta.

Dante fece un cenno a Erica, che gli sorrise, prese con ambedue le mani il bicchiere zigrinato e bevve fino a far colare l'acqua giù per il mento.

« Questa donna... » disse all'improvviso Pedro, accennando ad alzarsi.

« Pedro, per favore... non c'è bisogno di... » disse Marta

« Quella mattina, quando sono salito sul treno e ti ho vista », proseguì lui, prendendole una mano. « Avevi una camicetta color crema con le perline sul colletto, e una spilla a forma di... è un fiore, la *Bellis perennis*, non so come si chiama in inglese. »

« Fa sempre così », tentò di spiegare Marta.

Erica posò le bacchette e si turò le orecchie, ma con un ampio sorriso.

« Marta è una santa... be', magari non in tutti i sensi, ed è una bella fortuna », riprese Pedro, vuotando il bicchiere. « Mi ha salvato e ha fatto di me l'uomo più felice del mondo. »

« Ti amo », bisbigliò Marta.

Grossman li guardò, commosso.

« Bacetto? » mormorò Pedro, chinandosi verso di lei.

Marta lo baciò e Ting applaudì.

« E poi è arrivata la nostra Erica », continuò Pedro. « Solo problemi: borseggi, bestemmie... Ma va', scherzo! » Soffiò un bacio alla figlia e si terse una lacrima.

Grossman levò il bicchiere. « Amici, amici, non so come vi sentiate voi, ma io mi sento quasi vivo. »

Le sue parole si propagarono lungo la tavolata come un tremito, un battito cardiaco. Era come se si fossero quasi dimenticati dove si trovavano. Jasmin guardò i commensali: Dante fissava Erica a occhi sgranati, Ting aveva posato i piedi su una sedia libera e a occhi chiusi beveva birra dalla bottiglia. *Lo so che siamo morti, ma non annientati. Esistiamo ancora.*

Dante era sazio, così Jasmin gli disse di ringraziare per la cena, prima di alzarsi da tavola. Poi lui ed Erica si sedettero in un angolo a giocare insieme.

Jasmin si appoggiò allo schienale e le tornò in mente suo padre, che scherzava sui propri muscoli e spostava il tavolo spingendolo con la pancia, mentre lei e Diana battevano le mani e lo incitavano.

« Stai sorridendo », disse Ting, chinandosi in avanti e porgendole la bottiglia di *báijiǔ*.

Jasmin scosse la testa per declinare l'offerta. « Solo un ricordo. »

Ting riprese a mangiare, mise in fila le cosce di pollo sul piatto di portata e con un sorriso si leccò l'olio dalle dita.

« Cin cin! » gridò Pedro.

« Il Toro di Casa Verde », sorrise Ting, brindando con lui.

« Su YouTube c'è un video di quando mi hanno dato quel soprannome: mi si vede scontrarmi a mezz'aria con due terzini del Santos. Siamo svenuti tutti e tre. »

Grossman scoppiò a ridere, poi riprese a mangiare, ma ogni volta che sollevava le bacchette gli cadeva del cibo e aveva la camicia piena di riso e soia.

« Serve un cucchiaio anche a te? » scherzò Jasmin.

« Figurati. Non sembra, ma lo sto facendo apposta. Così perdo peso. »

Pedro ordinò altra birra e si asciugò la faccia con il tovagliolo. Ting intrecciò le dita dietro la nuca e socchiuse gli occhi guardando Jasmin.

Erica si era alzata e stava insegnando a Dante alcuni passi di danza. Lui tentò d'imitarla, ma lei scosse la testa e glieli mostrò di nuovo, poi gli prese una mano, se la posò contro la spina dorsale, gli scostò il mento in modo da metterlo di profilo e cercò di fargli fare un volteggio.

« Jasmin », disse Marta. « Come va? Sto tenendo d'occhio l'orario, mancano ancora due ore, stai pure tranquilla... Non bisogna presentarsi con troppo anticipo, e da qui al tribunale sono solo cinque minuti di strada... Andrà tutto bene. » Ormai avevano deciso di darsi del tu.

Jasmin rialzò lo sguardo e pensò che aveva ragione Marta: meglio cercare di rilassarsi, così tutti avrebbero capito che il ministero dei Trasporti aveva commesso un errore. Si sforzò di scuotersi di dosso la sensazione che le persone fossero violente e infide. Il volto pallido di Marta era accaldato e rilassato, gli occhi erano lucidi e riflettevano il bagliore delle candele a olio.

« Grazie », le disse Jasmin.

Dante tornò a tavola a mangiare un altro po', ma senza sedersi: aveva fretta di tornare da Erica. « Ballo il tango », disse in fretta.

Dopo cena andarono tutti al teatro, e Pedro fece da cicerone. Cominciarono dal magazzino dei costumi, dove c'era un manichino da sarto con vestiti di seta che risalivano ai tempi degli allestimenti dell'Opera di Pechino. Poi, attraverso vari corridoi, raggiunsero il palchetto che apparteneva nientemeno che al grande attore Chéng Yànqiū.

Ting prese Jasmin per mano per aiutarla a reggersi mentre scendevano la scala scura che portava al palcoscenico. Il sipario era abbassato. Mentre Pedro raccontava la storia del teatro, Jasmin rimase vicina a Ting e intrecciò le dita alle sue. Insieme alzarono lo sguardo verso il soffitto per guardare le quinte appese, le corde che pendevano e i sacchi di sabbia.

Non appena Pedro accese una potente lampada, staccarono immediatamente le mani e guardarono le scatole che il brasiliano trascinava verso la luce.

Dentro c'erano piccoli feretri perfetti, con coperchi di vetro, che contenevano belle bambole di legno. I visetti verniciati li guardavano con aria triste.

Pedro si posò un dito sulle labbra per far segno di tacere e d'un tratto da un vecchio grammofono uscirono le note dello *Schiaccianoci*. Tutti i presenti si allontanarono dall'area illuminata. Grossman e i bambini si sedettero per terra. Jasmin sentì qualcuno toccarle il braccio. Era Marta, che si chinò verso di lei e nella penombra bisbigliò: « Jasmin, lo spettacolo dura quasi un'ora, approfittane per scendere nel magazzino dei costumi ».

« Che cosa devo cercare? »

« Un vestito da sera, per amor di decoro... »

Una delle bambole uscì dalla propria bara. Era una figura strana, ingobbita, che lentamente e zoppicando emerse nella luce.

« Di che colore? » chiese Jasmin.

« Non giallo, e nemmeno rosso. » Marta le mise in mano una chiave. « Qualcosa di bello. »

« Non so se ritrovo la strada per il magazzino. »

« Dopo la porta, basta salire... »

« Ti accompagno io », disse Ting, accanto a lei.

42

Si allontanarono di soppiatto dal palcoscenico e si addentrarono nel buio, salendo la scala ripida e oltrepassando i palchetti. Jasmin sapeva benissimo che cosa stavano per combinare. La presenza di Ting la rendeva consapevole della pesante bramosia di ogni loro movimento.

Quando aprì la porta del magazzino dei costumi ed entrò, si sentiva ancora la musica dello *Schiaccianoci*. Ting girò una manopola sulla parete fino a farla scattare, accendendo il lampadario a gocce. La luce rifratta dai cristalli si sparse sul manichino con i vestiti di seta gialla e su alcuni pannelli scenografici appoggiati a un muro.

«Le cose che ti ho detto prima, al cantiere...» disse Jasmin, esitante. «Non le penso davvero. Mi sono comportata in modo inqualificabile.»

«Non ti preoccupare.»

«Ma sì, che mi preoccupo! Non so perché... non so perché ti ho detto quelle cose. Mi vergogno di me stessa, non so come scusarmi. Non è affar mio, il modo in cui hai vissuto.»

«Già», mormorò lui.

«Perdonami.»

Ting annuì e riprese ad avanzare, accanto a un pannello che rappresentava la Città Proibita di Pechino.

«Però non è bello dire le bugie», riprese Jasmin.

«Be', non potevo mica dirti come stavano le cose...»

«Ma sì, che potevi.»

«Cioè? 'Ciao, sono un cretino che è morto di overdose.'»

«Tutta qui, la storia?» mormorò Jasmin.

Ting si avvicinò. Aveva il volto irrigidito e le guance arrossate, ma parlò in tono pacato. «La storia è questa. Ho aperto un piccolo cantiere tutto mio, a Vaxholm. Costruivo motoscafi da competizione. Li avessi visti! Quaranta piedi, cinquanta, mogano verniciato, rifinito a mano... Io non avrei mai avuto abbastanza soldi per acquistarne uno. In compenso, venivo invitato alle feste, credevo di fare la bella vita... E invece ho perso il cantiere e anche l'appartamento, mi sono preso una condanna con la condizionale, sono finito in overdose una prima volta, ho derubato mio nonno, poi con la seconda overdose sono finito qui... e tutto nel giro di quattro anni. Quindi hai ragione, non merito di tornare alla vita.»

«Ma sì, che te lo meriti», si affrettò a dire Jasmin.

Ting abbassò lo sguardo. «Non tutti sono perfetti.»

«Devo riconoscere che è un po' strano essere l'unica persona perfetta al mondo.»

«Lo sei.»

Jasmin scoppiò a ridere. «Già.»

«A parte questa tua mania di voler sempre avere l'ultima parola.» Ting sorrise.

«La volevo sempre, da bambina.»

«E la vuoi ancora adesso.»

«Be', adesso sei tu a volerla», ribatté Jasmin, senza riuscire a trattenersi. Ting sorrise e le posò una mano su una guancia, ma lei distolse lo sguardo: non aveva ancora finito di parlargli. Doveva togliersi un peso dal cuore. «Ting, tanto perché tu lo sappia, io sono talmente perfetta da essere finita sotto psicofarmaci già in due occasioni... e la seconda volta ero talmente malmessa che sono stata ricoverata di forza in una clinica psichiatrica e...» Abbassò lo sguardo. Non aveva il coraggio di guardarlo negli occhi. «E questa cosa non aumenta certo il mio sex appeal, ma volevo dirtela lo stesso.»

«Grazie.»

«Ci sono senz'altro parecchie giustificazioni, esperienze traumatiche... Una volta, sul lavoro, ho preso una decisione sbagliata che... che ha comportato la morte di due persone e diversi feriti.»

«Cos'è successo?»

«Non fa differenza, perché... perché il problema è che non sono stata capace di restare tutta d'un pezzo. Dovevo occuparmi di Dante, ma mi sono lasciata andare...»

«Capita», disse Ting con tutta calma.

Jasmin gli passò accanto per addentrarsi nel magazzino, e sentì il suo profumo di legno appena segato. Una volta in mezzo ai vestiti, con un brivido si accorse che lui la stava seguendo. Adesso Jasmin era perfettamente consapevole di ciò che stava facendo: riconosceva l'antica brama di perdersi e di tornare a percepire se stessa per qualche istante.

La luce del lampadario non raggiungeva il fondo del magazzino. Jasmin rallentò il passo, scorse una lampada su una cassettiera e brancolò in cerca del cavo. Continuava a sentire alle proprie spalle il respiro di Ting e dentro al petto le forti pulsazioni del cuore.

« Diamo un'occhiata a questi vestiti », disse, trovando finalmente l'interruttore e premendolo.

Ora che la lampada era accesa, Jasmin poté vedere che il paralume aveva la forma di una lepre a dimensione naturale, con un corpo in plastica rosa che diffondeva un lucore morbido sulla lunga fila di capi d'abbigliamento. Alcuni erano lisi, o avevano gli orli sfilacciati, ma altri potevano benissimo passare per nuovi.

Attraverso la parete che dava sulla sala si sentirono risate di bambini, poi di nuovo il suono meccanico della musica.

Ting prese un abitino di seta rosa salmone. « Questo è bello. »

Jasmin sorrise « Sì, ma decisamente troppo attillato. »

« Trovi? » Ting si avvicinò e appoggiò il vestito contro il suo corpo, sfiorandole un fianco.

Jasmin sentì un desiderio che mai nessuno le aveva fatto provare. Forse la vita che era ancora in lei stava avendo la meglio. In quell'istante, i loro cuori erano fermi come pietre in una città illuminata sotto una cupola di vetro riempita da un turbinio di neve.

Era morta, ma un calore di brace si spandeva nel suo corpo. Le gambe faticavano a reggerla. Era come se fosse tornata adolescente e stesse nuotando nuda nel lago, al chiaro di luna, insieme al suo primo ragazzo.

« Verrai a cercarmi, quando saremo tornati indietro? » le chiese Ting.

« Sì », rispose Jasmin, sfiorando la perla che gli pendeva dal lobo.

Ting sorrise. « Balle. »

« Il ballista sei tu. »

« Sempre l'ultima parola. »

«Ma va'.» Lo baciò delicatamente.

«Jasmin, io...»

«Abbiamo fatto qualcosa di sbagliato?» chiese lei, arretrando di un passo.

Lui arrossì. «Non lo so.»

«Sei molto giovane.» Jasmin sorrise e lo vide arrossire ancora di più. Gli prese una mano, se la posò contro una guancia e lo guardò negli occhi. Lo superava in statura di una buona decina di centimetri. Lentamente, la mano di Ting le scivolò dietro la nuca. Lei si chinò in avanti e lo baciò di nuovo sulla bocca, con delicatezza. «Facciamo quello che ci pare», bisbigliò contro le labbra di lui. «Siamo adulti... morti, oltretutto.»

«Non del tutto», mormorò lui.

«Già, infatti. Come mai tutti dicono che siamo morti?»

«Perché sono bugiardi.»

Si baciarono e Jasmin aprì la bocca per accogliere la lingua calda di lui. Il suo corpo formicolava di desiderio. Il cuore di Ting batteva forte contro il suo.

«Qui quasi tutti perdono i colori», disse lui, fissandola intensamente. «Tu, invece, sei uno splendore: i tuoi capelli rossi, la tua pelle, quei puntolini...»

«Lo sai perché mi vengono?»

Ting rise, poi si fece serio. La cicatrice che gli attraversava l'occhio sinistro si era fatta più scura. All'interno delle sue pupille nere fluttuava il volto di Jasmin. «Non sono sicuro di volerlo fare.»

«Perché?» chiese Jasmin.

«Perché tu fai la stupida.»

«E se diventassi più gentile?» bisbigliò lei, tentando di sbottonargli i jeans.

«Non lo diventerai.» Ting le afferrò i polsi e le allontanò le braccia, ma senza troppa convinzione.

«Hai ragione, ma lo faremo lo stesso.» Jasmin sentì il calore morbido dentro al grembo.

«No.»

Con le guance che avvampavano, Jasmin liberò le mani e riprese ad aprirgli la patta. I pantaloni erano stretti, la tela era tesa. Il secondo bottone era impigliato in un groviglio di fili.

« Cosa fai? » mormorò lui, allontanandole nuovamente le mani.

« Tento di sedurti, ma senza troppo successo, a quanto vedo. »

« Perché vorresti fare l'amore con me? » le chiese lui, con voce nuda.

Ma ormai Jasmin si era arresa a quell'idea e sapeva che non sarebbe riuscita a fermarsi. Voleva farlo, voleva stare con lui, sentirlo dentro di sé.

Ting si sfilò la maglietta e la gettò su un vecchio divano di velluto a coste. Il suo corpo era giovane e bello, con il ventre piatto e il petto glabro.

Jasmin si sentì attraversare da un improvviso imbarazzo nel togliersi le mutande. Era un'esperienza troppo forte. Non era mai stata timida, lei. A differenza di molte altre cose, il sesso le era sempre riuscito facile. Eppure stavolta era diverso. Il battito del suo cuore era troppo rapido. Non capiva il perché di quel fortissimo desiderio di lui.

Ting le accarezzò il seno da sopra il vestito e le baciò il collo. La piastrina scivolò di lato. Jasmin, ansimante, lanciò un'occhiata verso la porta chiusa. Ting raggiunse il capezzolo sotto il tessuto sottile, vi richiuse le labbra morbide intorno e bisbigliò qualcosa, la baciò un'altra volta e la guardò con quei suoi occhi scuri.

Jasmin tentò nuovamente di aprirgli la patta, ma le tremavano le mani e le scappava da ridere. « Il bottone si è impigliato in... »

Provò lui, disse qualcosa che lei non sentì, poi tirò il tessuto fino a far scricchiolare la fila di bottoni.

Jasmin sollevò delicatamente il vestito sopra i fianchi, se lo sfilò, poi nel bagliore rosato osservò Ting che tentava di sfilarsi una gamba dei pantaloni ormai rivoltata.

Dal teatro delle bambole arrivava una musica di campanelle.

Jasmin si sedette sul divano, strinse le cosce e sentì il calore rovente e scivoloso dentro di sé. « Dai, vieni », disse sottovoce. Infilò una mano fra i cuscini e sentì la polvere e la sabbia che si erano depositate sul fondo. Vedendo Ting avanzare verso di lei, pensò che forse avrebbero dovuto aspettare, ma si appoggiò ugualmente allo schienale e divaricò le gambe fino a tendere i muscoli delle cosce, facendo cadere un cuscino.

Sentì su di sé il peso di lui, il calore della sua pelle e i palpiti rapidi. Con un sospiro, lo accolse.

Tutto il suo corpo vibrava. Stava già per venire, così lo tenne fermo finché non si fu acquietata.

Quando mollò la presa, Ting cominciò a spingere e Jasmin tentò di muovere il bacino allo stesso ritmo, ma lui aveva troppa fretta.

« Piano », bisbigliò lei.

Ting ansimava contro la sua guancia. Continuò più lentamente e Jasmin sentì il sudore sulla schiena di lui, non riuscì più a trattenersi e chiuse gli occhi, lasciandosi cadere nel godimento.

43

Un'ora dopo, Marta teneva aperta la porta per far entrare Jasmin nell'anticamera dell'aula del tribunale. Dante era già seduto ai banchi insieme a Grossman, Pedro ed Erica, mentre Ting aveva preso posto nel gabbiotto per gli interpreti.

« Il processo comincia fra tre minuti », bisbigliò Marta, seguendola.

Seduto su una seggiola accanto alla porta c'era un uomo molto anziano dalle gambe magre, forse un custode. Alle sue spalle, fissato al muro, c'era un telefono in plastica ingiallita con il cavo staccato e avvolto tutt'intorno. Le pareti erano nude, a parte un ritratto impolverato di Mao Zedong e uno specchio con una cornice di legno. In un angolo c'era un armadio senza ante, che conteneva una damigiana e tre bicchieri.

Marta aiutò Jasmin a sfilarsi il cappotto, arretrò di un passo e la fissò a occhi sgranati. Le sue pupille erano isole nere in un lago scuro. « Sei bellissima », mormorò.

Jasmin sorrise « Mi sembra di essermi vestita per il ballo della scuola con qualche anno di ritardo. »

Quando aveva trovato quell'abito nel magazzino dei costumi, era nuda e Ting era ancora steso sul divano in velluto a coste. Era un vestito lungo e attillato, in seta azzurro polvere, leggermente cangiante. Quando l'aveva provato, aveva sentito un vago profumo di acqua di colonia rimasto nel tessuto.

« Attiri l'attenzione, e questo è un bene », disse Marta.

« Sicura? »

« Certo. Su cento processi, c'è al massimo un membro della corte che alza lo sguardo. Qualunque cosa li spinga ad ascoltarti è ben accetta. »

Il parquet consumato scricchiolò sotto i passi di Jasmin, che andò allo specchio per guardarsi. Il vestito sembrava fatto su misura per lei. Le spalline erano appena due fili lucenti sulle sue spalle lentigginose. Il tessuto le fasciava il tronco e i fianchi facendola sembrare più magra e meno muscolosa.

« Wǔ Wáng è già in aula, con quattro ingegneri che portano avanti la sua causa », spiegò Marta, lanciando un'occhiata alla porta.

« Ma il mio difensore dov'è? Non dovevano assegnarmene uno non appena fossi arrivata qui? »

« Tadàaa! » canticchiò il vecchietto sulla seggiola. Prese un bastone e si alzò sulle gambe malferme, urtando con la testa il telefono fissato alla parete. « Una volta, questa stanza era una sala da biliardo », disse con voce rauca. « Ma a quei tempi c'era una scala sul retro, per i gran signori del Comitato Centrale. »

« Ma almeno ce l'ha, una laurea in legge? » chiese sottovoce Jasmin.

« Non gli occorre », rispose Marta. « Io posso essere presente come consigliera, ma non posso difenderti, proprio perché faccio parte del Corpo dei Giurisperiti. Se come difensore scegli un avvocato, dimostri di non credere di essere nel giusto. »

Lentamente, il vecchietto si avvicinò a loro e guardò Jasmin socchiudendo gli occhi dietro le enormi lenti. « Mi si dice che il processo incomincia oggi », disse, tendendole una mano ossuta e chiazzata.

Jasmin gliela strinse, sorridendo. « Già. »

« Sono Dǒng Hónglì, dottore in scienze politiche. »

« Jasmin Pascal-Anderson. »

Il vecchietto si mise una mano a coppa dietro all'orecchio per sentire meglio, poi annuì. « Sì, sì, anch'io avevo una Cadillac, da giovane. »

« No, io mi chiamo... »

« Ma sì, lo so, scherzavo », rise Dǒng Hónglì, accarezzandole una guancia. « Sarò anche vecchio, ma non fino a quel punto. »

Le ampie finestre alle loro spalle erano coperte da una patina giallastra di polvere, che dava un aspetto malaticcio al crepuscolo.

« Come pensa di procedere? » chiese Jasmin, guardandolo negli occhi.

« Comincerei con l'udienza, qui in aula, poi una birretta, una cena e una partita a *májiàng* con la mia dolce metà. »

« Io parlavo del processo. »

«Ah, quello? Semplice: un po' di convenevoli, poi farò in modo che il giudice la interroghi sul motivo per cui contesta la decisione del ministero dei Trasporti, così lei potrà alzarsi in piedi e spiegare come sono andate le cose.»

«Ed è un buon giudice, secondo lei?» chiese Jasmin, di nuovo nella morsa dell'angoscia.

«Un uomo giusto, a detta di molti. Passa le giornate in tribunale a lottare contro la Triade.»

«Buono a sapersi.»

«E ha un cuore...» Dǒng Hónglì sorrise. «Be', so che anni fa era talmente innamorato di una ragazzina da prendere la sua saliva, mescolarla con il miele e berla come medicina.»

Jasmin udì un rumore di persone che si sedevano in aula e si costrinse ad abbassare lo sguardo sul parquet consumato, su una poltroncina imbottita dalla seduta affondata e con la fodera lacera, sullo schienale crepato della seggiola e sulle particelle di polvere che luccicavano nell'aria ferma.

«Jasmin? Ce la farai», disse Marta. «Abbiamo passato in rassegna tutto quanto, sai cosa fare. Devi essere cortese, raccontare cos'è successo a tuo figlio, attenerti alla verità... e tenere a mente che le emozioni li imbarazzano.»

«È già ora?» chiese Jasmin, avvertendo un senso di nausea.

«Entriamo prima noi. Poi, dopo una ventina di secondi, raggiungici.» Marta aprì la porta, lasciò passare per primo il vecchietto, lanciò un'occhiata a Jasmin, poi lo seguì. La porta si richiuse alle loro spalle. Il brusio in aula cessò, ma si sentirono ancora gli scricchiolii dei sedili.

Jasmin attese per quelli che le sembrarono venti secondi, respirando lentamente. Poi contò fino a dieci, drizzò la schiena, sollevò il mento e aprì la porta.

La seta del vestito era fredda e le accarezzava il corpo. Mentre avanzava a passi lenti, sul tessuto si sparse un luccichio gelido.

Appese a un gancio sulla parete c'erano le cuffie per la traduzione simultanea. Jasmin le prese e continuò a camminare.

La grande aula ricordava certi tribunali dei Paesi dell'Est negli anni Sessanta: tappeti grigi, altoparlanti ingialliti lungo le pareti, posacenere in ottone sui braccioli.

Jasmin scorse Dante seduto in prima fila tra Grossman ed Erica, ma si concentrò solamente sulla propria camminata, mentre scendeva la passerella inclinata verso il giudice e i quarantadue membri della corte. Oltrepassò un cartellone con una ventina di regole in inglese e cinese: *Vietato portare in aula alimentari con gusci. Vietato parlare ad alta voce. Vietato fotografare.*

Il pubblico era sparso fra i sedili e cominciò a mormorare nel vederla comparire davanti al podio.

Ting era già seduto nel gabbiotto per gli interpreti chiuso da un vetro zigrinato e lucido nel quale si rifletteva il bagliore delle luci sul soffitto. Emise un flebile fischio, che Jasmin sentì nelle cuffie.

L'illustre e dotto giudice attendeva, con volto rigido e palpebre pesanti, ma non le toglieva gli occhi di dosso, e Jasmin se ne accorse. Marta e Dǒng Hónglì erano seduti dal lato dell'accusatore. Jasmin proseguì fino al suo posto, rallentando a bella posta il passo. Le sfumature opaline del vestito gettavano tinte lucenti tutt'intorno.

Marta le indicò il sedile, ma Jasmin rimase in piedi ed esplorò con lo sguardo l'aula. I quarantadue membri della corte sembravano un'orchestra sinfonica senza strumenti, tutti incuranti del processo, nessuno pareva essersi accorto del suo ingresso. Wǔ Wáng era seduto al suo posto, con il completo ben stirato, i quattro ingegneri al suo fianco, e la piastrina lucida di Dante appesa al collo, in bella vista.

« Resti in piedi ancora un pochino », bisbigliò Dǒng Hónglì.

Il giudice continuava a fissarla. Aveva i capelli bianchi come piume d'oca, gli occhi scuri e un volto serio e rugoso. Sul lato anteriore del suo tavolo era appesa una striscia di seta con scritto: LA RIVOLUZIONE NON È UN PRANZO DI GALA, in cinese e in inglese. « Tutt'altro che tradizionale », disse finalmente, rivolto a Jasmin. « Ma abbastanza incantevole da farmi ripensare a Macao. » Fece un sorriso, ma subito lo cancellò e con un gesto la invitò a prendere posto.

Tutt'a un tratto, cinque o sei membri della corte si voltarono a guardarla. Una penna cadde a terra e rotolò via. Jasmin fece un cenno di ringraziamento al giudice e andò a sedersi.

« Come ha fatto a dare ai capelli una tinta così intensa? » chiese il giudice, sporgendosi in avanti.

« Sono rossa naturale », rispose Jasmin.

Ora i membri della corte che la guardavano erano circa una

quindicina. Marta posò una mano su quella di lei, come per invitarla a moderarsi, ma Dǒng Hónglì sembrava soddisfatto.

L'illustre e dotto giudice si alzò e tirò leggermente la giacca, che sembrava quella di un'uniforme, fino a coprire la pancia prominente, poi si rivolse alla corte. « Non traggo alcun profitto da questa causa, né vi è conflitto d'interessi », disse, con il tono di chi snocciola una frase imparata a memoria. « Non sono prevenuto verso nessuna delle due parti, non conosco l'accusatrice né l'accusato, non ho truccato i pesi della bilancia, non mi sono mai dato al gioco d'azzardo né alle scommesse, non sono altro che un servitore del tribunale. » Si sedette nuovamente, annotò qualcosa su un foglio, poi si voltò verso Dǒng Hónglì.

Il vecchietto si alzò immediatamente e batté le palpebre dietro agli occhiali. « Wǔ Wáng ha sfidato il bambino e ha vinto il suo visto », esordì, schiarendosi brevemente la gola. « E la cosa è pienamente legittima, ci sono testimoni, tuttavia la mia cliente contesta lo scambio, dal momento che concerne un minorenne appena arrivato, che non ha ancora compreso il valore del proprio visto. »

« È bravo », le disse all'orecchio Marta.

« Ma dovrà almeno dire che io sono la madre », rispose Jasmin sottovoce.

« L'accusatrice vuole aggiungere qualcosa? » chiese il giudice.

« Di' che Dǒng Hónglì parla per tuo conto », bisbigliò Marta.

« Dǒng Hónglì parla per mio conto. »

« Devi alzarti in piedi », le disse Ting, dalle cuffie.

Il giudice sorrise. « Non ho sentito che cos'ha detto la Quinta Grande Bellezza. »

44

Quando Jasmin Pascal-Anderson si alzò, nella grande aula del tribunale calò il silenzio. Il tessuto freddo le premeva contro il torace a ogni respiro. Il suo sguardo passò fra il pubblico sparso e i quarantadue membri della corte, Wǔ Wáng e i suoi quattro ingegneri. Ting era ancora seduto nel gabbiotto, con microfono, carta e penna. Nonostante il riflesso delle lampade, si distingueva la sua espressione determinata. Sui sedili più vicini a lei, Dante giocava con Erica, mentre Pedro e Grossman la fissavano.

« Dǒng Hónglì parla per mio conto », ripeté Jasmin.

« Ma è più piacevole posare l'occhio su di lei », disse il giudice.

Alcuni uomini ridacchiarono, ma Jasmin non riusciva a sorridere. Sollevò il mento, incrociò lo sguardo del giudice e lo fissò per qualche istante. « Non voglio essere scortese », disse. Inspirò, ma le tremava la trachea. « E il mio caso non va necessariamente considerato come un conflitto. È possibile che si tratti di un semplice malinteso? È senz'altro così, o perlomeno, io voglio credere che lo sia, perché... perché non è mia intenzione lanciare accuse verso Wǔ Wáng. Ma conosco Dante: è il mio bambino, il mio unico figlio... e so che non scambierebbe mai il suo visto con nessuno. Ecco perché ho contestato la decisione del ministero dei Trasporti. » Sentì un lieve crepitio nelle cuffie. Vedendo che il giudice la guardava con aria perplessa, capì di dover aggiungere qualcosa. « Dirò soltanto la verità », soggiunse, cercando aiuto negli occhi di Dǒng Hónglì.

« La mia cliente intende mettere in chiaro che confida nel Tribunale del Popolo », disse il vecchietto, con voce rauca.

« Confido nel Tribunale del Popolo », gli fece eco Jasmin, guardando nuovamente il magistrato. « E confido nell'illustre e dotto giudice e nei quarantadue membri della corte. »

« Racconti com'è arrivata qui », disse Dǒng Hónglì.

«Abbiamo avuto un incidente stradale appena fuori Stoccolma. Era la prima nevicata dell'inverno... Stavamo andando dal padre di Dante, ma non ci siamo mai arrivati. Siamo finiti qui.»

«Ci siamo passati un po' tutti», disse il giudice, con un luccichio agli occhi.

«Ci siamo risvegliati insieme, al centro termale, e siamo scesi al molo per farci rilasciare i visti. Dopodiché, ci siamo incamminati verso il Terminal, ma siamo stati attirati in una trappola.»

«La stanno ascoltando», bisbigliò Dǒng Hónglì, accanto a lei.

«La Triade ha rapito Dante... e ha tentato di uccidermi, in modo che nessuno potesse difenderlo.»

«Se la Triade avesse voluto ucciderla, ora non avremmo il piacere di vederla qui», disse il giudice, in tono amichevole.

«Hanno rapito mio figlio.»

Wǔ Wáng sorrise. «Certe volte chi arriva qui ha quest'impressione.»

Jasmin si accorse di avere un tremito alle labbra, ma non poteva permettersi di piangere. Dal silenzio che regnava in aula, capì che tutti i membri della corte l'avevano ascoltata.

«Adesso siediti», bisbigliò Marta.

«Li avrete visti anche voi», riprese Wǔ Wáng, con aria addolorata, rivolto ai giurati. «Genitori che arrivano al porto in cerca dei loro figli... Uno spettacolo straziante. Brancolano nel buio, talmente disperati da aggrapparsi al primo bambino che capita a tiro...»

«Ma cosa dice?» chiese Jasmin, confusa.

«Questo bambino non è il figlio che lei ha perso, ma...»

«Dante è figlio mio», lo interruppe Jasmin, incredula.

«È naturale che lei se ne sia convinta», disse Wǔ Wáng, serissimo.

«L'ho dato alla luce io, lo conosco meglio di chiunque altro», disse Jasmin, con voce tremante. «Non sa neanche dove ci troviamo, non è in grado di capire l'importanza del visto, crede che sia una collanina. È troppo piccolo per queste cose. Decisamente troppo piccolo. Ha capito solo che Wǔ Wáng gli ha dato un giocattolo... Quindi, se c'è giustizia, lo scambio deve essere annullato.»

Il più anziano degli ingegneri di Wǔ Wáng si alzò, si passò una mano sulla barba rada e grigia, poi cominciò a parlare. « Illustre e dotto giudice, onorati membri della corte... Io non ho intenzione di darmi alle civetterie o alle isterie. Questo è un tribunale, quindi cerchiamo di essere rigorosi. Tutti voi sapete che Wǔ Wáng è dedito a molte opere di carità nel quartiere popolarmente noto come Jìpín. È una zona pericolosa, ma piena di bisognosi. Wǔ Wáng stava rincasando dopo aver servito di persona millecento scodelle di minestra, quando ha trovato un bambino abbandonato sotto un telo di plastica, a ridosso del bazar... Un bambino sporco e molto assetato, che non mangiava da giorni e aveva bisogno... »

« È arrivato oggi, insieme a me », lo interruppe Jasmin.

« Quando andavo a scuola, ho imparato a tacere dinanzi alle persone più istruite di me », disse con arroganza l'ingegnere.

« Magari mi ricordo male, ma... » disse Dǒng Hónglì, senza riuscire ad alzarsi. « La Cina nord-orientale era molto industrializzata, ma... le scuole erano buone? »

Fra il pubblico molti risero guardando l'ingegnere, e diversi giurati sogghignarono.

« Prosegua », disse il giudice in tono severo.

« Wǔ Wáng stava andando a una riunione all'Ufficio pianificazione urbanistica, ma non aveva cuore di lasciare lì il bambino », riprese l'ingegnere. « Gli ha dato da mangiare e da bere, poi l'ha portato a casa sua, al sicuro. »

Jasmin ascoltò la crepitante traduzione di Ting e cominciò a tremare tutta, nel rendersi conto di aver sottovalutato Wǔ Wáng. L'uomo aveva scorto un'opportunità per tornare alla vita e aveva abbandonato ogni decenza.

« Wǔ Wáng ha spiegato al bambino come funziona questa città », continuò l'ingegnere. « Gli ha detto che se si vuole tornare indietro bisogna tenersi stretto il visto, ma se si preferisce restare qui lo si può scambiare o vendere... »

« Balle », lo interruppe Jasmin, alzandosi così bruscamente da sbattere la sedia contro il muro. « Sta dicendo un mucchio di balle... »

« Silenzio in aula », ordinò il giudice.

« Jasmin... » bisbigliò Ting dalle cuffie. « Calmati, altrimenti ti puniranno... »

« Dante è figlio mio! » insisté Jasmin. « E posso dimostrare che... »

« Silenzio! »

Wŭ Wáng fece un sorriso di rammarico, come se avesse previsto che Jasmin sbottasse e si rendesse ridicola. Abbassò lo sguardo su un foglio e alcune ciocche bianche sfuggirono alla chioma pettinata all'indietro, ricadendogli sulla fronte.

La corte cominciò a mormorare e uno dei giurati si alzò. Era un uomo alto e magro, con labbra sottili e screpolate e uno sguardo teso dietro gli occhiali. « La donna deve essere cacciata dall'aula e portata in piazza », disse con voce limpida.

« Chiedo perdono, non intendevo... »

« Portatela fuori », la interruppe il giudice. « Incatenatela al... »

Dŏng Hónglì fece per alzarsi, ma gli sfuggì di mano il bastone, che cadde a terra e rotolò finendo ai piedi dell'ingegnere che rappresentava Wŭ Wáng. L'uomo vide Dŏng Hónglì arrancare per sollevarsi dalla sedia e non ebbe scelta: la differenza d'età gli imponeva di raccogliere il bastone, avvicinarsi all'anziano e restituirglielo. Senza ringraziare, Dŏng Hónglì prese il bastone dalle sue mani, si alzò a fatica e cominciò a parlare. « Odo spesso lagnanze portate avanti con stizza femminile... Ma altrettanto spesso odo i discorsi dei giovani che s'insuperbiscono. Sono vecchio, ho avuto tutto il tempo per studiare la Costituzione... e mi pare di ricordare un articolo che sancisce il diritto di assistere al proprio processo. »

« Sì. » Il giudice annuì, prese un appunto, poi rialzò lo sguardo su Dŏng Hónglì.

« Mio figlio vuole tornare alla vita », disse Jasmin, tergendosi le lacrime. « Lo so per certo, ecco perché mi arrabbio tanto. »

« Anche la figlia del guardaconfini pianse, quando il principe di Qín la prese in moglie », disse il giudice, con un sogghigno lugubre. « Ma non appena poté dividere il talamo con lui si pentì di tutte le proprie lacrime. »

Diversi giurati applaudirono. La voce di Ting venne inghiottita da un fruscio. Jasmin vide il suo avversario agitare la mano in un cenno di saluto a Dante ed ebbe un moto di nausea: quell'uomo intendeva tornare alla vita nel corpo di suo figlio. Se avesse vinto la causa, negli occhi di Dante avrebbe luccicato lo sguardo mite di Wŭ Wáng.

« Ritira l'accusa di menzogna? » le chiede il giudice, in tono quasi benevolo.

Jasmin deglutì. « Sì, la ritiro. »

« In tal caso, diamo la parola a... »

« Ritiro l'accusa, ma... per rispetto verso il tribunale voglio comunque che sappiate che Wǔ Wáng mente. »

« Wǔ Wáng è un uomo molto stimato », ruggì uno degli ingegneri.

« E mente », disse Jasmin in tono pacato, anche se Marta le stava tirando il vestito per zittirla.

« Ho solo cercato di aiutare un bambino abbandonato », disse Wǔ Wáng.

« Lei mente », tagliò corto Jasmin.

45

Wǔ Wáng scostò alcuni documenti che aveva davanti a sé, si scosse di dosso la mano che uno degli ingegneri gli aveva posato sulla spalla per tranquillizzarlo, poi si alzò e sorrise. Aveva un viso stanco e pallido, ma lo sguardo era talmente affettuoso da mettere i brividi a Jasmin. Osservando il completo marrone, i capelli bianchi e il dito ossuto che puntava verso il soffitto, mentre Wǔ Wáng ribadiva il proprio rispetto per l'eterna tradizione del tribunale, Jasmin ebbe il forte sospetto che fosse proprio lui l'uomo che aveva intravisto nel vicolo scuro, quello che aveva impiccato il nonno della bambina. Il cuore prese a martellarle nelle orecchie. Era un assassino, in rapporti diretti con la Triade, ed era riuscito a ingannare tutti.

Wǔ Wáng drizzò la schiena e lasciò correre lo sguardo lungo la corte fino a soffermarsi sul giudice. Poi si voltò verso Jasmin e la piastrina di Dante dondolò al suo collo. « Signora, lei dice che porta rispetto al tribunale », disse Wǔ Wáng in tono pacato. « Eppure, in precedenza, ha dichiarato che chi si trova da tanto tempo in questa città non è in grado di comprendere la giustizia... La qual cosa può riferirsi al nostro giudice e ai quarantadue membri della corte. »

« No, questo è... »

« Non ha dichiarato che siamo solo 'ombre color piombo' in una città 'coperta di ceneri vulcaniche'? » Wǔ Wáng si passò un dito lungo la cravatta.

Jasmin aveva il volto in fiamme. Ricordava benissimo di aver detto quelle cose allo psicologo dell'ospedale, dopo che le avevano somministrato un calmante. Era inverosimile che Wǔ Wáng avesse assistito a quel colloquio. Eppure eccolo lì, a ripetere le sue parole esatte, davanti a tutti.

Il giudice la guardò negli occhi. « Davvero ha dichiarato questo? »

Jasmin represse l'impulso di negare. « Sì, però... »

« Si vergogni. »

Jasmin annuì e sentì i muscoli del collo indurirsi.

Dǒng Hónglì tentò di buttarla sul ridere. « In effetti, certe volte mi sento un po' plumbeo. »

« Ma di sicuro non un'ombra », disse Wǔ Wáng, passandosi una mano fra i capelli bianchi. « Noi esistiamo, se ci feriamo perdiamo sangue... e, senza il tribunale, in questa città regnerebbe il caos. »

« La mia cliente vuole ribadire il proprio rispetto verso il tribunale », disse Dǒng Hónglì.

« Il signor Wǔ può continuare », disse il giudice.

« Confesso di non capire dove posso aver sbagliato », riprese Wǔ Wáng, con un sorriso preoccupato, allargando le mani ossute. « Ho invitato nella mia umile casa un bambino abbandonato. C'erano già alcuni amici del Comitato, che stavano giocando a dadi in cucina... L'ho messo in guardia, ma lui non mi ha dato retta, voleva a tutti i costi giocare a Bluff a 21 con me... »

« Dante non sa giocare a dadi », lo interruppe Jasmin.

« Me l'ha insegnato papà », disse Dante.

« I minorenni non hanno diritto di parola in aula », spiegò il giudice.

« Dante non me l'aveva mai raccontato », rispose Jasmin.

« Ma come? Non diceva di conoscerlo meglio di chiunque altro? » obiettò all'istante uno degli ingegneri.

Jasmin sorrise. « Certo, e so che non è in grado di capire che cosa significa giocarsi il visto. »

« Eppure ha sottoscritto una certificazione », disse Wǔ Wáng.

Jasmin trattenne una risata. « Ma se non sa nemmeno come si scrive il suo nome? È assurdo! »

Un altro ingegnere aprì una cartelletta di pelle, ne sfilò un documento e lo tenne in alto per mostrarlo al giudice e a tutti i presenti. Jasmin si alzò, nonostante le tremassero le gambe, e si sentì avvampare: nell'angolo in basso a sinistra, sotto gli ideogrammi cinesi, una manina infantile aveva scritto: DANTE.

Avanzò di un passo verso suo figlio, ma dovette fermarsi per sorreggersi al tavolo. « Dante? »

« Già finito? » chiese il bimbo, tutto allegro.

« Non hai scritto il tuo nome sul foglio che...? »

« Sì, adesso sono capace », disse lui, raggiante. « Ho imparato a scrivere il mio nome... »

« Che bravo. » Jasmin si lasciò cadere sulla sedia.

« È il momento di concludere il processo », disse il giudice, senza nemmeno guardarla.

« Piange come una bugiarda che si è pentita e ammette la propria colpa », disse Wǔ Wáng.

I giurati scoppiarono a ridere. Jasmin batté le palpebre per scacciare le lacrime, poi sollevò il mento e si alzò di nuovo, ignorando le palline di carta che alcuni giurati le scagliavano contro la schiena. Con voce ferma e alta, riprese a parlare. « Voi non mi credete, ma sto dicendo la verità. Sono arrivata al molo insieme a mio figlio, ecco com'è andata. Mi è stato consegnato un documento che certificava che il bambino è sotto la mia responsabilità... ma mentre andavamo al Terminal siamo stati rinchiusi in un negozio e la Triade mi ha portato via Dante e anche il documento... »

Uno degli ingegneri levò cortesemente una mano per chiedere la parola. « Abbiamo verificato. Il bambino aveva un documento che certifica che era solo, quando è arrivato al molo, e... »

« Dante non ha ricevuto nessun documento! È a me che ne hanno dato uno, e c'era scritto che era sotto la mia responsabilità! » gridò Jasmin.

L'ingegnere di Wǔ Wáng mostrò un foglio molto simile a quello che le era stato rubato. « Questo è il certificato compilato dopo la pesatura », disse, con un sorrisetto. « C'è scritto molto chiaramente che l'amministratore del porto ha messo a registro che il bambino è arrivato da solo. »

« Non è vero! » strillò Jasmin, facendosi largo fino a raggiungere l'ingegnere e dandogli uno spintone in pieno petto. Ma l'uomo le assestò un ceffone che la mandò a sbattere contro il tavolo, facendo cadere a terra alcuni libri. Con la guancia in fiamme e un forte ronzio all'orecchio, Jasmin tornò dal giudice e sentì lacrime di rabbia sgorgarle dagli occhi. « Esigo che venga prelevata la copia carbone dal registro portuale. »

« Ce l'abbiamo già, naturalmente », disse l'ingegnere, posando davanti al giudice l'originale e la copia timbrata.

« Contraffatta anche quella », disse Jasmin. « Il mio interprete sa che il documento è stato consegnato a me. »

« Dagli atti non risulta che al porto sia stato ingaggiato un interprete. »

« No, mi sono rivolta a lui solo dopo. Costruisce barche presso il... »

« L'udienza è tolta », la interruppe il giudice.

« Dante! Diglielo, che sono la tua mamma! »

« I minorenni non hanno diritto di parola in aula. »

« Dillo! » urlò Jasmin.

« Sei la mia mamma », disse Dante, atterrito.

Il giudice si sporse dal tavolo. « Il processo è concluso », disse, serissimo. « Pur trovandomi in questa città da molti anni, sono convinto di agire secondo giustizia nel dichiarare corretta la decisione del ministero dei Trasporti. »

Jasmin era come paralizzata. Dante la fissava. Ting, ancora nel gabbiotto, si era coperto la bocca con una mano.

« Il Tribunale del Popolo ha deciso di respingere l'istanza », disse il giudice in tono equilibrato. « Lo scambio è avvenuto in piena correttezza e Wǔ Wáng resterà in possesso del visto del bambino. »

Wǔ Wáng rivolse a Dante un lungo sguardo affettuoso, con occhi lucidi e nostalgici.

Quest'uomo diventerà lui, pensò Jasmin. *È deciso: si sveglierà nel corpo di Dante dopo l'operazione. Diventerà mio figlio, mentre Dante verrà imbarcato e scomparirà per sempre.*

Ebbe una vertigine. Si sfilò le cuffie e le lasciò cadere a terra, mentre alcune guardie entravano in aula. Non riusciva a capacitarsi di ciò che era accaduto, continuava a deglutire per ricacciare indietro la nausea, aprì la bocca ma non riuscì a spiccicare parola. Marta, seduta accanto a lei, aveva il volto rigido, e Dǒng Hónglì scuoteva la testa. Nel gabbiotto, Ting si alzò. Guardandolo negli occhi, d'un tratto Jasmin ripensò al racconto di Lǐ Kūn, quello del generale che aveva detto che il tribunale del regno dei morti era ingiusto. « Il parco giochi... » mormorò.

« Prego? »

Senza fretta, Jasmin si voltò verso Wǔ Wáng, levò una mano e puntò un dito su di lui. « Voglio dirimere la questione al parco giochi. »

Esplose un brusio, accompagnato da un rumore di piedi e sedie. I giurati si alzarono e cominciarono a sbraitarsi in faccia a vicenda. Il bicchiere del giudice cadde e le schegge volarono in ogni direzione. Wǔ Wáng se la prese con uno dei suoi ingegneri e lo sbatté a terra.

Jasmin arretrò, raccolse le cuffie e le inforcò nuovamente. Sentì un forte crepitio, ma capì che Ting le stava dicendo di scappare.

Il pubblico se ne stava andando. Una donna incespicò nelle gambe di una sedia rovesciata. Dante corse da Jasmin e si strinse a lei, inumidendo la seta del vestito con il suo alito caldo.

Uno degli ingegneri di Wǔ Wáng tentò di uscire dall'aula ma venne fermato da una guardia. Jasmin lo vide tirare fuori alcune banconote e infilarle nel colletto della guardia.

Il giudice scrisse qualcosa su una lavagnetta, che poi girò verso l'aula. Le lettere della parola, in inglese, erano disposte su due colonne, a sinistra delle quali stavano gli ideogrammi cinesi:

遊 P G
樂 L R
場 A O
Y U
N
D

Il giudice resse la lavagnetta in modo che tutti potessero vederla, poi la posò nuovamente sul tavolo e facendo scattare in modo strano gli angoli della bocca si rivolse a Jasmin. « Lei è consapevole di ciò che ha appena detto? »

« Sì », rispose Jasmin, anche se in realtà non lo capiva affatto.

Entrarono altre guardie, che chiusero le porte dell'aula. Il pubblico, in preda al panico, si stava accalcando verso le uscite, lanciando urla rabbiose. Un uomo si prese una manganellata in faccia e barcollò, premendosi una mano contro la bocca. Il sangue filtrò fra le dita.

« Consapevole o meno, non fa differenza: una volta invocato il parco giochi, non ci si può più tirare indietro », disse il giudice in tono strano, senza guardarla.

Dǒng Hónglì, con il volto imperlato di sudore, si alzò posando le nocche contro il tavolo per sorreggersi.

Jasmin gli porse il bastone. « Che cosa devo fare? »

Dǒng Hónglì era talmente turbato da tremare. L'anziana moglie, Xīn, che finora era rimasta seduta in uno dei posti più vicini, si fece avanti e tentò di fargli bere una medicina da un flacone marrone.

« Conosco soltanto un caso, che risale a tanto tempo fa », disse Dǒng Hónglì con un filo di voce. « Entrambi i contendenti sono stati bastonati in piazza... e Toyoda non ha dato ragione all'altro finché non gli hanno cavato tutti e due gli occhi. »

« In origine, il parco giochi era noto come 'Il luogo dove cessa il gioco' », disse a gran voce il giudice.

« Devo fare a botte con Wǔ Wáng? » chiese Jasmin. La seta, ormai intrisa di sudore, le s'incollava alla schiena.

« Non si sa... Le regole cambiano di volta in volta », spiegò Dǒng Hónglì.

« Troveremo un cavillo a cui aggrapparci », bisbigliò Marta in inglese. « Andrà tutto a posto... »

« Nessuno si è servito del parco giochi sotto la mia giurisdizione, e neppure sotto il mio predecessore », riprese il giudice, accarezzandosi la barba con aria assente. « Ma le regole vengono stabilite dai nostri progenitori... perciò dobbiamo convocare Exu. »

46

Quasi tutti gli astanti erano tornati ai loro posti, nessuno gridava più, ma il pavimento era ancora cosparso di carte, schegge di legno e di vetro. Jasmin si sedette, prese Dante sulle ginocchia e raccontò di quand'era più piccolo e all'asilo aveva fatto un pupazzetto a forma di Babbo Natale, tutto stropicciato, con due crocette al posto degli occhi e una lunga striscia di ovatta a mo' di barba.

«Mi ricordo», le disse Dante all'orecchio.

Una delle porte si aprì e le guardie si fecero da parte per lasciar passare una donna molto anziana, che portava un vestito di seta gialla ricamato in oro. Camminava come se avesse i piedi sanguinanti. Jasmin capì all'istante che si trattava di Exu. Aveva un volto rugoso e scarno, senza sopracciglia, e in una mano reggeva un pesante involto di tessuto nero.

L'illustre e dotto giudice ebbe apena il tempo di liberare il tavolo dalle carte. Exu vi posò l'involto e lo dispiegò come una tovaglietta, rivelandone il contenuto. Spostò un pacchetto di Marlboro e accese un grosso cero.

Dante si lasciò scivolare giù dalle ginocchia di Jasmin per vedere meglio, ma lei lo tenne per un braccio e, con ansia crescente, osservò l'anziana donna che continuava a parlare con il giudice mentre metteva in ordine gli oggetti come in un rituale quotidiano. Aveva un sorriso civettuolo e una voce bassa e chiara, con un tono bizzarramente monocorde.

«Non ci capisco quasi niente», disse Ting dalle cuffie. «Parla un dialetto stranissimo... ma sta dicendo che il parco giochi esisteva già prima della dinastia Shāng...»

La vecchia dispose in successione sette oggetti concavi, poi li capovolse e raddrizzò distrattamente la fila.

«I gusci di tartaruga», bisbigliò Marta.

Exu prese sette asticelle fuligginose con piccoli manici di legno scuro, le appoggiò a una custodia per occhiali e cominciò a riscaldarle alla fiamma del cero.

« Sta dicendo che i progenitori fissano le regole secondo il Libro dei Mutamenti », spiegò Ting. « Sarebbe un antico testo che... be', in realtà non so... »

Le sette asticelle, ormai roventi, brillavano come una piccola costellazione arancione.

Marta sembrava sforzarsi di mantenere la calma, dondolava il busto e teneva le mani fra le cosce.

Exu prese la prima asticella. Non appena toccò il guscio di tartaruga, la punta incandescente emise un crepitio.

« Sta interpretando le incrinature del guscio », bisbigliò Marta.

La vecchia posò l'asticella su un foglio di alluminio spiegazzato, poi osservò l'incrinatura, con un movimento quasi sgarbato capovolse il guscio e mormorò qualcosa.

« Come i mesi nel ventre della donna », tradusse Ting.

« Nove per squadra », proclamò il giudice.

« Squadra? » chiese Jasmin in tono squillante.

« Lei combatterà insieme ai suoi rappresentanti. » Il giudice sorrise arricciando il labbro superiore e mostrando gli incisivi.

« Ma ne ho solo uno, che peraltro... »

« C'è anche la donna », la interruppe il giudice, puntando un dito verso Marta.

« Mi dispiace, ma non posso », disse Marta, alzandosi. « Ho famiglia, e poi non c'entro niente con... » S'interruppe. Le sue labbra sbiancarono e parve sul punto di svenire. Pedro strinse Erica a sé.

« Non mi serve nessun aiuto », disse Jasmin. « È una questione fra me e Wǔ Wáng. »

« Attenda », disse in fretta il giudice.

« Troveremo un accordo, io e lui da soli. È... »

« Silenzio! » la interruppe sgarbatamente il giudice.

Exu procedeva senza sosta. Aveva già messo da parte il secondo guscio di tartaruga e stava sfiorando il terzo con un'altra asticella, che emise uno schiocco. Lo osservò, lo capovolse, borbottò qualcosa, poi scosse il pacchetto di Marlboro fino a farne uscire una sigaretta. La accese alla fiamma del cero e prese una profonda boccata.

« Fuma! » bisbigliò Dante.

Exu avvicinò una nuova asticella al guscio successivo, che emise un crepitio e un sottile filo di fumo. Lo capovolse e poi parlò, facendo sobbalzare la sigaretta fra le labbra.

« Non vogliono », tradusse Ting.

« Chi? Cos'ha detto? »

« Niente regole », disse il giudice. Sembrava che avesse il fiato corto.

« In che senso? » chiese Jasmin. « Senza regole, come si fa a decidere chi vince? »

« Lascia che si tenga il visto », la implorò Marta.

« Non posso. » Jasmin trasse Dante a sé.

« Troppo tardi », disse Dǒng Hónglì. « Se non ci sono regole, l'unico modo per vincere è uccidere Wǔ Wáng e tutta la sua squadra. »

« Ma è una follia », sibilò Jasmin.

Marta se ne stava seduta con le braccia intorno al busto, piagnucolando. Jasmin tenne Dante contro le proprie gambe, nascondendogli il viso fra le ginocchia.

« E Wǔ Wáng, per tenersi il visto del bambino, deve uccidere noi », riprese Dǒng Hónglì.

« Non posso », disse Marta con un filo di voce.

« Io sì », rispose a bruciapelo Jasmin. « Mi batto io, voi due state in disparte. Ce la farò. »

Il giudice si avvicinò a lei e, con un'espressione quasi affettuosa, puntò un dito verso la nuca di Dante. « Il bambino fa parte della sua squadra. »

« Come sarebbe a dire? » sbottò Jasmin, scostandogli la mano. « Non può! »

Il giudice fece un sorrisetto nervoso. « Benvenuta al parco giochi. »

Lei si alzò e fece per spintonarlo, ma le guardie accorsero e lo allontanarono. Jasmin si prese una violenta manganellata al braccio, che andò a sbattere contro il tavolo. « Ma ha solo cinque anni! » strillò con voce rotta. « Non ha fatto niente di male! »

« Mamma! » pianse Dante.

Ting uscì dal gabbiotto. Aveva le guance arrossate.

Jasmin aveva un dolore pulsante al braccio e non sentiva più le dita. « Faccia qualcosa! » gridò a Dǒng Hónglì.

Ma il vecchio stava già mostrando al giudice un paragrafo di un vecchio codice. « Non è consentito coinvolgere i minori di anni... »

« Siamo al di là della legge », ruggì il giudice, strappandogli di mano il libro, che cadde pesantemente a terra, si spaccò lungo la costa e si divise in due.

« Aspettate! » gridò Ting, facendosi largo fra due guardie. « Prendo il posto del bambino. »

Il giudice scosse la testa, altre guardie li circondarono e spinsero Jasmin verso Dante.

« Vuole fare cambio », disse Jasmin.

« No », rispose il giudice. « Ma può far parte della squadra e... »

« Dante resta fuori », insisté Jasmin, alzando la voce.

« Faremo ricorso », disse Dǒng Hónglì, con voce malferma.

Exu mise l'ultima asticella a contatto dell'ultimo guscio. Si sentì uno schiocco, poi un pigolio, infine il silenzio. La vecchia capovolse il guscio, lo spinse con un dito, borbottò qualcosa, poi cominciò a raccogliere tutti gli oggetti.

« No, no, no », mormorò Marta.

Le guance rugose del giudice si fecero paonazze. Indicò l'anziana moglie di Dǒng Hónglì e anche Grossman. « Sei e sette. » Poi puntò il dito verso Pedro ed Erica. « Otto e nove. Squadra completa. »

Marta emise un grido angosciato, si portò una mano alla gola, avanzò di un passo ma mise il piede in fallo e cadde battendo un ginocchio.

« Uccideranno i bambini? » chiese Jasmin a gran voce, rivolta a tutta l'aula. « Permetterete che uccidano i bambini? »

47

Stavano nella grande piazza, al buio, un gruppetto radunato in uno spazio deserto fra edifici enormi. In lontananza s'intravedeva il Terminal di Cabotaggio. Tirava vento, l'aria produceva un risucchio agli angoli delle strade. Jasmin non osava guardare Marta; cinse le spalle esili di Dante e gli disse all'orecchio che non c'era nessun pericolo. Dietro di lei, Erica singhiozzava. Il sudore aveva reso la seta del vestito fredda e sgradevole.

Il giudice e la corte avevano preso posto a un lungo tavolo. Ai margini della piazza si erano raccolti alcuni spettatori.

C'era un silenzio riverberante, legnoso, come in riva a un lago appena prima di un temporale.

Dǒng Hónglì e sua moglie Dǒng Xīn stavano parlando con Ting e Grossman, tentando di capire se avessero diritto a chiedere due giorni per prepararsi, e se quel tempo bastasse a trovare precedenti giudiziari.

Wǔ Wáng era seduto su una poltrona a fiori che qualcuno aveva portato in piazza. Parlava in tutta calma con i membri della sua squadra. Alcune ciocche bianche sventolavano all'aria. Oltre ai quattro ingegneri, aveva portato con sé la francese, che si era presentata come Colette Darleaux. Tre dei suoi uomini sembravano militari di professione. Jasmin ne riconobbe due: li aveva visti al ministero dei Trasporti. Erano molto robusti e biondi, sembravano fratelli e fra di loro parlavano olandese. Il terzo veniva probabilmente dall'India. Aveva spalle larghe, braccia muscolose e inclinava la testa da un lato all'altro, come per prepararsi al combattimento.

Ting si avvicinò a Jasmin e si grattò un'ascella. Aveva un'aria stanca e triste.

« E adesso che cosa succede? » chiese lei.

« Pare che non lo sappia nessuno. »

« Se si arriva allo scontro fisico, non vinceremo mai », mormorò Jasmin.

« Non mi fanno paura », disse Grossman.

« Dǒng Hónglì sembra credere che si possa ricorrere in appello », intervenne Ting.

« Allora sarebbe il caso di farlo subito. »

Dǒng Hónglì prese per mano la moglie e si avvicinò. « Chiederò due giorni per ricerche negli archivi del tribunale. Troverò un precedente che non potranno ignorare. »

« Ha già parlato con il giudice? » chiese Jasmin.

« Conoscevo il suo predecessore. Non che fossimo amici, ma si sa che ho lavorato come archivista per tanti anni... C'è un corridoio sotterraneo che parte dall'archivio maggiore, a cinque quartieri da qui, e che arriva fino al vecchio tribunale. » Dǒng Hónglì indicò la sede del Comitato per l'Ispezione Disciplinare.

« Gliene parli, faccia tutto quello che può », lo implorò Jasmin.

« Lo farà mia moglie. Sta solo aspettando il momento più opportuno », spiegò Dǒng Hónglì senza perdere la calma.

Gli astanti si fecero inquieti. Il giudice si alzò, si sistemò la giacca e perlustrò con lo sguardo l'intera piazza. « Nove membri per squadra », esordì. La sua voce riecheggiò tra gli edifici.

Jasmin osservò gli avversari. Wǔ Wáng era ancora seduto a sgranocchiare semi di girasole e a chiacchierare amabilmente con gli olandesi, uno dei quali era intento a frantumare un dolce al cioccolato e mangiarselo un pezzetto alla volta. Nella loro squadra, gli unici anelli deboli erano l'ingegnere più anziano e forse Colette Darleaux.

« Questo è il parco giochi », riprese il giudice, allargando le braccia.

Non possiamo batterci con loro, pensò Jasmin, con terrore crescente. *Non avremmo scampo.* Nella sua squadra, oltre a lei, c'erano due vecchietti, due bambini, una donna e tre uomini, ed era altamente improbabile che qualcuno di loro fosse ben allenato ai combattimenti.

« Il gioco avrà termine soltanto con la morte di tutti i membri di una squadra », disse il giudice. « E questa è l'unica regola. Non ce ne sono altre. »

Dǒng Xīn si raddrizzò gli occhiali tondi, si lisciò frettolosamente la camicetta e, a piccoli passi e a testa alta, cominciò a camminare verso il giudice. Un tuono rombò in lontananza.

Pedro cingeva con le braccia Marta e Erica. Aveva il volto terreo, solcato da occhiaie profonde.

Colette Darleaux si passò una mano fra i capelli corti e disse qualcosa. Wǔ Wáng si alzò dalla poltrona e s'incamminò verso il giudice e Dǒng Xīn. Dǒng Hónglì si schiarì la gola e osservò la moglie, che si era appena piazzata davanti al giudice accennando un inchino cortese. Colette con uno sguardo stranamente spaventato, osservò Wǔ Wáng che si avvicinava al tavolo della corte.

La campana del Terminal batté un rintocco.

Uno degli ingegneri, un uomo nerboruto con il volto chiazzato da melasmi, comprò da una spettatrice un piatto di fagioli in salsa di pomodoro.

« Non hanno detto quando si dovrebbe cominciare? » chiese Marta.

« Io credo che sia già cominciata », rispose Jasmin a bassa voce.

Dǒng Xīn fece un altro inchino e, sorridendo, presentò la sua richiesta, ma il giudice sventagliò la mano come per scacciarla. Wǔ Wáng, che li aveva raggiunti, senza esitazioni piantò un coltello nel ventre di Dǒng Xīn. Ambedue rimasero immobili. Wǔ Wáng aveva gli occhi lucidi, quasi affettuosi. Jasmin arretrò lentamente insieme a Dante. Lì per lì, credette di aver visto male. Dǒng Xīn tentava ancora di sorridere ma, non appena si mosse, un sottile getto di sangue zampillò sul volto pallido di Wǔ Wáng.

« Dobbiamo fuggire », disse Jasmin senza mezzi termini.

Wǔ Wáng prese per la gola l'anziana donna, sfilò il coltello e disse qualcosa. Dǒng Xīn premette le mani contro la ferita, mentre il sangue ne usciva a fiotti.

Jasmin ebbe il tempo di vedere che il coltello era in realtà la lama di una baionetta, accorciata di una buona metà. Il sangue colava lungo il solco longitudinale nell'acciaio e gocciolava a terra.

Senza mollare la presa sulla gola di Dǒng Xīn, Wǔ Wáng le vibrò due pugnalate al petto. La lama penetrò in profondità. Insieme barcollarono di lato e Dǒng Xīn tese di scatto un braccio per tenersi in equilibrio, colando sangue dalle dita.

La battaglia era incominciata. Erano già nel parco giochi.

Gli spettatori gridarono e d'istinto indietreggiarono. Jasmin cercò con lo sguardo una via di fuga. Wǔ Wáng, invece, rimase dov'era. Diede un'altra coltellata al petto di Dǒng Xīn, poi mollò la presa e arretrò di qualche passo. La donna stramazzò a terra, tentò di rialzarsi e guardò Wǔ Wáng, che con un sorriso assente le disse qualcosa.

A Jasmin fischiavano le orecchie. Le sembrava di essere di nuovo in Kosovo.

Dǒng Hónglì andò verso la moglie, ma si muoveva a scatti, come un automa. Uno degli olandesi lo vide e si diresse a gran velocità verso di lui, celando un machete su un fianco.

« Aspettate! » gridò Jasmin.

Ting raggiunse Dǒng Hónglì e lo trattenne. L'olandese con il machete si fermò e li guardò con aria trasognata.

« Restate uniti! » disse Jasmin.

« Vogliono farci fuori tutti quanti! » esclamò Grossman.

Indietreggiarono, e alcuni curiosi si fecero da parte. Ting trascinò con sé Dǒng Hónglì, che era sotto shock e faceva discorsi sconnessi. Erica inciampò e cadde, ma Pedro la prese in braccio e la portò con sé. Jasmin la sentì piangere perché si era sbucciata un ginocchio.

48

Jasmin teneva stretto Dante, pensando a come procurarsi un'arma. Lanciò un'occhiata alle proprie spalle e vide la moglie di Dǒng Hónglì carponi, con il sangue che le usciva a fiotti dal petto e le colava lungo le braccia e il mento. Wǔ Wáng le aveva sollevato il vestito, cosicché il fondoschiena era esposto alla vista degli ingegneri.

«Dobbiamo trovare un nascondiglio!» gridò Jasmin.

«Siamo in una piazza», rispose Pedro. «Non c'è nemmeno un posto in cui...»

«Nessuno ci obbliga a stare qui», lo interruppe lei. «Non capite? Non ci sono regole. Dobbiamo andare via da questa piazza, dobbiamo...»

«Arrivano!» strillò Marta, atterrita.

Tre degli uomini di Wǔ Wáng venivano verso di loro. Alcuni spettatori scoppiarono a ridere. Jasmin arretrò, trascinando con sé Dante e sollevando il vestito per non incespicare. «Correte alla sede del Comitato per l'Ispezione Disciplinare», gridò. «C'è una galleria che parte dal sotterraneo.»

«Mamma!» gridò Erica piangendo.

«E se non ce la faccio a correre?» chiese Dante, spaventato.

«Allora mi fermo e ti proteggo, stai tranquillo. Ma dobbiamo provare a scappare», disse Jasmin, in tono risoluto.

Il pubblico si fece da parte, mentre loro correvano verso l'edificio buio. Gli spettatori li osservavano con timoroso sbalordimento. Grossman sbraitò qualcosa e la fila di guardie si aprì per lasciar passare lui e la famiglia di Marta.

Dante ebbe un accesso di tosse e dovette fermarsi. Inspirò profondamente ma riprese a tossire. Ting e Dǒng Hónglì passarono oltre. Jasmin si voltò e vide che i tre uomini avevano accelerato il passo. Due di loro erano armati di machete, il terzo stringeva qualcosa che sembrava un raffio.

Jasmin prese per mano Dante e fece per rimettersi a correre, ma quattro guardie le si pararono davanti e una di loro le disse qualcosa in cinese.

« Non ci sono regole! » protestò Jasmin. « Nessuno ci costringe a restare qui. »

Ting tornò sui suoi passi e la raggiunse.

« Che cosa vogliono? » strillò lei. « Che cosa stanno dicendo? »

« Che sul *dàzìbào* del Terminal di Cabotaggio è stata pubblicata la tua foto. »

« Non adesso! » ansimò Jasmin. « Non si può, non posso... Oh, Dio... »

Una guardia l'afferrò per l'avambraccio. Lei si divincolò, trascinando Dante con sé, ma la bloccarono nuovamente. Ting tentò di fare da intermediario, ma venne spintonato via.

« Resto qui! » gridò Jasmin. « Decido di restare! Diglielo! »

Una guardia sbraitò qualcosa e le spinse il manganello contro il petto. « Deve venire con noi. »

Dante, spaventatissimo, si mise a piangere.

« Perché? Sono disposta a scambiare il visto con chiunque, posso... »

« Troppo tardi. La sua foto è già stata pubblicata. »

« Non voglio, non voglio... »

Una guardia la colpì fra le scapole con tanta forza da bloccarle il respiro e farla cadere in ginocchio.

« Mamma, mamma! » pianse Dante.

« Non ti preoccupare, tornerò. La mamma tornerà. » Jasmin gemette dal dolore mentre le torcevano le braccia dietro la schiena e l'ammanettavano.

La fecero alzare a forza e la spinsero in avanti, ma Dante le stava ancora tirando il vestito. Ting seguiva la scena e parlava a mitraglia in cinese.

« Ting, promettimi di occuparti di Dante finché non tornerò », gridò Jasmin. « Nascondetevi nel tunnel, barricate gli ingressi, vi troverò... »

« Promesso. »

« Dante, adesso devi andare con Ting. »

« Mamma, non voglio... » gridò il bimbo in preda al panico. Il lembo del vestito gli sfuggì di mano.

Jasmin vide Ting prendere in braccio Dante e correre verso la sede del Comitato per l'Ispezione Disciplinare. Gli uomini di

Wǔ Wáng li seguirono ad ampie falcate, ad appena un centinaio di metri di distanza. Gli spettatori si fecero da parte, occupatissimi nel loro giro di scommesse.

Jasmin capì che era costretta a tornare alla vita e poi a morire un'altra volta. Non c'era altro modo. Smise di opporre resistenza e decise di collaborare, per accelerare le cose. Il vestito e le manette la intralciavano, ma a passi brevi e rapidi cominciò a camminare in mezzo alle guardie, che la conducevano verso il portone aperto del Terminal agitando i manganelli per tenere a distanza i curiosi. Dal ruvido lastricato della piazza, passarono al pavimento liscio della sala d'aspetto, dove la gente si stava ancora accalcando davanti al *dàzìbào*. Oltrepassarono le lunghe panche di legno sulle quali altre persone attendevano con le loro valigie, le bottiglie d'acqua e i sacchetti di plastica.

Mentre avanzavano, Jasmin ebbe il tempo di scorgere il nuovo *dàzìbào*, affisso all'estremità destra della parete. Stavolta gli ideogrammi erano rossi, ma la fotografia era la stessa della volta precedente, con il volto reso trasparente dalla colla ancora umida.

Alle sue spalle qualcuno aprì una finestra e un pallido riflesso attraversò la parete piena di vecchie foto di tutti coloro che erano tornati alla vita. I fogli sottili erano appiccicati a strati, come un enorme collage di facce. Il riflesso si soffermò tremolante su una delle immagini e Jasmin si fermò di botto. Era una fotografia ingiallita, seminascosta da altri *dàzìbào*, ma non c'era dubbio: il volto era quello di Gabriel Popov.

Dunque lo psicologo era stato lì.

Le guardie la spinsero in avanti.

Jasmin sentì il cuore martellare all'impazzata nel rendersi conto che, se Wǔ Wáng aveva potuto riportare ciò che lei aveva detto mentre era in ospedale, era perché, chissà come, aveva comunicato con Popov. *Quel Popov che adesso sta alla porta della stanza in cui si trova il mio corpo*, pensò.

Oltrepassarono gli sportelli e proseguirono fino alla porta in fondo alla sala. Il guardiano più giovane li vide e posò a terra la tazza di caffè che reggeva in mano. Quello più anziano, con la barba, si alzò senza fretta. I due scambiarono qualche frase con le guardie, che aprirono le manette di Jasmin. La gente in sala d'attesa si avvicinò, una donna con una voce acuta gridò qualcosa.

Jasmin si massaggiò i polsi e notò che il guardiano barbuto aveva sulla fronte un simbolo di casta bianco e portava alla cintola una pistola. Quello più giovane controllò la piastrina, poi prese la chiave e aprì la porta.

Senza guardarsi indietro, Jasmin entrò, attraversò il lurido cortiletto interno, strattonò la lamiera ondulata producendo un gran rumore e s'infilò nello spiraglio.

La ragazzina con lo scialle le rivolse un'occhiata perplessa nel vederla passare per lo spiazzo ghiaiato e dirigersi verso la vecchissima catapecchia in legno arroccata sul pendio roccioso, posò il rastrello e la seguì. Jasmin entrò dalla porticina, si tolse il visto e lo porse alla vecchia che imbeveva di vapore gli asciugamani. La donna staccò la piastrina dalla catenella e la osservò in tutta calma.

« Ho fretta », disse Jasmin, cominciando a spogliarsi. Sbottonò rapidamente il vestito, se lo sfilò e lo lasciò cadere a terra. Mentre la ragazzina e la vecchia la lavavano, fu presa da una stanchezza tale da fare fatica persino a distinguere i contorni della stanza in penombra. Le due parlavano a bassa voce fra loro, sbrogliandole i capelli, sfiorando le cicatrici, contando le dita delle mani e dei piedi.

Non appena aprirono la sottile porta scorrevole in carta di riso, Jasmin scese la scala fino al pavimento piastrellato e inondato, pensando che di lì a poco sarebbe ritornata. Affrettando il passo, proseguì verso la fenditura nella roccia, seguì le scale e avanzò nell'acqua più profonda. La corrente calda la trascinava con sé. Più oltre, fra i meandri, c'era una luce tremula come quella di una stella.

Aveva le palpebre pesanti e si assopì, ma senza fermarsi. Aprì gli occhi e vide che l'acqua luccicava come oro. Poco dopo, dovette richiuderli. Il bagliore dell'acqua trapassava le palpebre.

Il dolce fiume si fece più profondo, Jasmin perse contatto con se stessa e si sentì riempire da una spensierata leggerezza...

49

Jasmin spalancò la bocca ma non riuscì a respirare. Le mancava l'ossigeno. Quando aprì gli occhi, le pupille si contrassero fino a farle male. Qualcuno la chiamava a gran voce, le grida le rimbombavano nelle orecchie. Tossì e finalmente riuscì a risucchiare aria nei polmoni.

Era viva e provava dolore.

Aveva la bocca secca, un bruciore alla gola, ma l'aria le sembrò meravigliosa.

Una gamba era scossa da spasmi bizzarri.

Tentò di raccogliere le idee e si rese conto di essere stesa sul pavimento, ai piedi della barella, con il collo piegato in un'angolazione scomoda contro il muro.

Diana la fissava con il volto raggelato dal terrore.

Jasmin tossì di nuovo e i suoi occhi si riempirono di lacrime. Sentiva sapore di sangue e la gabbia toracica le doleva come dopo una scarica di pallottole contro il giubbotto antiproiettile.

« Mi hai spaventata », mormorò Diana.

« Devo tornare là », ansimò Jasmin. « Devi farmi un'altra iniezione, ancora più forte. »

Sentì bussare alla porta e fece per alzarsi, ma tutto si fece nero ed ebbe un forte ronzio alle orecchie. Udì Diana andare ad aprire e chiedere a Gabriel Popov di aspettare ancora qualche minuto. Lo psicologo stava ancora montando la guardia, ma voleva entrare.

Popov, pensò Jasmin. Aveva appena visto il volto dell'uomo su un vecchio *dàzìbào*: era stato nella città portuale, sapeva fin dall'inizio che lei diceva la verità.

Sollevò la testa. Aveva ancora il respiro affannoso.

In qualche modo, Popov ha contatti con Wǔ Wáng, pensò. *Forse sfrutta i moribondi come piccioni viaggiatori? Potrebbe funzionare. Fa in modo che nell'istante della morte stringano in mano una lettera, e nel centro termale dell'aldilà c'è qualcuno che la preleva prima che loro si sveglino.*

Con un gemito, si rigirò sulla pancia e riprovò ad alzarsi dal pavimento in linoleum pieno di graffi. Aveva un dolore martellante alla testa e una sensazione di bruciore alle vene, come se avesse avuto il sangue avvelenato.

« Resta distesa ancora un po' », le disse sua sorella.

Ma Jasmin, con un tremito alle braccia, si sollevò sulle ginocchia e sputò per terra. « Devo tornare indietro. Ero là, nella città portuale. Esiste davvero », sibilò, tentando di mettere a fuoco Diana fra le lacrime. « Dante è rimasto laggiù, devo tornare, devo tornare subito. »

Aggrappandosi alla barella si alzò in piedi. Ogni pulsazione cardiaca le dava un dolore al petto. Barcollando, si avvicinò alla vetrata che dava sulla sala operatoria e vi appoggiò la fronte, tentando di capire che cosa stava vedendo. Le gambe faticavano a reggerla.

Il primario e la sua squadra si muovevano nella sala fortemente illuminata. Sotto il telo verde s'intuiva il corpicino di Dante. Un'infermiera porse al chirurgo una clamp vascolare, poi si fece da parte. C'era sangue dappertutto, il torace era spalancato e il medico teneva in mano il cuore fermo.

« Andrà bene », bisbigliò Diana. « Tutti dicono che... »

« E se invece non si riuscisse a far ripartire il cuore? » la interruppe Jasmin.

« Defibrillano », rispose Diana. « Un'endovena di Cordarone, nessun pericolo, andrà bene. »

Gabriel Popov bussò un'altra volta, così Diana andò ad aprire. Lui entrò, passandosi una mano sui baffi penduli e guardò Jasmin con occhi stanchi e addolorati. « Volevo avvertirla... A quanto pare è arrivato il suo ex. »

« Mark... » mormorò Jasmin.

« Sta salendo adesso. Lei è d'accordo? »

Jasmin annuì, ma le parve di avere il cervello anestetizzato, di stare a due passi di distanza da se stessa e dalla propria voce, quando si costrinse a distogliere lo sguardo dal corpo inerte di Dante e a parlare con Popov. « Poco fa ho assunto centocinquanta milligrammi di adenosina e sono tornata laggiù », gli spiegò a bassa voce. « Non mi dica che sono pazza: appena il mio cuore si è fermato, mi sono ritrovata un'altra volta nella città portuale. »

« Potrebbe aver sognato anche stavolta », rispose lui, in tono amichevole.

« Ah, certo, l'ho sognata... So che non dovrei parlarne, ma ero là, ci sono tornata per davvero. Mi sono ritrovata in mezzo a una sfida... una specie di sport folle. La mia squadra è fuggita in preda al panico, ma conosciamo un nascondiglio: una vecchia filovia, non lontana dal molo. »

« Una filovia? » Popov si avvicinò e l'odore di sigaretta si fece più intenso. I risvolti della camicia di jeans erano talmente lisi da essere quasi bianchi.

« Alla prima occasione andremo a rifugiarci là. Possiamo restare nascosti nella filovia finché loro non si saranno stancati di cercarci », riprese Jasmin, tentando di sorridere.

Popov corrugò la fronte. « Benissimo. »

« Continua a non credermi, vero? »

« L'ascolto, però anche lei deve ascoltare me: non può continuare a esporsi a certi rischi. »

« Devo. » Jasmin lo guardò negli occhi.

Popov si voltò verso Diana. « Almeno lei, che è medico, si rende conto che è un errore, vero? »

« Non ha fatto niente », si affrettò a dire Jasmin.

Ma Popov continuò a parlare a Diana. « So che sta solo cercando di aiutare sua sorella, ma questo non è il modo giusto, e lei rischia di essere radiata. »

Senza attendere risposta, se ne andò, e Jasmin capì che era caduto nella trappola: se l'era bevuta, e adesso correva ad avvisare Wǔ Wáng che la squadra intendeva nascondersi in una vecchia filovia. Si sarebbe seduto al capezzale di un moribondo, parlandogli dolcemente e magari offrendogli il conforto di un sacerdote, ma tirando in lungo in modo da potergli piazzare in mano una lettera.

« Lui sa che la città portuale esiste davvero », disse Jasmin.

« Non sembrava proprio », mormorò Diana.

« Finge. C'è stato anche lui, e sta aiutando Wǔ Wáng a... »

« Ma io credevo che fosse il dottor Dubb a... »

« Non abbiamo tempo », disse Jasmin. « Procurami una dose

più forte. Devo tornare indietro. Qui si rischia grosso. Guarda che mi butto dalla finestra, se tu non... »

« Non m'interessa », la interruppe Diana.

Jasmin le parlò in tono pacato. « Diana, ascoltami. Io devo tornare laggiù, è l'unica cosa che conta. Sarà l'ultima volta, ma devo fare in fretta, ti prego, ti prego... »

« Non voglio », disse Diana con un filo di voce, tergendosi una lacrima.

« Ti do un minuto per procurarmi quella siringa. Devo tornare, devo. »

Diana irrigidì il volto e, senza guardarla, aprì la porta e uscì.

Jasmin rimase immobile. Vide Diana oltrepassare la porta del reparto e incrociare Mark. I due si scambiarono un frettoloso abbraccio e Jasmin lo udì porgerle le condoglianze per la morte di sua madre.

« Dante è in sala operatoria », disse Diana.

« Lo so. »

« E Jasmin è lì dentro. » Diana indicò la sala di osservazione e proseguì lungo il corridoio.

50

Mark entrò, chiuse delicatamente la porta e si piazzò accanto a Jasmin, davanti alla vetrata. Era un uomo alto e, come al solito, portava un giubbotto nero senza maniche sopra la felpa verde militare tesa sulle spalle larghe e sugli avambracci muscolosi. Aveva gli occhi arrossati e si passò una mano tremante sulle labbra.

In silenzio, ambedue guardarono verso la sala operatoria. Un tubicino pieno di sangue formava un ampio cappio, alcuni dischi d'acciaio giravano lenti, il chirurgo capovolgeva delicatamente il cuore inerte di Dante.

« Dicono che ce la farà », mormorò Mark. Il suo alito sapeva di caffè.

« Vado a vedere se arriva Diana. » Jasmin barcollò e inavvertitamente fece cadere a terra una pila di salviette di carta. Tentò di recuperarle, ma le girava la testa, così si resse alla barella.

Mark si chinò a raccogliere le salviette. « Senti, Jasmin... mi dispiace tanto per tua madre, ma... dobbiamo essere qui, quando Dante si sveglierà. »

« Prima devo fare una cosa. » A passi malfermi, Jasmin andò verso la porta, l'aprì e guardò nel corridoio deserto.

« Hai litigato con Diana? »

« Adesso non ho il tempo di spiegartelo », gli rispose Jasmin, senza guardarlo.

« Jasmin, sul campo sono bravo, lo sai bene... » Mark si strofinò energicamente la faccia. « Ma qui, fra le persone normali, non me la cavo poi tanto bene. Dimmi che cosa devo fare. Devo entrare a parlare con il dottore? »

« Non lo so. Fa' pure, se vuoi. Non sono qui per darti ordini. »

« Una volta sì », mormorò lui.

« Già, e tutto andava a finire bene. » Jasmin si avvicinò a un armadietto chiuso a chiave.

« Non ho mai avuto un superiore più bravo di te. »

«Non è vero.» Per un istante, Jasmin si soffermò con lo sguardo sui suoi occhi scuri. «Non devi dire così... Non posso decidere della vita altrui.»

«Jasmin, lo so che non c'è niente di male a fare la segretaria, ma tu sei nata per...»

«Piantala», lo interruppe lei.

Mark si sedette sulla barella e la guardò aprire a forza l'armadietto e frugare tra i ripiani. «Ti ricordi quella foto di gruppo che avevi con te in Kosovo? Avevamo un'aria da sbruffoni, tutti quanti... Tu con quel tuo enorme M240B, io con...»

«Idioti, immaturi, ecco cos'eravamo.»

«D'accordo, tenente.» Mark sorrise, facendo gonfiare i tatuaggi sul collo. «Ma nessuno di quegli idioti sarebbe tornato a casa, se non ci fossi stata tu.»

«Lars e Nico sono morti, ed è stata colpa mia», disse Jasmin, girata verso il muro, riponendo nell'armadietto una confezione di compresse di cotone.

«A casa ho la tua medaglia, lo sai?» disse Mark a bassa voce.

«Buttala.» Jasmin trovò un bisturi in confezione sterile e lo prese senza badare agli oggetti che cadevano dai ripiani, poi tornò alla vetrata a guardare il corpo insanguinato e inerte di Dante. Con mani tremanti aprì la confezione e la gettò a terra.

In quel preciso momento rientrò Diana, che subito richiuse la porta. Aveva uno sguardo stranamente vitreo e il naso arrossato dal pianto.

«Hai la siringa?» chiese Jasmin con voce instabile.

«Mark...» disse Diana. «Io non sono capace di dire di no a mia sorella, ma tu sì. Tu puoi fermarla.»

«Jasmin fa ciò che deve. Come ha sempre fatto», rispose lui.

Diana le porse la siringa.

Jasmin la prese e guardò controluce la scala graduata. «Sono meno di centocinquanta milligrammi», protestò. «Devi...»

«Non è adenosina», la interruppe Diana. «È cloruro di potassio. Dicevi di volere un arresto cardiaco più lungo...»

«È pericoloso?»

«Sì», rispose Diana, con voce vuota.

«Non importa.» Jasmin lanciò un'occhiata verso la sala operatoria. La forte illuminazione rendeva tutto spettrale. Il corpo di Dante era steso sotto quel telo verde, ma lui non era lì. Le dita del chirurgo grondavano sangue, mentre ricucivano lentamente la lesione alla coronaria dietro al cuore.

« Ho portato l'adrenalina e il gluconato di calcio », disse piano Diana. « Se non ti svegli entro due minuti... »

« D'accordo. » Jasmin annuì e nascose il bisturi dietro la schiena.

« So che sei convinta di fare la cosa giusta. Tu credi che l'aldilà esista, pensi di dover andare nel regno dei morti per salvare Dante. » Diana la guardò negli occhi. « Ma puoi anche decidere di fidarti dei medici... »

« Già. »

« Perché si dà il caso che le premesse siano ottime », riprese Diana, con voce tremante. « Hanno solo bisogno di un altro po' di tempo. »

« Un altro po' di tempo... »

« Ti prego, non hai nessun bisogno di fare questa cosa. » Diana sembrava esausta e aveva un tremito agli occhi, come se dietro le pupille stesse vorticando un pensiero insopprimibile.

« Aiutami con l'iniezione e basta. » Jasmin si rimboccò la manica.

« Ma... »

« Non c'è tempo. »

« Ho appena ricevuto una chiamata dall'ospedale di Danderyd. »

« Vieni al punto, sbrigati. »

« Dicono che quel tizio di cui parlavi, quel Lǐ Ting... »

« Sì? »

« Mi dispiace, Jasmin, ma... è finita. Non vogliono più tentare di rianimarlo. »

Jasmin annuì, si leccò le labbra screpolate e si sentì attraversare da una strana calma, come un'ondata frizzante, come se quella notizia non la toccasse minimamente. « Fammi l'iniezione », disse, sedendosi sulla barella.

« È un errore », mormorò Diana, mentre le lacrime riprendevano a colarle lungo le guance. Piano piano, spinse lo stantuffo fino a far uscire una gocciolina.

Jasmin sollevò una mano e prese fra le dita una ciocca dei capelli rossi di sua sorella. « Diana... lo sai che ti voglio bene, vero? »

I loro sguardi s'incrociarono e non ci fu più altro da dire. Con dita gelide, Diana le tese il braccio denudato.

Quando l'ago perforò la pelle e allargò la vena, Jasmin ebbe di nuovo paura. Costrinse il braccio a restare fermo, anche se dentro di lei ogni cosa urlava il contrario. Il suo cuore batteva all'impazzata, le rombavano le orecchie e l'adrenalina in circolo le diede tremiti in tutto il corpo. «Avanti», mormorò.

Sentì il liquido freddo entrare in vena mentre la siringa si svuotava. Diana sfilò l'ago e premette una compressa di cotone contro la goccia di sangue che si allargava. Non la guardò. Mark, invece, la osservava con occhi inquieti.

Nel giro di pochi secondi, una forte vertigine le spense la vista. D'un tratto le pulsazioni rallentarono e Jasmin aprì la bocca per dire che aveva paura, ma non aveva più voce. Diana tentò di farla sdraiare, ma lei oppose resistenza, senza sapere perché. Il cuore batteva sempre più piano e Jasmin vedeva tutto nero. Sentì Diana e Mark prenderla fra le braccia e strinse con forza il manico di plastica zigrinata del bisturi. Avvertì un bruciore alle dita, poi una pressione al torace e uno schianto contro i timpani, mentre veniva abbagliata da un orizzonte bianco, una linea brillante come un lampo al magnesio.

51

Jasmin Pascal-Anderson sapeva esattamente dove si trovava, quando aprì gli occhi al buio, stringendo saldamente il bisturi nella mano sudata. Senza esitare posò i piedi sul pavimento bagnato, prese la pila di vestiti, uscì dallo stanzino e andò sul terrazzo. Lì, si vestì più in fretta che poteva, calzò le pantofole e scese a precipizio la scala mentre ancora si stava abbottonando la camicetta. Oltrepassò una donna che vendeva lanterne di carta rossa e cominciò a correre.

Doveva trovare Dante.

Fa' che non sia troppo tardi, continuava a pensare, mentre attraversava a perdifiato la città. *Fa' che proteggano Dante e si nascondano nel tunnel, fa' che Ting resti insieme a lui.*

Non riusciva a prendere in considerazione la morte di Ting, tentava di convincersi che fosse ancora lì, nella città portuale, che fosse ancora vivo.

Aveva ancora davanti agli occhi le immagini di ciò che era accaduto all'inizio del combattimento. Wǔ Wáng aveva accoltellato la moglie di Dǒng Hónglì sotto il naso del giudice. Una follia.

Non aveva tempo per andare a farsi pesare. Le importava solo di trovare Dante prima che fosse troppo tardi. Via via che si avvicinava alla piazza, la folla si assiepava sempre di più. Si fece largo a spintoni, si arrampicò su un carretto pieno di vecchie lampade da terra, rasentò un muro e urtò una porta che si stava aprendo, sbattendola in faccia a qualcuno, infine fu risospinta nella calca. Solo in prossimità della piazza si rese conto che tutta quella gente era lì proprio per assistere ai combattimenti del campo giochi. In sua assenza, la sfida aveva attirato molti più spettatori.

Udì un urlo di dolore, seguito da applausi sparsi. Tenne il bisturi nascosto dietro alla schiena e si fece largo verso la piazza, ma faticava ad avanzare: c'era gente che spingeva da tutte le direzioni nella speranza di vedere qualcosa, mentre dagli *hútòng* continuavano ad arrivare altre persone. I più giovani si erano arrampicati sugli edifici per avere una visuale migliore.

Fa' che non sia troppo tardi, fa' che non sia troppo tardi.

C'era un uomo sorridente con un bambino sulle spalle. Due donne tentavano di vendere mandorle arrostite. Jasmin sgusciò oltre un ragazzino con un berretto da baseball che faceva da allibratore di scommesse in mezzo alla folla. Il pubblico delle prime file gridava e applaudiva.

I capelli di Jasmin s'impigliarono in qualcosa. Una ciocca si strappò.

Un tuono rombò al di là della città e la terra tremò.

Un uomo, credendo che lei stesse facendo la furba per andare a mettersi in prima fila, la afferrò per la camicetta e le urlò qualcosa, ma nel vederla in faccia tacque di colpo.

Jasmin proseguì verso il centro della piazza. I suoi vestiti erano scomposti. Qualcuno imprecò in spagnolo. Una coppietta pomiciava senza badare a ciò che accadeva poco oltre. Il pubblico la spinse in avanti come un'ondata e Jasmin dovette assecondare il movimento per non cadere a terra. Qualcuno le palpò con forza il seno, ma lei non fece una piega e si limitò ad avanzare: doveva vedere, doveva capire che cosa stava succedendo.

D'un tratto, il pubblico delle prime file premette in massa nella direzione contraria e le due ondate si scontrarono. Jasmin si ritrovò senza fiato, sollevata di peso, con il braccio destro torto dietro la schiena. Non appena i suoi piedi toccarono di nuovo terra, tentò di opporsi al movimento ed emise un gemito di dolore mentre il bisturi le veniva strappato di mano e cadeva. Incespicò, ma riuscì ad aggrapparsi alle spalle di un vecchietto e a mantenere l'equilibrio.

Un bambino urlava con voce rotta.

Jasmin riuscì ad avanzare ancora un po', e finalmente scorse uno spazio aperto: alcune guardie con i manganelli allontanavano il pubblico dall'area di fronte al tavolo della giuria. Stava accadendo qualcosa e si sentivano applausi sparsi.

Spingendo da parte una giovane donna, Jasmin si fece avanti e vide il vecchio Dǒng Hónglì in mezzo allo spazio aperto, fra gli spettatori e le guardie. Barcollante, si allontanava dal palo di metallo e con la mano si tergeva il sangue dalla faccia. Con sguardo spaventato, tentò di dire qualcosa, poi indietreggiò.

Wǔ Wáng lo seguì senza fretta. La catenella con il visto di Dante gli si era attorcigliata alla cravatta. I capelli bianchi gli pendevano lungo le guance e il completo marrone era inzaccherato.

Con il cuore che martellava, Jasmin si fece largo e vide il cadavere di Dǒng Xīn. La donna grondava sangue, l'avevano denudata e stesa con le gambe divaricate, una bottiglia di liquore in mano e una sigaretta in bocca.

Wǔ Wáng si piazzò davanti a Dǒng Hónglì e lo guardò con quei suoi occhi annacquati, brandì la baionetta accorciata e con la mano libera gli diede un ceffone, come per prendersi gioco di lui.

L'anziano, anziché difendersi, tentò di aggirare Wǔ Wáng per raggiungere il tavolo della giuria. Ricevette un secondo ceffone, girò la testa, gridò qualcosa al giudice e rimase immobile, con un tremito al mento. Poi ripeté a gran voce ciò che aveva appena detto.

Jasmin sentì alle proprie spalle alcuni spettatori che parlavano in inglese. «Ma cosa fa? Non dovrebbe chiedere pietà?» diceva una donna.

«Continua a dire che è anticostituzionale punire un innocente», rispose un uomo.

Colette Darleaux tentò di dare a Dǒng Hónglì un'accetta con cui difendersi, ma l'anziano non l'accettò e continuò a barcollare verso il giudice. Si terse il sangue dagli occhi e gridò qualcosa in tono disperato. Alcuni spettatori batterono le mani. Il giudice non rispose.

«Sta dicendo che il tribunale dovrebbe chiedere il verdetto del popolo», spiegò l'uomo che parlava inglese. Jasmin si voltò a guardarlo. Aveva occhi ravvicinati e una boccuccia da cherubino.

«Ma cos'è successo?» gli chiese. «Dov'è l'altra squadra?»

«Sono scappati al Comitato per l'Ispezione Disciplinare e hanno fatto crollare l'ingresso del sotterraneo.»

«E adesso sono là? Nel sotterraneo?»

«Gli uomini di Wǔ Wáng stanno scavando per...»

Ci fu un sussulto nel pubblico. Dǒng Hónglì barcollava di

lato, coprendosi un orecchio. Wǔ Wáng si lisciò la cravatta e disse qualcosa che fece ridere i due olandesi.

Dǒng Hónglì è rimasto qui, ma gli altri sono riusciti a rifugiarsi nel sotterraneo, pensò Jasmin, guardando verso la facciata scura del Comitato per l'Ispezione Disciplinare. *E da lì si accede al tunnel. L'ha detto lui, me lo ricordo benissimo. Se hanno barricato l'ingresso e sono entrati nella galleria, sono ancora vivi.*

Vide Wǔ Wáng raccogliere da terra gli occhiali di Dǒng Hónglì e porgerglieli. L'anziano li prese e scoppiò a piangere dal terrore.

Dǒng Hónglì aveva detto che il tunnel arrivava fino all'archivio del tribunale, a cinque isolati di distanza. E aveva indicato la strada del tempio giallo. Jasmin lo ricordava bene. Si guardò intorno e arretrò, tentando di orientarsi.

Wǔ Wáng mostrò il coltello al pubblico, sorridendo, poi si voltò verso Dǒng Hónglì, disse qualcosa e si sbottonò la giacca. Intendeva concludere il combattimento, lo si vedeva dalla postura ingobbita e aggressiva, e anche dai movimenti, dovuti alla botta adrenalinica. L'anziano, invece, restava immobile a guardare i suoi occhiali rotti.

Non c'era tempo. Jasmin doveva correre all'archivio, trovare un modo per entrare e raggiungere il condotto sotterraneo prima che gli uomini di Wǔ Wáng riuscissero ad aprirsi un varco nella barricata.

Il pubblico avanzò, trascinando Jasmin con sé.

Wǔ Wáng vibrò una coltellata e gli spettatori gridarono. Fu uno scatto fulmineo, come una puntura di scorpione. Il sangue cominciò a sgorgare dal ventre di Dǒng Hónglì.

«No...» gemette Jasmin.

Dǒng Hónglì vacillava, ma sembrava soprattutto confuso. Se ne stava lì immobile a rigirarsi gli occhiali fra le mani tremanti.

Wǔ Wáng lo pugnalò nuovamente. Stavolta il sangue sgorgò dal fianco e la ferita fu molto più dolorosa. Gli occhiali caddero a terra e Dǒng Hónglì prese a tossire, ormai quasi senza forze.

Jasmin riuscì a voltarsi e la cerniera di uno spettatore le graffiò la pancia. Si spinse all'indietro. Una donna osservava il combattimento con le lacrime agli occhi. Vedendola trasalire, Jasmin girò la testa e vide Dǒng Hónglì barcollare verso il paletto di metallo e appoggiarvisi, mentre Wǔ Wáng lo pugnalava alla parte bassa della schiena.

La donna accanto a Jasmin emise un grido così acuto da attirare l'attenzione di Colette Darleaux. Jasmin si affrettò a distogliere il viso, abbassandosi e arretrando. Forse la francese non l'aveva scoperta, ma sbirciando fra uno spettatore e l'altro Jasmin la vide avanzare con l'accetta in mano, scrutando in mezzo alla folla.

52

Jasmin imboccò la via dei negozi, dove la folla era già più rada. Non sapeva se Colette Darleaux la stesse seguendo, ma non si arrischiò a correre. C'era una bancarella piena di bottigliette di shampoo russe, coperta da un telone di plastica sozzo. Ghirlande di carta bagnate pendevano sopra una cassa di polpette di riso.

Lasciò correre la mano lungo il bordo di una bancarella e osservò la venditrice che parlava con un cliente. Accanto a una cesta di pane azzimo c'era un tavolo con una tovaglia bianca. Senza fermarsi, Jasmin afferrò il tessuto e lo fece scivolare sotto il tavolo, poi camminò rasente a un muro e si annodò la tovaglia intorno alla testa, a mo' di turbante.

Un bambino dal viso sporco lavava vecchie bottiglie di birra in una bacinella.

In un vicolo, su una facciata senza finestre c'era un graffito: un'enorme farfalla argentea, viola e scarlatta, che si librava sopra la griglia di un condizionatore e una centralina elettrica.

Jasmin si costrinse di nuovo a non correre: un'andatura troppo rapida poteva dare nell'occhio. L'archivio del tribunale doveva essere l'edificio con l'ampia scalinata, davanti al quale era passata la volta precedente.

Guardò in tutte le vetrine, in cerca dell'immagine riflessa di Colette Darleaux. Si fermò per un istante davanti a una boutique con due guardiani dietro la porta a vetri e la usò come specchio per osservare i passanti alle sue spalle, ma non vide alcun inseguitore, così riprese a camminare, affrettando il passo.

Udì grida e applausi provenire dalla piazza ed ebbe un moto di nausea: non capiva quale gusto perverso attirasse quegli spettatori. Come mai le esecuzioni capitali avevano sempre un pubblico? Perfino lì, dove erano già tutti morti?

In un fumoso locale dall'altra parte della strada, alcuni uomini giocavano a *májiàng*. Ridevano ed erano palesemente indifferenti a ciò che accadeva nel parco giochi.

Jasmin passò oltre e tentò di restare concentrata, ma continuava a rivedere davanti agli occhi il volto insanguinato di Dǒng Hónglì e rifletté su quegli spettatori che coniugavano la morbosa fascinazione per le situazioni drastiche con l'indolente desiderio di capitolazione morale dell'individuo. *Chissà*, pensò. *Magari ci si bea della distruzione altrui e si consegna il potere alla religione, alla legge o a qualche altra autorità.* Le veniva da vomitare.

Deviò per allontanarsi da un cassonetto puzzolentissimo e avvertì il profumo d'incenso di un tempio. Proprio in quel momento qualcuno le passò accanto: erano i due fratelli olandesi, armati di machete, che percorrevano la strada cercando lei.

Si affrettò a varcare il portale e a salire i gradini del tempio. L'ingresso era buio e pieno di ornamenti in oro. Inavvertitamente rovesciò un turibolo e una nuvola di cenere si gonfiò intorno alle sue gambe.

Con il cuore che martellava, entrò. Un tessuto color zafferano rimandava un po' di luce che proveniva dall'interno.

Era troppo pericoloso nascondersi lì, ma Jasmin attraversò di corsa il tempio, sperando che sul retro ci fosse un'altra porta.

Centinaia di bastoncini d'incenso accesi brillavano lungo le pareti luccicanti d'oro.

Quasi tutti i fedeli erano accalcati davanti a un altare guarnito di fiori di carta. L'aria era calda e secca per via del fumo. Jasmin seguì una parete e inavvertitamente urtò una tavoletta funeraria, che sbatté rumorosamente contro il muro. Udendo alcune voci dall'ingresso, si affrettò a nascondersi dietro una grossa scultura che raffigurava il generale Guān Yǔ con il viso rosso e la barba lunga.

Su un serbatoio d'acqua impolverato c'era una bottiglia di Coca-Cola vuota.

Jasmin passò sotto un arco decorato a draghi serpeggianti e pesci grassocci, e finalmente raggiunse una porta. Tirò la maniglia, ma inutilmente. Tastò i margini fino a trovare un catenaccio, lo fece scorrere, aprì e si ritrovò in un vicoletto. Mentre si guardava intorno, udì il cigolio della porta che si richiudeva alle sue spalle. Da un muro scrostato penzolava un cavo.

Come aveva potuto non notare il rumore dei passi dietro di lei?

Avanzò facendo finta di niente.

Accanto alla griglia arrugginita di una caditoia c'era un tubo con alcuni resti di nastro adesivo. Jasmin andò in quella direzione, girò leggermente la testa e con la coda dell'occhio scorse un movimento, ma preferiva trovarsi più vicina al tubo prima di rivelare che si era accorta di essere seguita. Fece ancora qualche passo, poi si voltò di scatto e arretrò per aumentare la distanza.

Ma era solo un ragazzino. Dimostrava circa dodici anni, aveva il viso sporco, portava un paio di pantaloncini sdruciti e una maglietta con l'immagine di Justin Bieber. « È passata dritta attraverso il tempio », le disse in inglese.

« Ho sbagliato strada », rispose Jasmin, riprendendo a camminare.

Lui la seguì, zoppicando. « Una volta mi ha dato dei dolcetti. »

« Davvero? » chiese Jasmin, ma in quello stesso istante si ricordò del ragazzino che spazzava i gradini del tempio.

« Mi chiamo Timo. Non ho mai avuto l'occasione di ringraziarla. » Il ragazzino la guardò con occhi stranamente maturi.

« Adesso devo andare, ho un po' di fretta. »

Timo fece un ampio sorriso. « Fa ridere, la parola 'fretta'. »

« Sarà... » mormorò Jasmin, riprendendo a camminare verso uno stretto passaggio fra due pile di vecchi scatoloni e pannelli di polistirolo.

« La fretta l'aiuterà a introdursi nell'archivio del tribunale? » chiese il ragazzino alle sue spalle.

Jasmin si fermò e si voltò a guardarlo. Dal cielo scuro cadeva una lieve pioggia, che formava anelli sulla superficie dell'acqua contenuta in un secchio pieno di vecchi cellulari.

Zoppicando, Timo venne verso di lei. Stava ancora sorridendo. Il piede sinistro aveva una forma strana, era più massiccio e con una caviglia arrotondata che si piegava verso l'interno.

« Come mai pensi che io voglia entrare nell'archivio? »

« Trascrivo documenti in inglese e in cantonese per i segretari d'archivio e conosco il vecchio tunnel che porta alla sede del Comitato per l'Ispezione Disciplinare. »

53

C'era della biancheria grigia appesa ad asciugare nel vicolo che portava al massiccio edificio dell'archivio del tribunale. Un uomo pallido in camicia sbottonata e gilet fumava sui gradini dell'ingresso del personale. Timo gli disse qualcosa in tono brusco e, zoppicando, si avvicinò a lui. L'uomo rispose e abbassò lo sguardo, mentre il ragazzino apriva il pesante portone in metallo ed entrava insieme a Jasmin.

Insieme percorsero un corridoio scrostato con quattro lavandini in zinco. Il pavimento conservava i resti della colla di una vecchia moquette che era stata staccata. Entrarono in una sala dalle finestre alte e strette, piena di schedari, e Jasmin disse: «Dimmi solo come trovare il tunnel, da lì in poi me la cavo da sola».

Le finestre opache proiettavano rettangoli sui muri. La pioggia aveva cominciato a cadere più fitta sulla città. Il ragazzino prese una pila di carte da un carrello e la condusse fino a una rotonda, uno spiazzo circolare che sembrava il fondo di un gigantesco barile. Le pareti curve erano coperte di scaffali pieni di cartellette, fino a un'altezza di quindici metri. *Centinaia di milioni di pratiche*, pensò Jasmin.

Gli assistenti d'archivio si muovevano silenziosi lungo le scale e le piattaforme sopraelevate, prelevando i documenti elencati nei fogli che reggevano in mano. Nessuno sembrava far caso alla presenza di Timo e Jasmin. Il ragazzino attraversò la sala e lei lo seguì, tentando di assumere un'aria spazientita, come se dovesse evadere una pratica che richiedeva più tempo del previsto.

Una donna che reggeva fra le braccia una decina di cartellette li squadrò, disse qualcosa e poi riprese ad avanzare verso un uomo che l'attendeva.

Jasmin seguì Timo fino al bel corpo scale, le cui finestre piombate davano sulla rotonda. La scala a chiocciola era in ferro battuto e ritorta come un serpente. Si affrettarono a scendere e i loro passi produssero un rumore metallico sui gradini.

Avevano appena passato il seminterrato, quando incrociarono un vecchietto che saliva dal sotterraneo. Il ragazzino scambiò qualche parola con lui. Un sassolino cadde e fece tintinnare i gradini dei piani inferiori. Il vecchio tossicchiò, disse qualcosa, sventagliò una mano come per chiudere il discorso e salì fino alla rotonda.

Timo si voltò verso Jasmin. « Dice che la polizia sta cercando gli uomini della Triade. »

« Qui dentro? »

« Là sotto. Meglio stare alla larga finché non avranno finito. » Imperturbabile, il ragazzino aprì la porta del seminterrato.

« Non c'è un'altra strada? » chiese Jasmin, seguendolo in una cartoteca piena di piccoli cassetti.

« Per ora no. »

« Ma io non posso aspettare. Devo andare laggiù. »

« Fa ridere, la parola 'devo'. » Anche stavolta Timo fece un ampio sorriso. « Non è che 'dobbiamo'. Però sarebbe proprio il caso di restare qui finché non hanno finito. Anzi, no... Venga, qui c'è il settore dei *chóngshēng*, quelli che sono stati qui più di una volta. Magari le interessa. »

« Tu sai chi sono? » chiese Jasmin.

« Ormai si fa prima a dire chi non lo sa. »

Jasmin lo seguì in una sala laterale, tentando di calcolarne l'ubicazione rispetto all'ingresso principale e a quello del personale. Timo aprì una porta ed entrarono in una stanza oblunga che odorava di polvere e vecchi libri. Alcune applique a olio spargevano un vago bagliore giallo sugli scaffali e sul soffitto. Si vedeva benissimo che certe sezioni dell'archivio erano molto antiche.

In silenzio, Timo passò in rassegna le file di pratiche, ordinate secondo i cognomi trascritti in mandarino. Dopo un po', sfilò una cartelletta, la sfogliò e rialzò lo sguardo su Jasmin. « Lei è stata qui cinque volte. »

« Quattro », lo corresse lei.

« Ah. »

« Ne risultano cinque? »

«Il suo cuore si è fermato una prima volta quando lei è nata.» Timo inclinò la testa di lato. «Lei è una *huáng hún.*»

«C'è scritto così?»

«Questo è l'archivio del tribunale, c'è un sacco di... Lei ha avviato un processo presso questo tribunale. È stata nell'esercito con il grado di tenente, ma ha interrotto la carriera militare dopo essere stata ferita in Kosovo, è stata ricoverata presso...»

«Non sarei mai dovuta andare laggiù», lo interruppe Jasmin.

«Le guerre sono inutili e sciocche», disse Timo, scorrendo con lo sguardo l'ultima pagina.

Un pensiero prese forma nella mente di Jasmin. «Sapresti trovarmi la pratica di una persona?»

«Qui dentro si trovano gli incartamenti di tutti quelli che sono nati più di una volta.» Timo sorrise e la guardò con quei suoi occhi strani.

«Si chiama Gabriel Popov.»

Senza fretta, il ragazzino attraversò la stanza, si avvicinò alla parete opposta, la seguì per una ventina di metri, poi si fermò, estrasse una cartelletta e cominciò a leggere.

Jasmin si diresse verso di lui, osservando la propria ombra che sembrava fatta di diversi strati trasparenti, stesi sul pavimento in pietra. Sapeva che erano le varie applique a produrre quell'effetto, ma meditando su ciò che Timo le aveva appena detto pensò: *La mia anima è fatta di cinque strati trasparenti.*

Mentre leggeva, Timo si grattò la nuca strofinandola contro lo scaffale. Le braccia sottili erano striate di sporcizia. Le labbra si muovevano silenziosamente. Poi alzò lo sguardo e abbassò leggermente la cartelletta. «Gabriel Popov ha una cardiopatia congenita ed è stato qui tre volte.»

«Ci sono altre informazioni su di lui?»

«Dopo il primo arresto cardiaco, è stato ricoverato per un trattamento sanitario obbligatorio presso il reparto psichiatrico dell'ospedale di Ersta. Si è sposato due volte, ma non ha figli. Ha studiato giurisprudenza per due anni all'università di Örebro, poi è passato alla facoltà di psicologia... ma qui in città è iscritto al Corpo dei Giurisperiti, ha fatto parte dell'entourage dell'illustre e dotto giudice ed è stato membro della giuria che...» Timo s'interruppe bruscamente e lanciò un'occhiata alla porta. Sul suo viso si posò un'ombra che sembrava una maschera veneziana.

«Che c'è?» bisbigliò Jasmin.

«I poliziotti. Stanno risalendo.»

«Hanno finito?»

Uscirono e attraversarono la grande sala laterale fino al corpo scale. Richiusero la porta alle loro spalle e rimasero immobili ad ascoltare. In alto, il ferro della scala a chiocciola cigolò per un istante, poi cadde il silenzio. Il ragazzino scese in tutta fretta e Jasmin lo seguì, reggendosi al corrimano freddo.

Dietro la porta del piano inferiore il soffitto era più basso e la luce di alcune lampade sparse si rifletteva sui dorsi lucidi dei libri: qui, al posto delle cartellette, c'erano grossi volumi rilegati, che contenevano i documenti manoscritti delle vecchie pratiche del tribunale.

«Avremmo dovuto controllare se c'è anche Wǔ Wáng, fra quelli che sono venuti qui più di una volta», disse Jasmin.

Timo si scusò di non poter restare con lei: doveva tornare al suo lavoro. Nel frattempo, le fece strada attraverso due stanze più piccole fino a un enorme magazzino. Lì, scostò un baule pieno di strumenti da scrittura in pessime condizioni, dietro il quale si celava una porta di metallo dipinta di bianco. La aprì. Era l'ingresso di un tunnel buio.

54

Jasmin si avvicinò all'imboccatura del tunnel, sentì una ventata fredda che odorava di pietra e vecchi libri ed ebbe un tuffo al cuore, sperando ardentemente che Dante si trovasse là dentro. *Fa' che sia qui, che gli altri collaborino per proteggerlo, che gli uomini di Wǔ Wáng non riescano a entrare.*

Nel baule c'era un fascio di carte. Jasmin prese alcuni fogli, li ripiegò e li inserì a mo' di cuneo fra la porta e l'infisso, per tenerla aperta e lasciar entrare un po' di luce nel condotto. Le pareti erano coperte da scaffalature piene di vecchissime pratiche.

Avanzò di qualche metro, poi il tunnel cambiò direzione. La luce che proveniva dall'archivio non penetrava oltre la curva. Jasmin non vedeva quasi nulla e dovette procedere lentamente, sfiorando con una mano i dorsi dei volumi e tendendo l'altra davanti a sé, nel buio.

Era fortemente consapevole della possibilità che ci fossero trappole destinate a Wǔ Wáng e ai suoi uomini.

Ora l'aria era più greve. Udì un cigolio e un bisbiglio in lontananza.

Aguzzò le orecchie per qualche secondo, poi riprese ad avanzare brancolando nel buio e qualcosa le graffiò una mano.

Era solo un taglietto.

Con circospezione si spostò di lato e capì che il tunnel era bloccato da una barricata fatta di scaffali spezzati e legati insieme fino a formare una specie di cavallo di Frisia, per ostacolare un assalto.

« Ehilà? » gridò nel buio.

Sentì un rumore sferragliante e raschiante, poi scorse lo sfolgorio di un fiammifero. Jasmin vedeva soltanto la mano che lo reggeva, portando la fiammella verso una lampada a olio. Poi il bagliore giallo si espanse fino a illuminare un volto. Era Pedro. Alle sue spalle spuntarono Marta ed Erica. Poi si accese una seconda lampada a olio e Jasmin vide anche Ting, Grossman e Dante.

Sollevò il cavallo di Frisia, lo scostò, l'oltrepassò e lo rimise nella posizione di prima. Ting si fece avanti, tenendo Dante per mano. Grossman, invece, rimase immobile con la lampada in mano e chiuse gli occhi in un'espressione di sollievo. Dante la fissò. Sembrava che non la riconoscesse, o che da tempo avesse smesso di sperare di rivederla. Aveva il volto rigato di sporco e lacrime.

« Sono tornata più in fretta che potevo », disse Jasmin, inginocchiandosi. Vedendo che Dante tratteneva il pianto, lo trasse a sé e lo abbracciò. Lui la strinse forte, premendo il viso contro la sua guancia, e Jasmin sentì il suo respiro fra i capelli. Il bimbo tremava tutto, le manine non volevano più mollare la presa su di lei.

« Adesso possiamo andare a casa? » mormorò Dante.

« Fra poco », gli rispose Jasmin. « Fra poco. » Pensò alla cameretta con la lampada da notte che proiettava luci arcobaleno sulla tappezzeria e sul poster del pirata Jack Sparrow.

Quant'era lontana, casa loro.

Baciò più volte la fronte di Dante, lo guardò di nuovo, gli disse che gli voleva bene, gli accarezzò una guancia, si alzò e lo prese in braccio, poi si voltò verso gli altri.

Cinque persone la fissavano con volti pallidi e stanchi. Marta aveva un coltello nella mano destra, mentre Ting e Grossman stringevano bastoni appuntiti.

« Ciao », mormorò Ting.

Nel vederli, Jasmin pensò a Ulisse, che era sceso negli inferi per parlare con i morti. Achille gli aveva detto che avrebbe preferito essere schiavo fra i vivi, anziché dominatore fra i morti. « Si stanno aprendo una strada nel sotterraneo. »

« Oh, Dio », mormorò Marta.

Jasmin posò Dante a terra, ma lo tenne accanto a sé mettendogli una mano sulla nuca.

« Se restiamo qui... » disse Ting, grattandosi lo stomaco. « Se decidiamo di restare, dobbiamo premunirci, preparare altri ostacoli e pianificare una ritirata. »

« Solo che così non ci sarà alcuno scontro », obiettò Marta, impaziente.

«Ma se... se ci sarà, a noi conviene stare qui», intervenne Grossman. «Insomma, lo dice Sūnzi ed è scritto anche nel *Wèi Liáozi*, che...»

«Ma chi se ne frega, delle lezioncine di storia!» lo interruppe Marta.

«Sto solo dicendo che chi arriva primo sul campo di battaglia è in vantaggio», spiegò Grossman.

Marta sorrise. «Non fatevi illusioni. Non possiamo combattere. È ridicolo. Tornate nella realtà!»

«Certo, eviteremo lo scontro diretto, per quanto possibile», disse Ting.

Jasmin annuì e lasciò correre lo sguardo verso le tenebre in fondo al tunnel, lungo le pareti rivestite di scaffalature piene di documenti ingialliti.

«Io e Pedro ci arrendiamo subito», riprese Marta. «Dǒng Hónglì è convinto che il parco giochi sia anticostituzionale.»

«È rimasto in piazza per spiegarlo al giudice», disse Ting, rivolto a Jasmin.

«Che però non gli ha dato retta», tagliò corto lei.

«Dǒng Hónglì è più vecchio degli ingegneri», disse Marta a Ting. «Sono obbligati ad ascoltarlo.»

«Io ero presente, e...»

«Non sto parlando con te», sibilò Marta.

«Ah be', allora...» mormorò Jasmin.

«Stavi dicendo?» le chiese Ting.

«L'hanno ammazzato», rispose lei, a bassa voce.

«Non ti credo!» esplose Marta, con gli occhi arrossati dal pianto. «È colpa tua, è tutta colpa tua!»

«Non è colpa di Jasmin, lo sai», le disse Pedro.

«Allora è colpa mia?» chiese Marta, con rabbia crescente. «È questo che stai dicendo?»

«No, ma...»

«Allora di chi è la colpa?» Marta si strofinò la faccia.

«Tesoro, calmati...» Pedro abbracciò la moglie, che scoppiò a piangere.

Jasmin si voltò verso Ting. «Abbiamo altri coltelli?»

«Solo il mio», rispose Pedro.

«Non rivolgerle la parola», piagnucolò Marta.

«Avete eretto una barricata anche da quella parte?» chiese Jasmin, facendo un cenno della testa in direzione dell'ingresso crollato.

« Sì », rispose Ting.

« Un altro cavallo di Frisia? »

« Leggermente più grande. »

« Abbiamo anche avuto il tempo di fare due lance, chiamiamole così... »

« Manici di scopa appuntiti », corresse Grossman.

« Funzioneranno », disse Jasmin.

« Tu fai la segretaria, vero? » le chiese Marta. « Sei una segretaria? »

« Sì, e anche piuttosto brava », rispose lei, a bassa voce.

55

Nel giro di poche ore, dietro ai cavalli di Frisia eressero muraglie di libri infilzati con bastoni appuntiti. In alcuni punti strategici prepararono scorte di pietre da lanciare.

Jasmin divelse un massiccio cardine da una porta laterale per ricavarne un'arma, più o meno come il correggiato che si usava un tempo per la trebbiatura: fissandolo a due grossi bastoni, avrebbe potuto sfruttare l'accelerazione della parte mobile nel vibrare il colpo.

Si domandò quanto tempo sarebbe passato prima che Wǔ Wáng ricevesse il messaggio di Gabriel sulla filovia.

Marta era seduta per terra accanto a Pedro. Aveva smesso di piangere, ma il suo volto era ancora irrigidito. Grossman spaccava a suon di calci alcuni scaffali per ricavarne altri cavalli di Frisia.

Jasmin s'inginocchiò e cominciò a battere una pietra contro il cardine. Sentiva i colpi riverberare nelle braccia e il metallo riscaldarsi. Poco per volta riuscì a piegarlo, richiudendolo attorno al pezzo nel quale Ting aveva praticato un'incisione. Ruotandolo con forza, riuscì a infilarci il bordo del cardine.

Sentendo Dante ridere, si voltò verso di lui e vide Erica sollevarlo di peso.

Ting stava preparando una palizzata. Appuntiva i paletti con il coltello di Pedro e lavorava rapido e metodico, facendo schizzare trucioli di legno. I suoi muscoli apparivano lucidi nella luce tenue. Jasmin ridusse lo scialle a striscioline di tessuto, le bagnò nell'acqua fangosa sul pavimento del condotto e le riscaldò alla fiamma della lampada a olio.

« Sei tornata », disse Ting, senza distogliere lo sguardo dal coltello e dal legno. « Lo so che non l'hai fatto per me, ma sono contento lo stesso. »

Jasmin si sedette di fronte a lui, tenendo sulle ginocchia le strisce riscaldate. « È tutto talmente complicato che... » S'interruppe, rendendosi conto di non avere parole per descrivere ciò che era accaduto. Attorcigliò la prima striscia di tessuto e l'avvolse strettamente alla punta dell'arma.

« Ti riferisci a... a quello che abbiamo fatto nel teatro? Trovi che fosse fuori luogo? »

« No, per niente. » Jasmin abbozzò un sorriso. « È stato... Sono cose che succedono. Insomma, siamo adulti e vaccinati. »

« Cose che succedono? »

« In effetti no, però è stato bello. » Jasmin abbassò la voce. « Come dire? Mi ha fatto molto bene. È solo che... » Tacque nuovamente e distolse lo sguardo per celare il sorriso d'imbarazzo.

« Stai insieme a qualcuno, a Stoccolma? »

« Sono separata », rispose Jasmin, attorcigliando la seconda striscia.

« Io avevo una relazione », disse Ting. « Ma non posso riprenderla... »

« Non sei obbligato a raccontarmelo. »

« C'era anche lei, quando sono finito in overdose. »

« Tossicomane anche lei? »

« Sì. »

Pedro si alzò, prese i paletti che Ting aveva appuntito, li portò a Grossman e lo aiutò a fissarli come zanne lungo una trave.

« Non ho intenzione di mettermi sotto metadone o roba del genere », disse Ting, proseguendo il lavoro. « Voglio smettere di punto in bianco e tagliare i ponti con tutti. »

« Bravo », bisbigliò Jasmin.

« Forse non merito di tornare alla vita, ma... »

« Ma sì! Sì, che te lo meriti. »

« Comunque *voglio* tornare, ora più che mai. » Ting la fissò. « Non so come, ma quando siamo vicini sento la mia vita attraverso di te. »

Jasmin tese una mano, sfiorò la perla che lui portava all'orecchio, gli accarezzò una guancia e deglutì per trattenere il pianto. « Dobbiamo parlare. »

Lui sorrise. « Jasmin, non sto mica dicendo che dobbiamo sposarci. Però ho promesso a Dante di fargli vedere la mia casa... e puoi venire anche tu, se ti va. È un po' particolare, perché in origine era una rimessa per barche. In camera da letto ho messo un pavimento di vetro per vedere l'acqua. »

« Be', sei un falegname, no? »

« Potremmo sederci per terra a mangiare una pizza guardando le onde sugli scogli e gli spruzzi di schiuma sul vetro. »

« Magari potessimo! »

« Possiamo. Vinceremo. »

Jasmin annuì e pensò alla neve che cadeva su Stoccolma, pensò al cuore di Dante, al sorriso triste di Diana, alla fotografia scattata in Kosovo. « È stato tuo nonno a parlarmi del parco giochi. C'è un mito cinese che parla di un generale... non mi ricordo come si chiamava. Comunque, questo tizio era riuscito a tornare alla vita solo perché aveva deciso di dirimere la questione al parco giochi. »

« Vinceremo », ripeté Ting guardandola negli occhi con tanta intensità da darle un formicolio al ventre.

« Sì. »

Ting si alzò, e i trucioli di legno piovvero intorno ai suoi piedi. Dante ed Erica avevano smesso di giocare e stavano fissando Marta, che aveva tirato fuori un pacchetto di dolcetti alle mandorle e un barattolo di tempè che sembrava un petto d'anatra a fettine. Grossman si asciugò i palmi nei pantaloni e si avvicinò lentamente. Jasmin seguì Ting e vide Marta aprire la stagnola di un cioccolatino.

« Guarda, mamma! » gridò Dante.

« A lei, niente », disse Marta.

« Ma dai », le disse Pedro. « Non hanno senso queste tue... »

« Non basta per tutti », lo interruppe Marta.

« E Dante, allora? » chiese Erica, sbalordita.

« Ci pensino da soli, a trovare da mangiare », disse Marta con irritazione.

Jasmin prese Dante per mano. « Vieni. »

« È tutta colpa sua », continuò Marta, alle sue spalle. « Pensa solo a se stessa e al figlio, non vedo perché dovrebbe mangiare le mie provviste. »

Dante aveva fame, ma seguì la mamma. Come tutti i bambini, sapeva bene che cosa fosse l'ingiustizia e aveva già imparato che le suppliche non servono a niente.

56

Tenendo Dante per mano, Jasmin s'inoltrò nelle fitte tenebre del tunnel. Sentiva che Ting li stava seguendo.

« Mi pareva gentile, quel Wǔ Wáng », disse Dante dopo un po'.

« Non è colpa tua. Ti ha fregato. Ha fregato tutti », rispose Jasmin.

« Ma non te. »

« Già. »

In lontananza, verso la scala del Comitato per l'Ispezione Disciplinare, si udirono alcuni deboli colpi. Jasmin pensò che sarebbe stato il caso di mangiare qualcosa, perché potevano passare diverse ore prima che la squadra di Wǔ Wáng riuscisse a introdursi nel tunnel.

Alle sue spalle, Ting disse: « Aspetta. Restate qui, io vado a parlare con Marta ».

Jasmin si fermò. « Lascia stare. »

« Io ho fame », mormorò Dante, tirandole la mano.

« Capisco che ce l'abbia con me. Ne ha tutto il diritto, come pure gli altri. Ma non deve prendersela anche con Dante. » Jasmin si sedette per terra, con la schiena appoggiata a uno scaffale, e prese Dante sulle ginocchia.

« Le parlo io, basta aspettare che si calmi », disse Ting, sedendosi di fronte a loro.

Dante si abbandonò in grembo a Jasmin come per fare un sonnellino, e lei pensò a tutte le mattine in cui lo aveva portato in braccio in cucina, ancora mezzo addormentato. Pensò al caffè, al pane tostato, all'alba rosata sui tetti innevati, ai petali rigidi dei tulipani e al merlo che veniva sempre a beccare la mela che lei gli lasciava sul balcone.

« E come facciamo con papà? » chiese Dante, con gli occhioni luccicanti.

« In che senso? »

«Se tu ti sposi con Ting...»

«Dante, il tuo papà ci sarà sempre, non preoccuparti. Qualunque cosa succeda, papà ci sarà.»

«Va bene.»

«È questo che intendevi?»

«Sì.»

«Allora andrà tutto bene.»

«I genitori di Ting vengono dalla Cina», disse Dante.

«Davvero?» disse Jasmin, fingendosi sorpresa.

«Sono venuti in Svezia quando Ting aveva sei anni», spiegò Dante. «E il papà di Ting, che ha un nome strano... aveva costruito una zattera, ma non gliela lasciava usare da solo.»

«Era ancora troppo piccolo.»

«E allora lui ha portato sulla zattera un maialino nero, un gatto e una boccia con un pesce rosso.»

«Così non ero da solo», disse Ting.

«E ai suoi genitori andava bene così?»

«Mi sa di no», rispose Dante, fissando Ting.

«Mi sa di no anche a me», disse Ting, senza riuscire a trattenere un sorriso.

«Sono cascati tutti in acqua, ma è sparito solo il pesce rosso. Ting tornava in spiaggia tutti i giorni a lanciargli delle briciole.»

Ora il rumore dei picconi si udiva più distintamente. Jasmin sapeva che potevano mancare ancora diverse ore prima che uno degli scavatori riuscisse a passare, ma era comunque il caso di radunarsi in vista della battaglia, fare gli ultimi preparativi, erigere tutti i cavalli di Frisia, assumere le posizioni e spegnere le luci. «È inconcepibile che il Comitato Centrale sperperi tante risorse in un apparato burocratico del tutto inutile, quando non ci sono poliziotti», mormorò.

«Be', però funziona così in tutto il mondo», rispose Ting. «Nemmeno la Svezia riesce a impedire alla criminalità organizzata di...»

«Ma qui dovrebbe essere possibile. *Deve* essere possibile», lo interruppe lei.

«Sono troppi, e troppo forti... Da quel che ho capito, la Triade che controlla il porto è legata a un'altra triade, che si chiama 14K e ha sede a Hong Kong.»

« Non la conosco. »

« È una delle maggiori al mondo. È stata fondata come gruppo anticomunista, dopo che... »

« Erica! » gridò all'improvviso Dante, levandosi a sedere.

La bambina si avvicinò e aprì un involto di carta che conteneva un po' di tempè, tre quadratini di cioccolato e quattro dolcetti alle mandorle mezzi sbriciolati.

« Grazie », le disse Jasmin in inglese. « Ma forse la tua mamma si arrabbierà, se... »

« Chi se ne frega », disse Erica, guardandola negli occhi. « Mi vergogno di lei. Bisogna condividere tutto. »

« Eh, magari! »

« Possiamo mangiare? » chiese Dante.

« Comincia dalla carne », disse Jasmin.

Dante prese in bocca un pezzetto di tempè, lo masticò, poi abbracciò Erica. Ting mangiò un boccone, poi si avvicinò a Jasmin e le mise in bocca un dolcetto alle mandorle. Dante ed Erica ridacchiarono e Ting diede a Jasmin un rapido bacio sulle labbra, poi la guardò con un ampio sorriso.

« E adesso che c'è? » gli chiese lei.

« Sul serio... posso sapere a che cosa servono tutte quelle lentiggini? »

« E tu come mai hai gli occhi a mandorla? »

« Ce li ho a mandorla? » rise Ting.

« Eh sì », disse lei, con un sorriso.

« L'ha deciso Mao. » Ting sollevò con le dita gli angoli degli occhi.

« Sei bello », disse lei, serissima.

« Perché dici così? »

« Perché è vero. »

« Lo sapevi che in Cina c'è stato un concorso nazionale di sosia? » disse Ting.

« No. »

« Hanno vinto tutti. »

« Non mi sembrano di buon gusto, le barzellette sui... »

« E lo sai perché in Cina non c'è una Disneyland? »

Ting tacque e si voltò in direzione dell'archivio del tribunale. Una leggera corrente d'aria proveniva dal fondo del tunnel. Jasmin raccolse da terra la sua arma e si alzò. Erica mise in bocca a

Dante l'ultimo quadratino di cioccolato e con un risolino ritrasse di scatto le dita, come per timore che lui gliele mordesse.

« Stanno arrivando? » bisbigliò Ting.

« Dante? » disse Jasmin, indietreggiando.

In lontananza si sentì un mugghio, come il risucchio di una canna fumaria, poi di nuovo la corrente d'aria e un rumore, come di pietre spaccate.

57

Anche Grossman aveva udito il rumore. Li raggiunse e scrutò nelle tenebre. Subito dopo, alle sue spalle apparve Pedro, con il coltello in mano.

«Che succede?» bisbigliò Grossman.

«Non lo sappiamo», rispose Ting.

«È Wǔ Wáng», disse Marta con voce rotta, puntando un dito verso il fondo del tunnel. «Viene dalla stessa parte di Jasmin. L'ha seguita.»

«Non credo», rispose Jasmin. Sentiva un vago odore di fumo.

Marta tentò di trascinare via Pedro. «Dobbiamo girare i cavalli di Frisia.»

«Fate come vi pare, ma io sono quasi sicura che alla sede del Comitato per l'Ispezione Disciplinare ci sia un incendio», disse Jasmin. «Ecco perché l'aria viene risucchiata in quella direzione, e...»

«Ma cosa vuole saperne, questa qui?» la interruppe Marta.

Non è ancora entrato nessuno, pensò Jasmin, drizzando le orecchie nel silenzio. *Sono riusciti ad aprire solo un piccolo varco, nel quale hanno versato benzina o cherosene.* «L'aria spira verso il fuoco e il fumo sale verso l'alto, ma finché c'è combustibile le fiamme continueranno a venire verso di noi.»

«D'accordo, rifugiamoci nell'archivio», disse Ting.

«Se estinguiamo l'incendio, possiamo restare qui», ribatté Jasmin.

«Ma se non abbiamo acqua nemmeno per bere!» obiettò Pedro.

«Verissimo, ma possiamo creare un controfuoco. L'ho visto fare: i due incendi si spengono a vicenda.»

«Già, perché si esaurisce il combustibile», chiosò Grossman.

Pedro era scettico. «Ma è possibile?»

«L'ho visto fare», ripeté Jasmin.

«Se funziona, avremo un vantaggio», disse Ting. «Dopo l'incendio, crederanno che qui sotto non ci sia più nessuno.»

«È troppo pericoloso», disse Marta.

«Certo, ma sarebbe ancora più pericoloso fuggire», obiettò Jasmin.

Ting la fissò. «Sei sicura?» Era serissimo, la cicatrice sulla palpebra sembrava tracciata con una penna a punta fine.

«Non saprei che alternative suggerire.»

Portarono i paletti acuminati e i cavalli di Frisia fino alla scala che saliva all'archivio, poi si ritirarono nelle viscere del tunnel e decisero di appiccare il fuoco in prossimità della prima barricata. Rimossero tutto il materiale infiammabile dal loro lato, e dall'altro formarono una muraglia di libri, in modo che il fuoco potesse propagarsi in una sola direzione.

Ora si sentiva chiaramente il ruggito delle fiamme nel sotterraneo. Il risucchio d'aria e il crepitio riverberavano nel tunnel buio.

«Non facciamo in tempo a spostare altro materiale infiammabile!» gridò Pedro.

«Voglio un margine di sicurezza di quindici metri», gli rispose a gran voce Grossman, con le braccia piene di vecchie carte.

Jasmin divelse uno scaffale. «Fra poco sarà troppo tardi.»

Dante ed Erica stavano portando una lunga asse. Jasmin spezzò con un calcio il fondo della scaffalatura e si procurò un profondo graffio allo stinco. Pedro e Marta gettarono alcuni pezzi di legno al di là della barricata e corsero a prenderne altri. L'incendio sprigionò una ventata calda di legno e fumo.

«Accendo?» chiese Ting, reggendo la lampada a olio.

«Sì.» Jasmin allontanò Dante ed Erica.

Ting avanzò di qualche passo, gettò la lampada a terra davanti alla barricata e le fiamme attecchirono subito sulla carta secca.

Sentirono un piacevole calore in viso, poi la corrente d'aria che proveniva dall'archivio scompigliò loro i capelli.

Le lingue di fuoco lambirono il soffitto e si ripiegarono nella direzione opposta a loro, incendiando i volumi e propagandosi rapidamente verso l'altro incendio.

Grossman e Ting portarono i paletti acuminati per preparare la prima trappola. Dante voleva guardare il fuoco, ma Jasmin lo portò con sé verso l'uscita del tunnel. Marta ed Erica erano già sedute sulla scala, entrambe impallidite. La porta che dava sul sotterraneo dell'archivio era accostata.

« Potresti aprire la porta? » chiese Jasmin. « Così facciamo entrare un po' d'aria. »

« Certo », rispose Marta, senza degnarla di uno sguardo.

Jasmin cominciò a mettere in ordine le armi che avevano portato e allineò davanti a sé i paletti acuminati. Marta aprì la porta e Jasmin vide rotolare via i cunei di carta che aveva infilato nello spiraglio. In lontananza, in fondo al tunnel, si sentì un rombo e un crollo di pietre. D'un tratto, alcune faville senza peso uscirono in volo dalle tenebre.

« Dante, sali! » disse Jasmin. « Porta anche Erica. »

Un fumo nero copriva il soffitto. I due incendi non potevano ancora incontrarsi, era troppo presto. In più, il primo era avvampato con estrema rapidità, raggiungendo una temperatura altissima. Le cose cominciavano a farsi rischiose. Jasmin si addentrò nel tunnel per andare a prelevare gli altri. L'aria calda continuava a spingere faville verso di lei. Il ruggito crebbe d'intensità e un'ondata di fuoco eruppe nella sua direzione. Jasmin cadde all'indietro e vide le fiamme ritirarsi lungo il soffitto. Accanto a lei, uno scaffale cominciò a sprigionare fumo. Si alzò e vide Ting correre a testa bassa, seguiro da Pedro, che si copriva la bocca con una mano.

« Venite! » gridò Jasmin, arretrando.

Con un boato, il fuoco eruppe nuovamente, risucchiando ossigeno, lambendo il soffitto e incendiando i capelli di Pedro, che lanciò un grido, si batté le mani sulla testa e continuò ad avanzare. Ting raggiunse Jasmin e, fra i colpi di tosse, le gridò di correre. Il calore le irritava gli occhi. Più oltre, lungo il tunnel, Jasmin intravide la sagoma barcollante di Grossman, circondata dalle fiamme. Ting la trascinò all'indietro.

Intorno a loro, i documenti prendevano fuoco, crepitando e sibilando. Grossman si mise a quattro zampe, mentre frammenti di carta incendiati gli ricadevano addosso. Il fuoco divorava l'ossigeno, creando un forte risucchio. Pedro oltrepassò di corsa Jasmin, coprendosi la bocca con una mano. Lei allora si divincolò da Ting e tornò verso Grossman, che la fissava senza muoversi. Un turbinio di fiocchi infuocati la risospinse indietro, ma lei chiamò a raccolta le proprie forze e riprese ad avanzare. « Corri! » strillò a Grossman, strattonandolo.

Lui scosse la testa e rimase immobile.

Jasmin lo afferrò per le braccia e lo costrinse a rialzarsi. « Corri! » ruggì.

Grossman barcollò in avanti, fece qualche passo, poi si mise a correre, mentre il fuoco cresceva fino a formare una tempesta di fiamme. Non si riusciva più a respirare. Ting la raggiunse e tirandola per un braccio la trascinò verso l'uscita.

Marta, atterrita, teneva aperta la porta. Alle sue spalle, Pedro tossiva. Il rombo era assordante. Afferrando un paletto appuntito, Jasmin si accorse che la manica della sua camicetta aveva preso fuoco. Ting incespicò sui gradini, tossendo si voltò verso di lei e le tese una mano. Jasmin l'agguantò e, stringendo il paletto dalla parte della punta, lo tese a Grossman, che aveva la schiena in fiamme. Il fuoco avvolgeva tutto: pavimento, pareti, soffitto. Grossman afferrò il paletto e Jasmin lo trasse a sé. Lui cadde in avanti e si trascinò su per i gradini. Ting aiutò Jasmin a tirarlo sulla scala, mentre una nuova ondata di fuoco si abbatteva verso di loro.

Marta non fece in tempo a richiudere la porta: le grandi cassettiere in legno della cartoteca si erano già incendiate. Le pareti sfrigolavano: la colla della tappezzeria ribolliva. Jasmin e Ting trascinarono Grossman al di là del baule fino al corpo scale e gli strapparono di dosso i resti fumanti della camicia.

« Dante, sali! » gridò Jasmin.

Grossman vomitò, tossì e levò due dita in segno di vittoria. Il fuoco aveva già attecchito su una scaffalatura e stava facendo presa sul soffitto. Una sirena d'allarme cominciò a suonare. Sulla schiena di Grossman c'era una chiazza scura a forma di zampa di lepre, circondata da un'ampia area rossa e piena di bolle.

« Ce la fai a camminare? » gli chiese Ting.

« Peccato per la camicia », disse lui, quasi senza voce.

Il fuoco si stava propagando, pezzi di soffitto incendiati precipitavano in un turbinio di scintille. Grossman gemette dal dolore mentre Ting lo aiutava ad alzarsi e insieme cominciavano a salire la scala di metallo. Sotto di loro, le fiamme premevano contro le lastre di vetro che chiudevano il corpo scale.

Jasmin corse a raggiungere Dante ed Erica, li prese per mano e salì insieme a loro, spiegando che bisognava raggiungere l'uscita e che dovevano obbedirle senza fare domande.

Quando arrivarono alla rotonda, Jasmin vide che l'incendio aveva già raggiunto le sale circostanti. Il fuoco era penetrato fra le travature. Un uomo con il volto striato di nero e le mani ustionate uscì barcollando da un ufficio in fiamme. Sparsi per terra c'erano diversi raccoglitori, fogli volanti e valigette.

Jasmin tentò di richiamare alla mente il percorso che aveva seguito quando era arrivata. Si voltò verso il corridoio proprio nel momento in cui alcune porzioni di pavimento crollavano e un fiotto di scintille incendiava le pareti e gli scaffali. Un'onda di calore li spinse all'indietro. Era troppo tardi per passare di lì: le fiamme arrivavano fino al soffitto. Continuando a stringere le mani dei due bambini, si guardò intorno.

Dietro un bancone, Timo stava ancora lavorando. Tentò di spingere un carrello pieno di documenti ma, non appena vide Jasmin, si fermò e le fece un cenno.

Erica si divincolò per coprirsi la bocca con ambedue le mani, in un accesso di tosse. Marta accorse e la prese con sé.

Timo abbandonò il carrello, afferrò una cartelletta e uscì da dietro il bancone.

«Che cosa ci fai qui? Devi andartene!» gli gridò Jasmin.

Lui le porse la cartelletta. «Mi chiedeva di Wǔ Wáng?»

«Ma non intendevo dire che dovevi aspettarmi!» tossì Jasmin.

La sirena d'allarme continuava a suonare, aggiungendosi al rombo dell'incendio. Un fumo nero riempiva tutti i corridoi e saliva lungo le pareti della rotonda. Jasmin sfilò dalla cartelletta tutti i fogli che vi erano contenuti e li passò rapidamente in rassegna.

«Davanti all'uscita ci sono parecchi uomini armati», la informò Timo.

«Non c'è un altro ingresso?»

«Non più. Resta solo il tetto...»

«Oh, Signore!» piagnucolò Marta.

Scaglie di brace vorticarono nella grande rotonda e vennero risucchiate nel fuoco. Il calore arroventava la pelle.

«Devi uscire subito», disse Jasmin a Timo, infilandosi in tasca i fogli.

«Se non le serve aiuto con...»

«Vai, sbrigati», lo interruppe lei, disperata.

«Al cielo interessa il bene delle persone», rispose Timo in tutta calma. Nei suoi occhi non c'era traccia di paura.

Jasmin sputò saliva nera e trascinò con sé Dante. Nella sala, le vampe fecero esplodere una lampada a olio e il fuoco scuro attecchì sulle tende.

«Torniamo nel corpo scale!» gridò Ting.

A testa bassa, corsero verso la scala racchiusa dai vetri. Pedro incespicò in una sedia rovesciata ed Erica strillò nel vederlo cadere. Un fregio in legno intagliato avvolto dalle fiamme precipitò a terra davanti a loro. Jasmin strattonò Dante di lato per aggirare il fregio e raggiunse il corpo scale.

Salirono i gradini metallici. Pedro si era già rialzato, ma Erica piangeva spaventata. Le pareti di vetro vibravano e rombavano. Il fuoco nella rotonda quasi non dava luce, torcendosi su se stesso in mezzo al fumo nero.

«Mamma, non ce la faccio...» disse Dante.

La sirena cessò di suonare, altre lampade esplosero, l'intero archivio era in fiamme. Le pareti incendiate ondeggiavano, la sala era come un pozzo infuocato. Le vampe incrinarono le lastre di vetro, che emisero uno stridio e tutte insieme s'infransero di schianto. Tutti loro continuarono a salire la scala, avvolti dal calore e dal ruggito delle fiamme.

Il metallo si stava arroventando, le suole delle scarpe si squagliavano e l'armatura della scala cigolava. Una scaffalatura alta una decina di metri crollò e sparì nel fuoco infernale. Pezzi di soffitto fumanti cominciarono a cadere ovunque.

Un pannello del controsoffitto precipitò, urtò la scala un metro sopra di loro e s'infranse. L'intera struttura metallica tremò. Dante strillò, mentre una pioggia di schegge infuocate si abbatteva su di loro.

58

L'ultimo tratto di scala passava attraverso la soffitta rovente e piena di fumo, fino al tetto del grande archivio. Sotto il cielo scuro, l'aria era meravigliosamente fresca e piena di goccioline di pioggia. Tossendo e ansimando, si fermarono su una stretta piattaforma che correva intorno alla cupola del tetto. A separarli dall'abisso, solo un piccolo parapetto in metallo. Jasmin tenne Dante accanto a sé e guardò le luci della città che brillavano nitide sotto di loro. Al di là dell'abitato, soltanto tenebre.

Siamo tutti morti, pensò. *Ma non annientati. Esistiamo ancora, e ne abbiamo coscienza.*

Dall'ingresso principale saliva una colonna di fumo piena di scintille. Da sotto la cupola proveniva un rombo sordo.

Prima o poi tutto questo dovrà finire, si disse Jasmin, guardando la gente che si era radunata quindici metri sotto di loro.

Per la prima volta, nella sua mente s'insinuò l'inquietante sospetto che le cose non sarebbero andate come voleva. Alle sue spalle, Ting stava cercando di spiegare a Grossman che ora sarebbero andati in un altro nascondiglio. La mano di Dante era sudata e continuava a scivolare dalla presa di Jasmin.

D'un tratto udì un sibilo accanto a sé. Marta lanciò un grido: una freccia nera dall'impennaggio bianco le aveva trapassato l'avambraccio. Il sangue gocciolava dalla punta. Jasmin si accovacciò, trasse a sé Dante e in strada scorse Wǔ Wáng armato di balestra.

«Per di qui!» tossì Ting.

A terra, le persone puntavano le dita in alto, seguendo i loro movimenti intorno alla cupola.

Ci hanno trovati, pensò Jasmin. *Rieccoci al parco giochi.*

Un'altra freccia fischiò sopra le loro teste, ma ormai erano dall'altro lato della cupola, fuori portata. Ting aiutò Grossman a scendere una scaletta che portava al tetto dell'edificio adiacente, appena un metro sotto quello dell'archivio. Più oltre, Jasmin intravide altri tetti alla stessa altezza.

Una via di fuga.

Ting tornò alla scaletta per aiutare Dante ed Erica. Jasmin disse più volte ai bambini di sedersi e restare immobili ad aspettare.

Grossman era reclinato su un fianco, con gli occhi chiusi e la bocca aperta.

Marta stava ancora gridando dal dolore, il braccio grondante di sangue, ma Jasmin constatò che la freccia aveva attraversato soltanto la parte più esterna del muscolo, dunque non c'erano lesioni ai principali vasi sanguigni. Pedro tentò di parlare con la moglie, che però era troppo sconvolta per rispondere. « Vuoi che la estragga? » le chiese Jasmin. « Non è una ferita grave, ma immagino che faccia male... »

Marta annuì debolmente e s'inumidì le labbra. Senza darle il tempo di rispondere, Jasmin le serrò il braccio, afferrò la punta della freccia e gliela estrasse. La porse a Pedro e strofinò le mani contro i pantaloni per ripulirle dal sangue, poi strappò un lembo della camicia di Marta e lo usò per fasciarle la ferita.

Il fuoco stava salendo lungo la facciata del palazzo. Fiamme scure si agitavano al vento come vele squarciate. Spirali di fumo nero salivano verso il cielo buio.

Jasmin aiutò Marta e Pedro a scendere sul tetto dell'edificio attiguo, poi li seguì, badando bene a non avvicinarsi all'orlo visibile dalla strada. Il brusio dei curiosi non si sentiva più, ma Jasmin sapeva che stavano solo aspettando. « Dobbiamo proseguire », disse. « Fra poco saliranno qui. »

Il tetto successivo, piuttosto ripido, era coperto di tegole rossicce che lungo il margine si curvavano verso l'alto e risuonavano sotto il peso dei loro passi. Pedro, Marta ed Erica raggiunsero in tutta fretta il colmo del tetto, ma lì si fermarono e tornarono indietro. Quando Jasmin arrivò insieme a Dante, capì il perché: c'era un salto, fra quell'edificio e il successivo. Il vento le scompigliava i capelli, doveva scostarli dal viso per vedere bene. La distanza fra i due tetti non era così grande, si poteva benissimo superarla con un balzo.

Ting la oltrepassò, andò dritto fino all'orlo e saltò. Atterrò agilmente sull'altro tetto, avanzò di qualche passo, rimase immobile per alcuni secondi, poi si voltò sorridendo. Grossman si avvicinò cautamente all'orlo, ma sembrava ancora molto dolorante.

« Ce la fai? » gli chiese Jasmin.

« Non sono in gran forma », rispose lui, tentando di sorridere.

Ting tese le braccia verso di lui, ma non riuscì a raggiungere le sue mani. Grossman arretrò di qualche passo, prese la rincorsa e con un gemito saltò. Atterrò in malo modo, visibilmente sofferente. Una tegola si staccò, scivolò fino al margine del tetto e s'infranse. Le schegge piovvero giù in strada. Pedro si fece il segno della croce e balzò insieme a Erica e Marta. Jasmin prese in braccio Dante, avanzò fino all'orlo, abbassò lo sguardo e vide i curiosi assiepati nel vicolo.

Dall'altro lato della strada commerciale, le persiane si aprirono.

Ora restavano solo loro.

Gli diede un bacio sulla testa e gli disse sottovoce di tenersi stretto a lei, poi arretrò e prese la rincorsa. Con un formicolio allo stomaco balzò e, mentre era sospesa in aria, ebbe l'impressione che dentro di lei baluginasse un'immagine allo specchio del baratro buio che stava oltrepassando.

Atterrò sulla pendenza del tetto. Posò male un piede e batté il ginocchio, spezzando una tegola, ma riuscì a non far cadere Dante.

« Tutto a posto? » le chiese Ting.

« Sì. » Jasmin si alzò e proseguì, tenendo Dante per mano, ma l'immagine del baratro si aggirava ancora nella sua mente. Era come se in quel frammento di specchio fosse diventata visibile la tenebra che era dentro di lei.

Jasmin sapeva di avere messo in gioco il proprio destino: stavolta non era andata al molo a farsi pesare.

In silenzio, la squadra riprese la fuga. Jasmin sollevò Dante per posarlo sul tetto successivo, poi vi salì anche lei. Quando si voltò verso la sede dell'archivio, vide che l'edificio era interamente avvolto dalle fiamme, come in una pellicola vitrea. Il fuoco non emanava quasi nessuna luce. Il cielo notturno, opaco e nero, premeva tutt'intorno a loro. Ting aiutò Grossman a salire lungo il nuovo tetto e Jasmin sostenne con le braccia il corpo pesante dell'uomo, che aveva il fiato corto e sudava come se gli fosse venuta la febbre.

Quando poi Jasmin tese le mani per aiutare Marta, scorse una sagoma sul tetto accanto all'archivio: un uomo che chiudeva un lucernario e si alzava in piedi. « Ci stanno seguendo », disse a voce alta. Doveva essere uno degli uomini di Wŭ Wáng.

Corsero all'edificio successivo, che aveva un tetto in rame ormai ossidato. I loro passi facevano rimbombare il metallo. Dante, per mano alla mamma, avanzava più in fretta che poteva. Jasmin sentiva alle proprie spalle i gemiti di Marta e il respiro ansante di Grossman.

Raggiunto il limitare del tetto, vide che anche lì c'era un salto, lungo più o meno quanto il precedente. Ma l'edificio successivo era più basso. « Dobbiamo saltare! » gridò a Dante, mentre correvano. Il bimbo non rispose, ma la seguì fino al bordo. Jasmin lo strinse per il polso e balzarono insieme. Mentre ancora erano sospesi in aria, capì che ce l'avrebbero fatta. Atterrarono sul tetto di cemento, a buona distanza dal margine. Dante vacillò in avanti, ma recuperò l'equilibrio.

Gli altri erano appena dietro di loro, Ting li stava esortando ad affrettare il passo. Jasmin corse insieme a Dante fino all'edificio successivo e si fermò di botto.

Davanti a loro c'era un enorme tetto in vetro: vecchie lastre romboidali fissate con il mastice a una fragile struttura di sottili assi di legno che sembrava poggiare sulle murature e sulla trave centrale.

« Il bazar », disse Grossman, fermandosi.

« Il vecchio mercato delle spezie », soggiunse Ting.

Sotto la vetrata si scorgeva un ampio spiazzo pavimentato a scacchi, con alcuni rifiuti sparsi fra i tavolini da caffè e una carriola arrugginita coricata su un fianco.

59

Impossibile proseguire, ma avevano alle calcagna l'uomo di Wǔ Wáng, che si mise carponi sul colmo del tetto in tegole, guardò in basso e fece una specie di segnale agli altri giù in strada, poi riprese ad avanzare.

«Potremmo provare a seminarlo», disse Jasmin.

«Io invece credo che avremmo bisogno di un'arma...» ribatté Ting.

«Hai ancora il coltello, Pedro?» chiese Jasmin. «Ne avevi uno, prima...»

«Nella fretta ho perso tutto...» ansimò lui.

«Iniziamo a passare dall'altra parte», disse Ting, stendendosi bocconi e scivolando lentamente lungo il tetto in vetro.

Si sentì un vago scricchiolio. Jasmin vide che Ting tentava di ripartire il peso sul maggior numero possibile di lastre. Da lì al margine opposto c'era circa una decina di metri. Sotto di lui, frammenti di mastice secco si staccarono e caddero. Marta tentò di calmare Erica.

«Io, lì, non ci salgo», disse Grossman. «Non è che abbia paura, ma è una follia!»

Ting, giunto dall'altra parte, si voltò verso di loro. Aveva il volto madido di sudore.

Jasmin si avvicinò al bordo insieme a Dante. «Hai visto come ha fatto Ting?»

«Sì: così!» rispose lui, tendendo le braccia.

«Cerca di appiattirti più che puoi, finché non arrivi da lui.»

«D'accordo...»

«Non aver paura, andrà tutto bene.»

Dante strisciò lungo il tetto. Attraverso i vetri, Jasmin vide che il bazar si era riempito di gente che guardava in alto. S'impose di non gridare. *Andrà tutto bene,* si disse. *È talmente leggero...*

Si accovacciò per prepararsi a seguirlo. Attese qualche istante, poi si trascinò sulle lastre. Il vetro freddo le scivolava lungo la guancia e scricchiolava sotto il suo peso. Sul pavimento del bazar, nel punto in cui i curiosi non si arrischiavano a stare, vide la propria ombra come un angelo nero ad ali spiegate.

« Sbrigatevi! » gridò Marta.

« Piano, Dante », disse Ting per calmarlo. « Ci sei quasi. »

Dante, impaziente, tentò di raggiungerlo gattonando, ma il suo ginocchio infranse uno dei rombi di vetro. Jasmin gli strillò di restare immobile. Nel bazar, la gente arretrò per ripararsi dalle schegge. Dante risollevò la gamba. Aveva gli occhi sgranati dalla paura. Jasmin, con le palpitazioni, si trascinò piano piano verso di lui. Il vetro scricchiolò e altri frammenti di mastice caddero giù.

Dall'altra parte, Ting tese le braccia per afferrare le mani di Dante. « Stai fermo, ti prendo io. Tieniti forte... »

Jasmin attese che lui traesse in salvo il bimbo e rimase immobile ancora per qualche istante, mentre il vento le accarezzava la schiena, poi riprese ad avanzare. Quando Ting le afferrò una mano e la tirò fino al tetto successivo, si udì uno scricchiolio acuto. Con gambe tremanti, Jasmin si alzò e si scostò dal margine. « Signore benedetto », sospirò, abbracciando Ting e Dante.

Marta, già al centro del tetto di vetro, esortava Erica a venire con lei. Pedro, inquieto, sgridò la bambina che non osava seguire la madre. L'uomo di Wǔ Wáng aveva già raggiunto il tetto di rame. Erica, atterrita, si mise a piangere ma cominciò a trascinarsi verso Marta. Pedro, rendendosi conto di dover mantenere la calma, le disse: « Così, da brava », poi si avventurò anche lui sul vetro. Grossman chiudeva la fila. Osservava l'inseguitore, stringendo in mano una pietra, ma alla fine la posò, si stese bocconi e cominciò a strisciare goffamente.

Jasmin e Ting aiutarono Marta a superare il margine del tetto. Con sguardo vacuo, la donna si voltò e riprese a esortare la figlia, promettendole una bambola nuova.

« Mamma, ho paura », piagnucolò Erica, alzandosi in piedi.

« Stenditi! » le gridò Jasmin.

Troppo tardi. La lastra s'infranse e la bambina rimase appesa per le braccia ai listelli di legno che delimitavano i rombi, scalciando, mentre le schegge precipitavano. Gli spettatori gridavano puntando le dita verso l'alto. Marta, senza riflettere, fece per correre verso la figlia, ma al primo passo sfondò una lastra. Ting fu lesto a strattonarla indietro. Lei si divincolò e gli urlò in faccia che doveva salvare la bambina.

Erica, immobile, fissava con gli occhi sgranati il pavimento del bazar e il pubblico in attesa. Jasmin si stese bocconi e strisciò cautamente verso di lei. Non era lontana. Pedro gridò alla figlia di tenersi aggrappata, mentre il rombo sotto il ginocchio di Jasmin s'incrinava trasversalmente. Riuscì a raggiungere una manina di Erica, ma non c'era nulla a cui sostenersi per risollevare la bimba. Attraverso il vetro vide le gambette che scalciavano e una scarpina che precipitava. Fu allora che scorse Wǔ Wáng: inginocchiato sul pavimento a scacchi, stava puntando la balestra verso Grossman.

« Grossman! » gridò Jasmin.

Lui si girò rapidamente di lato, facendo tremare tutto il tetto di vetro. La freccia mancò il bersaglio, ma infranse un altro rombo. La trave portante scricchiolava, caddero altre briciole di mastice. Un istante dopo, i listelli di legno si spezzarono sotto il peso di Grossman. Metà del tetto si abbassò di una spanna ma rimase appesa alle sommità dei muri. Le schegge di una ventina di rombi piovvero a terra, i listelli si torsero e l'intero tetto s'inclinò ancora di più.

« Non ti lascio cadere! » gridò Jasmin, stringendo la mano di Erica più forte che poteva.

Ora Grossman era sul vetro all'altezza della trave portante, immobile a braccia distese. Pedro avanzava strisciando. Jasmin sentì Ting che le gridava qualcosa. Il tetto vibrò ed ebbe uno scossone, la parte su cui si trovava lei stava per crollare. I listelli si spezzavano uno dopo l'altro e il mastice si stava polverizzando. Dopo altri cigolii e scricchiolii, la struttura cominciò a cedere. Un nuovo scossone verso il basso e un vorticare di schegge. Marta strillò. Gli spettatori, in preda al panico, uscirono di corsa dal bazar. Ora soltanto un angolo del tetto si reggeva saldamente; il resto poggiava sulla trave portante. Jasmin tentò di strisciare all'indietro e al tempo stesso sollevare la bambina, ma le lastre sotto di lei ripresero a muoversi. Non c'era più tempo. Il tetto scivolava di lato, portando con sé anche Erica. I listelli che le separavano si spezzarono, ma Jasmin non mollò la presa.

Quando il tetto s'incastrò su un travetto spezzato, finalmente riuscì a sollevarla. Non erano lontane dal bordo. Pedro le raggiunse e insieme a Jasmin trascinò Erica all'indietro fino a portarla in salvo. Marta prese la figlia tra le braccia e scoppiò a piangere. Si sentirono altri due scossoni, poi ciò che restava del tetto si piegò intorno all'asse portante e precipitò, schiantandosi con un boato sul bazar. Grossman rimase aggrappato alla trave, avvolto nella nube di polvere sollevata dal crollo.

60

Grossman, dolorante, avanzava carponi sulla trave portante, in alto, sopra il pavimento del bazar. Aveva il volto madido di sudore. Nel silenzio si sentiva solo il vento che odorava di bruciato. Nel bazar non c'era più nessuno: tutti si erano rifugiati nel locale adiacente e si accalcavano alla porta per riuscire a vedere. Grossman si fermò e chiuse gli occhi, come perso nei suoi ricordi. Le braccia tremavano per lo sforzo e dalla trave continuavano a cadere schegge di vetro. Dopo qualche istante, riaprì gli occhi e riprese ad avanzare.

Ting e Jasmin lo aiutarono a reggersi nell'ultimo metro. Aveva le mani piene di tagli, ma riuscì a sorridere nel vedere Dante che trascinava verso di lui una seggiola da giardino arrugginita. Si sedette pesantemente, nonostante la schiena ustionata, e parve sul punto di piangere. Le sue labbra tremavano, gli occhi erano cupi e iniettati di sangue.

Lentamente l'uomo di Wǔ Wáng si avvicinò al margine del tetto di fronte a loro e rimase immobile a guardare Ting che, sostenuto da Pedro, si sporgeva nel vuoto e svelleva con un calcio l'elemento di giunzione della trave. Poi tornò da dov'era venuto, prima ancora che la trave cedesse, restando appesa al capo opposto.

Marta, seduta per terra, teneva fra le braccia la figlia, le accarezzava i capelli e le parlava, tentando di farla smettere di piangere. Dante, un po' in disparte, attendeva che Erica lo guardasse.

Ting gridò qualcosa, poi Jasmin udì lo schianto della trave che precipitava nel bazar, in mezzo alle macerie del tetto.

Pedro, con le mani sanguinanti, si riunì al gruppo.

Ting aveva la faccia sporca e respirava a bocca semiaperta. «Ce la fate ad andare avanti ancora un po'?»

Lo seguirono al di là di una fila di comignoli e salirono lungo un tetto di tegole fortemente inclinato, badando a non essere visibili dalla strada. Nei punti in cui non era possibile correre, tentavano comunque di mantenere un buon passo. Superarono altri sette tetti, poi Ting li condusse a una scala di metallo fissata da bulloni arrugginiti. Scesero, e l'intera struttura cominciò a traballare sotto il loro peso. Frammenti di malta porosa si staccavano e cadevano tintinnando sui gradini. Grossman ansimava pesantemente e il viso fuligginoso di Marta era rigato dalle lacrime che continuavano a sgorgare silenziose. Raggiunsero un ballatoio sul retro dell'edificio e corsero all'estremità opposta, dove spinsero da parte un vecchio materasso e scesero un'altra scala, che portava ai ballatoi inferiori. Arrivati a quello più basso, scavalcarono tre biciclette coricate a terra, oltrepassarono uno stendino pieno di biancheria messa ad asciugare, svoltarono un angolo e si fermarono davanti all'uscio logoro di un appartamento, privo di targhetta.

Jasmin sorreggeva Grossman, sudato e febbricitante. Dante teneva per mano Erica. Pedro e Marta parlottavano a bassa voce. Ting si passò una mano fra i capelli, lanciò un'occhiata a Jasmin, poi bussò. Dopo qualche istante, si aprì uno spiraglio di pochi centimetri, ma la porta rimase bloccata da una catenella di sicurezza. Si richiuse, poi si spalancò del tutto e rivelò una donna dagli zigomi pronunciati e dagli occhi neri e lucidi. « Mister Wonderful », mormorò. « Hai portato il caffè? » Osservando Ting, serrò le labbra come per trattenere un sorriso. Indossava braccialetti tintinnanti e una vestaglia amaranto chiusa sul girovita da un nodo lasco. I capelli scarmigliati che le ricadevano sulle spalle le davano un'aria da hippie.

« Ci serve aiuto, Antonia. »

« Bell'orecchino », disse lei, imperturbabile, sfiorando la perla all'orecchio di Ting.

« È un regalo. »

« Lo spero bene. »

Gli occhi scuri si soffermarono ancora per un istante su di lui, poi la donna si fece da parte per lasciarli entrare.

Pedro aiutò Jasmin a sorreggere Grossman. Dante, Marta ed Erica li seguirono. La donna chiuse la porta a chiave, ma Jasmin tornò indietro a chiudere anche una seconda serratura e a mettere la catenella. Ripensò all'espressione con cui l'uomo di Wǔ Wáng li aveva guardati dal margine opposto del tetto. Lo stesso sguardo che, quand'era nell'esercito, aveva visto negli occhi di alcuni militari e dei bambini-soldato: per quelle persone, l'individuo non esisteva più e tutti gli esseri umani erano già morti. « Tiri tutte le tende », disse.

« Sono già tirate », rispose Antonia, in tutta calma.

« Mamma », bisbigliò Dante. « Non hai detto 'per piacere'... »

« Ci sono altre uscite? » chiese Jasmin.

« No », disse Ting.

« Quanto siamo in alto, rispetto alla strada? »

« Ben poco », rispose Antonia.

« Tre metri », disse Ting.

« Quindi potremmo provare a saltare da una finestra? »

« Questo è un buon nascondiglio », la rassicurò Ting.

« Ma che vi prende? » Sul volto placido di Antonia passò l'accenno di un sorriso. « Che avete fatto? »

« Te lo spiego subito », le rispose Ting. « Ci serve solo... »

« Ci sono armi, qui? » incalzò Jasmin.

Antonia le rivolse uno sguardo mite. « No. »

« Coltelli da cucina? »

« Certo, ci mancherebbe. »

Si addentrarono nel misero appartamento e Dante si aggrappò a una gamba di Jasmin. Steso sul letto c'era un uomo nudo che stava fumando.

« Lui è Jet », disse Antonia, gettandogli un paio di pantaloni.

L'uomo si vestì senza mostrare il minimo imbarazzo. Aveva le braccia coperte di tatuaggi e i capelli biondi scendevano fino a coprirgli le orecchie.

Jasmin andò in cucina, seguita da Ting e Dante. Aprì i cassetti, radunò i coltelli e li dispose in fila sul tavolo. Ce n'erano due a lama rigida. Il primo, il migliore, era giapponese; l'altro, più corto, era un coltello da frutta. Jasmin ne prese un terzo, lungo e sottile. « Questo qui va affilato », disse. « Quest'altro, invece, può funzionare solo se si riveste di nastro adesivo metà della lama e... »

« Tranquilla... » mormorò Ting.

« Chiedi alla tua amica se ha una cote », gli ordinò lei.

« Jasmin, prima dobbiamo medicare le ferite. »

« Provvedi, allora! »

Jasmin prese una tanica d'acqua, riempì un bicchiere e lo

porse a Dante, che bevve e si asciugò la bocca con il dorso della mano.

Ting non si mosse. « Dovremmo approfittarne per riposarci », azzardò. « Adesso che abbiamo l'occasione di... »

« Sono stata nell'esercito », lo interruppe Jasmin, prendendo uno spazzolone da dietro la porta.

« Lo sospettavo. »

« E ho fatto cose che non avrei dovuto fare. » Con un calcio, Jasmin staccò la spazzola dal manico e con un coltello cominciò ad appuntirlo.

Ting le posò una mano calda sul braccio. « E non ti sembra abbastanza? »

Jasmin abbassò il coltello, lo guardò negli occhi, ma poi riprese ad appuntire il manico, pur capendo che aveva ragione lui.

Era come se nel suo cervello si fosse conficcata una scheggia affilata che la costringeva a proseguire. Non riusciva a tranquillizzarsi, continuava a pensare al cadavere di Dǒng Xīn profanato in mezzo alla piazza, a Dǒng Hónglì con gli occhiali in mano mentre Wǔ Wáng lo pugnalava e alle facce degli spettatori sulla soglia del bazar, a sperare e al tempo stesso temere che lei precipitasse dal tetto di vetro e morisse.

61

Quando Jasmin ebbe terminato di appuntire il manico dello spazzolone, uscì dalla cucina e si fermò appena dietro la soglia, con una mano posata sulla nuca di Dante e l'altra stretta intorno al coltello giapponese.

Marta era seduta sul letto, in gonna e reggiseno, mentre Pedro le bendava il braccio. La ferita non sanguinava più, ma aveva ancora un colore rosso vivo.

Ting si avvicinò a Grossman, che era sdraiato su un lenzuolo steso sulla moquette color vinaccia. Antonia, in ginocchio accanto a lui con un secchio d'acqua, tentava di pulire l'area ustionata. La chiazza nera fra le scapole sembrava indurita e il resto della schiena, la nuca e il collo erano coperti di sangue e vesciche. Grossman ansimava forte. Antonia prese un'altra pezzuola e la tuffò nel secchio, poi la lasciò gocciolare per qualche istante.

Il biondo, quello che si chiamava Jet, portò una pila di asciugamani puliti. Grossman trattenne il fiato mentre Antonia continuava a lavare l'ustione. I rivoli d'acqua rosea che gli colavano lungo i fianchi trascinavano con sé frammenti di fuliggine.

« Insomma, avete ingaggiato un corpo a corpo con gli alieni? » chiese Antonia, ripulendo la pelle sanguinante.

Grossman lanciò un grido e respirò affannosamente, mentre la donna inumidiva una nuova pezzuola. Jasmin sentì un dolore alle dita e si accorse di aver stretto troppo convulsamente il manico del coltello giapponese. Si scostò dalla soglia della cucina e avanzò verso il centro del soggiorno.

« Abbiamo rischiato di morire nel tunnel, per causa tua », le disse Pedro, non appena la vide.

« Ho detto solo che si può spegnere un incendio provocandone un altro. »

Lui la inchiodò con lo sguardo. « E ti sembra che sia andata così? »

« No », mormorò Jasmin.

«Almeno ti rendi conto del pericolo a cui hai esposto tutti quanti?» disse Marta.

«Credevo che funzionasse, mi pare ovvio», rispose Jasmin con aria severa. «Ma non siamo stati abbastanza veloci, ormai il primo incendio era diventato troppo violento.»

«Già, peccato che tutti noi ci siamo fidati di te», disse Pedro.

«Non ve l'ho chiesto io.»

«Però ti sei guardata bene dal fidarti di chi diceva il contrario», insisté lui.

«Ero convinta di avere ragione.» Jasmin distolse lo sguardo. «Però sì, saremmo dovuti scappare subito... anche se è esattamente quello che si aspettavano loro.»

«Ma fammi il piacere!» disse Pedro.

«Avrai pure ragione tu, ma l'unico modo per vincere è essere imprevedibili.»

«Jasmin, io non voglio più litigare», disse Marta, con aria stanca. «È solo che non mi fido di te, perché tu te ne freghi di tutti, fuorché di te stessa e di tuo figlio.»

«Bene, saprò come regolarmi con...»

«Devi solo tacere», la interruppe Marta.

«Ah, sì?» Jasmin li fissò tutti e due.

Marta la guardò negli occhi. «Ogni volta che apri bocca, qualcuno si fa male.»

Jasmin si sentì avvampare. «No», mormorò.

«Come?» disse Marta, in tono rabbioso. «Tu non devi dire più niente!»

«Prova a impedirmelo», disse Jasmin a bassa voce.

Con le labbra, Marta compose le parole: *Ti ammazzo.*

«Non puoi.»

Antonia corrugò la fronte, spalmò delicatamente una pomata sulla schiena di Grossman, poi si alzò e si accomodò la vestaglia.

Il fisico corpulento di Pedro era curvo e appesantito dalla stanchezza. Marta si morse le labbra, che ora erano pallide e sottili.

Jet sorrise. «Senti senti... Ma allora siete voi, quelli di cui parlano tutti, qui in giro. Vi danno già per spacciati. Le scommesse vi danno uno a ottanta.»

«Non dobbiamo batterci», disse Marta. «Non possiamo vincere.»

« Già », sospirò Jasmin.

« Mi fai così incazzare », riprese Marta. « Come fai a guardarti allo specchio? Tu e Dante dovreste uscire e arrendervi. Fine. »

« Non possiamo. »

« Allora vi sbattiamo fuori noi, almeno... »

« No! » strillò Erica. « Sei matta? »

« Taci! » sibilò Marta.

« Dai, Marta, adesso basta », tagliò corto Ting.

« Mettiamola ai voti. Chi...? »

« Neanche per sogno », la interruppe Ting. « L'hai sentito anche tu, il giudice. Wǔ Wáng deve uccidere tutta la nostra squadra, soltanto allora il gioco sarà finito. »

Quelle parole suonavano come un verdetto. L'atmosfera tesa s'infranse, lasciando soltanto la paura. Jasmin abbassò lo sguardo sul coltello giapponese che teneva in mano. Nella lama si rifletteva l'intera stanza, e le figure umane si riducevano a sottili filamenti, stretti l'uno all'altro.

« Allora? Che intenzioni avete? » chiese Antonia in tono allegro, mentre bendava il busto di Grossman.

« Noi tre ci nascondiamo finché Wǔ Wáng non si stanca di cercarci », disse Pedro.

Ting era scettico. « Ci vorranno mesi. »

Pedro allargò le braccia. « Ma alla fine troverà un altro visto e se ne andrà. »

« Nel momento in cui inizi a nasconderti », disse Jasmin, « hai bisogno di... »

« Chiudi il becco », la interruppe Marta.

« Volevo solo dire che occorre aiuto per... »

« Zitta! »

« Ma piantala, Marta », disse Ting, esasperato.

« Non fa niente », tagliò corto Jasmin, uscendo dal soggiorno insieme a Dante.

Nel bagno, Jasmin posò il coltello sulla mensola dell'armadietto a specchio, accanto a una piccola spazzola piena di capelli neri. Sollevò Dante, lo posò sul coperchio del water e lo svestì. Aveva un graffio a una gamba e lividi dappertutto, ma non c'erano altre lesioni, solo sporcizia. Quando lo lavò, la schiuma del sapone assunse una tinta antracite.

« Sei triste, mamma? » le chiese il bimbo, vedendola silenziosa.

« Ho nostalgia di casa », rispose lei, senza riuscire a guardarlo negli occhi.

« Ci torniamo appena vinciamo la gara. »

Jasmin lo sciacquò e tentò di scrollarsi di dosso l'inquietudine fingendo che quegli schizzi d'acqua fossero gli spruzzi delle onde sulla tolda di una nave pirata. Lui la guardò con occhi luccicanti e rise mentre lei lo innaffiava col doccino fino a bagnare anche le pareti.

« Drizzare le vele! » Jasmin prese una salvietta, asciugò delicatamente Dante e si accorse che il bimbo fissava il reggiseno rosso che penzolava dallo stesso gancio al quale la salvietta era appesa fino a un istante prima. « Tutto bene? » gli chiese, passandogli le dita a pettine fra i capelli.

« È bella. » Dante scese dal coperchio del water.

« Chi, Antonia? »

Dante cominciò a vestirsi. « Secondo te Ting è innamorato di lei? »

« Può darsi. »

« Hai il naso nero », disse lui, uscendo dal bagno.

« Aspettami davanti alla porta. » Jasmin chiuse a chiave.

Rimase in piedi davanti alla sua immagine riflessa. L'ultima volta che aveva visto il proprio volto era stata nello specchio dell'ascensore del ministero della Difesa, prima dell'incidente stradale. Adesso era sporca, con le narici annerite dalla fuliggine, il volto e il collo pieni di ferite e le labbra screpolate, gli occhi stanchi e arrossati, i vestiti luridi, laceri e insanguinati. Una manica della camicetta era stata consumata dalle fiamme e il braccio le bruciava. Tutte le unghie erano spezzate e sporche, le nocche erano incrostate di sangue.

Si sciacquò la faccia e il collo, poi si tolse la camicetta e si lavò il viso, le braccia, i seni. Sentì l'acqua colare dentro i pantaloni.

Dante, fuori dalla porta, si stava appendendo alla maniglia.

Ora che lo sporco non c'era più, si vedevano di nuovo le lentiggini. Un graffio rosso scendeva dalla clavicola destra fino al seno. Gli zigomi erano più pronunciati, gli occhi erano grandi e cupi e le davano un'espressione più feroce.

Frugò nella cesta della biancheria sporca, fra pantaloni, calze e mutande attorcigliate, fino a trovare una canottiera bianca che aveva un vago odore muschiato. «Arrivo subito», disse, rivolta alla porta.

«Va bene», rispose Dante.

Jasmin indossò la canottiera. Nell'armadietto trovò un flacone spigoloso senza etichetta, lo stappò e ne annusò il contenuto, che le ricordava Chanel N° 5, anche se probabilmente era contraffatto. Ne mise qualche goccia sui polsi e sul collo, e sentì un bruciore. Accanto al flacone c'era un rossetto senza manico. Esitò per un istante, poi lo usò per dare un po' di colore alle labbra e alle gote. C'era anche un rasoio. Lo aprì delicatamente, ne sfilò la lametta e se la mise nella tasca posteriore dei pantaloni, poi richiuse l'armadietto.

S'inumidì i capelli in modo che stessero più in ordine e li raccolse dietro la nuca. Non era il massimo, ma già meglio di prima.

Sciacquò alla meglio il lavandino, poi prese il coltello giapponese dalla mensola dell'armadietto, dove l'aveva lasciato.

Quando uscì dal bagno, vide Marta e Jet parlottare nell'ingresso. Grossman era seduto su uno sgabello e Antonia gli somministrava un cucchiaio di un medicinale. La donna alzò lo sguardo e la fissò.

«Ho preso in prestito una canottiera. Potevo?» le chiese Jasmin.

«La sua pelle sembra splendere. Ma come fa?» replicò Antonia.

Jet rientrò in soggiorno con una pinzetta e tentò di estrarre una scheggia dal palmo della mano di Grossman. Qualche goccia di sangue cadde a terra. Jet imprecò fra sé e sé, modificò l'angolazione della lampada da terra e ritentò. Antonia diede a Grossman un'altra cucchiaiata di medicinale, e lui sorrise nel vedere Jet raddrizzarsi, tenendo bene in mostra un lungo frammento di vetro rosato.

Ting rientrò dalla cucina. Sopra i vestiti luridi aveva indossato un grembiule. Si fermò davanti a Dante e gli scompigliò i capelli ancora umidi.

« Mister Wonderful », sorrise Antonia. « Come andiamo, ai fornelli? »

« Non hai del vino? » chiese lui.

« Due bottiglie. Le ho nascoste dietro ai ricettari per non fartele trovare. »

« Mmm, proverò a cercare lì. » Ting tornò in cucina.

La vestaglia di Antonia si aprì leggermente, e Jasmin vide che la donna aveva attaccato alcune piume alla piastrina che luccicava in mezzo ai seni nudi.

Jet drizzò la schiena. « Com'è questa storia di Mister Wonderful? Cioè... allora io chi sono? »

« Mister Okay », rispose Antonia, sempre nello stesso tono placido.

Il biondo imprecò a mezza bocca e, contrariato, fece un giro della stanza. Jasmin dovette coprirsi la bocca con una mano per non far vedere che le scappava da ridere.

« Ma allora come mai frequenti anche me? » chiese Jet.

« Perché tu sei Okay », rispose la donna, in tutta sincerità.

« È una specie di hippie », tentò di spiegare Jet, rivolto a Jasmin. « Per lei è una compulsione, quella di biasimare il potere e... »

« Il potere? » Antonia fece un risolino.

« Io lavoro al porto, e il porto è una sezione amministrativa del Corpo dei Giurisperiti e... »

Antonia scoppiò a ridere e gli accarezzò una guancia. « A me vai bene lo stesso. » La donna portava i capelli raccolti in trecce scomposte e ornate di perle che urtavano l'una contro l'altra ogni volta che si chinava su Grossman per dargli un'altra dose di medicina.

Sul volto appesantito di Grossman era tornato un po' di colorito e gli occhi brillavano di nuovo. Sorrise, sporse le labbra e aprì la bocca in modo che Antonia potesse infilarci il cucchiaio.

« Ma è davvero così buona? Cos'è? » chiese Jasmin.

« Teriaca », rispose Jet, sfilando un'altra scheggia di vetro dalla mano di Grossman.

« Sono già guarito », disse Grossman. « Una medicina prodigiosa. »

« Be', veramente l'effetto dipende in parte dal fatto che la teriaca contiene parecchio oppio », spiegò Antonia, in tono spassionato.

Erica fece un cenno a Dante, che s'illuminò tutto e corse da lei. La bimba gli mostrò le braccia incerottate e lui le fece vedere la ferita alla gamba. Marta e Pedro uscirono dalla cucina. Lei si era calmata, ma guardò dall'altra parte mentre il marito l'accompagnava da Jasmin.

« Pace? » chiese Marta.

« Sì. » Jasmin le tese una mano.

63

Nell'angusta cucina, Ting, Pedro e Marta avevano apparecchiato la tavola con piatti spaiati, bicchieri di diverse dimensioni, tazze, bacchette e posate. Il vapore saliva dai vassoi e dalle pentole di *jiǎozi*, spaghetti di soia, germogli di bambù, minipannocchie in salsa al curry, fagioli bianchi al pomodoro, salsicce di Wing Wah e frittura di polpettine d'insaccato. C'erano anche cinque bottiglie di birra Tsingtao e una di vino di Pomerol.

« Che abbondanza », disse Jasmin ad Antonia.

« Mi ha dato carta bianca », spiegò Ting.

« Solo in cucina », sorrise Antonia, con un lieve rossore.

I bambini vennero serviti per primi. Jasmin vide Dante battere gli occhi per scacciare le lacrime. Erica, seduta di fronte a lui, mangiava senza creanza.

Quando anche Jasmin venne servita e sentì il profumo che saliva dal suo piatto, si rese conto di essere rimasta a digiuno per parecchio tempo. D'un tratto aveva tanta fame da tremare. Ingurgitò quasi senza masticare, la salsa al curry era piccante e le diede un bruciore in bocca, e soltanto dopo il terzo *jiǎozi* cominciò a sentire la tensione del corpo che si allentava. I muscoli che si rilassavano le facevano quasi male.

Pedro trangugiò una birra e Ting versò il vino in un ampio calice. Dante ed Erica si divisero una lattina di bibita con la scritta: SPARLETTA CREME SODA.

Masticando le verdure in conserva, Jasmin osservò i commensali. Grossman aveva il volto fuligginoso e imbambolato, la fasciatura intorno al busto e alle mani era molto stretta. Marta, con lo sguardo chino, mangiava con movimenti lenti per via della ferita al braccio. Il viso di Pedro, normalmente affettuoso e allegro, adesso era crucciato.

L'ultima volta che avevano mangiato, prima del processo, erano tutti speranzosi ed elettrizzati, si guardavano negli occhi sorridendo, ignari del fatto che la fine fosse tanto vicina.

Jasmin guardò suo figlio, che aveva già imparato a tenere a freno le emozioni e le necessità, e pensò: *Questi legami, fra di noi, rendono inconcepibile la morte. Non so come avvenga, ma dopo la nascita sviluppiamo un groviglio di radici che ci ancorano alla nostra identità e si estendono per tutta la lunghezza della nostra vita, fino a qui. Fino al porto. Quanta paura fanno, l'universo e l'eternità! Il mio io, tutti i miei ricordi, i miei desideri, sarebbero solo un riflesso su un muro, prima che calino di nuovo le tenebre? Ma allora che cos'è l'affetto? Come fa a essere tanto forte?*

Ting si dondolò sulla sedia, mangiò un salsicciotto tenendolo fra le dita, poi se le ripulì sui pantaloni già pieni di chiazze.

Perfino Marta aveva ripreso un po' di colorito. Sul mento aveva un rivoletto di salsa rossa.

Pedro sospirò pesantemente e tese una mano per prendere un vassoio.

Ting guardò Jasmin negli occhi. « Come ti senti? »

« Non saprei. Sono frastornata, sto cercando di capire dove ho sbagliato. »

« Hai fatto quel che dovevi, altrimenti Dante avrebbe perso il visto e... »

« Dǒng Hónglì aveva cercato di opporsi », disse Marta, con la bocca piena.

« Ma non fa differenza, Marta. » Pedro posò la bottiglia di birra. « Tutto questo è ingiusto. O no? Insomma, è inconcepibile che il nostro sistema giudiziario abbia delle falle del genere! »

« Exu non dovrebbe avere alcun potere. » Fra le sopracciglia di Marta si formò una piega profonda. « È un vestigio del tempo che fu. »

« Eppure la Resistenza diceva che una volta c'era più giustizia », obiettò Antonia.

Jasmin si voltò verso di lei. « Resistenza? »

« Oggi non esiste più. Sosteneva che il potere politico non fosse sempre stato nelle mani del tribunale », spiegò Antonia. « Diceva che il tribunale se l'era accaparrato, e che non era giusto. »

« Il nostro sistema giudiziario ha i suoi difetti ma, se non ce l'avessimo, la città sarebbe in balia della Triade... e non lo dico perché faccio parte del Corpo dei Giurisperiti », disse Marta. « Il processo è stato condotto in maniera vergognosa, ed è per questo che ci troviamo in questo frangente, ma da qui a dire che era meglio l'imperatore... »

« Il maggiore intralcio alla giustizia è la Triade », disse Pedro.

« Ma dicono tutti che le cose sono migliorate, da quando il tribunale ha cominciato a combattere il fuoco con il fuoco », ribatté Grossman.

Attorno alla tavola cadde un'atmosfera di circospezione. La forchetta di Marta grattò il piatto ed Erica chiese a bassa voce un bis.

« Tutto sommato, qui si sta bene », disse Pedro, guardando la moglie e la figlia.

« Eppure... eppure non si può negare che è strano », disse Antonia. « Per esempio, sembra quasi che il tempo non esista. »

« Ma in fin dei conti che cosa ci manca? » chiese Grossman. « A parte parenti e amici, dico. »

« La luce », disse Ting, versandosi dell'altro vino senza notare che Pedro tendeva il proprio bicchiere vuoto verso di lui. « La luce vera, quella del sole quando si è in alto mare. »

« A me manca la musica », disse Marta, pensierosa.

« Qui ce n'è », obiettò Jet.

« Certo, ma... non è la stessa cosa. Non diverte, non fa venire voglia di ballare, non rasserena. »

« Le battute di pesca in Messico », disse Grossman.

« Pietanze fresche, insalate, basilico », sospirò Pedro. « Qui si mangia benissimo, ma una bella costata di manzo alla griglia... vogliamo mettere? »

« Eh già. » Ting sorrise, prese fra le bacchette un *jiǎozi* e lo tuffò nella salsa chili.

« Io sono qui solo da un giorno, però ho nostalgia del sonno », disse Jasmin. « Sarà perché ne ho fin sopra i capelli, ma mi mancano quelle belle dormite, con tanti sogni. »

Grossman annuì. « Già. »

« Giocare a calcio », disse Pedro.

Antonia sorrise. « Lo shopping. »

« Nessuno di voi ha nostalgia del telefono? » chiese Jasmin.

Tutti fecero una risata stanca o scossero la testa sorridendo. Ting prese un sorso di vino e guardò Jasmin negli occhi per un istante.

« La gravidanza », disse Marta, serissima. « Qui, nessuna donna resta incinta, ed è tutto dire. »

« Io ero felice, quand'ero incinta », ammise Jasmin.

Marta alzò lo sguardo. « Anch'io. »

« A me manca Bella, la mia cagnolina! » esclamò Erica, posando la forchetta.

Marta posò una mano sulla sua. « Lo so. »

Dante si voltò verso Jasmin. « Di che cosa state parlando? »

« Del fatto che abbiamo nostalgia di casa. »

« Io ho nostalgia di papà. » Gli occhioni del bimbo si fecero lucidi. « Quando si è dimenticato del mio compleanno... al telefono gli ho detto che non volevo più andare a casa sua, e invece ne ho tantissima voglia... E non sono più potuto andare a trovarlo, perché abbiamo avuto l'incidente. »

« Lui lo sa », gli disse Jasmin.

« Non voglio che papà sia triste. »

Jasmin lo prese sulle ginocchia, lo abbracciò e gli disse all'orecchio che avrebbe fatto di tutto pur di tornare a casa insieme a lui.

« Mamma... » disse Dante, serissimo.

« Sì? »

« Ho cambiato idea: quando sarò grande sposerò Erica. » Dante si lasciò scivolare fino a scendere a terra.

Pedro si chinò in avanti, diede un bacetto a Marta e brindò insieme a lei e a Grossman, poi gli chiese: « Che mestiere facevi, prima di venire qui? »

« Posso indovinare? » chiese Marta.

Grossman abbozzò un sorriso e si fece inquieto. « Niente di entusiasmante... »

« Aspetta, aspetta... Vieni dalla California », disse Marta. « Secondo me insegnavi storia della guerra all'Università di Stanford. »

Grossman scoppiò a ridere e scosse la testa. « Avevo un lavoro normalissimo, a San Diego, però nel tempo libero leggevo parecchio. »

« Ah, ecco. »

Dante ed Erica ridacchiavano e si infilavano a vicenda dei biscottini in bocca. Ting si servì una seconda volta, si lasciò sfuggire un rutto e chiese scusa.

« Lavoravo in un impianto di depurazione delle acque reflue. Quasi sette milioni di ettolitri al giorno », spiegò Grossman. « Vi sembrerà poco entusiasmante, ma era un buon lavoro e avevo i colleghi migliori del mondo. »

« Come sei arrivato qui? » gli chiese Marta, con una nota grave nella voce. « Ti va di raccontarcelo? »

Grossman annuì, prese un sorso di birra e si passò una mano sulla fronte sudata. « Ero al lavoro, ma avevo chiesto un turno più breve, perché mio figlio Eliot aveva ottenuto una parte in un musical... così dovevo tornare a casa prima, perché lui e il suo fidanzatino davano una festa. Solo che... a un certo punto è suonato un allarme nel magazzino chimico, e ho pensato di dare un'occhiata prima di andarmene. Non so bene che cos'è successo... Mentre scendevo la scala a pioli, ho sentito un formicolio alle dita, un dolore alla spalla e al braccio... Ho sentito il caposquadra che mi chiamava a gran voce, poi una pressione al petto... E gli alieni ne hanno approfittato per prelevarmi. »

Jasmin non riuscì a trattenersi dal lanciare uno sguardo a Ting e ad Antonia. Vide Ting prendere un altro boccone, dire qualcosa ad Antonia e masticare sorridendo. Lì per lì credette che si fosse rovesciato del vino sulla maglietta, ma quando vide la chiazza rossa allargarsi capì che stava sanguinando.

64

Jasmin si alzò, lo prese per un braccio e a voce bassa gli disse: «Vieni. Stai sanguinando».

«Eh?»

Lei gli posò una mano sotto il pettorale sinistro, poi si guardò il palmo insanguinato. «Ti aiuto io.»

Ting si alzò, prese con sé il bicchiere e si lasciò condurre fino al gabinetto.

«Com'è successo?» chiese Jasmin.

«Non è niente di grave», sorrise lui, bevendo un sorso di vino.

«Togliti la maglietta.»

«Quando il tunnel è andato a fuoco, ho sbattuto contro un paletto appuntito.» Ting posò il bicchiere sull'armadietto del bagno e sollevò la maglietta.

«Oddio...»

«Ma è solo un graffio, l'ho chiuso alla meglio.»

Sotto il muscolo pendeva una striscia di nastro isolante che, staccandosi, aveva dato via libera all'emorragia. Il sangue colava seguendo la linea delle costole.

«Sarà il caso di lavare la ferita», disse Jasmin, costringendosi a mantenere la calma.

Ting si sfilò la maglietta, mentre lei staccava delicatamente il nastro adesivo e gli lavava il torace. La osservò sorridendo e, non appena lei si chinò a esaminare la ferita, la baciò sulle labbra.

Jasmin scostò la testa. «E fammi vedere, dai!»

«Che serietà», rise lui.

«Non sembra grave», disse Jasmin, con un sospiro di sollievo.

«Te l'avevo detto, no?» bisbigliò Ting, così vicino al suo orecchio da darle un brivido.

Jasmin prese una compressa di cotone, la premette contro la ferita e la tenne ferma con i polpastrelli sopra la curvatura del pettorale.

« È strano, ma ha ragione Antonia: sembri splendere. » Ting le sfiorò una guancia. « Come fai? »

« È solo un'impressione. È tutto questo buio, a farmi sembrare luminosa. »

« Sono sicuro che splendi allo stesso modo anche a Stoccolma. » Ting sorrise e le accarezzò il collo.

« Sì, proprio! Si girano tutti a guardarmi », ironizzò lei.

« Certo », bisbigliò Ting, tendendo una mano alle sue spalle e chiudendo a chiave la porta.

« Veramente la mia era una battuta. » Jasmin tolse la compressa di cotone.

« So che splenderai così anche quando verrò a trovarti a casa », mormorò Ting, baciandole la fronte.

« L'emorragia si sta fermando. » Jasmin prese una compressa adesiva. Abbassò la testa per scansare un bacio sulla guancia, ma Ting gliene diede uno sul mento, poi le loro labbra s'incontrarono. Lei aprì la bocca per accogliere la sua lingua, sentì il cuore battere più forte e tentò di non pensare a ciò che era appena accaduto. Ting si premette contro di lei, il calore del suo corpo era quasi febbrile.

Il respiro di lui si fece più affannoso, mentre le sue mani s'insinuavano sotto la canottiera e le afferravano la schiena. Jasmin gli sbottonò la patta e lui le baciò nuovamente il collo e la bocca.

Quando lui le accarezzò l'incavo della schiena e le natiche, Jasmin si accorse di avere ancora nel taschino posteriore i fogli ripiegati. Fece un passo indietro, li sfilò e s'impose di mantenere il controllo, nonostante le palpitazioni.

« Cosa sono? » chiese Ting a bassa voce.

« Puoi tradurmeli? » chiese lei, tentando di parlare in tono normale.

« È un documento? »

« Sì, relativo a Wǔ Wáng. Proviene da una sezione dell'archivio, non mi ricordo come si chiama, ma è quella delle persone che sono state qui più di una volta. »

Ting osservò i fogli alla luce della lampadina sopra il lavandino. « È un linguaggio antiquato », borbottò. Poi, un po' esitante, cominciò: « È nato a Shànghǎi e... » S'interruppe, continuò a leggere a mente e impallidì.

« Allora? » chiese Jasmin.

« Non capisco... Dice che è nato nel periodo Qīng. Ma che strano... » Ting riprese a leggere, le sue labbra si muovevano in silenzio.

« Vuoi dirmi una buona volta cosa c'è scritto? » disse Jasmin, inquieta.

« Che è stato qui al porto parecchie volte, con nomi diversi. »

« E il primo qual era? »

« Non saprei, sono ideogrammi difficili... ma credo che il cognome sia Zhōu... Se è così, il nome completo era Zhōu Shǔguāng. »

« Quindi questo documento dice che Wǔ Wáng ha ripetutamente scambiato il proprio visto e vissuto la vita di qualcun altro? »

« Sì, insomma... sembra che sia un recidivo », disse Ting, in tono teso. « Undici scambi di visto presso il ministero dei Trasporti... e si parla di diversi processi in tribunale... Ne ho contati sette. »

« Dev'essere colluso con la Triade, non c'è altra spiegazione. »

« Dicevi che eri quasi sicura che fosse lui, quello che voleva impiccare il vecchietto in... »

« Doveva essere lui. Tutto combacia », disse Jasmin.

« Non ho letto fino in fondo, ma anche se questo documento non prova che Wǔ Wáng è un ladro di visti, comunque dimostra che non è chi dice di essere. Cioè che ha mentito in tribunale. »

« Dobbiamo mostrarlo al giudice. Non so bene come, ma potrebbe porre fine al parco giochi. »

« Sarà difficile raggiungerlo. »

Jasmin staccò il velo protettivo dalla compressa adesiva e la posò delicatamente sulla ferita. Ting le prese la mano e se la portò al petto. Sentendo i battiti contro il palmo, Jasmin pensò a ciò che Diana le aveva raccontato. Ting era morto. Se n'era quasi dimenticata.

« Dove stai andando? » le chiese lui, chinandosi per baciarla di nuovo.

« Non mi muovo », disse Jasmin.

Lui sorrise. « Dovremmo essere contenti di questa scoperta su Wǔ Wáng. Mostriamo tutto al giudice. Ce la caveremo. »

« Sì. » Jasmin si scostò di malavoglia.

Lui rise, come sorpreso, poi si fece serio. «Jasmin, io devo... Forse non è il momento più adatto, ma... Posso chiederti se quest'idea di venire a casa mia e tutto il resto... Lo diciamo così, tanto per dire, vero?»

«Vorrei...»

«Lo diciamo solo perché siamo qui», riprese lui. «Non facciamo sul serio.»

Lei lo guardò negli occhi e si sentì sopraffare dalla tristezza. Non trovava le parole per spiegargli come stavano le cose.

«Scusami», disse Ting, con voce stanca. «Non volevo offenderti, è solo che qui è tutto diverso, facciamo cose che in altre circostanze non faremmo...»

«Ah, sì?»

«Se ci ho creduto, è solo colpa mia... Lo sai, sono ancora tanto giovane, eccetera... Avrei dovuto capirlo, che non ti saresti mai messa con un drogato.»

«Per prima cosa, cerchiamo di sopravvivere al parco giochi», mormorò Jasmin, temendo che da un momento all'altro le si spezzasse la voce.

«Si fa così, quando si è adulti?»

«Ma smettila.»

«No, non voglio smetterla. Devo sapere.»

Jasmin annuì e abbassò lo sguardo, poi lo rialzò e con il pollice gli terse una gocciolina di vino dall'angolo della bocca. «Hai ragione», disse, con tutta la compostezza di cui era capace. «Sei troppo giovane per me, sei irresponsabile e anche un po' rompiscatole... Dobbiamo ammettere che non siamo fatti l'uno per l'altra. Eppure io non ce la faccio.»

«Come?»

«Mi sono innamorata.» Jasmin si accorse di essere arrossita.

Ting s'illuminò tutto. «Allora ce la faremo, insieme.»

«Sì.» Jasmin tentò di sorridere, ma i suoi pensieri trasparivano ugualmente, così si fece di nuovo seria.

«Che c'è che non va?»

«Niente», mormorò lei, con il cuore che le batteva forte. Tentò di baciarlo, ma lui si scostò.

«Qualcosa c'è», disse Ting. «Lo sento, che...»

«Non voglio», lo interruppe lei.

« Che cosa? »

« Se non fosse per Dante, potremmo restare qui e... »

« Restare? E perché? » chiese Ting.

« Voglio dire, come Marta e Pedro... » Jasmin s'interruppe e deglutì, rendendosi conto che si sarebbe trovata costretta a dirgli tutto.

Ting l'afferrò per un polso, fece qualche respiro affannoso e strizzò le palpebre per ricacciare indietro le lacrime. « Jasmin? Come mai dici che dovremmo restare qui? »

« Sei morto », disse lei. « Sei morto in ospedale... mi dispiace tanto... »

Ting mollò gradualmente la presa e rimase immobile per qualche istante. Con lentezza onirica, si tolse l'orecchino di perla, lo posò sul bordo del lavandino e uscì dal bagno. Jasmin prese l'orecchino e lo seguì. Si era fermato nella penombra dell'ingresso e stava guardando dallo spioncino della porta.

« Ah, adesso te ne vai? Ci lasci qui? Fa' pure », disse Jasmin, tentando di trattenere la collera. « Basta mettere un piede davanti all'altro. »

« Lo farò. » Ting si voltò verso di lei, addolorato. Aveva uno sguardo cupo e le labbra gonfie.

« Non è colpa mia, se sei morto », disse lei, a voce troppo alta.

« Eh, no... »

« È colpa tua. » Jasmin aveva le lacrime agli occhi. « Non riesco a crederci! Cosa ti è venuto in mente? Rovinarti così, e... »

« Tu non sai niente. »

« Un tale spreco... »

Ting si strinse nelle spalle. « È vero. »

« Sono talmente arrabbiata con te, per questa cosa... » riprese Jasmin. Le tremava la voce. « Hai buttato tutto al vento, e per cosa? Solo per... »

« Ma tu che cosa c'entri? »

« Dammi il documento di Wǔ Wáng », disse Jasmin.

« Ho intenzione di mostrarlo al giudice. »

« Non puoi andare da lui così, come se niente fosse. È troppo pericoloso. Ci occorre un piano. »

« Tanto sono morto! »

Jasmin gli diede uno spintone sul petto, mandandolo a sbattere contro la porta e facendo cadere un ombrello. « No, che non sei morto. Sei qui. Esistiamo. »

Ting aprì la porta, ma sulla soglia si voltò nuovamente verso di lei. « Jasmin? Io... »

« Non voglio sentire altro », disse lei in tono severo, tornando in bagno.

65

Quando ebbe finito di piangere, Jasmin si lavò la faccia, s'infilò l'orecchino e uscì dal bagno. Le tremavano le mani e in lei riprese a sobbollire una tremenda inquietudine.

In cucina, trovò Dante ed Erica che giocavano sotto il tavolo, mentre gli adulti erano seduti insieme a parlare a bassa voce. Si accorse che Antonia la fissava, ma non ebbe la forza d'incrociare il suo sguardo, così cominciò a sparecchiare con aria assorta.

« L'unica possibilità è il Shuǐyuán, le Sorgenti », disse Grossman.

« E se non ci sono stanze libere? » chiese Marta.

« Ce ne sono », disse Antonia. « La città portuale cesserebbe di funzionare, se la sala degli arrivi non venisse continuamente ampliata. »

Grossman annuì. « Lo dicevo, io. »

« Quanti nuovi vani ci sono, Jet? »

« Prima di essere trasferito all'amministrazione portuale, lavoravo alle nuove terme. Abbiamo approntato cinque reparti, per un totale di ventottomila vani. »

« E restano inutilizzati? » chiese Pedro.

« Fra qualche anno torneranno utili », disse Antonia.

« Come facciamo a entrare? »

« Direi che è più sicuro se prima mandiamo Jet a dare un'occhiata », suggerì Grossman.

Pedro annuì e Jasmin capì che intendevano nascondersi all'interno del centro termale finché Wǔ Wáng non avesse gettato la spugna, indipendentemente da quanto tempo ci sarebbe voluto.

Dante ed Erica canticchiavano una filastrocca. Sbagliarono un verso e scoppiarono a ridere. Dante disse qualcosa, poi uscì dalla cucina, sorridendo.

Marta, Pedro e Grossman vogliono che ci diamo alla macchia, pensò Jasmin. *Vale la pena di tentare, ma se Ting non riesce a mostrare il suo documento al giudice queste potrebbero essere le nostre ultime ore.* Ripensò agli occhi scuri di Ting, al cuore che batteva forte e alle labbra calde nel momento in cui si erano baciati. *Come si fa a morire nel regno dei morti?*

Ricordava come si era sentita quando l'iniezione le aveva fermato il cuore. Ricordava lo sguardo atterrito di sua sorella, il buio che l'avvolgeva, lo sgomento.

Irrigidì le mani nel ripensare a quell'impulso di lottare per la vita.

Ricordava come si era sentita quando si era svegliata sul pavimento dell'ospedale: il dolore, il corpo che bramava di sopravvivere, il cuore che voleva continuare a battere, la voglia d'inspirare l'aria deliziosa.

Ma non riusciva a concepire una morte violenta in quella città, né il pensiero di essere separata da Dante. Non doveva succedere.

« Possiamo venire anche io e Dante? » chiese, senza guardare nessuno.

« Vorrei ben vedere », le rispose Pedro, in tono affettuoso.

« Grazie », mormorò Jasmin. La gentilezza di Pedro la commosse.

La lampada da muro sfarfallò e si spense. Le ombre emersero, ma il generatore si riaccese e le scacciò.

« Certo, posso andare a dare un'occhiata », disse Jet, posando il berretto sopra i capelli biondi. « Ma mi sa che il guardiano vorrà farsi pagare. »

« Quanto? » chiese Marta.

« Non lo so, proverò a contrattare. »

« Io ho solo quindici dollari. » Marta sfilò da sotto la camicetta un sacchetto e ne estrasse una busta.

Grossman frugò nelle tasche dei pantaloni e tirò fuori qualche banconota spiegazzata. « Eccone altri dieci... anzi, dodici. »

« Noi non abbiamo niente », disse Jasmin.

Antonia aprì un pensile, prese una ciotola di ceramica e la posò sul tavolo. « Qui ce ne sono più di trecento. Dovrete pagare anche qualcuno che vi aiuti da fuori, che compri qualcosa da mangiare e ve lo porti di nascosto. »

« Per quanto tempo possono bastare, questi soldi? » chiese Grossman.

«A casa abbiamo quasi mille dollari», mormorò Marta.

«Ah, sì?» disse Pedro, stupito.

«Ho fatto economia», rispose lei, in tono evasivo.

«Ma perché? Per che cosa...?»

Si scambiarono qualche breve frase in portoghese, ma era chiaro che Marta non intendeva dilungarsi sull'argomento davanti a loro.

Tutt'a un tratto, Grossman chiese: «Dov'è Ting?»

«Credo che sia uscito a fumarsi una sigaretta», rispose Jasmin, cupa.

Grossman sorrise. «Fa sempre così, quando c'è da mettere mano al portafogli.»

Dante si era accoccolato in poltrona, come se fosse possibile dormire. Jasmin, appoggiata al muro con il coltello in mano, lo vedeva flettere un piedino di tanto in tanto. Sul lato inferiore della poltrona c'era uno strappo nella fodera, l'imbottitura penzolava fino al pavimento. Su un basso scrittoio c'era una lampada dal paralume storto, con alcune chiazze brune nei punti in cui il calore aveva bruciato la stoffa.

Jet era uscito da un bel pezzo.

In un cassetto, Grossman aveva trovato un mazzo di carte francesi e ora era in cucina a giocare con Pedro. Marta ed Erica erano in bagno, si sentiva lo scroscio dei rubinetti.

Antonia accese un bastoncino d'incenso con un profumo che a Jasmin ricordava i sacchi a pelo di quand'era piccola: un odore di chiuso e di tessuto bagnato, e la sensazione di addormentarsi lontani da casa.

« Posso farle una domanda? » chiese Jasmin. Antonia si avvicinò e lei abbassò la voce. « A che cosa si riferiva la Resistenza, quando diceva che una volta c'era più giustizia? »

« Sono solo chiacchiere. »

« Certo, ma io vorrei saperlo. »

Antonia si sedette accanto a lei, accomodandosi la vestaglia, e a bassa voce spiegò: « Non c'è più nessuno che ne sia al corrente. Il movimento si chiamava Húdié, che vuol dire 'farfalla', e questo dà già un'idea di quanto fosse violento. » Corrugò la fronte.

« Ma che obiettivi aveva? »

« Tutti sanno che qui, parecchio tempo prima della Rivoluzione Culturale in Cina, c'è stata una rivoluzione popolare... Ma la Resistenza sosteneva che qualche anno dopo la democratizzazione fosse avvenuto un nuovo golpe segreto. »

« Con quali conseguenze? »

« Secondo la Resistenza, a comandare davvero sono il giudice e i suoi sgherri, non il Comitato Centrale... e di sicuro non il popolo.»

«Il giudice?» Jasmin ebbe un brivido.

«È pur vero che le nuove leggi sono state promulgate dal giudice e dalla sua squadra... Passo dopo passo, hanno creato un nuovo sistema, basato su procedure molto complesse, regole e cavilli», spiegò Antonia. «È stato un colpo di stato silenzioso, burocratico. C'è voluto parecchio tempo, prima che qualcuno si rendesse conto di che cos'era successo. A quel punto, il potere era già passato nelle loro mani.»

Marta ed Erica uscirono dal bagno e andarono in cucina.

«Mettiamo che sia davvero così. Quali sono le conseguenze pratiche?» chiese Jasmin a bassa voce.

«Non saprei... Forse, che è venuto a mancare un garante dell'imparzialità del...» Sentendo un rumore di passi sul ballatoio, Antonia scattò in piedi e finse di raddrizzare il bastoncino d'incenso.

Dalla cucina, Pedro si voltò verso Jasmin. «Ma che fine ha fatto Ting?»

«Non saprei.»

Dante si levò a sedere e si strofinò il viso con entrambe le mani.

«Ma come?» disse Pedro.

«Dicevi che era uscito a fumare», osservò Grossman.

«Credevo di sì.»

Jasmin si alzò, prese in braccio Dante, andò alla finestra e posò il coltello sul davanzale interno. Il bimbo aveva il corpo pesante e caldo. Ting era in giro per la città, parlava la lingua ufficiale e forse sarebbe riuscito a raggiungere il giudice senza che nessuno lo fermasse.

Dallo spiraglio fra le persiane, Jasmin poté osservare la strada lucida di pioggia. Un uomo solitario stava oltrepassando il bagliore rosso di un'insegna luminosa, parlando fra sé e sé e gesticolando, come nel tentativo di raccapezzarsi.

«Che cos'ha detto, prima di uscire?» chiese Marta, che evidentemente era rientrata in salotto appena in tempo per sentire la frase di Grossman.

Jasmin si voltò verso di lei. «Gli ho medicato la ferita.»

«Sì, dopo aver chiuso la porta a chiave.» Marta si avvicinò.

« Già. » Jasmin posò a terra Dante.

« E lui ti ha restituito questo », mormorò Marta, sfiorandole l'orecchino di perla.

« Abbiamo avuto un diverbio », confessò Jasmin, pur malvolentieri.

« Cosa? » disse Marta ad alta voce.

Grossman si alzò a fatica. « Ting ci serve. È l'unico che sa bene il cinese. »

Jasmin si voltò nuovamente verso la finestra e con la mano destra afferrò il coltello. Ora la strada era deserta. Si vedeva qualche luce dietro ad alcune persiane chiuse.

« Guardami! » gridò Marta. « Tu, per un bisticcio tra fidanzati, butti al vento le nostre speranze di sopravvivere? »

« Calmati », disse Pedro.

« Ma cosa dobbiamo fare, con una così? Racconta balle, divide il gruppo e... » Marta s'interruppe nel sentire qualcuno bussare alla porta.

Pedro corse ad aprire. Non era Ting, ma Jet, con i vestiti fradici di pioggia. Con espressione incupita, si levò il cappello e annunciò: « Mi sono fatto dare una chiave. Il guardiano vuole dieci dollari al giorno e io gli ho pagato tre giorni. Un vantaggio non troppo lungo, ma nemmeno troppo breve. »

« Ottimo », disse Grossman.

« Dovremmo andarci subito. » Jet tentò di rallentare il respiro. « La squadra di Wǔ Wáng è appena andata a dare fuoco a una vecchia filovia dalle parti del molo... »

« Quindi abbiamo un momento di tregua. » Pedro cominciò ad abbottonare il cardigan di Erica.

« Praticamente, il parco giochi è diventato una festa popolare », riprese Jet. « C'è chi segue i movimenti di Wǔ Wáng, ma quasi tutti sono rimasti in piazza. Qualcuno cucina, altri portano da bere... In attesa del prossimo scontro, hanno avviato un torneo di poker. »

« Dobbiamo comunque prepararci al combattimento », disse Jasmin. « Ci serve un piano per... »

« Non ti dà retta più nessuno », sibilò Marta.

« Sto solo dicendo... »

« Se non la pianti, ti lasciamo... »

« Adesso comando io! » ruggì Grossman. « Restiamo uniti e partiamo appena siamo pronti. »

« Secondo me sarebbe meglio partire subito », disse Jet.

« E Ting? » chiese Pedro.

« Tornerà qui », rispose Jet. « Ci sarà Antonia ad aspettarlo. »

« No che non tornerà », disse Marta. « Di tutti noi, è quello che ha più possibilità di cavarsela da solo. Non gli serviamo. »

Grossman si alzò a fatica. « Tutti pronti? »

Pedro prese Erica per mano. « Vieni. »

Jet tornò all'aperto e gli altri lo seguirono, silenziosi e risoluti, ben sapendo che questa poteva essere la loro unica possibilità.

« Dante? Andiamo? » disse Jasmin, infilando il coltello sotto la cintura.

« Buona fortuna », le disse Antonia.

Jasmin la ringraziò e la guardò negli occhi appena prima che la donna chiudesse la porta. Gli altri erano già a buona distanza lungo il ballatoio. Dante le tirò la mano per esortarla a raggiungerli.

Mentre scendevano la scala, Jasmin gli chiese sottovoce: « Lo sai perché Ting se n'è andato? »

« No », rispose Dante.

« Per cercare di aiutarci. Abbiamo trovato un documento dove c'è scritto che Wǔ Wáng è un truffatore e Ting vuole mostrarlo al giudice. »

« E il giudice si arrabbierà? »

« Secondo me, dirà che possiamo tornare a casa », rispose Jasmin.

Dante sorrise. « Già. »

La pioggia aveva raffreddato l'aria. Nel cortiletto fra le palazzine c'erano ancora i brandelli di un lungo drago di cartapesta della festa di primavera. Jet fece strada attraverso un terreno libero, imboccò un *hútòng* pieno di pattume e oltrepassò un portone rosso.

Jasmin si sentiva in colpa per aver distrutto tutte le speranze di Ting, rivelandogli che non sarebbe tornato a vivere. Ormai le erano passati la rabbia e il dolore per il fatto che lui avesse gettato al vento la propria vita. Si era sentita abbandonata e impotente, ma questo non giustificava ciò che gli aveva detto. *Avrei dovuto confortarlo, aiutarlo*, pensò. Di lì a poco, sarebbero stati costretti a dirsi addio.

Sentì un leggero ticchettio metallico e lì per lì credette che fosse la pioggia contro una scala antincendio, ma poi si rese conto che veniva dal fondo del vicolo. Posò una mano sulla spalla di Dante per fermarlo. Un istante dopo, Jet fece cenno di premersi contro il muro. Lentamente, Jasmin prese il coltello giapponese.

Nella traversa passò un risciò a pedali. Il ticchettio era prodotto dai raggi. Il rumore delle ruote sull'asfalto bagnato faceva pensare a qualcosa di appiccicaticcio.

Attesero che tornasse il silenzio, poi ripresero ad avanzare fino alla strada principale, sulla quale si scorgevano alcune insegne luminose. Sui gradini di un portone c'erano due uomini seduti con le ginocchia al mento. Uno teneva in mano un pupazzetto che raffigurava il re Scimmia del *Viaggio in Occidente* e con la bocca emetteva versi soffocati. L'altro tamburellava senza ritmo.

67

Si fecero largo tra i mobili di una cucina Ikea rovinati dall'umidità e abbandonati accanto a due cassonetti strapieni. Dante stringeva forte la mano di Jasmin e di tanto in tanto alzava lo sguardo su di lei. Il quartiere era quasi deserto, porte e finestre erano chiuse, le facciate degli edifici erano buie. Cinque lanterne rosse dondolavano al vento facendo cigolare i fili di ferro a cui erano appese.

Oltrepassato un portone con un'ogiva in pietra, Jasmin vide l'enorme centro termale, che s'innalzava nelle tenebre come un bastione lungo le pendici della montagna. Chilometri e chilometri di mura e tetti dagli angoli curvati all'insù, porte e finestre, terrazze, scale e verande che dai reparti più vecchi, vicini alla piazza, si espandevano fin lì.

In lontananza, nella foschia buia, Jasmin intravide alcuni nuovi arrivati che uscivano dalle terme e si riunivano alla fitta fiumana di gente che percorreva le strade principali dirigendosi verso il porto. Un flusso ininterrotto di morti.

Provò un senso di vuoto al petto nel pensare al molo, alle acque scure, a sua madre che era salita a bordo di una barca e se n'era andata.

Superarono un fossato pieno d'acqua, alcuni cartelli con figure di guardiani che sparavano agli intrusi, una fila di coni segnaletici arancioni fra i quali era tesa una corda piena di catarifrangenti, e proseguirono fino al cantiere.

Il terreno fangoso era cosparso di tondini arrugginiti e pile di reti, di cataste di legname da costruzione, tubi di plastica e teloni cerati nei quali si erano formate pozze d'acqua.

Salirono una rampa chiazzata di cemento caduto dalle carriole ed entrarono nell'enorme struttura in legno che costituiva lo scheletro dell'edificio: migliaia di travetti uniti da travi e complesse capriate. S'incamminarono lungo un percorso che attraversava l'intera spianata di cemento. Marta e Jet erano in testa alla fila, seguiti da Grossman e Pedro. In coda, Jasmin e Dante, che teneva per mano Erica.

« Erica? » disse Jasmin a bassa voce.

« Sì? »

« Tu sai che cos'è il Corpo dei Giurisperiti? »

« Sono tutte le persone che lavorano per l'illustre e dotto giudice. »

« La tua mamma lo conosce bene? »

« Non gli ha mai nemmeno parlato. »

« Sai come si chiama? »

« Zhōu Chóngxǐ. » Erica aiutò Dante a scavalcare alcuni travetti.

Avanzarono in silenzio lungo un'area piena di cavalletti e di mucchi di segatura bagnata e oltrepassarono una cassa di chiodi piena d'acqua color ruggine.

Udendo alcune grida in lontananza, Jasmin si voltò a guardare la città buia. Nessuno in giro.

Più oltre c'erano alcuni reparti con le pareti già completate ma ancora coperte da teli di plastica, uno dei quali era stato strappato dal vento. La corrente d'aria trascinava il brandello lungo il muro.

Jet aprì una porta e si scostò per lasciare entrare Pedro ed Erica.

« Non sarebbe il caso di mandare avanti uno di noi a controllare l'edificio? » mormorò Jasmin.

« Ci sono già stato io », rispose Jet, urtato.

Grossman le rivolse un sorriso. « Non preoccuparti. »

« Marta? Vieni? » disse Pedro, impaziente.

Grossman e Marta varcarono la soglia. Jasmin e Dante li seguirono e si ritrovarono in una sala ottagonale dal pavimento in mattonelle decorate, con una fontana senz'acqua. Lungo una parete c'erano alcuni sacchi di plastica impolverati, pieni di pezzetti di gesso e avanzi di pannelli isolanti.

Jet proseguì nella stanza successiva. Grossman fece cenno agli altri di affrettarsi.

Questa nuova sala era più ampia. Anche qui erano già state posate le mattonelle, ma non tutte le pareti erano complete: alcune erano costituite da semplici teloni di plastica tesi fra i sostegni in legno, mentre altre erano già piastrellate, con i tubicini dei cavi elettrici che spuntavano qua e là. L'allacciamento idrico non era ancora stato eseguito: i canaletti erano asciutti e pieni di polvere e sul fondo di alcune vasche c'erano confezioni di riempitivo per fughe e di colla per piastrelle.

Nessuno di loro parlò. Camminavano con circospezione e di tanto in tanto si guardavano alle spalle. Era buio e tutto taceva. Inavvertitamente, Grossman calciò una vite che cadde in un canaletto producendo un tintinnio che risuonò stranamente nitido fra le pareti piastrellate.

Jet, con la chiave in mano, indicò un lungo corridoio e lo imboccò.

Intanto, Jasmin tentava di riflettere su ciò che aveva scoperto.

Il documento dimostrava che Wǔ Wáng aveva mentito durante il processo. Tutto faceva pensare che fosse colluso con la Triade da parecchio tempo. E ora Ting stava tentando di raggiungere il giudice per mostrargli la prova che lo inchiodava.

Wǔ Wáng aveva ingannato il tribunale, era chiaro, eppure c'era qualcosa che le sfuggiva.

La Resistenza, un movimento ormai caduto nell'oblio, sosteneva che il tribunale avesse strappato il potere al Comitato Centrale. Se era così, non c'era più nessuno che promulgasse e custodisse le leggi della città.

Jasmin aveva l'avvilente sensazione che le mancasse una tessera del puzzle.

Le due file parallele di cubicoli erano già state costruite. Lungo una di esse correva un canaletto di scolo che, in fondo al corridoio, sfociava in una grande vasca. A destra, attraverso i teli di plastica tesi fra i sostegni in legno, si vedevano le luci della città.

Jet indicò al di là della vasca. «Vedete quella porta? È lì che dobbiamo andare.»

Il pavimento s'inclinava fino al fondo piastrellato. Per raggiungere la porta bisognava scendere nella vasca vuota e risalire la scaletta lungo il bordo opposto.

Jasmin sentì il battito del cuore accelerare, senza sapere il perché. Forse perché qualunque ufficiale dell'esercito sa quant'è rischioso passare in un luogo concavo o in un corso d'acqua.

Mentre scendevano, Erica camminò accanto a suo padre, mimando bracciate di nuoto.

Jasmin si guardò intorno. La parte superiore della sala non

era ancora completa. I teli di plastica fra le capriate si gonfiavano verso il cielo nero, sospinti da una corrente d'aria, producendo un rumore simile a quello delle onde che battono su una riva sabbiosa.

Dante incespicò in uno scatolone aperto, pieno di piastrelle. Per impedirgli di cadere, Jasmin lo afferrò e sentì scricchiolare la gracile spalla del bimbo.

Sul fondo della vasca spiccava una pila di fogli di compensato. Più oltre, verso la bocchetta di scolo, c'era una fresa circondata da schegge acuminate. Dietro di loro, qualcosa tintinnò.

In preda all'inquietudine, Jasmin tentò di esortare gli altri ad accelerare il passo e trascinò Dante verso la scaletta. Voleva arrivare dall'altra parte il prima possibile.

I loro passi riverberavano fra le pareti della vasca.

Mentre avanzavano, Jasmin continuava a lanciare occhiate alle sue spalle. Notò un bancale di sacchi di cemento collocato su un cornicione, come in posizione strategica.

Jet si fermò al centro della vasca. Erica fece un risolino e Dante tentò di divincolarsi dalla presa di Jasmin per correre a raggiungerla, ma lei lo strinse ancora più forte e si voltò nuovamente a guardare il bancale ed ebbe un tuffo al cuore nel rendersi conto che Jet li stava attirando in una trappola e che Marta collaborava con gli avversari: tutti loro facevano parte del Corpo dei Giurisperiti, l'autorità assoluta.

Il vero nome di Wǔ Wáng era Zhōu Shǔguāng, e il giudice si chiamava Zhōu Chóngxǐ. Avevano lo stesso cognome.

Atterrita, Jasmin trascinò Dante verso la pila di fogli di compensato, ma prima ancora di raggiungerla intravide nelle piastrelle bianche il riflesso di un movimento e capì che qualcuno si nascondeva dietro al bancale di cemento. «È una trappola!» gridò. «È una trappola!»

68

Si udì la vibrazione di una corda, poi una freccia rimbalzò sul bordo della vasca davanti a loro e cadde sul fondo.

Jasmin prese uno dei fogli di compensato e lo usò come scudo. Marta ansimava e si guardava intorno, atterrita.

« Pedro, aiutami! » strillò Jasmin, orientando il compensato verso l'arciere. « Porta i bambini... »

Pedro inciampò in un secchio pieno di distanziatori a croce e gridò a Marta qualcosa in portoghese. Dante si riparò dietro a Jasmin. Pedro fece per trascinare Erica dalla parte sbagliata, ma Marta la trattenne. Poi Pedro urlò. Una freccia gli aveva trapassato una coscia. Barcollò all'indietro, mentre il sangue sgorgava dalla ferita. Grossman si accovacciò sotto il margine della vasca, a perpendicolo rispetto al tiratore, appiattendosi contro le piastrelle.

Dante aveva il respiro affannoso. Jasmin lo cinse con un braccio e lo sentì tremare. Nello stesso momento, Pedro urlò di nuovo.

Un pensiero lampeggiò nella testa di Jasmin. *Ce n'è solo uno.* Gli intervalli tra una freccia e l'altra erano troppo lunghi, quindi a tirarle era una sola persona. Nel tempo che impiegava a incoccarne una nuova, c'era il tempo di fuggire. « Pedro! Mettiti vicino a Grossman! »

Marta la raggiunse insieme a Erica, ma anziché rifugiarsi dietro il foglio di compensato tentò di strapparglielo di mano.

« C'è posto anche per voi! » strillò Jasmin.

Marta era in preda al panico, ansimava e strattonava il compensato.

Jasmin rischiava di perdere la presa. I bordi affilati le tagliavano la pelle. « Vieni qui dietro! »

Erica trascinò la madre dietro il compensato e si accovacciò accanto a Jasmin e Dante. Una freccia colpì il bordo a qualche centimetro dalle loro teste e cambiò traiettoria, facendo schizzare qualche scheggia.

« Alla prossima freccia, corriamo ai cubicoli dall'altra parte », bisbigliò Jasmin.

Marta tossiva e non controllava più il respiro. Erica piangeva e Dante le strinse una mano.

L'adrenalina diede a Jasmin una lucidità glaciale. Sentì il rumore di una freccia sfilata dalla faretra. Aveva già impresso nella mente la forma della sala, sapeva che la via più breve per l'altro lato della vasca li avrebbe costretti a scavalcare un sacco di cemento. Una ritirata era la strategia più sicura, ma bisognava agire in fretta: non sarebbero mai riusciti a raggiungere la porta, finché il tiratore era appostato lì.

Si udì il timbro armonico della corda che veniva tesa. Marta stava recitando l'Ave Maria.

Jasmin prese Dante per un polso. « Pronto? » bisbigliò.

Un sibilo, poi una freccia si conficcò nel compensato, che venne sospinto all'indietro dall'urto. Erica lanciò uno strillo.

« Correte! » gridò Jasmin, trascinando con sé Dante.

Insieme si precipitarono verso la scaletta, mentre il tiratore prendeva una nuova freccia. Marta strattonò Erica e corse nella direzione opposta, verso il corridoio. Pedro rimase immobile, con aria confusa, stringendo le mani intorno alla freccia conficcata nella coscia.

Dante e Jasmin balzarono insieme al di là del sacco di cemento, corsero lungo la parete fra le pile di piastrelle e salirono la scaletta che portava ai cubicoli. Jasmin ne aprì uno. « Dentro », disse a Dante.

Ma proprio mentre stava per entrare anche lei, qualcuno la tirò per i capelli con tanta forza da farle scricchiolare il collo. Era Jet. Jasmin si aggrappò allo stipite per non perdere l'equilibrio, ma lui la spinse da parte, facendole perdere la presa.

« Mamma! »

Jasmin si voltò e tentò di afferrare la mano di Jet, ma una freccia gli trapassò il collo. Lei rovesciò la testa appena in tempo, prima che la punta le si conficcasse nel volto. Jet le stringeva convulsamente i capelli. Il sangue colava lungo la freccia e le gocciolava sul petto. Jasmin gli agguantò la mano e la rigirò fino a slogargli il polso. Jet cadde in ginocchio, strappandole alcune ciocche.

« Mamma! »

« Resta lì! »

Jasmin indietreggiò verso Dante, udì il suono della corda della balestra e capì all'istante che cosa stava accadendo. Batté la schiena contro la porta e vide la freccia attraversare l'aria, come in sogno, dritta verso di lei. Un urto alla spalla sinistra, seguito da un dolore bruciante che le percorse tutto il corpo per poi raccogliersi in un unico punto. La freccia le aveva trapassato la spalla, inchiodandola alla porta di legno. Ebbe una vertigine. La porta ruotò verso l'interno, trascinandola con sé.

Il pavimento del cubicolo era più basso, dunque era costretta a stare in piedi sulle punte, ma ora il tiratore non poteva più vederla. Il sangue caldo le colava nell'ascella, lungo i fianchi, dentro ai pantaloni.

Il dolore era talmente lancinante da annebbiarle la vista. Jasmin levò la mano destra e seguì con le dita tutta la lunghezza della freccia, scivolosa al tatto. Si costrinse a mantenere un respiro regolare. La ferita era più in alto di quanto lei avesse temuto: appena sotto la clavicola.

Riabbassò la mano ed emise un gemito. Ansimando, vide sul pavimento la chiave di Jet.

Dante si nascose sotto la panca del cubicolo. Jasmin tentò di trovare una posizione in cui potesse restare sulle punte senza che il suo peso la trascinasse giù, fracassandole la spalla. Piano piano si spinse all'indietro, in modo che l'angolazione della porta le permettesse di restare nascosta.

Udì alcune grida in lontananza. Provenivano dalla città.

L'arciere incoccò un'altra freccia. Dallo spiraglio della porta, Jasmin vide Grossman issarsi a fatica dal bordo della vasca e rotolare verso il muro, fino a trovarsi sotto il cornicione. « La vedi, quella chiave? » ansimò.

Dante strisciò fuori da sotto la panca. « Sì. »

« Non ancora. Aspetta. »

Il viso chiaro di Dante sembrava una luna piena nel buio del cubicolo. Pedro zoppicava, lasciando chiazze di sangue sulle piastrelle. Era troppo lento: la freccia successiva lo centrò fra le scapole. Si fermò, aggrappandosi al bordo della vasca, ansimando.

« Adesso! » bisbigliò Jasmin.

Dante gattonò fino alla chiave, la prese e si rifugiò nuovamente sotto la panca.

« Bravissimo », gli disse Jasmin. La porta cigolava dietro di lei. Il dolore alla spalla era così forte che le guance erano già rigate di lacrime. Levò ancora una volta la mano destra, afferrò la freccia e tentò di estrarla dalla porta, ma ebbe una fitta lancinante, le si annebbiò la vista e sentì che le ginocchia stavano per cedere.

« Mamma? »

« Non ti preoccupare », ansimò Jasmin. « Tu resta dove sei. »

Mollò la presa sulla freccia e lasciò penzolare il braccio, rendendosi conto che non sarebbe riuscita a estrarla da sé. Era senza forze, e sarebbe stata una manovra troppo dolorosa.

Grossman era immobile contro la parete. Non lontano da lui, c'era un fusto di latta dal quale spuntava il manico di un martello. Forse c'era anche un coltello? In mancanza d'altro, il martello poteva bastare.

« Grossman », gridò Jasmin. « Devi fermare l'arciere. Usa il martello, è lì vicino a te. »

69

Il pubblico stava irrompendo nel centro termale. Jasmin udì il brusio che si avvicinava e tentò nuovamente di estrarre la freccia, ma il dolore era troppo forte e il battito cardiaco troppo rapido. Il braccio sinistro penzolava inerte, con il sangue che gocciolava dalle punte delle dita. I cardini cigolavano.

Finora aveva creduto che Grossman non l'avesse sentita, ma ora lo vide levarsi a sedere e guardare verso di lei.

Gli spettatori avevano raggiunto la vasca, li sentiva distintamente. Il nascondiglio era stato scoperto. Vide le ombre sfarfallare lungo le piastrelle, poi comparvero le prime persone, che indicarono Pedro e Grossman e si distribuirono lungo le pareti per assistere alla scena.

Quando un'altra freccia trapassò il braccio di Pedro e la punta batté contro il margine della vasca, un mormorio si sparse fra il pubblico.

Grossman si alzò di scatto, prese il martello dalla latta e salì di corsa sul cornicione. Jasmin non aveva modo di vedere che cosa stava accadendo, ma scorse gli spettatori gridare e spostarsi in cerca di un buon punto di osservazione.

Grossman stava assalendo il tiratore dietro al bancale di cemento. Ruggendo, lo prendeva a martellate. La parete alle sue spalle era chiazzata di sangue. La faretra si rovesciò e le frecce si sparsero tutt'intorno.

Jasmin tentò ancora di estrarre la freccia. La mano tremava in modo incontrollato, la cartilagine della spalla scricchiolava e il sangue continuava a colare lungo il busto.

Arrivarono altri spettatori. Grossman si rialzò e alcuni applaudirono. Sangue scuro e lucido gli chiazzava il volto e ricopriva il martello e la mano, fino a metà dell'avambraccio. Aveva la mandibola ciondolante, lo sguardo assente e le guance paffute rigate di muco e lacrime.

In mezzo a un gruppuscolo di spettatori, fece il suo ingresso

Colette Darleaux. Quelli che la attorniavano si sparsero lungo le pareti, mentre la donna scendeva sul fondo della vasca. Avanzava lentamente, sorridendo. Portava un'elegante camicetta smanicata e con la mano destra impugnava un'accetta.

La porta del cubicolo tendeva a richiudersi, spingendo Jasmin in avanti. Le dita dei piedi scivolavano sul pavimento piastrellato.

Colette si fermò davanti a Pedro, steso su un fianco contro il bordo della vasca, con il corpo trapassato da tre frecce. Perdeva molto sangue e aveva il respiro affannoso. Il volto era pallido e imperlato di sudore. Colette lo trascinò in piedi e disse qualcosa in francese. Pedro rimase davanti a lei, in equilibrio instabile, con il sangue che gli colava lungo le gambe.

« È tornata la rossa, vero? » chiese la donna, leccandosi le labbra. Brandì l'accetta e fece per abbatterla contro il collo di lui, che però le diede un ceffone con la mano sinistra. Il pubblico applaudì. Pedro barcollò, ma Colette afferrò la freccia conficcata nel braccio di lui e lo trasse di nuovo a sé. « Com'è possibile che sia tornata? » La sua voce morbida aveva assunto un sottotono pungente.

« Aiuto! » ansimò Pedro. « Marta, aiutami! »

Colette lo colpì. La gamba ferita cedette e Pedro stramazzò a terra lanciando un grido: la freccia conficcata nella schiena si era rotta sotto di lui.

Jasmin chiuse gli occhi e pregò Dio che Marta non gli rispondesse: doveva restare in silenzio e fuggire insieme a Grossman, Erica e Dante. Dovevano dileguarsi nei meandri del centro termale, trovare un nascondiglio e restarci finché Wǔ Wáng non avesse gettato la spugna.

Le tremavano i polpacci per lo sforzo di stare in piedi sulle punte, ma ogni volta che tentava di abbassarsi le sembrava che la spalla venisse strappata via. Non riuscì a trattenere un gemito.

Colette aveva la fronte madida di sudore e le guance paonazze. Si avvicinò nuovamente a Pedro, guardandolo con aria sognante e facendo dondolare l'accetta.

D'un tratto, da un cubicolo al di là della vasca, Marta gridò: « Voglio parlare con Wǔ Wáng ».

« Sta arrivando », rispose Colette a bassa voce, puntando lo sguardo in direzione di Marta e tergendosi il sudore dal collo.

« La mia famiglia non ha alcun contenzioso con lui. Faccio parte del Corpo dei Giurisperiti. »

« Non sono stata io, a decidere », rispose Colette. « Ma concordo... »

Di punto in bianco, Marta emerse dal suo cubicolo. Erica rimase all'interno e la guardò, atterrita. Sembrava non rendersi conto delle lacrime che le rigavano le guance.

« Gli servono solo Jasmin e il bambino », disse Marta, tentando di mantenere il controllo.

Colette la guardò negli occhi. « L'ascolto. »

« Potete prenderli, in cambio della salvezza per me e la mia famiglia. »

« Possiamo prenderli? » Colette parve riflettere. « Il bambino e anche la madre? »

Marta curvò all'ingiù gli angoli della bocca e annuì. « Sì. »

Jasmin strinse i denti, trattenne il respiro e riprovò a estrarre la freccia, ma le punte dei piedi persero aderenza e la porta riprese a ruotare verso l'esterno, in un cigolio di cardini. Puntò gli alluci contro una fuga tra le piastrelle e lentamente riuscì a spingersi all'indietro. Il sangue caldo le correva lungo la schiena e colava dentro i pantaloni.

Colette aiutò Pedro a rialzarsi e Marta cominciò a scendere la pendenza del pavimento verso il fondo della vasca. « Dica a Wǔ Wáng che so dove si sono nascosti. Posso portarvi da loro, se mi garantite pubblicamente di lasciarmi andare insieme alla mia famiglia. »

« Penso che questa proposta incontrerà l'approvazione di tutti. » Colette tese una mano per invitarla ad avvicinarsi.

Marta si leccò le labbra. « Vada a parlargli subito. »

Pedro appoggiò la spalla al muro e tentò di dire qualcosa. Tossiva sangue, probabilmente la freccia alla schiena gli aveva perforato un polmone. Marta li aveva quasi raggiunti.

Colette teneva ancora la mano sinistra tesa verso di lei, come per aiutarla a scendere. « Dovete promettermi di restare qui, per il momento. »

« Restiamo, e... »

Fulminea, Colette fece scattare il braccio destro verso l'alto, colpendole uno zigomo con la parte piatta dell'accetta. La testa oscillò, poi Marta cadde a terra, premendosi una mano sul viso.

Il pubblico lanciò grida di sbalordimento. Fischi, risate, applausi.

Marta tentò di rialzarsi ma non ci riuscì e continuò a tenersi la mano sullo zigomo sanguinante.

« Mamma! » strillò Erica, sbucando dal suo cubicolo.

« Chiudi gli occhi », sibilò Jasmin, rivolta a Dante.

Erica, piangendo, corse dalla madre. Colette girò la testa, sollevò l'accetta e colpì la bambina al petto.

Marta lanciò un grido talmente forte che le mancò la voce. Il pubblico non fiatava. L'accetta si era conficcata saldamente nel torace di Erica. Jasmin aveva un ronzio alle orecchie.

« La prego, ho solo sette anni », ansimò la bambina. « Mi chiamo Erica e... »

Colette tirò l'accetta, ma la lama era incastrata nel corpo della bimba, che venne trascinata in avanti e stramazzò a terra.

« Dov'è la rossa? » chiese Colette, senza degnare Marta di uno sguardo. Posò un piede sul petto di Erica, accanto alla lama, e con pochi strattoni riuscì a estrarla. Marta continuava a urlare.

70

Tutt'a un tratto una spettatrice comparve nel cubicolo di Jasmin. Aveva il volto rugoso, serio e addolorato. Incrociò le mani al petto, con i pollici agganciati, a formare una sorta di farfalla, disse qualcosa in cinese, poi estrasse la freccia dalla porta. Jasmin posò i talloni a terra, ansimando, e udì Marta gridare di nuovo. Con delicatezza, l'anziana donna sfilò la freccia dalla spalla e gliela porse, poi si dileguò.

«Resta qui», disse Jasmin a Dante, fra un ansito e l'altro, estraendo il coltello giapponese. «Non devi guardare.»

Marta si era stesa sopra la figlia, per impedire a Colette di colpirla di nuovo. Erica era ferita gravemente, aveva il respiro affannoso e dal suo petto sgorgavano fiotti di sangue.

Pedro era steso su un fianco. A ogni respiro, le frecce conficcate nel suo corpo dondolavano.

Jasmin avanzò di qualche passo e per poco non perse l'equilibrio. Aveva un dolore pulsante alla spalla e il braccio destro talmente intorpidito da non sentire nemmeno la freccia insanguinata che stringeva in mano.

Colette afferrò Marta per i capelli, la trascinò lungo le piastrelle bianche del pavimento, poi mollò la presa. «Io non scendo a patti con nessuno», ruggì.

Erica tossiva sangue e respirava a scatti. Colette la raggiunse e la colpì violentemente al viso con la parte arrotondata dell'accetta.

«No!» strillò Marta. Tentò di avvicinarsi alla figlia, ma Colette la spinse via con un calcio. Il pubblico urlò, ma non si capiva se per l'entusiasmo o per il raccapriccio. Molti battevano i palmi contro i muri.

«Colette!» gridò Jasmin, barcollando in avanti.

Ma la donna non la udì, gli spettatori facevano troppo rumore. Jasmin reggeva la freccia davanti a sé.

Colette schiacciò con un piede un braccio di Erica e levò l'accetta per mozzarglielo. « Dov'è? »

« Sono qui! » rispose Jasmin, a gran voce.

Il pubblico tacque e la francese si voltò.

Jasmin si avvicinò a lei. La consapevolezza di doverla uccidere la riempì come un'ondata ribollente e tonante. Scese la scaletta, stringendo il coltello dietro la schiena.

Grossman era inerte, rannicchiato in posizione fetale, con gli occhi chiusi. La balestra e le frecce erano sparse intorno a lui.

« Grossman! » gridò Jasmin. « Prendi la balestra! »

Colette respirava a bocca semiaperta, i muscoli delle braccia erano attraversati da spasmi. Avanzò di un passo. Dalla lama dell'accetta pendevano gocce di sangue denso.

« Marta, raccogli quel coltello », disse Jasmin in tono imperioso.

Colette la fissò, spostandosi di lato. Jasmin avanzò, brandendo la freccia con la mano indebolita e tenendo nascosto il coltello giapponese.

Muovendosi come un automa, Marta raccolse da terra il coltello.

Colette rilassò il volto, fece scrocchiare il collo e roteò l'accetta in un inutile sfoggio di destrezza. Alcuni spettatori, inebriati, gridarono e applaudirono.

« Grossman, prendi la balestra e abbattila », disse Jasmin.

Grossman rimase inerte, con gli occhi appena dischiusi, a fissarla con sguardo cupo e assente. Marta, stringendo il coltello, andò verso Colette. Non sarebbe mai riuscita a sopraffarla, ma avrebbe dato a Jasmin il tempo di aggirarla. La francese non aveva ancora capito quale delle due avversarie fosse la più pericolosa, non sapeva che Jasmin era addestrata al combattimento.

Tentò di fronteggiare Jasmin senza perdere di vista Marta.

Finalmente Grossman raccolse la balestra. Jasmin sentì il rumore di una freccia che cadeva a terra e pensò: *L'abbiamo in pugno.*

Colette irrigidì il volto. Sulla camicetta, il sudore aveva formato due chiazze scure sotto le ascelle.

Marta era in posizione di difesa. Colette la colpì di scatto con l'accetta e le fece saltare di mano il coltello, che cadde a terra con un tintinnio e uno schizzo di sangue. Marta lanciò un grido e cadde, stringendo fra le cosce la mano ferita.

Colette fece per darle il colpo di grazia, ma Jasmin non gliene diede il tempo e si precipitò su di lei. La francese si voltò e d'istinto indietreggiò. Jasmin la seguì, percependo l'effluvio della sua acqua di colonia. Non aveva più forze nel braccio ferito e doveva fare in modo che Colette l'aggredisse per prima. Il pubblico lanciava grida d'entusiasmo. Ansimando, Jasmin brandì la freccia verso di lei. Il sangue caldo le gocciolava dal gomito. Colette fece una finta, poi partì all'attacco dal fianco, sbalzandole di mano la freccia. Mentre l'accetta, per inerzia, continuava la sua rotazione verso l'esterno, Jasmin diede a Colette un calcio negli stinchi.

La donna cadde all'indietro, ma Jasmin le strinse il collo nell'incavo del braccio e la lasciò scivolare giù. Contemporaneamente, orientò il coltello giapponese verso l'alto, recidendo la giugulare e i tendini.

Era talmente addestrata a questo genere di manovre che poteva compierle senza nemmeno pensarci. La fine sarebbe sopraggiunta in pochi secondi. Senza interrompere il tragitto della lama verso l'alto, cambiò presa sul manico con un movimento automatico, come l'ago di una macchina per cucire.

Colette stramazzò a terra, con il sangue alla bocca. Fece per portarsi una mano al collo, ma Jasmin calò la lama, piantandogliela dritta nel cuore. Senza nemmeno guardarla, le puntò un piede al petto ed estrasse il coltello, poi arretrò per avere una visuale completa della vasca e del pubblico. Marta, stesa su un fianco, la stava fissando. Colette era morta, ma il sangue continuava a sgorgarle dalla gola.

Sugli spettatori era calato un silenzio assoluto. Jasmin s'infilò il coltello alla cintola, si ripulì le mani nei pantaloni, poi andò da Erica e la prese in braccio. « Tesoro... » bisbigliò, sollevandola delicatamente.

La bambina non era ancora morta. Le tremavano le gambe e guardava Jasmin con gli occhi semichiusi. I lunghi capelli umidi s'incollavano intorno al volto pallido.

« Venite », disse Jasmin agli altri, portando Erica su per la scaletta, verso Dante.

Mentre camminava, sentiva il sangue caldo della bambina

intriderle i vestiti. Gli spettatori erano ancora in silenzio, molti si stavano levando il cappello e, mentre lei passava lungo la fila, alcuni tesero una mano per sfiorare il corpo inerte di Erica.

Dante sbucò dal cubicolo e la seguì fino alla porta che dava sulla parte più vecchia del centro termale. Con volto serissimo, senza dire una parola, prese la chiave di Jet e aprì la porta.

Jasmin s'incamminò lungo il pavimento inondato, sentì l'acqua tiepida penetrare nelle scarpe ed ebbe un moto di sconforto. I genitori di Erica la seguirono con un'espressione vacua. Reggendosi a stento, Pedro si appoggiava a Marta e gemeva ogni volta che tentava di appoggiare il peso sulla gamba trafitta. Era come se un forte vento avesse attraversato le loro anime, lasciandole vuote e desolate.

Grossman, con balestra e faretra, varcò la soglia e Dante richiuse a chiave la porta. Le pareti sembravano oscillare alla fioca luce che si rifletteva nell'acqua.

Erano tornati nella zona del centro termale nella quale si erano risvegliati dopo la morte.

Il respiro di Erica era rapido come quello di un coniglietto. Agli angoli della bocca si era raccolto del sangue schiumante. Marta, con gli occhi come due pozzi senza fondo e il volto impietrito, prese la figlia dalle braccia di Jasmin e mormorò: « Grazie ».

71

Erica era stesa su una panca. Marta, inginocchiata accanto a lei, bisbigliava e le baciava la fronte, mentre Jasmin e Grossman estraevano le frecce dal corpo di Pedro. Era in stato confusionale, e all'inizio si agitava, ma poi si afflosciò e con uno sguardo assente si lasciò bendare le ferite. La lesione alla gamba era molto grave, occorreva cauterizzarla, ma al momento non c'era modo di farlo.

Il sangue continuava a sgorgare dalla spalla di Jasmin, colando lungo la schiena. Le faceva male, ma finché la ferita non si fosse infettata non ci sarebbe stato pericolo.

Dante, un po' in disparte, fissava Erica in silenzio. Il respiro della bambina era sempre più debole e dal petto usciva sangue rosso vivo. Marta le scostò delicatamente i capelli dalla fronte e le parlò a bassa voce, tentando di rassicurarla.

«Non occorre che mi aspettiate», bisbigliò Erica. «Ormai sono grande, mamma.»

Marta le disse qualcosa, con un tremito al viso e le guance rigate di lacrime.

«Ci serve un medico», disse Pedro, ancora frastornato, alzandosi su gambe malferme.

L'acqua scintillava lungo le pareti e le canaline di scolo, producendo un lieve gorgoglio. La luce si rifletteva nei mulinelli scuri. Le vasche al termine delle gronde si riempivano cigolando, per poi rovesciarsi verso il pavimento piastrellato, sul quale l'acqua scorreva fino a raccogliersi in altre canaline.

Pedro si avvicinò alla figlia e con mani tremanti tentò di sbottonarle la camicetta strappata. «Dobbiamo arrestare l'emorragia.»

«Pedro...» gli disse Marta, come per tranquillizzarlo.

«Possiamo applicare un tampone di stoffa.» Pedro guardò tutti quanti, come se non ricordasse chi erano. Fiotti di sangue uscivano dalla ferita alla coscia, spargendosi come una nuvola scura nell'acqua intorno a lui. Con delicatezza prese la manina floscia della figlia e le promise che, non appena fosse guarita, l'avrebbe portata all'altalena appesa al melo. Poi tacque, perse l'equilibrio e batté una spalla contro il divisorio in legno. Grossman accorse e lo aiutò a sedersi su una panca.

Marta, ancora in ginocchio sul pavimento inondato, piagnucolò: « Ti voglio bene sopra ogni altra cosa, non dimenticartelo mai ».

Erica fece un sorriso stanco. « Non mi fa più male. »

Marta si premette una mano contro la bocca, nel tentativo di frenare i singhiozzi.

« Non essere triste. »

« Non sono triste. Siamo insieme, sempre. C'è anche papà, siamo tutti qui. »

Gli occhi di Erica erano semichiusi, lucidi e assonnati.

Dante andò da Jasmin e nascose il viso contro di lei. « Non voglio », mormorò.

« Lo so. »

Pedro si alzò di nuovo, reggendosi alla parete, esalò il nome della figlia e rimase immobile.

Marta accarezzò una guancia di Erica e tentò di parlare con voce nitida e affettuosa. « Brava, la mia bambina. Tanto, tanto brava. La figlia più brava del mondo... »

Erica abbozzò un sorriso, poi spirò. Marta si accasciò su di lei, stringendole la testa con entrambe le mani e scoppiando in un pianto roco.

Pedro si avvicinò lentamente a lei. « Respira ancora. Vedi, che respira? Dovete aiutarla », mormorò. « Ci vuole un tampone... » S'interruppe, si asciugò le lacrime e ripeté: « Respira ancora... »

Erica sembrava una conchiglia bianca racchiusa nell'abbraccio della madre. Dalle labbra era colato un rivolo di sangue, sulle guance si vedeva l'ombra delle ciglia.

L'acqua si fece più scura, grigia e opaca. Marta tremava dal pianto.

Dante abbracciò Jasmin. « Non aveva fatto niente di male. Era sempre gentile. »

Due donne passarono lungo il corridoio. Erano « levatrici », facevano da guida a chi arrivava al centro termale. Ora Jasmin capì come mai venivano chiamate così. Entrambe si fermarono davanti a Marta e le parlarono a bassa voce. Marta ascoltò, ancora scossa dagli spasmi del pianto.

« Cosa stanno dicendo? » chiese Pedro.

« Credo stiano garantendo che si prenderanno cura della nostra bambina », rispose Marta. Si tolse il crocifisso d'oro, lo mise al collo di Erica e le sfiorò un'ultima volta la manina gracile.

72

L'acqua formava una pellicola chiara intorno ai loro piedi, ombre nere dondolavano lente lungo le pareti. Le due donne avvolsero Erica in un telo bianco e la portarono via, nel buio. Marta tentò di fermarle, voleva pettinare la figlia un'ultima volta, ma Jasmin la trattenne: «È già perfetta così», le bisbigliò.

«Ma no, è spettinata», pianse Marta, guardandola negli occhi.

«Era bellissima. Splendida.»

«Sì, era bella.» Marta si asciugò le guance bagnate di lacrime.

Tutti e cinque s'inoltrarono verso le parti più interne del centro termale. Jasmin sapeva che c'era poco tempo per trovare un nascondiglio sicuro prima che arrivasse la squadra di Wǔ Wáng. Dante non voleva camminare, così lei lo portò in braccio. Lui le si aggrappò al fianco e Jasmin sentì il suo respiro caldo contro il braccio, il dolore che irradiava in silenzio.

Percorsero un corridoio di cubicoli, scavalcarono un canale e raggiunsero una piscina piena d'acqua. A ogni passo, Pedro gemeva dal dolore. Marta e Grossman lo sostenevano ai lati. Il volto di Marta appariva indifeso, dopo tanto pianto. Singhiozzava e a tratti era scossa da un fremito.

All'improvviso Pedro si fermò e si guardò intorno. «Marta? Dov'è Erica? Ha preso l'autobus?»

Marta gli disse qualcosa in portoghese e lui annuì con aria perplessa.

Entrarono nella piscina, con l'acqua che arrivava all'altezza dei fianchi. Al margine opposto, una ringhiera sbarrava loro la strada. Svoltarono di lato e salirono una scaletta che portava a un altro corridoio di cubicoli.

Jasmin si guardò alle spalle e si fermò, rendendosi conto che anche gli uomini di Wǔ Wáng avrebbero dovuto guadare la piscina, per raggiungerli. Bastava attenderli dietro al basamento in pietra che reggeva la ringhiera e colpirli di lato con la balestra. « Non credo che troveremo un appostamento migliore di questo », disse, posando a terra Dante.

« Che ne dite? Restiamo qui? » chiese Grossman.

« Io non ce la faccio, ad andare avanti », mormorò Pedro. « È ancora mattina presto. »

Marta gli accarezzò una guancia. « Fermiamoci. »

« Grazie », disse lui.

Marta fece un sorriso teso. « Quelle due signore hanno detto che, se moriamo oggi, ci faranno salire sulla stessa barca di Erica. »

Jasmin si allontanò di qualche passo per lasciarli tranquilli e pensò: *Tutti hanno una gran paura del momento in cui dovranno imbarcarsi e andarsene via, eppure quasi tutti salgono a bordo senza esitare*. Si rendeva conto di trovarsi a un bivio: essere uccisa da Wǔ Wáng oppure tornare alla vita insieme a Dante.

Marta si sedette su una panca davanti a lei, guardò gli altri, poi si chinò in avanti e s'inumidì le labbra. « Ti chiedo perdono per aver detto quelle cose, prima. Ero in preda al panico... Oh, Dio, non intendevo... » S'interruppe e il suo volto si contrasse in una smorfia.

« Sarebbe il caso di spiegarmi come stanno davvero le cose », disse Jasmin.

« Lasciala in pace », sospirò Grossman.

Ma Jasmin continuò. « Ho capito solo che il piano è andato a monte. Ma qual era, l'idea? »

« Scusa, scusa, scusa... » Marta si strinse il volto fra le mani.

« Ti eri accordata con Jet per vendere me e Dante a Wǔ Wáng, solo che poi Jet ti ha tradita e ci ha venduti tutti quanti, giusto? »

« Sì », rispose Marta, con un filo di voce.

« No, scusa, non ti seguo », disse Grossman. « Marta? Cos'è questa storia? »

« Volevo comprare un visto per Erica », ammise Marta, con uno sguardo spento.

Grossman rimase a bocca aperta. « Comprarlo dalla Triade? »

« La Triade non esiste », disse Marta.

« Ma se si sta impossessando dell'intera... »

« Non c'entra niente. Non è mai esistita nessuna Triade, in questa città. Le bande sono legate al Corpo dei Giurisperiti. Lavorano per noi, per il giudice. Tutto ruota intorno a questo: accaparrarsi un visto per tornare alla vita. Ottenere una nuova possibilità.»

«Capisco», mormorò Jasmin, con un brivido lungo la schiena.

«Volevi comprare un visto per Erica?» chiese Pedro.

«Lo so che è sbagliato», rispose Marta. «È una cosa orrenda, ma io non riuscivo a pensare ad altro, volevo solo che lei potesse tornare a vivere, diventare adulta.»

«Quindi quelli che assassinano i nuovi arrivati lavorano per il giudice?» disse Jasmin, lentamente.

«Sì», ammise Marta a bassa voce.

«Da non credersi», disse Grossman.

«Antonia ha detto la verità», continuò Marta, in tono inespressivo. «C'è stato... un golpe. Tutto è stato insabbiato, ma è il Corpo dei Giurisperiti ad avere il controllo della città portuale.»

«Quello stesso Corpo dei Giurisperiti di cui fai parte anche tu», disse Jasmin.

«Sì. Cioè... Io non ho nessun potere su... È un'autorità molto gerarchica: in cima alla piramide c'è il giudice, da cui dipendono i quarantadue membri della giuria, sotto i quali ci sono i giurisperiti capi, poi gli avvocati più abili, e via così... Gli alti papaveri arraffano i visti migliori... Io sono sul gradino più basso, eppure mi rendo conto di essere una privilegiata, perché ho accesso ai visti restanti.»

Jasmin sospirò e tentò di ragionare lucidamente, ma non riusciva a capacitarsi dell'enormità di ciò che aveva appena udito. «Ma... questa è pur sempre la famosa ultima sponda, è qui che finiscono tutti. Com'è possibile che sia andato tutto a catafascio?»

«Se i visti si possono scambiare, li si può anche comprare.» Marta si strofinò energicamente la fronte. «Dato che alcuni hanno più soldi e più potere di altri, non hanno nessun freno.»

«Ma qui stiamo parlando di bambini, bambini che dovrebbero continuare a vivere», obiettò Jasmin.

«Marta?» disse Pedro.

Marta guardò Jasmin negli occhi. «Tu puoi capirmi. Sei venuta fin qui, nel regno dei morti, pur di recuperare tuo figlio.»

« Non potevo fare altrimenti. »

« Ti ammiro », mormorò Marta.

« E adesso che cosa facciamo, Jasmin? » chiese Grossman. « Wǔ Wáng non si arrenderà mai, continuerà finché non saremo tutti morti. »

Jasmin si rese conto che non restava altro che lo scontro diretto. Doveva lottare per la sua vita e per quella di Dante.

Erano stati ingannati tutti quanti: era il tribunale a comandare le bande, a fare in modo che tutti gli scambi di visti venissero confermati e che tutti i processi si svolgessero in modo irregolare. Queste persone convincevano la gente che il nemico era la Triade e che l'unica difesa fosse il tribunale.

Jasmin abbassò lo sguardo e passò le dita fra i capelli arruffati di Dante. Agiva in quel modo perché vi era costretta. Fra non molto, il gioco sarebbe finito e lei avrebbe potuto riposare... nell'uno o nell'altro senso.

Marta la guardò con occhi lucidi. « Ti abbiamo vista fermare Colette. Sapevi che cosa stavi facendo. Non le hai dato scampo... Non sei una semplice segretaria. »

« Prima di diventare mamma, avevo una vita diversa », rispose Jasmin a bassa voce.

« E pensi di essere in grado di vincere? » chiese Marta.

Jasmin la fissò. « Devo. »

« Allora farò di tutto per aiutarti. »

« Anch'io », disse Pedro, con inaspettata lucidità.

Grossman si alzò in piedi. « Generale... »

« Tenente », lo corresse Jasmin.

Marta sgranò gli occhi, annuì e si alzò lentamente. Tutti guardarono Jasmin, in attesa che assumesse il comando.

« Abbiamo un coltello, una balestra e... quante frecce? » chiese Jasmin.

« Otto », rispose Grossman.

« Sai usare la balestra? »

« Mica troppo. »

« Ma sai come si fa a prendere la mira? »

« Sì, anche se non ho più gli occhi di una volta. »

« Io ho provato a tirare con l'arco, a un incontro di *team building* », disse Marta.

« E com'è andata? » le chiese Jasmin.
« Benino. »
« Saresti capace di centrare una persona? »
« Sì. »

73

Dante si strinse alle gambe di Jasmin, che seguiva Marta verso l'appostamento dietro la ringhiera accanto alla piscina.

«Possono avanzare a coppie, oppure in due gruppi», disse Jasmin. «Ma se avanzano tutti insieme devi aspettare che entrino in acqua e colpire quelli che si trovano al centro della vasca, così il gruppo si dividerà in due direzioni.»

Marta abbassò lo sguardo verso l'acqua. «D'accordo.»

«Ma devi colpirli da vicino. Puoi spostarti lungo la ringhiera... e scoccare da una distanza di due metri, massimo tre... e al centro del corpo. Sempre al centro.»

«Non ho intenzione di sbagliare mira.»

La piscina era liscia come uno specchio, la superficie gettava ampi riflessi sui muri. Era un luogo di pace, creato affinché i dormienti si svegliassero nel regno dei morti senza spaventarsi. Ma di lì a poco quell'acqua si sarebbe agitata e mescolata al sangue.

«Prova un paio di volte a correre lungo la ringhiera fingendo di scoccare qualche freccia», disse Jasmin.

«Certo.»

«Devo parlare con Grossman, prima che arrivino.»

Marta si accovacciò e prese fiato, poi si drizzò di nuovo, con uno sguardo concentrato.

«Grossman, io e te usiamo i coltelli», disse Jasmin. «Nasconditi in uno dei cubicoli dall'altra parte della piscina e resta lì mentre passano loro. Non devono vederti.»

«Capisco.»

«Quando uno di loro tornerà indietro per scappare, tu ti farai avanti. Soltanto allora. Ma dagli il tempo di uscire dall'acqua, così avrai più probabilità di successo.»

Grossman pareva incerto. Aveva la barba incrostata di sangue secco, la fronte piena di puntini rossi e i vestiti luridi. «Devo colpire di punta, di filo...?»

«Sappiamo che alcuni di loro sono armati di machete, quindi devi impugnare il coltello in questo modo, vedi?» Jasmin mimò una presa. «Avrai un raggio d'azione maggiore.»

Lui tentò d'imitarla. «Così?»

«Si chiama impugnatura a martello... Guarda come faccio io.» Jasmin tentò di dissimulare l'agitazione che stava per eromperle nel petto. «Tendi in avanti la mano sinistra e tieni nascosto il coltello. Quando loro si avvicinano al bordo della piscina, resta immobile. Non appena usano le mani per issarsi... fatti avanti e piantagli il coltello su un lato del torace.»

«Nel *Wèi Liáozi* c'è scritto che bisogna attaccare il nemico come se si stesse salvando una persona che annega.» Lo sguardo di Grossman si fece ardente. Sembrava impaziente di arrivare al momento in cui la paura si sarebbe trasformata in qualcosa di inevitabile.

Era uno sguardo che Jasmin conosceva molto bene. Chiunque abbia combattuto al fronte sa che là non c'è più ragione o torto: *La guerra cancella ogni senso etico*, pensò. *Tutto ciò a cui si crede viene sostituito da un gelido calcolo che potrebbe benissimo essere stato inventato in questo posto.* Osservò Grossman ripetere il movimento alcune volte, per impratichirsi. *Ha braccia robuste e lunghe. Se non commette un errore di valutazione, la strategia funzionerà.* «D'accordo, va bene così. Adesso mettiti di guardia.»

«Ma non c'è un ingresso solo, da quella parte?» chiese lui.

«Non lo so, ma penso di sì.»

Grossman passò dall'altro lato della piscina, rivolto verso il corridoio in penombra.

Marta, serissima, prese una freccia, la incoccò, mise in tensione la corda fino a far scricchiolare la balestra e puntò verso la vasca. «Che cosa aspettano?» chiese, impaziente. «Perché non arrivano?»

«Fra poco saranno qui», le rispose Jasmin a bassa voce. Prese per mano Dante e lo condusse al di là della porta del corridoio, fino al cubicolo dove Pedro era seduto a riposare. L'uomo era pallidissimo e sembrava sul punto di svenire.

«Che cosa devo fare?» chiese Dante.

«Aspettare qui insieme a Pedro», rispose Jasmin.

«Non posso stare con te?»

« Adesso no. »

« Va bene. »

« Devi restare in silenzio assoluto, finché non vengo a prenderti », disse Jasmin. « Sai, i veri pirati sono bravissimi a non farsi scoprire. »

« Sono troppo grande per giocare ai pirati. »

Jasmin lo guardò. « Tu dici? »

« Sì. » Dante non sorrideva, si limitava a fissarla con occhi cupi.

« Che cosa sta succedendo? » chiese Pedro con un filo di voce.

« Ci stiamo preparando », rispose a bruciapelo Jasmin. « Tieni d'occhio Dante. »

« Dobbiamo solo restare qui e...? »

« Aspettare. »

Si sentì un grido.

« Cos'era? » chiese Dante.

« Niente, forse », disse Jasmin.

« Mamma? Quand'è che devo cominciare a stare in silenzio? »

« Fra poco. » Jasmin si voltò verso Pedro. « La porta di questo corridoio per il momento deve restare aperta, ma non appena gli uomini di Wǔ Wáng raggiungono la vasca chiudila con il chiavistello. Devono credere che stiamo scappando da questa parte, così continueranno a guadare la piscina. »

Pedro sorrise con aria assente. « Non sono in grado di correre. Credo di essermi rotto un piede. »

« Non occorre. Basta che tu stia qui e... appena vedi la squadra di Wǔ Wáng al di là della piscina, non devi fare altro che questo. » Jasmin gli mostrò come chiudere la porta. « Metti il chiavistello e torni nel cubicolo. »

« Devo solo chiudere...? »

« Sì, appena li vedi. Hai capito bene? »

Pedro annuì. Facendo forza con la mano sul bordo della panca, tentò di alzarsi, ma la gamba ferita cedette. Cadde a terra, batté la nuca contro la panca ed emise un gemito di dolore.

Jasmin lo aiutò a rialzarsi. « Allora lasciamo perdere la porta, va bene lo stesso. »

Pedro tremava tutto. Dalla fasciatura intorno alla coscia usciva un rivolo di sangue. « Riprovo. »

« No, lasciala pure aperta », disse Jasmin. « Appena arrivano, nascondetevi sotto la panca. »

« Posso chiuderla io, la porta », disse Dante.

« No, voglio che tu ti nasconda », rispose Jasmin, severissima. « Non devono assolutamente vederti. Intesi? »

Tutti avevano preso posizione: Grossman al di là della piscina scura a tenere d'occhio il corridoio, Jasmin con un ginocchio a terra dietro la ringhiera e Marta nascosta poco più in là, con la balestra. Tutti erano perfettamente immobili.

D'un tratto, Jasmin si rese conto del rischio che Ting stava correndo, mostrando al giudice il documento di Wǔ Wáng, visto che i due erano parenti. Fra tutti i miliardi di attestati presenti nell'archivio, Timo aveva salvato proprio quello, perché dimostrava il grande inganno che regnava nella città portuale, ma ora Jasmin capiva che non sarebbe servito a nulla: il giudice non l'avrebbe mai accettato come prova. Anzi, il documento indicava che da centinaia di anni la città veniva governata dalla stessa famiglia, che aveva usurpato il potere e lo tramandava di generazione in generazione. Il tribunale non era gestito dai giuristi più abili e più giusti, ma dalle stesse persone che continuavano a ritornare, volta dopo volta, nel regno dei morti, in una sorta di reincarnazione demoniaca. Wǔ Wáng e i suoi sempre più numerosi parenti erano riusciti a rendersi praticamente immortali, mantenendo la loro posizione di potere. In tutta discrezione si erano aperti una strada nell'immensa ragnatela di burocrazia, regolamenti, pratiche e dottrine, e i membri del Corpo dei Giurisperiti speravano di ottenere una fetta della torta che avevano rubato.

L'unico rumore che si sentiva era il lieve mormorio dell'acqua. Marta si scostò una ciocca dal viso e Grossman si asciugò una mano contro i pantaloni per poi impugnare nuovamente il coltello.

Dovevano solo attendere l'arrivo della squadra di Wǔ Wáng, sperando che li avessero seguiti.

I riflessi dell'acqua si muovevano lenti lungo il soffitto.

Marta chiuse gli occhi e scosse la testa.

Il silenzio fu spezzato quando Grossman fece un cenno in direzione del corridoio, arretrò, lanciò un'occhiata a Jasmin ed entrò in uno dei cubicoli.

Per qualche istante non accadde nulla, poi nel corridoio apparvero alcune luci bianche: torce elettriche in avvicinamento.

Jasmin si sentiva messa all'angolo e per un momento ebbe l'impulso di fuggire, ma sapeva che non c'erano altre uscite, così s'impose di mantenere la calma e una lucidità glaciale.

Tre uomini venivano verso di loro.

D'un tratto vide comparire nello spiraglio della porta il volto di Dante. Era uscito dal nascondiglio. *Sta cercando me*, pensò. *Ma che cosa fa? Deve stare sotto la panca!* Si rese conto che avrebbe dovuto correre da lui, ma prima ancora di avere il tempo di alzarsi vide il faccino di Dante sparire nuovamente nel buio.

Gli uomini con le torce uscirono dal corridoio. Erano tre degli ingegneri. Baluginò la lama di un machete.

Accanto alla piscina, Marta sfilò con cautela una freccia dalla faretra.

Uno degli uomini puntò la torcia verso le porte dei cubicoli, dov'era nascosto Grossman. Gli ingegneri scambiarono qualche parola tra loro, poi rimasero in ascolto. Ora Jasmin vide che tutti e tre erano armati di machete. Con circospezione avanzarono fino al bordo della piscina e si fermarono, illuminando l'acqua. Uno di loro propose di tornare nel corridoio.

La porta alle spalle di Jasmin si chiuse di scatto. Gli ingegneri puntarono le torce in quella direzione e parlottarono fra loro. Sentirono sferragliare il chiavistello, scesero in acqua e cominciarono a guadare, producendo onde che battevano contro i bordi della piscina. Uno di loro gridò in inglese che avrebbero stuprato Jasmin. La sua voce riverberò fra le pareti.

Marta chiuse gli occhi e mosse le labbra: stava pregando.

Jasmin tuffò in acqua la lama del coltello giapponese.

I tre uomini avanzavano spediti, illuminando la porta chiusa. Non avevano visto Marta, che si era alzata e, puntando la balestra verso quello di mezzo, si spostava silenziosamente lungo la ringhiera.

Jasmin udì la vibrazione della corda che veniva tesa, poi Marta scoccò.

L'ingegnere era ad appena due metri e mezzo di distanza. La freccia gli trafisse il collo, conficcandosi tra due vertebre. Dal rumore, sembrava che avesse perforato un pallone di cuoio. L'uomo fece altri due passi nell'acqua, poi cadde in avanti.

Gli altri due gridarono qualcosa. L'acqua ondeggiava intorno a loro e batteva contro la scaletta accanto a Jasmin.

Marta aveva un'espressione feroce, ma le tremavano le mani; incoccò una nuova freccia, che però scivolò lungo la corda e partì nella direzione sbagliata.

Una delle torce cadde, illuminando per qualche secondo l'acqua intorbidata dal sangue, per poi spegnersi.

Il primo ingegnere stava già salendo la scaletta. Ansimava e l'acqua sciabordava intorno a lui. Jasmin arretrò un poco e attese. *Non voglio altra morte*, pensò, ma ogni parte di lei era già proiettata in quella direzione. Una mano apparve sul bordo della piscina e l'ombra dell'uomo si stese sulla scaletta bagnata. Jasmin si alzò senza fare rumore, con la lama puntata verso l'alto, e non appena vide il riflesso si fece avanti. La luce della torcia l'abbagliò come un lampo, ma Jasmin continuò ad avanzare e scorse il machete levato in alto. Sembrava un neon azzurro. L'uomo l'aveva vista e calò la lama su di lei. Jasmin non interruppe il movimento della mano sinistra, anche se la spalla le dava un dolore bruciante. Afferrò la manica della giacca dell'ingegnere all'altezza dell'incavo del gomito, lo spinse da parte, torse il busto e gli conficcò il coltello giapponese dritto nel rene sinistro. L'uomo rimase senza fiato, il suo braccio perse immediatamente forza e rimase immobile. Jasmin estrasse il coltello e glielo piantò altre due volte nello stesso punto. Il sangue le ricoprì la mano. Lo girò dall'altra parte, lo disarmò e con un calcio lo spinse nuovamente nella piscina. Intorno al corpo si formarono due schieramenti di onde.

Jasmin arretrò e vide che Marta aveva colpito alla schiena il terzo ingegnere, che ora stava tornando verso il margine opposto della piscina, stringendo il machete. La freccia gli si era conficcata nella scapola destra e vibrava a ogni passo. Grossman esitò, ma finalmente uscì dal cubicolo, tenendo il coltello dietro la schiena. Si fermò a fissare l'avversario con occhi vacui. Marta scoccò un'altra freccia, che andò a conficcarsi appena una decina di centimetri sotto la prima, nella camicia intrisa di sangue. L'uomo vacillò e cominciò a issarsi sul bordo della piscina, ma Grossman, ansimando, partì all'attaco e gli conficcò la lama nel petto. Poi, come se si fosse ustionato, mollò la presa sul coltello, cadde all'indietro battendo la testa e rimase lì, con un'espressione confusa e i capelli scarmigliati, a guardare verso l'alto. Con un ruggito, l'ingegnere uscì dall'acqua. Aveva la camicia fradicia e un fiotto di sangue gli correva lungo la schiena. Marta aveva già incoccato un'altra freccia. L'ingegnere, grondante acqua e con il sangue che colava dal coltello piantato in petto, si raddrizzò brandendo il machete. Grossman si trascinò all'indietro lungo il pavimento piastrellato, fece forza su una mano e si rialzò. Marta scoccò, ma la freccia mancò il bersaglio e venne inghiottita dalle tenebre. L'ingegnere tossì sangue e gemendo seguì Grossman, levò il machete e colpì con violenza. Grossman gettò la testa all'indietro e la lama passò ad appena qualche centimetro dalla sua bocca. Si scagliò in avanti, estrasse il coltello dal torace dell'ingegnere e lo pugnalò un'altra volta. Caddero a terra, l'uno sull'altro. Una delle frecce piantate nella schiena si ruppe, l'altra venne sospinta attraverso il busto e sbucò a poca distanza dal torace di Grossman.

Jasmin stava già pensando che la battaglia fosse finita, quando vide apparire nel corridoio, alle spalle di Grossman, uno degli olandesi. Le spalle robuste e la testa rasata si stagliavano sullo sfondo della parete. L'uomo rimase immobile per qualche secondo, poi arretrò e sparì fra le ombre.

75

Erano stati scoperti, dovevano trovare un nuovo nascondiglio. L'acqua era ancora agitata, sangue e schiuma battevano contro le piastrelle bianche. Marta, con la balestra in mano, scrutava al di là della piscina con volto assente, ancora carica della sordida energia che attraversa l'anima di chi uccide.

Jasmin raccolse da terra il machete, infilò la lunga lama nella fessura della porta per sollevare il catenaccio e l'aprì. « Dante? »

Il bimbo strisciò fuori, si alzò e andò da lei. « Ho chiuso la porta. »

« Avresti dovuto fare come ti avevo detto io », replicò Jasmin.

Lui abbassò lo sguardo. « Scusa », mormorò.

Lei lo prese in braccio e lo strinse forte. Fece molta fatica a trattenere l'impulso di lodarlo, di dirgli che era merito suo se se l'erano cavata. Occorreva che lui le obbedisse, finché si trovavano nel parco giochi.

Pedro si alzò a fatica e si sedette sulla panca. Tossì debolmente e la guardò negli occhi.

« Marta è viva », gli disse Jasmin.

Lui annuì, appoggiò la testa al muro e chiuse gli occhi. Nel frattempo arrivò Grossman, con il machete dell'ingegnere. Ansimava e si terse la barba intrisa d'acqua. Jasmin posò il viso contro il collo di Dante e sentì il suo profumo e il suo calore.

Marta, con volto impenetrabile e labbra serrate, girava intorno alla piscina raccogliendo le frecce rimaste integre. Le sciacquava dal sangue, raddrizzava l'impennaggio e le riponeva nella faretra.

« Dobbiamo andare », le disse Jasmin.

« Dove? »

« Non lo so, ma dobbiamo trovare un nuovo posto. Fra poco saranno qui, ne sono sicura. »

Grossman posò il machete e aiutò Pedro ad alzarsi. Marta lo

sostenne dall'altro lato. Pedro, senza voce, continuava a ripetere che non occorreva, che adesso stava molto meglio.

« Venite. » Jasmin, con Dante in braccio, s'incamminò lungo il corridoio.

« Abbiamo ucciso tre dei suoi scagnozzi », disse Marta a Pedro.

« Ne restano solo quattro », disse Grossman.

Dunque cominciava già a somigliare a una lotta ad armi pari. Erano riusciti a mettere paura agli uomini di Wǔ Wáng, ed era un bene, ma li avevano resi più guardinghi, in vista di un altro agguato. Era necessario un cambio di strategia. Ma se gli avversari erano più circospetti di prima, erano anche più lenti, e la squadra di Jasmin avrebbe avuto un po' di tempo in più.

« Posso camminare da solo », disse Dante.

« Grazie », rispose Jasmin, posandolo a terra. Capì che il bambino ci era rimasto male: camminava accanto a lei, ma non voleva che lo tenesse per mano.

Le porte dei cubicoli erano chiuse. Lungo il muro sinistro correva un canale pieno d'acqua.

Oltrepassarono le imboccature di alcuni corridoi laterali dalle pareti in assi. Pedro tossiva debolmente e ansimava per lo sforzo. Aveva il volto terreo e imperlato di sudore. Evidentemente la coscia gli faceva molto male. Marta gli parlava piano in portoghese.

Sentirono un rombo in profondità sotto di loro. Sulla superficie dell'acqua delle vasche si formarono alcuni cerchi e i riflessi proiettati dal pavimento inondato ondeggiarono sul soffitto, come scacchiere scure. Jasmin drizzò le orecchie e rallentò l'andatura. Udì un bisbiglio, si fermò di colpo e afferrò Dante per una spalla. Proprio davanti a lei, la porta di un cubicolo si socchiuse leggermente. Più in là, lungo il corridoio, scorse un movimento fra le ombre: una persona che si accovacciava e si faceva da parte. Jasmin spinse Dante dietro di sé e udì un nuovo bisbiglio, stavolta vicinissimo. Aguzzò la vista e in silenzio estrasse il coltello. La porta davanti a lei sembrava vibrare. Arretrò in punta di piedi. All'improvviso, la porta si spalancò sbattendo contro il cubicolo accanto. Dante lanciò un grido e per poco non cadde all'indietro.

Jasmin ripose il coltello. Marta stava già armeggiando con la balestra, ma si fermò, ansante.

Davanti a loro comparve una donna anziana, nuda e spaventata, che si guardava intorno con aria confusa. Aveva braccia sottilissime ed entrambi i seni erano stati asportati chirurgicamente. « Dov'è Doreen? » chiese a bassa voce in danese.

« Non lo so », rispose Jasmin.

« È andata a comprare un vaso per i fiori », mormorò la donna. « E adesso... »

« Andate avanti voi », disse Jasmin agli altri.

« E adesso i miei vestiti sono spariti... »

« Venga, le faccio vedere. » Jasmin riportò la donna nel cubicolo. « Ecco dei vestiti. C'è anche del sapone, se vuole lavarsi. »

« Prima, mi sa che dovrei riposare un po' », disse la donna, con voce flebile.

Dante attese Jasmin e, non appena lei lo raggiunse, le prese una mano. Gli altri si erano già inoltrati verso le parti più interne del centro termale.

Anche se Wǔ Wáng e i suoi uomini erano più cauti di prima, presto o tardi avrebbero ritrovato le loro tracce, e la squadra di Jasmin sarebbe stata costretta a fuggire. A quel punto, non sarebbe stata una battaglia, ma una caccia. Sarebbe stato consigliabile fermarsi e prepararsi allo scontro, ma non c'erano posti adatti, solo corridoi di cubicoli e ampie sale con piscine poco profonde. La cosa migliore era nascondersi in due dei cubicoli al di là della piscina successiva. In circostanze normali sarebbe stato un errore strategico, tuttavia, dato che ormai il nemico si aspettava un nuovo agguato, tanto valeva tentare. Gli uomini di Wǔ Wáng sarebbero stati sul chi vive nel guadare la piscina, ma con ogni probabilità si sarebbero sentiti più al sicuro non appena avessero raggiunto il corridoio opposto.

Jasmin oltrepassò un cubicolo aperto, dove un uomo obeso sorrideva fra sé e sé, scuotendo la testa con l'aria di chi non si capacitava della situazione in cui si era trovato.

Alle loro spalle si sentirono alcune grida in lontananza, e Jasmin esortò gli altri ad affrettare il passo. *Troppo presto*, pensò. *E chi s'immaginava che ci raggiungessero così in fretta?*

Il sangue sgorgava copioso dalla coscia di Pedro.

Il corridoio sfociava in un'ampia sala con una piscina molto larga. Nell'acqua c'era un uomo nudo, alto e magro, che avanzava con movimenti sonnolenti.

« Rifugiamoci nei cubicoli dall'altra parte », disse Jasmin, entrando nella piscina.

Tutti la seguirono e procedettero a grandi passi nell'acqua che arrivava alle ginocchia.

Jasmin tenne Dante accanto a sé, lanciò un'occhiata alle proprie spalle ed ebbe un brivido nel vedere uno sfarfallio in mezzo alle tenebre: qualcuno che si avvicinava di corsa lungo il corridoio. « Stanno arrivando », disse ad alta voce, trascinando Dante con sé.

« Dietro di noi! » gridò Grossman.

76

Avanzavano a fatica nell'acqua che sciabordava fra di loro. I due fratelli olandesi correvano fianco a fianco nel buio. Erano sempre più vicini. Ma i conti non quadravano: erano passati dalla piscina insanguinata, avevano visto che fine avevano fatto gli ingegneri caduti in trappola, dunque come mai non erano per nulla intimoriti?

«Marta», gridò Jasmin. «Vai avanti tu, con la balestra.»

«A Pedro penso io», ansimò Grossman.

Marta mollò la presa sul marito, che emise un gemito, ma Grossman lo sorresse. L'acqua schiumava intorno a loro. Marta cominciò a correre.

«Forza!» gridò Jasmin, avanzando in tutta fretta insieme a Dante.

Alle loro spalle, qualcuno urlò. Marta raggiunse l'estremità opposta della piscina e si issò sul bordo. L'acqua agitata batteva contro di loro, schizzando il volto di Jasmin. Gli uomini di Wǔ Wáng erano quasi arrivati. Marta, in ginocchio, incoccò una freccia, poi si alzò puntando la balestra. Jasmin lasciò cadere il machete in acqua per sollevare Dante sul bordo, quando udì uno scoppio fortissimo e sentì un fiotto caldo colarle lungo un fianco.

Calò il silenzio. Marta urlava, ma l'unico suono che le usciva di bocca era un sibilo come quello del vento nel fogliame di una betulla. Jasmin balzò fuori dall'acqua e vide che avevano sparato alla schiena di Pedro. *Ecco, è finita*, pensò. *Più avanti di così, non si va.*

Un grosso proiettile gli aveva trapassato il busto, ma Pedro ebbe ancora la forza di avanzare di un passo. L'acqua intorno a lui era rossa. Pedro e Grossman caddero insieme e scomparvero sotto la superficie. Jasmin trascinò Dante dietro al basso muretto lungo il margine della vasca. Marta barcollò di lato e scoccò una freccia. Un nuovo proiettile colpì il muretto. Marta cadde all'indietro e la balestra le scivolò di mano. Su Jasmin cadde una pioggia di schegge di piastrelle e malta. Grossman riemerse, ansimando.

D'un tratto, il corridoio si riempì di spettatori che indicavano e gridavano. Tutti volevano vedere che cosa stava accadendo. Jasmin gridò a Marta di correre al riparo e trascinò Dante lungo il pavimento, in direzione della porta del corridoio successivo. Era quasi sicura che i proiettili fossero stati sparati da un Benelli M4, un fucile a presa di gas in uso presso le unità militari di pronto intervento di tutto il mondo. «Vai avanti!» gridò, girandosi dall'altra parte in modo che Dante non la vedesse in faccia. Non voleva che suo figlio le leggesse in volto la consapevolezza che era tutto finito, che erano stati sconfitti.

Nelle sue orecchie cominciò a risuonare una nota acuta.

L'olandese con il fucile entrò in acqua, seguito dalle prime file di spettatori, e mirò verso Jasmin. Lei si gettò a terra insieme a Dante nel momento preciso in cui partì il colpo. Il proiettile si conficcò nella porta alle loro spalle, sollevando un turbine di schegge di legno. Alcune assi spezzate piovvero su di loro. Jasmin udì il riverbero dello sparo fra le pareti e le incitazioni del pubblico.

La porta si staccò dai cardini rotti e si schiantò a terra. Jasmin afferrò Dante e sgusciò nel corridoio, graffiandosi sulle schegge appuntite.

Il pubblico si accalcava nella piscina, tutti si dirigevano verso di loro. Marta e Grossman scavalcarono i resti della porta.

Dante tossì e si fermò, ma Jasmin lo trascinò fino alla porta successiva, che dava su un nuovo corridoio. Si voltò e vide Grossman e Marta correre, inseguiti dalla fiumana di spettatori. «Dai, dai dai!» gridò, anche se ormai la fuga le sembrava impossibile.

Nel corridoio buio, tutti si accalcavano, si spintonavano e inciampicavano l'uno nell'altro, cadevano dentro a un cubicolo oppure procedevano in avanti. L'olandese con il fucile non riusciva più ad avanzare e urlava agli spettatori di farsi da parte. In mezzo alla calca, Jasmin vide una bandiera svedese. Una bottiglia di *báijiŭ* si schiantò a terra.

Grossman e Marta varcarono la seconda porta e si affrettarono a richiuderla con il robusto chiavistello, poi arretrarono di qualche passo. Ripresero a camminare. Dante tossiva e sputava per terra, Marta aveva lo sguardo perso nel vuoto.

È inutile, pensò Jasmin. *Hanno armi da fuoco, ecco perché non hanno paura. Battaglia finita. Non abbiamo scampo, dobbiamo solo decidere una modalità di resa.*

« Sei ferita? » Grossman le posò una mano pesante sul braccio.

Ma Jasmin si scostò. Non riusciva a guardarlo e aveva le lacrime agli occhi. « È finita », mormorò, mentre camminava.

« Dicci che cosa dobbiamo fare. »

« Non lo so. Non so niente. »

« Tenente? »

« Piantala. Non posso aiutarvi », pianse Jasmin. « Non capite? Continuano a morire tutti, muoiono tutti, Erica e... Oh, Dio, non ce la faccio, non voglio... » Si accasciò contro il muro, coprendosi il volto con le mani, e scoppiò a piangere. Non aveva più forze. Dentro di lei c'era solo un pianto senza fondo. Una parte di lei aveva ceduto, come quando era tornata dal Kosovo e si era lasciata sprofondare nell'obnubilamento, abbandonando ogni speranza.

Sentì le mani di Dante che tentava di accarezzarle la testa. Se lei fosse rimasta lì, con ogni probabilità l'avrebbero uccisa. Forse a Wǔ Wáng sarebbe bastato? Jasmin sapeva che non era così, ma non c'era altro da fare. Era ora di arrendersi.

« Mamma? »

« Se ci nascondiamo, potremmo cavarcela », disse Grossman.

« E nascondetevi, allora! » strillò Jasmin. « Nascondetevi voi! Io non ne voglio sapere. »

Si sentirono dei tonfi contro la porta alle loro spalle. Grossman s'inginocchiò e tentò di aiutarla ad alzarsi. « Lo so che non ci sono regole », le disse, guardandola negli occhi. « Ma le armi da fuoco... Le armi da fuoco sono proibite. Quindi stanno commettendo un reato, giusto? Queste cose non sono permesse. Che senso ha, questa storia del parco giochi? »

« Mamma, che cosa dobbiamo fare? » chiese Dante, disperato.

« Tu vai con Grossman, io vi raggiungo dopo », mentì Jasmin.

« Io non credo che il giudice potrebbe giustificare Wǔ Wáng, se sapesse che cosa sta combinando », disse Grossman. « In questa città, i civili non possono portare armi da fuoco. »

Un altro tonfo contro la porta. La folla premeva e il chiavistello scricchiolava. Dante tirò Jasmin per una mano, ma lei non si mosse.

« E se è un crimine, possiamo sfruttarlo a nostro vantaggio », riprese Grossman. « Basta tornare alla piazza e dire tutto alla gente. »

« Non funzionerà », gemette Jasmin.

« Se il pubblico è presente, il giudice sarà costretto ad ascoltarci. »

Jasmin sollevò lo sguardo. « Ma farà finta di non crederci. »

« Abbiamo testimoni. Dovrà pur darci retta. In caso contrario, restiamo lì e aspettiamo che arrivino gli uomini di Wǔ Wáng, così gli spettatori vedranno con i loro occhi. »

« Tenente », disse Dante.

« Sì? » rispose Jasmin, sorpresa. Suo figlio la strattonava e lei non poté fare altro che alzarsi e guardarlo negli occhi. « E va bene », mormorò.

S'incamminarono lungo il corridoio e Jasmin si terse le lacrime. Grossman teneva per mano Marta. Volti dall'espressione confusa li guardavano dai cubicoli bui dove si erano risvegliate le persone appena morte. Li oltrepassarono come ombre, superarono un andito e si avvicinarono a una porta.

« Come arriviamo alla piazza? » chiese Jasmin, prendendo in braccio Dante. « Almeno stiamo andando nella direzione giusta? »

« Seguiamo l'acqua », rispose Grossman. « Li vedi, quei canali ai lati dei corridoi? »

« Sì, ce ne sono in tutto l'edificio. » Jasmin avanzò in fretta. « Questo posto viene chiamato 'le Sorgenti', ma in realtà la sorgente è una sola. Le vasche si riempiono una dopo l'altra... »

Sentirono uno schianto alle loro spalle. La porta era stata divelta. Dante lanciò uno strillo e Jasmin, stringendolo fra le braccia, corse verso la porta successiva. Un nuovo schianto, poi le urla del pubblico. Grossman tirava la maniglia, ma era bloccata. Gli spettatori stavano già invadendo il corridoio. Jasmin posò a terra Dante e diede un calcio alla porta, che però non cedette.

« Mamma! Arrivano! »

Le grida di esaltazione erano sempre più alte, come un'onda che si gonfiava. Gli spettatori avevano invaso il corridoio e avanzavano a gran velocità. Fra di loro c'erano i due olandesi. Grossman strattonò la maniglia e la tirò verso l'alto con entrambe le mani fino a svellerla. Barcollò all'indietro, mentre le rondelle e il cilindro della serratura cadevano a terra.

Jasmin varcò la soglia, portando Dante con sé, ma si accorse che Marta restava immobile, con lo sguardo perso nel vuoto. « Marta? »

La donna non reagiva. Grossman la trascinò attraverso la porta. Cominciarono a correre lungo le file di cubicoli, scavalcarono un mastello e oltrepassarono uno stretto andito.

« Fermi! » disse Jasmin all'improvviso. « Un canale! »

Entrarono nell'angusta galleria inondata, procedendo in fila indiana nel buio, Grossman in testa, poi Marta. Dante incespicò e batté un ginocchio. Jasmin, subito dietro, lo rimise in piedi e lui riprese la fuga.

« Fine della corsa », ansimò Grossman.

Jasmin avanzò fino a raggiungerlo. Marta, con il respiro affannoso, si sedette per terra. La galleria sfociava in una piscina lunga e stretta, una sorta di serbatoio. Nel silenzio, si sentiva soltanto lo sciabordare dell'acqua che, traboccando, alimentava il canale in cui si trovavano loro.

« Dev'esserci una bocchetta, sotto la superficie », disse Grossman.

« Posso immergermi io », disse Jasmin. « Guardo se... » S'interruppe sentendo passare i primi spettatori davanti all'imboccatura del canale, una ventina di metri alle sue spalle. Lanciarono un'occhiata nello stretto passaggio, poi proseguirono.

« Fra poco ci troveranno », bisbigliò Grossman.

« Nascondiamoci nella vasca. » Jasmin prese in braccio Dante e si lasciò scivolare nell'acqua, che aveva circa la stessa temperatura del corpo umano.

Grossman aiutò Marta, che da principio tentò di opporre una blanda resistenza, ma alla fine si lasciò calare nella piscina. La superficie nera ondeggiava contro i bordi della vasca. L'acqua era alta, i piedi di Jasmin non toccavano il fondale, e Dante, pur sapendo nuotare, si aggrappava a lei. I vestiti erano d'impaccio. Dal bordo, Jasmin poteva vedere l'estremità opposta del canale, dove si stavano accalcando gli spettatori, e sentì riverberare un grido in spagnolo. Una donna si curvò a guardare dentro il condotto, ma qualcuno la spintonò, facendola cadere sulle ginocchia; lei si resse con le mani, si alzò e sparì.

Jasmin sentì contro le gambe una corrente che proveniva da una parete della vasca. Doveva essere la bocchetta di alimentazione.

Rimasero appesi al bordo della piscina, mentre la fiumana di spettatori che passava davanti all'imbocatura del condotto si faceva più rada. Grossman, a bassa voce, spiegò che la sorgente originaria sgorgava dalla roccia accanto alla piazza. I primi morti erano arrivati lì, quando la piazza non esisteva ancora, ed era lì che era stato eretto il primo centro termale, quando avevano cominciato a esserci persone che si trattenevano a lungo nel porto. Dunque la parte più antica delle terme si trovava laggiù, e per raggiungerla bastava seguire l'acqua, risalendo la corrente.

Si può fare, pensò Jasmin. La partita non era ancora chiusa. Forse aveva ragione Grossman: c'era una possibilità di fermare Wǔ Wáng, tornando dal giudice e dicendogli davanti a tutto il pubblico che l'altra squadra aveva un fucile. C'erano parecchie persone che avevano visto gli olandesi sparare a Pedro e che potevano deporre in tribunale. Il documento di Wǔ Wáng non si poteva utilizzare, ma l'arma da fuoco era sotto gli occhi di tutti, c'erano testimoni che avrebbero fatto sentire le proprie voci, anche se il giudice avesse tentato di zittirli.

Forse c'era ancora una speranza? Alla gente piaceva credere che il parco giochi funzionasse secondo giustizia.

« M'immergo », disse Jasmin.

« Un momento », bisbigliò Grossman. « Aspetta che siano passati tutti. »

Jasmin seguì il suo sguardo e all'estremità opposta del canale scorse un movimento: erano gli uomini di Wǔ Wáng. Si fermarono davanti all'imboccatura del condotto, parlottarono fra loro, poi se ne andarono.

Jasmin diede qualche sgambata nell'acqua e d'un tratto le tornò alla mente un ricordo delle vacanze di Pasqua in un resort di Gran Canaria: Dante che l'attendeva davanti alla piscina per bambini tenendo fra le braccia un coccodrillo gonfiabile. Ma l'immagine scomparve nel momento in cui in fondo al condotto apparve un'ombra: il vecchio ingegnere era tornato indietro e stava guardando dall'imboccatura del canale. Con quel buio, non poteva certo vederli. Si sentì la voce dell'olandese che lo chiamava, ma l'ingegnere entrò ugualmente nel condotto, dirigendosi verso di loro. Restarono in silenzio, aggrappati al bordo della vasca, lasciando sporgere dalla superficie soltanto le teste. Intorno alle loro gambe correvano mulinelli d'acqua. Jasmin staccò una mano dal bordo ed estrasse il coltello dalla cintura. Dante, stringendosi a lei, chiuse gli occhi.

Il vecchio ingegnere si fermò a metà del condotto, scrutando nel buio. Lanciò un'occhiata alle proprie spalle, poi riprese ad avanzare.

In silenzio, si spostarono lungo il bordo fino a raggiungere l'angolo della vasca. La bocchetta, coperta da una grata, si trovava a circa un paio di metri di profondità. Jasmin avvertiva il movimento della corrente.

Wǔ Wáng era nel corridoio, in attesa. Accanto a lui c'erano i due olandesi. Uno di loro chiamò l'ingegnere, che però non rispose e continuò a procedere, chinandosi di lato per guardare oltre il bordo della vasca.

La corrente increspava la superficie e l'acqua sciabordava al margine del canale. L'ingegnere si fermò, poi si voltò e tornò dagli altri. Scambiarono qualche parola e dopo poco l'olandese con il fucile s'incamminò rapidamente lungo il condotto. L'ingegnere li aveva visti.

«Dobbiamo immergerci», bisbigliò Jasmin. «Sei pronto, Dante? Fa' un bel respirone...»

Era chiaro a tutti che, se non fossero riusciti a passare al di là della grata, sarebbero stati spacciati.

S'immersero, scalciando per spingersi in profondità. La grata era già parzialmente staccata al margine inferiore. Bastava aprirla un po' di più per riuscire a passare. Jasmin strinse Dante con una mano e con l'altra strattonò la grata, sollevando un mulinello di sabbia e sporcizia. Vide le guance tonde di Dante, le bollicine d'aria lungo il viso e i capelli che fluttuavano.

Grossman trascinò giù Marta. Sopra di loro, la superficie sembrava un lenzuolo argenteo.

Si udì uno sparo. Il proiettile trafisse l'acqua, lasciando dietro di sé una scia di bolle bianche, e venne rallentato dall'attrito. Intorno alle gambe di Grossman c'era una nuvola di sangue. Jasmin cominciava a sentire un dolore alla testa: ancora pochi istanti e sarebbero dovuti risalire a prendere fiato. Con un rombo alle orecchie e i polmoni che tentavano di espandersi, fece leva con un piede, tirò più forte la grata e riuscì a fletterla leggermente verso l'alto. Dante tentava di aiutarla. Un nuovo strattone, e il metallo si piegò.

Un nuovo sparo. Jasmin sentì le vibrazioni nell'acqua e trascinò Dante ancora più in profondità. Doveva farcela. Solo un'altra manciata di secondi. Stringendolo ai fianchi, lo spinse nell'apertura, mentre frammenti di sporcizia le frustavano il viso, poi lo seguì, ma il coltello infilato sotto la cintura s'incastrò nel bordo inferiore della grata. Con mani tremanti spinse il metallo ancora più in su. Aveva i muscoli quasi privi di forza e vedeva lampi davanti agli occhi: doveva respirare. Le gambe la trascinavano verso l'alto. Si graffiò il ventre, e alcune goccioline di sangue si dissolsero come inchiostro nell'acqua. Pur con i polmoni scossi da spasmi, Jasmin non cedette al panico, trovò un angolo di tranquillità dentro di sé e tirò con tutte le sue forze. Il coltello si sfilò dalla cintura e venne inghiottito dal buio. Jasmin scivolò in avanti, spingendosi con le gambe.

Con i polmoni che scoppiavano, Jasmin diede potenti bracciate verso l'alto. Vedeva sopra di sé le gambe di Dante che scalciavano in un vortice di bollicine nere. Riemerse e risucchiò ossigeno. Dante, già in superficie, aveva il respiro rauco. Jasmin tossiva e ansimava, con un dolore pulsante alla gola. Grossman apparve al suo fianco, trascinando con sé Marta e aiutandola a restare a galla. Marta tossì, sputò acqua, tossì di nuovo, poi riprese a respirare con un gemito.

Jasmin trasse Dante a sé, gli posò le mani sulle guance e lo guardò negli occhi. « Non mi arrenderò mai », bisbigliò.

Dante sorrise e Jasmin dovette fare uno sforzo per non ricominciare a piangere. Gli terse l'acqua dal viso e pensò che doveva resistere ancora un po'. Almeno per qualche altro istante, aveva suo figlio.

Erano in un tunnel dalle pareti grezze, che proseguiva in una curva. La superficie dell'acqua sembrava seta nera e tesa.

« Risaliamo la corrente », disse Jasmin.

Marta sputò acqua e muco, poi tossì di nuovo. Jasmin cominciò a nuotare. Dante, aggrappato alla sua schiena, non si muoveva. Dopo un centinaio di metri, Jasmin aveva i muscoli delle braccia indolenziti dall'acido lattico, così tentò di usare di più le gambe. Dietro di sé sentiva Grossman che continuava a dire a Marta di non restare inerte, di collaborare.

Superata la curva, Jasmin vide che la superficie dell'acqua era leggermente convessa e capì che la profondità si stava riducendo. Continuò a nuotare finché non toccò il fondale e da lì in poi procedette al guado. Avanzava a fatica, ma proseguì finché il livello dell'acqua non scese sotto il suo ombelico. Reggendo Dante su un fianco, si voltò. Grondava, i vestiti le s'incollavano al corpo. Grossman e Marta l'avevano finalmente raggiunta e camminavano nell'acqua bassa.

« Sarà la strada giusta? » chiese Jasmin.

«Tutta l'acqua proviene dalla stessa sorgente», ansimò Grossman.

«Ti hanno colpito alla gamba.»

«Quasi non me ne accorgo.» Grossman si guardò alle spalle. «Ma come ha fatto Wŭ Wáng a mettere le mani su un fucile?»

«C'è un mercato nero. I prezzi sono alle stelle, nessuno possiede cifre di quel genere...»

Jasmin tese una mano verso Marta. «Vieni.»

Nessuna reazione.

Grossman le scostò dal viso una ciocca bagnata. «Vieni?»

«Volevo solo aiutare mia figlia», mormorò Marta.

«L'avevamo capito», disse Jasmin. «Ma ti hanno ingannata.»

Marta abbassò le palpebre. «Faccio parte del Corpo dei Giurisperiti.»

«Ma non sei parente del giudice, e tutti i... Ehi, mi ascolti? Tutti i visti, se li accaparrano loro.»

Marta riaprì gli occhi e si guardò le mani. «Ma no, stavolta è Wŭ Wáng a...»

«Appunto. È imparentato con il giudice», la interruppe Jasmin.

«Che cosa te lo fa pensare?» chiese Grossman.

«Il fatto che abbiano lo stesso cognome.»

Marta era scettica. «No.»

«Stavolta si chiama Wŭ Wáng, ma continua a cambiare identità. All'inizio si chiamava Zhōu...»

«Te l'ha detto Antonia?»

«No, l'ho letto sul documento di Wŭ Wáng negli archivi del tribunale.»

Marta scosse la testa, la prese per mano e insieme ripresero ad avanzare nell'acqua. Dante strinse forte l'altra mano di Jasmin per restare a galla, poi però si mise a nuotare.

Jasmin rifletté sulla perversità di un sistema che usava la Triade come specchietto per le allodole per celare il fatto che a capeggiare le bande criminali fosse il Corpo dei Giurisperiti. Guardò Dante e non riuscì a trattenere un sorriso. Era una specie di meccanismo primordiale, che le faceva provare meraviglia e fierezza nel vedere suo figlio. Dante li aveva già superati di una decina di metri, nuotava come un girino, con le gambette che scalciavano e il volto proteso in avanti sotto la superficie. Era stato lui a salvarli, chiudendo la porta in modo da attirare gli uomini di Wǔ Wáng nella piscina. Jasmin sapeva che di lì a poco avrebbe rischiato di perderlo, e forse era questa consapevolezza a farle provare un affetto tanto struggente.

Continuarono ad avanzare, seguendo le curve del tunnel. La corrente ghermiva i vestiti, appesantiva le gambe, li ostacolava. Ai lati si aprivano molte gallerie più piccole, che alimentavano i vari settori delle terme. Alcuni erano chiusi da grate contro le quali si erano ammassati vecchi cartoni di succo di frutta, assorbenti, gusci d'uovo, scarpe rotte e sacchetti di plastica.

Dante si fermò e guardò dietro la curva successiva. L'acqua era più bassa e gli scorreva intorno ai fianchi. Quando lo raggiunsero, videro che cosa stava fissando.

Il tunnel si apriva in un'ampia grotta ristrutturata con pareti gialle e ornamenti dorati. Un uomo anziano, dalla pelle pallida e chiazzata, avanzava lentamente nell'acqua, a occhi semichiusi.

Salirono una serie di gradini levigati dall'uso fino a una terrazza coperta di piastrelle blu cobalto. Qui, l'acqua arrivava appena alle ginocchia. Diverse persone procedevano lente, anch'esse a occhi semichiusi, apparentemente ignare di ciò che le circondava.

I riflessi dell'acqua contro le pareti sembravano rosoni danzanti. C'erano gocciolii e sciabordii dappertutto. Le «levatrici» aiutavano i nuovi arrivati a orientarsi, conducendoli verso alcune brande o drizzando paraventi in modo che potessero svegliarsi in santa pace. Un uomo alto, che evidentemente non aveva capito che lo stavano aiutando, si divincolò e si stese sul pavimento inondato. Al centro delle vecchie terme c'era una piscina più piccola, a forma di fiore di loto.

Marta lasciò andare la mano di Jasmin e camminò lungo le file di panche, dirigendosi verso una porta. La camicetta le s'incollava alla schiena, lasciando trasparire la pelle.

Jasmin sapeva che la battaglia non era ancora finita, ma la stanchezza e l'avvilimento la spinsero a fantasticare che la giustizia avesse trionfato, che Ting avesse mostrato alla gente il documento di Wǔ Wáng, che il giudice fosse stato destituito e il parco giochi abolito.

Attraversarono un vestibolo buio e si fermarono davanti a

una seconda porta. Fra i due usci passava una corrente d'aria fresca. Erano tornati là dove avevano cominciato.

La fine si avvicina, pensò Jasmin, voltandosi verso Dante, Marta e Grossman. Tutti la fissavano. Marta aveva uno sguardo vacuo, Grossman annuì respirando a bocca semiaperta e Dante non sembrava più impaurito. Jasmin avrebbe preferito che ci fosse anche Ting.

Il pavimento tremò e alcuni sassolini caddero dalla volta della porta. Fuori si sentivano alcuni fischietti, qualcuno che rideva e faceva una domanda in tedesco. Poi, applausi in lontananza.

« Non abbiamo idea di che cosa stia succedendo nella piazza », disse Jasmin. « Ma non abbiamo scelta, dobbiamo andare dritti al tavolo del giudice e dirgli ciò che sappiamo. »

79

Aprirono la porta e uscirono. La piazza era piena di gente, diverse migliaia di persone che formavano un'unica massa, un lago di piombo, tutti immobili ad attendere la ripresa della battaglia.

Era buio, come di notte, eppure sullo sfondo nero si stagliavano i toni del grigio e le sottili strisce di fumo che salivano dai fuochi. Jasmin vide le facciate del Terminal di Cabotaggio e del ministero dei Trasporti.

Intorno alla piazza s'intravedevano il Tribunale del Popolo, il Comitato per l'Ispezione Disciplinare e le altre sedi governative, come statue colossali scolpite direttamente in una cava.

Senza dire una parola, si fecero largo tra gli spettatori. Per il momento, nessuno si era accorto di loro. Oltrepassarono una donna anziana che lanciò un mozzicone di sigaretta e lasciò uscire il fumo dalle narici. Un allibratore in tenuta da cricket con lo stemma dei Rajasthan Royals si avvicinò a un gruppetto e cominciò a distribuire foglietti.

Il suolo tremava e rombava, come se un macchinario stesse scavando una galleria.

C'erano lampade accese e diverse persone facevano un picnic in attesa che il gioco ricominciasse. Tre ubriachi si passavano un bottiglione di plastica che conteneva un liquido trasparente.

Qui, il tempo non aveva alcun significato. Tutti aspettavano la battaglia finale. In ogni caso non si dormiva, quindi tanto valeva restare nella piazza finché qualcuno non avesse spezzato la monotonia.

Un altro rombo sottoterra.

Una ragazzina magra con vestiti troppo stretti, treccine e sopracciglia folte girava fra la gente e vendeva fiammiferi. Aveva trovato uno scatolone che conteneva migliaia di scatolette con la pubblicità di uno studio legale di New York. Vedendo passare Jasmin e Dante, si fermò e rivolse loro un discreto cenno di saluto.

Aggirarono un gruppetto di giovani che litigavano. Un vecchietto mangiava un tortino di riso tenendo una mano a coppa sotto il mento.

Le guardie tenevano a distanza gli spettatori, in modo da lasciare uno spiazzo libero davanti al lungo tavolo del giudice e intorno al palo arrugginito. Non appena videro Jasmin, le fecero cenno di avvicinarsi.

Una donna obesa aveva raccolto intorno a sé un gruppo di giocatori e gettava tre carte su un tavolino rivestito di velluto. Un ragazzo rideva a ogni carta gettata. Al collo, oltre al visto ormai scurito, portava una catenina sottile con una piccola farfalla d'argento.

Nel vedere il giudice, Jasmin ebbe il batticuore. All'inizio riusciva appena a scorgerlo fra le teste degli spettatori, ma avvicinandosi constatò che era seduto allo stesso posto di prima.

Una donna che li aveva notati disse qualcosa con voce squillante, indicando e tirando un uomo per la manica.

Il giudice era seduto al centro del lungo tavolo, con ventuno giurati per lato. Davanti a sé aveva un piatto di carta, stava mangiando spaghetti di soia con pollo saltato.

La reazione del pubblico si espanse come un'onda d'urto nella piazza, quando le guardie li lasciarono entrare nello spiazzo aperto.

Jasmin oltrepassò una poltrona a fiori e camminò sul lastricato, con Dante al suo fianco, seguita da Grossman e Marta. Il giudice posò le bacchette e la fissò. Era bagnata e sporca, con i muscoli delle braccia gonfi e sporchi di sangue, e i capelli rossi che pendevano scomposti ai lati del viso.

« Si è fatta un bagnetto, la nostra *hóng fà*? » chiese il giudice.

Jasmin si fermò davanti a lui. « Deve fermare tutto quanto, e subito. Wǔ Wáng si serve di un'arma da fuoco, un Benelli semiautomatico. »

« Non lo sapevo. »

« È vero », gemette Grossman, piazzandosi di fianco a lei. « L'abbiamo visto, ci sono testimoni. »

« Hanno sparato alla schiena a Pedro Cristiano dos Santos », disse Jasmin.

I giurati si misero a parlottare e gli spettatori si fecero inquieti, le guardie li costrinsero a indietreggiare ma la folla si accalcava, sempre più concitata. C'era gente che si drizzava per vedere meglio, alcuni si spintonavano per passare avanti.

Il giudice riprese in mano le bacchette. « Voi sapete che il parco giochi non ha regole. »

« Vero, ma soltanto alle guardie è consentito portare armi da fuoco », replicò Jasmin, tentando di mantenere un tono deciso.

« Già. » Il giudice prese fra le bacchette alcuni spaghetti di soia e li risucchiò fra le labbra.

Da qualche parte, in direzione del Terminal, il pubblico applaudì. Alcuni lanciarono grida e batterono le mani a ritmo.

« Come possiamo difenderci da un fucile? » chiese Jasmin, sperando che il giudice non cogliesse la nota di disperazione nella sua voce.

« Sarà difficile », rispose lui, con la bocca piena.

Grossman le tirò una manica. « Andiamocene. »

« Ma le armi da fuoco sono vietate », insisté Jasmin, senza più preoccuparsi del tono. « Sono proibite. Lei deve far arrestare Wǔ Wáng, perché ha mentito a lei e alla corte, e... »

Alle sue spalle si sentì uno sparo. Gli spettatori gridarono. Il giudice sgranò gli occhi. Jasmin si voltò e fece scudo a Dante. Il pubblico premette in avanti, producendo un rumore simile a quello di uno scroscio di pioggia.

A una decina di metri da lei c'era Marta, con una mano alla gola e il sangue che sgorgava fra le dita. Le avevano sparato da dietro, il proiettile era entrato a lato del collo e, a giudicare dal fiotto di sangue, aveva perforato la giugulare.

L'olandese con il fucile corse verso di lei. Gli spettatori, atterriti, si scostarono per lasciarlo passare.

« No! » gridò Jasmin.

Marta lo vide e tentò di sfuggirgli. Il ruggito del pubblico si propagò nella piazza. Le guardie aprirono un varco a Wǔ Wáng e all'altro olandese, mentre Marta si allontanava barcollando, con il sangue che schizzava sulla camicetta fradicia e gli occhi atterriti. L'olandese la raggiunse ad ampie falcate, le puntò la canna del fucile contro la nuca e sparò. La testa scattò in avanti e il volto sparì in una cascata di sangue. Il corpo cadde pesantemente a terra e rimase immobile.

« Faccia qualcosa! » strillò Jasmin al giudice.

Ma lui si limitò ad alzarsi in piedi per vedere meglio. Nel movimento, rovesciò una bottiglia, inondando di birra il tavolo. Gli applausi esitanti cessarono. Jasmin indietreggiò guardandosi intorno sperando di trovare per terra qualcosa da usare come arma. La brezza leggera portava l'odore della polvere da sparo.

In tutta calma, Wǔ Wáng andò a sedersi sulla poltrona a fiori. Il visto di Dante luccicava sulla sua cravatta spiegazzata. L'altro olandese, accanto a lui, stringeva in mano un grosso machete. Una sigaretta gli dondolava fra le labbra.

Grossman tentò di dileguarsi nella folla, imprecando e gridando a tutti di lasciarlo passare, ma a forza di spintoni lo costrinsero a tornare nello spiazzo libero.

Wǔ Wáng, con le palpebre semiabbassate sugli occhi gentili, allentò un poco la cravatta e fece un cenno discreto in direzione di Grossman.

« Aspetti, la prego! » gridò Jasmin. « Non lo faccia. Non occorre. È finita, ci arrendiamo. »

Wǔ Wáng le lanciò uno sguardo senza vita, batté le palpebre, poi ripeté il gesto.

« Ci arrendiamo! » disse ancora Jasmin, sfilando cautamente dalla tasca la lametta che aveva preso a casa di Antonia.

L'olandese puntò il fucile verso Grossman e gli sparò al petto. Il sangue esplose fra le scapole. Grossman barcollò all'indietro e l'olandese sparò una seconda volta. Le sue spalle larghe assorbirono il rinculo. Grossman stramazzò a terra, fra le grida del pubblico, e rimase steso supino, con le gambe scosse da spasmi. In pochi istanti, sotto di lui si formò una pozza nera di sangue.

« Dante », disse Jasmin. « Mettiti di fronte al giudice. »

Wǔ Wáng, con il volto madido di sudore, aprì l'ultimo bottone della giacca marrone. Jasmin andò verso di lui, con la lametta nascosta nella mano. L'altro olandese la guardò e gettò a terra la sigaretta.

« Ferma », disse Wǔ Wáng.

« Non avrà paura di una donna disarmata? » gridò Jasmin, continuando ad avanzare.

Wǔ Wáng scosse la testa. Alcuni spettatori scoppiarono a ridere, ripetendo la frase di Jasmin in molte lingue diverse. Le risate si sparsero fino alle ultime file del pubblico.

« Dovrebbe », disse Jasmin a bassa voce, senza fermarsi.

L'olandese con il fucile si mosse di lato in modo da poterle sparare senza colpire Wǔ Wáng. Diverse persone si affrettarono a spostarsi dalla linea di tiro. L'olandese si avvicinò a lei, a fucile spianato. Era chiaro che non avrebbe mancato il bersaglio.

Posò l'indice sul grilletto. Jasmin si fermò e levò una mano. Era a soli tre metri da Wǔ Wáng. Il suo cuore batteva troppo rapidamente. Wǔ Wáng disse qualcosa in cinese e il pubblico lanciò alcune grida alle spalle di Jasmin.

« Gli ho detto di spararle, se non si ferma », disse Wǔ Wáng.

« Ma devo solo farle vedere una cosa. Posso? » chiese Jasmin, continuando ad avanzare.

Wǔ Wáng puntò un dito verso di lei, ma Jasmin non si fermò, perché nella sua testa c'era una vocetta impazzita che le diceva che non avrebbero osato spararle. Proprio in quel momento, un forte boato le investì i timpani. Ebbe un tremito e si voltò, boccheggiando.

L'olandese si scostò con movimenti poco naturali. Il fucile gli cadde di mano, batté contro il lastricato e si ruppe in diversi pezzi. La canna si piegò e il pistone rotolò via. L'olandese si grattò la gola, poi lasciò scendere la mano verso il petto e si ritrovò con le dita insanguinate. Il fratello lo chiamò a gran voce e fece per accorrere, ma Wǔ Wáng lo fermò.

Jasmin girò la testa. Dietro di lei, fra gli spettatori, c'era Ting, che tentava di aprirsi un varco. La gente urlava, qualcuno gli diede un pugno in bocca, ma lui continuò a farsi largo finché le guardie non lo fecero passare. Avanzò incespicando e raggiunse Jasmin. Aveva in mano una pistola color grigio argenteo, una di quelle che una volta erano in dotazione nell'esercito. « Ti fa comodo? » le chiese ansimando, porgendole l'arma.

Jasmin lasciò cadere la lametta e prese la pistola. La canna era ancora calda. Si spostò di lato e vide l'olandese cadere in ginocchio e chinarsi in avanti, reggendosi con le mani, con un fiotto di sangue che sgorgava dalla ferita. Il fratello, ignorando l'ordine di Wǔ Wáng, stava correndo verso di loro con il machete in mano.

« Restano solo due proiettili », gridò Ting.

« Giusto quanti me ne servono », rispose Jasmin, puntando la pistola.

L'olandese si avvicinava a gran velocità, aprì la bocca per dire qualcosa, ma Jasmin prese la mira e premette il grilletto. Sentì il botto, lo schizzo di polvere da sparo sulla mano, il rinculo contro la spalla, e vide una nuvoletta di sangue dietro la nuca dell'avversario. Il proiettile era entrato appena sopra l'occhio sinistro. La testa dell'uomo si piegò all'indietro e le gambe cedettero.

Il pubblico gridò, premendo contro il cordone di guardie.

Wǔ Wáng era sempre seduto sulla poltrona a fiori. C'era ancora un proiettile.

Jasmin guardò l'arma che teneva in mano e capì che doveva essere costata parecchio. Poi si sentì raggelare, nel rendersi conto di come Ting l'avesse pagata.

Non aveva più la piastrina al collo.

Era talmente sconvolta che per poco non perse l'equilibrio. Doveva essere così, non le occorreva nemmeno guardarlo una seconda volta: Ting aveva scambiato il suo visto con una vecchia pistola dell'esercito, per dare a lei e a Dante una possibilità di sopravvivere.

Wǔ Wáng si rivolse al pubblico, indicò un gruppo di uomini in prima fila e gridò qualcosa. Jasmin si voltò e vide che Ting aveva preso in braccio Dante. Il giudice era ancora seduto al suo posto, ma i giurati si erano alzati.

« Che cos'ha detto? » gridò Jasmin a Ting.

« Ha offerto centomila dollari al primo che ti cattura e ti... » La voce di Ting venne inghiottita dalle grida del pubblico.

Jasmin cominciò a camminare verso Wǔ Wáng, evitando di avvicinarsi troppo agli spettatori e guardandosi intorno per accertarsi che nessuno la aggredisse alle spalle. Wǔ Wáng gridò di nuovo, stavolta nella direzione opposta, ma nessuno si mosse.

Jasmin si fermò a cinque metri da lui e puntò la pistola, con l'intenzione di costringerlo ad ammettere i suoi crimini davanti al giudice e al pubblico, ma proprio in quel momento sentì Dante lanciare uno strillo. Si voltò e vide il vecchio ingegnere con un coltello in mano. Dante era ancora in braccio a Ting, che però aveva il volto stranamente inespressivo, quasi rigonfio. Era stato pugnalato alla schiena, all'altezza del rene sinistro.

Una delle guardie perse l'equilibrio e il pubblico ne approfittò per riversarsi nello spiazzo. Una donna venne spintonata in avanti, un uomo cadde a terra e venne calpestato da diverse persone.

Ting posò a terra Dante, guardò Jasmin, poi si accasciò e rimase steso su un fianco.

Il volto dell'ingegnere, pieno di chiazze di melanina, era tesissimo. L'uomo afferrò Dante per i capelli e lo trascinò all'indietro.

Jasmin puntò la pistola verso l'ingegnere e mirò dritto al cuore, ma una spettatrice gli passò davanti proprio mentre stava per premere il grilletto.

I battiti del cuore le rimbombavano nelle orecchie. La gente si fece da parte. Jasmin intravide il volto dell'ingegnere in mezzo a due spettatori, ma l'uomo si chinò, sparendo alla vista. Jasmin corse verso di lui e vide Dante che tentava di divincolarsi.

Una giovane donna con un foulard bordeaux le si parò davanti. Jasmin continuò ad avanzare, puntandole l'arma in faccia e posando il dito sul grilletto. La donna la guardava dritto negli occhi. Una guardia si fece da parte. La pistola pesava. Le tremava il deltoide.

Dal cielo cadevano scaglie di fuliggine.

Una vecchietta tirò da parte la giovane e finalmente Jasmin poté vedere il volto dell'ingegnere davanti al mirino tremante. Si fermò, sostenendo il braccio con l'altra mano, ma il bersaglio scivolò via. Lo seguì, il mirino scese al di sotto della tacca di mira, un uomo barbuto cadde all'indietro verso la linea di fuoco, ma lei sparò ugualmente. Il rinculo le investì la spalla. La pallottola trafisse la fronte dell'ingegnere e uscì dalla nuca. L'uomo barbuto cadde a terra davanti a lui e rotolò compiendo un giro completo.

Dante si divincolò, si fece largo tra la folla e corse da lei.

Nel frattempo, Wǔ Wáng si era alzato dalla poltrona e aveva raccolto da terra il machete. Ormai la lotta era soltanto fra loro due.

Jasmin si rivolse a Dante. « Occupati di Ting. »

La gente si fece da parte mentre Wǔ Wáng s'incamminava verso di lei. Aveva un sorriso placido, ma d'un tratto i suoi occhi umidi si erano fatti tristi. Jasmin gli andò incontro, sperando che Ting, quando le aveva detto che restavano solo due proiettili, non avesse calcolato quello già nella culatta.

Wǔ Wáng si fermò e chiuse il primo bottone della giacca spiegazzata.

« Confessi che il processo era truccato », ordinò Jasmin.

« La pistola è scarica », disse lui. « Glielo leggo negli occhi. »

Jasmin puntò l'arma verso la fronte di Wǔ Wáng, poi l'abbassò fino a mirare in mezzo agli occhi e premette il grilletto. Si sentì lo sferragliare dell'otturatore, ma la punta del cane colpì solo il vuoto.

Le munizioni erano esaurite.

Jasmin si spostò di lato e Wǔ Wáng la seguì, con il visto di Dante che gli penzolava al collo, dicendo con aria sognante: « Ho adorato suo figlio fin dal primo momento ».

Il pubblico gridò ancora più forte e gli allibratori giravano di corsa fra la gente per riuscire a raccogliere tutte le scommesse.

Dante s'inginocchiò accanto a Ting e gli prese la mano.

Jasmin si piazzò dietro al palo arrugginito che segnava il centro esatto della piazza. « Se lei confessa davanti a tutti che ha rubato tutti quei visti... » gridò. « Se si dichiara disposto ad accettare la condanna che merita, sarò clemente. »

« Lei? Clemente con me? » Wǔ Wáng fece girare lentamente il machete.

« In caso contrario, la decapito. »

« Ci provi. »

« Lei vibrerà un colpo dall'alto, io arretrerò e lei tenterà nuovamente di colpirmi, ma sarà troppo lento. Io le sfonderò la gola con la pistola e... »

Wǔ Wáng fece un balzo in avanti, levando il machete.

Jasmin girò intorno al palo. « Le lusserò una spalla e... »

« Zitta! » Wǔ Wáng raggiunse il palo, costringendola a indietreggiare. Lungo le guance non sbarbate colavano rivoli di sudore.

« Io l'ho avvertita », mormorò Jasmin.

Non appena la lama calò, lei la scansò e tornò nel punto di prima. Vide la piastrina argentea che gli pendeva al collo e si sentì attraversare da una sensazione acuta che conosceva bene: quella del corpo a corpo. Era come respirare ammoniaca. Avanzò di un passo.

Il movimento del machete cambiò direzione troppo presto, Jasmin gettò la testa all'indietro proprio mentre la lama passava a pochi centimetri dal suo viso. Rischiò di cadere, ma con uno scatto del braccio recuperò l'equilibrio.

Wǔ Wáng si avvicinò più in fretta di quanto lei non avesse previsto e diverse volte finse di sferrare un colpo. Gli spettatori urlarono. Una goccia di sudore gli stillò dalla punta del naso.

Jasmin scartò agilmente a sinistra per far sì che lui la seguisse. Le serviva ancora qualche istante per studiare i suoi riflessi e le sue movenze.

Wǔ Wáng era carico di adrenalina e si muoveva in modo imprevedibile. Gettò la testa di lato per scostare i capelli dalla faccia, fece un breve passo in avanti e, dopo un'altra finta, colpì davvero.

La punta della lama le graffiò l'avambraccio sinistro. Era solo un taglio superficiale, ma Dante strillò, spaventato. Jasmin arretrò e incespicò in qualcosa, mantenne l'equilibrio ma perse velocità.

Wǔ Wáng ripeté la stessa finta di prima, ma stavolta Jasmin, anziché scartare di lato, lo colpì alla gola con il calcio della pistola. Non fu un centro perfetto, ma era abbastanza potente. Wǔ Wáng barcollò, ma al tempo stesso affondò un fendente. Jasmin gli bloccò il braccio e, usando la pistola come un martello, lo colpì in mezzo agli occhi. Lui cadde su un ginocchio e tentò di liberare il braccio, ma Jasmin glielo torse fino a lussargli la spalla. Il machete cadde a terra. Jasmin inferse un altro colpo con il calcio dell'arma al centro del volto insanguinato di Wǔ Wáng, che si accasciò con una gamba piegata sotto di sé.

Jasmin gettò la pistola, afferrò i capelli dell'uomo e raccolse il machete. Dalla bocca di Wǔ Wáng pendeva un filo di sangue denso e lucido, che si allungò fino a staccarsi.

« Wǔ Wáng confessa di aver sottratto il visto di suo figlio con l'inganno », gridò il giudice. « Verrà processato e... »

Jasmin lo udì, ma calò ugualmente la lama sul collo di Wǔ Wáng. Con uno strattone, sfilò il machete dalle carni e con un nuovo colpo tranciò le vertebre. Il corpo si accasciò, ma rimase appeso per i tendini e i muscoli della gola. Jasmin li recise, continuando a stringere i capelli dell'uomo, finché la testa non si staccò. Senza esitare, si chinò a raccogliere il visto di Dante, poi levò in alto la testa di Wǔ Wáng per mostrarla al pubblico. Era pesante da reggere, e grondava sangue.

Sull'intera piazza calò il silenzio. Tutti rimasero immobili.

Lentamente, Jasmin si avvicinò al giudice e posò la testa di Wǔ Wáng sul tavolo, davanti a lui. « Si ricordi che tornerò indietro », disse. E poi pensò: *Fine dei giochi.*

81

Jasmin reggeva Ting in posizione reclinata, mentre una donna con tracce di tatuaggi all'henné gli fasciava la ferita muovendo delicatamente le dita sottili, con uno sguardo concentrato. Dante, seduto per terra accanto a loro, faceva correre i polpastrelli nelle fughe tra le lastre di pietra.

«Chiedile quant'è grave», disse Jasmin.

Ting fece qualche respiro, poi disse qualcosa in cinese. La donna arrossì e gli rispose, facendo un ampio sorriso.

«Cos'ha detto?»

«Che è solo un graffio», disse Ting, tentando di minimizzare.

«Le hai chiesto qualcosa di completamente diverso, vero?» disse Jasmin.

Lui sorrise, poi emise un flebile gemito mentre Jasmin e la donna lo stendevano a terra. Aveva il respiro pesante e teneva gli occhi chiusi.

Jasmin gli accarezzò una guancia. «C'è modo di recuperare il tuo visto?»

«Ho nascosto il documento di Wǔ Wáng... Scusa, non potevo farlo vedere al giudice.»

«Lo so.»

«Sono parenti», mormorò lui, stringendole una mano.

«L'avevo capito...»

«Scusa.»

«Ci hai salvati... Senza di te, non saremmo mai riusciti a...» Jasmin s'interruppe nel vedere gli occhi di Ting farsi sfuggenti e sempre più opachi. «C'è modo di recuperare il tuo visto?» ripeté.

«Jasmin...» Ting tentò di costringere lo sguardo a fissarsi nuovamente sul volto di lei. «Il mio visto non vale niente, lo sai anche tu. Solo che era nuovissimo, così me l'hanno pagato tanto...»

«Voglio che tu tenti di ricomprarlo», insistette Jasmin.

«Vai», bisbigliò Ting. «Vai al Terminal insieme a...»

«Ci andremo.»

«Non è proprio una passeggiata, farti da interprete, ma...»

«Ascoltami bene», disse Jasmin.

«... ma sono contento di essere riuscito ad aiutarti.»

«Voglio che ricompri il visto.»

Ting sorrise della sua ostinazione. «Perché?»

«Non lo so», mormorò lei, posando la fronte contro la fronte calda di lui e sforzandosi di non piangere. «Magari bisogna averlo con sé, quando ci s'imbarca... O dopo, quando si sbarca.»

Ting tossì, abbassò le palpebre per un istante e poi la guardò con occhi lucidi. «E io che volevo che veniste a trovarmi a casa mia. Avrei cucinato una pasta... Vi avrei preparato il letto nella camera degli ospiti.»

«Io non voglio dormire nella camera degli ospiti. Voglio dormire con te», rispose Jasmin.

«Vuoi sedurmi?»

«Sul pavimento di vetro, con il mare sotto.»

«La mia idea era questa.» Ting sorrise. Aveva uno sguardo molto stanco.

«Ci avrei giurato.»

Ting sollevò a fatica una mano e le accarezzò i capelli. «Sei splendida», disse con un filo di voce.

Jasmin aprì la bocca per dirgli che lo amava, ma proprio in quel momento vide la folla aprirsi per lasciar passare alcune levatrici che spingevano una lettiga. Si tolse l'orecchino di perla e lo posò nella mano sudata di Ting, si chinò in avanti e gli baciò le labbra. «Tornerò, lo sai.»

«Vieni al cantiere», le bisbigliò lui all'orecchio. «Ti aspetto.»

«Tornerò da te.»

Lo sollevarono sulla lettiga. La fasciatura era intrisa di sangue. Il suo giovane corpo sembrava fragilissimo. Le palpebre erano lucide di sudore.

Dante si avvicinò gli prese una mano e gliel'accarezzò. «Ciao, Ting.»

«Vivi a lungo», gli disse lui.

Una folata di vento portò sulla piazza alcune scaglie di fuliggine che provenivano dall'archivio distrutto dall'incendio, come fiocchi scuri che cadevano lentamente dal cielo nero.

Le levatrici portarono via la lettiga, in un cigolio di rotelle. Jasmin prese per mano Dante e non riuscì a distogliere gli occhi, seguì Ting con lo sguardo finché non lo vide scomparire. Ripensò a Marta e Pedro, a Erica e Grossman, a Dǒng Hónglì e all'anziana moglie.

La cenere dei documenti dell'archivio ricadeva sulla piazza e sul pubblico che restava immobile a osservare l'atto finale dello spettacolo.

Jasmin strinse la mano di Dante e lo guardò negli occhi. Lui ricambiò lo sguardo e lei capì che il bimbo sapeva che era tutto finito. «Adesso andiamo a casa», gli disse.

S'incamminarono verso il Terminal. La gente si scostava per aprire loro un varco, qualcuno tese un braccio per toccare i capelli di Jasmin, un uomo basso le rivolse un'occhiata serissima e si posò le mani al petto incrociando i pollici, come a formare una farfalla.

Dante camminava al fianco di Jasmin e l'unico rumore che si sentiva era quello della folla che si divideva come il mar Rosso per lasciarli passare.

82

C'era un silenzio assoluto, ma nel cielo nero brillava un granello di luce, come un faro lontanissimo. Jasmin sentì qualcosa che le si allargava in petto. Era come se qualcuno le avesse dato un violento spintone alla schiena. Sentì un colpo al torace, poi il cuore che cominciava a battere fortissimo. Inspirò l'aria ghiacciata ed ebbe uno spasmo a una gamba.

Qualcuno in lontananza gridava: « C'è battito! » Sembrava una voce chiusa in un barattolo di vetro pieno di farfalle. « C'è battito! »

Ebbe un tremito in tutto il corpo e aprì la bocca per inspirare più aria. Le rombavano le orecchie, il cuore batteva all'impazzata. Soltanto allora si accorse di essere stesa su un letto.

Ansimando, aprì gli occhi e tentò di guardarsi intorno, ma la luce l'abbagliava e ogni sagoma si disgregava in linee spezzate.

« Respira. Il cuore sembra a posto... »

Tra le lacrime, intravide i volti di Diana e Mark. Sangue caldo percorreva il suo corpo freddo.

« Jasmin, mi senti? » chiese Diana, premendole una compressa di cotone contro l'incavo del braccio.

Jasmin non era del tutto sveglia. Aveva una coscia scossa da spasmi, ma non riusciva a muoversi né a parlare.

Diana controllò la frequenza cardiaca, la pressione e la respirazione.

Jasmin pensò alla città portuale, al parco giochi, alla terribile vittoria e al momento in cui lei e Dante avevano attraversato la piazza, mano nella mano, come eroi. Gli spettatori li avevano accompagnati al Terminal, seguendo ogni loro passo fino alla partenza.

Tutte le pratiche erano state sbrigate da altri e l'amministrazione non aveva fatto domande: Jasmin non aveva dovuto fare altro che sedersi con Dante sulle ginocchia e raccontare ai presenti che cosa accadeva nel mondo dei vivi.

Il *dàzìbào* con il nome di Dante era stato affisso per primo, ma le avevano permesso di accompagnarlo fino alla casupola della ragazzina e della vecchia. Mentre lo spogliavano e lo lavavano, Jasmin gli aveva spiegato che cosa doveva fare da lì in poi. Il bimbo era sempre più assonnato, aveva le palpebre pesanti e alla fine aveva distolto lo sguardo. Nel vederlo attraversare la porta scorrevole, non era riuscita a trattenere il pianto.

Diana le puntò una torcia oculistica in un occhio, Jasmin girò la testa e d'un tratto riacquistò la vista. Nel muro c'era un tappo di plastica rossa che copriva un vecchio buco scavato col trapano. Era stesa sulla barella nella sala di osservazione. Aveva un formicolio alle dita delle mani e dei piedi, il cuore le batteva ancora forte a causa dell'iniezione di adrenalina e gluconato di calcio.

« Stavolta ci hai fatto prendere una bella paura », mormorò Diana.

« Il tuo cuore è rimasto fermo per cinque minuti », disse Mark.

Diana aveva il volto circondato da particelle di pulviscolo luminose. Era ancora molto tesa.

Jasmin si levò a sedere e il suo campo visivo si contrasse per poi riallargarsi.

« Piano », disse Diana.

Jasmin si sentiva come se qualcuno stesse in piedi sul suo torace. Tossì e risucchiò nei polmoni quell'aria meravigliosa. « Dante? » disse con un filo di voce, ma poi dovette chiudere gli occhi e non udì la risposta, perché le rombavano le orecchie e aveva un dolore pulsante alla testa, talmente forte da darle la nausea.

Mark l'aiutò a rialzarsi. Aveva il volto rigato di lacrime. La strinse alla vita e la sorresse, mentre lei, barcollante, si avvicinava alla vetrata e premeva la fronte contro la lastra fredda.

La sala operatoria appariva identica a prima: medici e infermieri si muovevano nella luce intensa, nessuno sembrava avere fretta. In mezzo a loro, Jasmin scorse il corpo inerte di Dante sotto il telo verde. Tutto le sembrava troppo tranquillo.

Il chirurgo aveva la fronte corrugata e un'espressione triste e stanca. Sul soffitto tremolavano i piccoli riflessi di luce degli strumenti. L'udito di Jasmin ritornò, come una potente espirazione. Per poco non si accasciò a terra.

« Guardalo lì », le disse Mark, con voce rotta. Un'infermiera con il petto schizzato di sangue prese una pinza dalle mani lucide e rosse del chirurgo.

Il respiro affannoso di Jasmin appannava il vetro. Lo terse con la mano. « Non vedo », ansimò.

Un'altra infermiera, che manovrava un tubo di drenaggio, si fece da parte. Fra lei e un grosso macchinario, divenne visibile il tavolo operatorio.

Nell'apertura sanguinante nel petto di Dante, Jasmin vide il cuore: era di nuovo al suo posto, e batteva. Le pulsazioni erano leggere e regolari, e il monitor sulla destra visualizzava la perfetta curva dell'elettrocardiogramma.

Jasmin deglutì. « È vivo? »

« L'operazione è andata bene », rispose Diana, asciugandosi una lacrima. « Sembra tutto a posto. »

« È vivo... »

« Guardalo lì », ripeté Mark. « Guardalo. »

I battiti del cuore di Dante erano del tutto regolari. Sul monitor pulsava una linea rossa che fugava ogni dubbio.

« Te l'avevo detto, che dovevi fidarti dei medici », disse Diana. « Te l'avevo detto. È andata bene, non dovevi salvarlo tu. Sarebbe andata bene lo stesso. »

Jasmin guardò nuovamente attraverso la vetrata e osservò le contrazioni del muscolo cardiaco, che misuravano il tempo da lì all'eternità. « Il cuore batte », disse.

« Sì », rise Mark, asciugandosi una lacrima.

« Jasmin, hai capito che non posso farti altre iniezioni, vero? » disse Diana. « Guardalo. È fuori pericolo. Hai capito? » Le mancò la voce. Rimase in silenzio, con le palpebre abbassate e le labbra serrate. Un ricciolo rosso si era incollato alla fronte sudata. Non appena riacquistò il controllo della voce, mormorò: « Hai rischiato di morire per niente ».

« Già... »

« Non ti svegliavi più. Ci siamo spaventati », disse Mark, sorridendo e passandosi una mano sulla bocca tremante.

« Vi chiedo scusa. »

Mark aveva gli occhi arrossati, non era sbarbato e i suoi tratti fanciulleschi erano soltanto un ricordo, su quel viso logorato, da uomo di mezz'età. Per la prima volta dopo anni, Jasmin lo guardò in faccia e lo vide per come era: Mark era invecchiato, ed era una bella cosa. Gli anni erano passati sul suo volto, lasciando i loro segni.

« Te l'avevo detto, che sarebbe andata bene », ripeté Diana, abbracciandola.

83

L'aria era tersa e tutto luccicava di cristalli di ghiaccio, quando Jasmin prese l'auto e andò fuori Stoccolma a prelevare Dante.

Erano stati dimessi dal Karolinska tre giorni prima di Natale. Poi era arrivato l'anno nuovo e Jasmin intendeva riprendere servizio al ministero della Difesa in febbraio.

Dalle casse dell'autoradio uscivano le note delle *Gymnopédies* di Eric Satie. Il riverbero della neve era abbagliante. Le file di alberi ai fianchi della strada formavano una galleria bianca come zucchero.

Quando si rese conto di trovarsi nei pressi del luogo dell'incidente, Jasmin ebbe un senso di vuoto al ventre. Rallentò e tentò di mantenere la calma pensando che era sopravvissuta. Ogni tanto sentiva la necessità di ricordare tutto ciò che era accaduto. Aveva impiegato parecchio tempo a capacitarsi del fatto di essere davvero tornata alla vita insieme a Dante.

Non avrebbe mai più parlato della città portuale, anche se questo la faceva sentire sola. Probabilmente Dante aveva dimenticato tutto. Le piaceva vederlo assorbito dai giochi con gli amichetti e dai programmi televisivi. Sembrava star bene, e Jasmin preferiva che lui non ricordasse che genere di persona fosse stata costretta a diventare, nel parco giochi.

Ora, mentre la strada innevata correva veloce verso di lei, ripensò all'incidente e al funerale di sua madre. Dante l'aveva tenuta per mano per tutto il servizio funebre. Il prete aveva parlato del sereno riposo dei morti e del loro risveglio nel « mondo che verrà », e Jasmin aveva abbassato lo sguardo mordendosi un labbro.

Nei giorni prima di Natale, i più brevi dell'anno, nella morsa del buio e del gelo, il cimitero in penombra le aveva riportato alla mente la città portuale. Ma poi le nuvole si erano squarciate, lasciando intravedere il sole e il cielo azzurro. Una volta, gli svedesi dicevano che la Madonna apriva il suo armadio d'oro per festeggiare il compleanno del Bambin Gesù.

Aveva una grande nostalgia di sua madre. Diverse volte al giorno aveva l'impressione che stesse per arrivare una sua telefonata, ma poi ricordava che non c'era più.

Un furgone la sorpassò sollevando uno schizzo di guazzo nevoso. Lei, con il cuore in mano, frenò. Dal tetto del furgone si staccò un piccolo cumulo di neve che cadde con un tonfo sul parabrezza di Jasmin.

Mark era di nuovo single e Dante aveva passato tutto il fine settimana con lui. Jasmin stava appunto andando lì per discutere del futuro e prelevare suo figlio.

Con la battaglia per la custodia legale, lei e Mark avevano avviato una procedura che nessuno dei due era più in grado di governare o fermare. Lui aveva richiesto di essere l'unico tutore di Dante, adducendo l'instabilità psichica di lei, ma l'avvocato di Jasmin aveva trovato i precedenti di Mark per coltivazione di cannabis e detenzione abusiva di armi da fuoco. C'erano tutti i presupposti affinché i servizi sociali li giudicassero entrambi inadatti a crescere un bambino. A quel punto, Dante sarebbe stato assegnato a una famiglia affidataria e sarebbe stato molto difficile riaverlo in casa.

Mark non l'aveva detto esplicitamente, ma era chiaro che l'idea di richiedere l'affidamento esclusivo era stata di Mia. Jasmin, terrorizzata, aveva speso cifre folli pur di rintracciare i precedenti penali di Mark, per rendergli pan per focaccia.

Avevano esagerato tutti e due.

Ora avevano deciso di collaborare in ogni modo, per tenere Dante con sé.

L'appuntamento in tribunale era fissato per lunedì.

Jasmin sapeva che due settimane prima i servizi sociali avevano presentato al tribunale una proposta basata su una legge modificata di recente, secondo la quale la volontà di un bambino non sempre corrispondeva a ciò che era meglio per lui, dal momento che spesso il concetto di giustizia di un bambino dipende dai suoi legami affettivi.

L'indagine su di lei era stata impostata su diversi criteri di valutazione dei rischi. Tuttavia, durante il colloquio con l'assistente sociale, si era resa conto di che cos'aveva fatto Gabriel Popov: dopo il crollo nervoso all'asilo, Jasmin era stata dichiarata sana di mente, ma lo psicologo aveva violato il segreto professionale per farla ricoverare contro la sua volontà, sostenendo che lei fosse riuscita a ingannare le autorità sanitarie, che fosse ancora mentalmente instabile e avesse una pericolosa fissazione su un presunto aldilà cinese. Lei negava, ma capiva che le sue parole avevano ben poco peso, contro quelle di Popov.

Il luogo dell'incidente era ormai vicino, dietro la curva successiva. Il rombo degli pneumatici contro la neve compressa si attenuò. I rami bianchi degli abeti ostruivano la visuale. Nella sua memoria c'erano soltanto immagini sconnesse: la luce dei fanali, la perla nel palmo della mano, lo schianto, il sangue sulla neve.

Un autotreno si avvicinava da dietro, così Jasmin accelerò di nuovo. La strada curvava dolcemente, gli alberi coprivano il sole. Ed eccolo lì, l'incrocio dov'era avvenuto lo scontro. La sbarra, il fosso e i cespugli bassi, tutto era coperto di neve. Una lepre corse via e sparì in lontananza. Non era rimasto nemmeno un segno dell'incidente.

Jasmin lanciò un'occhiata nello specchietto retrovisore per vedere il fosso in cui si trovava quando il suo cuore si era fermato. Quel luogo si era dimenticato di lei.

Forse poteva sembrare che la sua vita fosse pervasa da un senso di morte, ma lei aveva un'impressione diversa: questa era la vita, qui c'erano i vivi, una scintilla di luce che cadeva attraverso il buio infinito. Un giorno o l'altro anche loro sarebbero saliti a bordo di quelle barche, ma ora erano lì, insieme, ed era questo che contava.

Nella città portuale il tempo era quasi fermo, eppure tutte le persone che vi si trovavano avevano ancora un'ombra di vita, non avevano cessato di esistere, non erano diventate parte dell'eternità.

Jasmin era stata nell'aldilà cinque volte e ora capiva la grande differenza: la vita si trovava nella fugacità dell'istante, nell'invecchiare.

Il tempo e la vita erano inscindibili. Senza tempo, non c'era vita.

84

Jasmin imboccò lentamente il cancello d'ingresso, vide Mark e Dante che stavano facendo un gigantesco pupazzo di neve e non riuscì a trattenere un sorriso. Tipico di Mark, esagerare sempre. Dante portava una tuta da sci e aveva le guance arrossate dal gelo. Mark si era messo i paraorecchie e aveva i capelli grigi sparati da tutte le parti.

Sembravano allegri tutti e due.

Con uno scricchiolio di ghiaia, Jasmin avanzò lentamente verso la casa, fermò l'auto e tirò il freno a mano.

Si era dimenticata di quanto fosse invecchiato Mark, ma d'altronde l'età gli donava, se non altro gli dava un'aria più matura, almeno in superficie.

Non dobbiamo avere paura del tempo, pensò. *Dobbiamo amarlo, abbracciarlo. È lo scorrere del tempo a dirci che c'è vita. Se invecchiamo, vuol dire che siamo vivi. Il tempo non ci avvicina alla morte; al contrario, la tiene a distanza. Com'è che il genere umano non se ne accorge? Amiamo vedere i bambini che crescono, maturano e imparano cose nuove. Le stagioni si susseguono ed è splendido vedere il sole che va e viene.*

Scese dall'auto e andò verso di loro. L'addome del pupazzo di neve era alto quasi due metri. Il torace, che stavano facendo rotolare, arrivava già al petto di Mark.

Jasmin rise. «Come farete a montare la testa?»

«Oh, ciao!» Mark le fece un cenno di saluto.

«Papà vuole noleggiare una scavatrice!»

«Ho già messo in valigia i suoi vestiti, tranne i jeans, che sono nel cesto della biancheria sporca.» Mark batté le mani per scrollare la neve dai guanti.

Dante le rivolse un'occhiata preoccupata. «Abbiamo tempo per il dolce?»

«Solo se me lo fate assaggiare», rispose lei.

« È una semplice torta di mele surgelata, la scaldo in forno », disse Mark, come per scusarsi.

« Il tempo c'è », disse Jasmin.

Mark batté una mano sulla grande palla di neve. « Intanto monteresti il torace? »

Lo seguirono fino all'ingresso, pestarono i piedi sui gradini per liberare le scarpe dalla neve, poi entrarono tutti in casa. Jasmin non aveva più messo piede lì da quando aveva piantato Mark, ma di quella villetta si era innamorata a prima vista: diceva sempre che le ricordava la casetta dei tre orsi di Riccioli d'Oro. Bel parquet, un caminetto in ogni stanza e una scala in legno laccato che saliva al primo e al secondo piano.

La gatta venne a strofinarsi contro di lei, facendo le fusa. Si sentiva il lieve tintinnio della campanella che Mark le aveva messo al collo per far scappare gli uccellini.

Jasmin guardò l'orologio. Era troppo presto per telefonare a Diana.

Mentre la torta si scaldava in forno, Dante salì di corsa nella sua cameretta per finire di costruire una stazione spaziale di Lego.

« Dobbiamo decidere come comportarci domani », disse Jasmin.

« Se Dante finisce in affido, noi ci batteremo per il diritto di andare a trovarlo. Non ci arrenderemo e... »

« Deve abitare con noi », lo interruppe Jasmin.

« Io farò di tutto per vincere la causa, lo sai », brontolò Mark. « Qualunque cosa... »

« Puoi parlare del Kosovo, dire che ho avuto un trauma e che ho fatto confusione con i ricordi del festeggiamento del capodanno cinese... ma metti bene in chiaro che mi hai sentito raccontare queste cose anche dopo. »

« Senz'altro, tenente. »

« Io credo che andrà bene. La valutazione dei servizi sociali si basa unicamente sulle osservazioni di Gabriel Popov... il quale sostiene che io sia ancora pazza. »

« Sai che non ho ben capito come sono andate le cose? »

Jasmin si sedette al tavolo della veranda riscaldata e guardò attraverso le vetrate, verso il lago ghiacciato. La gatta le saltò sulle ginocchia, si accoccolò e riprese a fare le fusa. « È successo dopo l'incidente. In teoria ero guarita, ma... mi sono messa a parlare della città portuale. Mi avevano dato un sedativo, mia madre era appena morta, io ero sola e avevo bisogno di parlare con qualcuno... e lui diceva di essere vincolato al segreto professionale.»

«Che intenzioni hai, per domani?»

«Farmi valere e negare tutto», disse Jasmin, guardando nuovamente l'orologio.

«Sarà la tua parola contro la sua.»

«A meno che io non riesca a convincere Popov a modificare la deposizione.»

«Che motivo avrebbe?»

Non appena il contaminuti squillò, Dante scese di sotto e mise in tavola i piattini e i cucchiaini. Mark sfornò la torta di mele e Dante prese la terrina della crema alla vaniglia e la posò sul tavolo, davanti al suo piattino.

«Cioè, non è che l'abbia preparata io, la torta», disse Mark.

«Però l'ha scaldata lui», aggiunse Dante.

«Sì, è stato bravo», disse Jasmin.

«Vero?» Mark sorrise e le rughe agli angoli degli occhi si fecero più profonde. Aiutò Dante a servirsi, poi passò la teglia a Jasmin, che sentì in viso i vapori dolciastri di mela, zucchero e cannella.

Dante strinse la mano a pugno. «Il mio cuore è grande così.»

«Ti ricordi qualcosa dell'operazione?» gli chiese Jasmin.

«Solo di quando non riuscivo a respirare e dovevano prelevarmi un po' di sangue.»

Jasmin annuì e guardò il volto calmo di Dante, le piccole lentiggini intorno al naso, gli occhi vispi e lucidi, e non riuscì a trattenersi dal domandargli: «Quando ti hanno fatto l'anestesia totale... hai sognato qualcosa?»

«Non mi pare.» Dante si servì di crema alla vaniglia.

«Io invece ho fatto un sacco di sogni strani», disse Jasmin.

«Cioè?» chiese Dante con un sorriso, portandosi il cucchiaino alla bocca.

Le sottili vetrate della veranda erano appannate e dal tetto cadevano piccoli fiocchi di neve.

«Ho sognato che mi battevo per salvarti», raccontò Jasmin.

« E ho sognato un uomo a cui volevo molto bene... Si chiamava Ting. »

« Ting », disse Dante con un sorriso, continuando a mangiare.

Di tanto in tanto, Jasmin andava a trovare Ting all'ospedale di Danderyd. I medici non erano riusciti a far ripartire il suo cuore dopo l'overdose, così ora era tenuto in vita da una macchina cuore-polmone. Non c'erano speranze di ripresa, ma non si poteva ancora staccare la spina, perché occorreva l'autorizzazione della madre, che non voleva nemmeno sentir parlare di lui.

Ting aveva esattamente lo stesso aspetto, la stessa bellezza che aveva nella città portuale, nonostante il volto floscio e i tubicini che gli entravano in bocca e nelle narici.

« Dante, mi aiuti a sparecchiare? » chiese Mark, alzandosi da tavola.

« Va bene. »

« La torta era molto buona », disse Jasmin.

In giardino, intorno ai vecchi alberi da frutto, scese il crepuscolo invernale stendendo una tinta blu su ogni cosa, compresi il lago, il cielo e i terreni innevati.

Mentre Dante e Mark sparecchiavano, Jasmin salì nella cameretta a prendere la borsa del bimbo. Sentì un lieve tintinnio: la gatta la stava seguendo. Jasmin si sedette sul bordo del letto di Dante e chiuse gli occhi per qualche istante. Poi prese il cellulare, esitò per una manciata di secondi durante i quali l'inquietudine le diede un accenno di nausea, poi telefonò a Diana.

I segnali di linea libera continuarono a cadere come piombini da pesca nel buio, finché Jasmin non sentì uno scatto seguito dalla voce di sua sorella. « Sto rientrando adesso », disse Diana.

« Benissimo », disse Jasmin a bassa voce. In sottofondo udiva il rombo dell'auto di Diana. Fuori dalla finestra vedeva le tre parti del pupazzo di neve nel buio che calava e i rami della betulla, appesantiti dalla neve, che perdevano lentamente il loro bagliore blu.

« Jasmin, secondo me sei stata malata », riprese Diana, con voce tremante. « E non c'è da stupirsene, considerando le esperienze che hai avuto... » Si sentì un rumore, come se l'auto fosse passata su una buca, e per un istante la linea rimase muta. Poi ritornò la voce di Diana, attraversata da un fremito. « Non ho ben capito come facevi a sapere che Gabriel Popov era stato ricoverato all'ospedale di Ersta, ma... non importa. È vero, è stato in cura per schizofrenia. »

« Risulta... c'è scritto qualcosa sulla psicosi? » chiese Jasmin, deglutendo per sciogliere il nodo alla gola.

« Ho fotocopiato la cartella clinica. Ne ho letto solo un pezzetto, ma... c'è tutto. Ho dovuto prendere uno Stesolid, per mettermi al volante. »

Ora fuori dalla finestra era tutto buio, ma avvicinandosi al vetro Jasmin vide la testa del pupazzo di neve posata a terra.

« Il ricovero risale a molto prima della tua missione in Kosovo », riprese Diana. Sembrava che parlare le costasse fatica. « Dopo... dopo un intervento al cuore è stato ricoverato per un trattamento sanitario obbligatorio e curato con psicofarmaci e terapia elettroconvulsivante... » Borbottò qualcosa, il telefono gracchiò e il rumore dell'auto cessò.

« Cosa stai facendo? » chiese Jasmin.

« Niente, è solo che ho dovuto accostare e fermarmi, perché le mani mi tremano troppo. » Diana inspirò profondamente, con un fremito. « Nella fase acuta della psicosi, prima che i farmaci facessero effetto... Gabriel Popov parlava dell'aldilà, descrivendolo come una città portuale cinese... e sosteneva di avere un debito con una potente famiglia che abitava laggiù. Nella cartella clinica ci sono tantissime trascrizioni di colloqui registrati... Popov parla di molte file di barche, di vicoli con lanterne di carta rossa, giochi da tavolo, compravendita di visti... »

« Benissimo », bisbigliò Jasmin.

« Io... io non riesco a capacitarmene, è una follia », disse Diana, con la voce rotta dal pianto. « Però adesso comincio a capire che cos'hai fatto per Dante. »

Jasmin rimase in silenzio ad ascoltare i respiri agitati di sua sorella. Era un grande sollievo che Diana le credesse, ma la cosa più importante era che Gabriel Popov non potesse più sostenere che lei fosse pazza per il fatto di aver parlato di una città portuale cinese. Era convinta che lo psicologo avrebbe ritrattato non appena lei gli avesse mostrato le fotocopie della cartella clinica. L'avrebbe costretto a escogitare un modo per spiegare alla corte che era stato tutto un malinteso, e che lei doveva mantenere la custodia di Dante.

« Per fermare Popov, non devi fare altro che usare questa cartella clinica», disse Diana, sforzandosi di riprendere la calma. «Dopodiché, non dovrai più parlare di quella città...»

«Non voglio nemmeno pensare a quel porto. Mai più... almeno finché non arriverà il momento di morire un'altra volta», rispose Jasmin.

Conclusa la telefonata, riabbassò lentamente la mano che reggeva il cellulare. Il display rifletteva la luce del lampadario, proiettando sul pavimento un riflesso che la gatta tentava di catturare. La campanella tintinnava.

Jasmin si alzò e vide che fuori il buio aveva inghiottito tutto, anche il pupazzo di neve.

Nel vetro vedeva soltanto il proprio volto.

Eppure il mondo era ancora lì.

Sentendo la campanella al collo della gatta, Jasmin immaginò il dio indiano Śiva che compie la danza della distruzione del mondo, con una campanella fissata a un gioiello alla caviglia.

Lars Kepler
L'ipnotista

Si chiama Erik Maria Bark ed era l'ipnotista più famoso di Svezia. Poi qualcosa è andato terribilmente storto e la sua vita è stata a un passo dal crollo. Ha promesso pubblicamente di non praticare mai più l'ipnosi e per dieci anni ha mantenuto quella promessa. Fino a oggi. Oggi è l'8 dicembre, è una notte assediata dalla neve ed è lo squillo del telefono a svegliarlo di colpo. A chiamarlo è Joona Linna, un commissario della polizia criminale con l'accento finlandese. C'è un paziente che ha bisogno di lui. È un ragazzo di nome Josef Ek che ha appena assistito al massacro della sua famiglia. Josef è ricoverato in grave stato di shock, non comunica con il mondo esterno. Ma è il solo testimone dell'accaduto e bisogna interrogarlo ora. Perché l'assassino vuole terminare l'opera uccidendo la sorella maggiore di Josef, scomparsa misteriosamente. C'è solo un modo per ottenere qualche indizio: ipnotizzare Josef subito. Mentre attraversa in auto la città, Erik sa già che infrangerà la sua promessa. Accetterà di ipnotizzare Josef. Perché, dentro di sé, sa di averne bisogno.
Sa quanto gli è mancato il suo lavoro. Sa che l'ipnosi funziona. Quello che l'ipnotista non sa è che la verità rivelata dal ragazzo sotto ipnosi cambierà per sempre la sua vita. Quello che non sa è che suo figlio sta per essere rapito. Quello che non sa è che il conto alla rovescia, in realtà, è iniziato per lui.

TEA

Finito di stampare nel mese di settembre 2016
per conto della TEA S.r.l.
da Grafica Veneta S.p.A.
di Trebaseleghe (PD)
Printed in Italy